Bei HarperCollins, Mira und Cora erschienene Bücher
von RaeAnne Thayne:

Tage in Emerald Creek
Das Café am California Beach

Cold Creek
Hell leuchtet der Liebesstern
Die Schöne im Schnee
Die Nacht, in der er zurückkehrte
Schöne, rätselhafte Becca

Hope's Crossing
Zauber der Hoffnung
Nur die Liebe heilt
Zurück zum Glück
Wo Träume wohnen

Eine vollständige Liste der Bücher von RaeAnne Thayne
finden Sie auf: raeannethayne.com

»Ich widme mich immer RaeAnne Thaynes Büchern für fesselnde Geschichten, inspirierende Charaktere und Enden, die mich mit Freude und Hoffnung erfüllen.«

– *Robyn Carr, Autorin der* Virgin River-*Serie*

Zur Autorin:

RaeAnne Thayne hat als Redakteurin bei einer Tageszeitung gearbeitet, bevor sie anfing, sich ganz dem Schreiben ihrer berührenden Geschichten zu widmen. Inspiration findet sie in der Schönheit der Berge im Norden Utahs, wo sie mit ihrem Ehemann und ihren drei Kindern lebt.

RaeAnne Thayne

Tage in Emerald Creek

Wo wir uns wiedersehen

Roman

*Übersetzt aus dem Englischen ins Deutsche
von Wenke Lewandowski für Nuanxed*

HarperCollins

Die Originalausgabe erschien 2024 unter dem Titel
15 Summers Later bei Canary Street Press, Toronto.

1. Auflage 2025
© 2024 by RaeAnne Thayne
Deutsche Erstausgabe
© 2025 für die deutschsprachige Ausgabe
by HarperCollins in der
Verlagsgruppe HarperCollins Deutschland GmbH
Valentinskamp 24 · 20354 Hamburg
info@harpercollins.de
Umschlaggestaltung von bürosüd, München
Umschlagabbildung von Alexandra Niit unter Verwendung von StoneMonkeyswk,
Artem Avetisyan, Robert Daly, konstantinks, RedRedApple / Getty Images,
IRIS Productions / Shutterstock
Gesetzt aus der Adobe Garamond
von GGP Media GmbH, Pößneck
Druck und Bindung von GGP Media GmbH, Pößneck
Printed in Germany
ISBN 978-3-365-00991-8
www.harpercollins.de

*Mein herzlicher Dank gilt den Mitarbeitenden
des Cache Employment and Training Center
für ihr Engagement und ihren Einsatz
zur Verbesserung des Lebens von Menschen mit Behinderungen.*

1

Die Gegenwart ist ein heikler Drahtseilakt zwischen Befreiung
und dem Spuk der Erinnerungen, der uns auf den Fersen ist.
Der Duft der Freiheit ist berauschend und beängstigend zugleich,
und jeder Schritt nach draußen fühlt sich an wie ein kleiner
Sieg über die Dunkelheit, die uns zu verschlingen drohte.

– *Ghost Lake*, Ava Howell Brooks

Madison

»Hier, lass mich das für dich machen. Du sollst keine schweren Futtersäcke alleine aus dem Regal nehmen. Nicht, dass du dir wehtust, Schätzchen.«

Angesichts der zwar gut gemeinten, wenn auch etwas misslungenen Bemühungen ihres siebzigjährigen Nachbarn gab sich Madison Howell Mühe, nicht mit den Zähnen zu knirschen.

Unter anderen Umständen hätte sie vielleicht gedacht, der alte Rancher sei frauenfeindlich, weil er annahm, dass jede junge Frau zu schwach und zerbrechlich wäre, um einen schweren Zweizentnersack Hundefutter auf ihren Wagen zu laden.

Leider wusste sie, dass dies nicht der Fall war. Calvin Warner war einfach der Meinung, dass *sie* es nicht konnte.

Wie konnte sie es ihm verübeln, wenn fast ihre ganze Nachbarschaft seiner Meinung war und glaubte, sie sei für immer und ewig geschädigt?

»Es ist in Ordnung. Hab ihn«, beharrte sie und klammerte sich fest an den Futtersack.

»Jetzt sei nicht so stur. Lass mich dir helfen.«

Er legte seinen Stock ab – ja, er hatte tatsächlich einen – und schubste sie fast damit beiseite.

Da sie sich nicht gleich hier im Futtermittelladen Hals über Kopf in einen griechisch-römischen Ringkampf mit einem Griesgram stürzen wollte, der Arthritis und kaputte Knie hatte, blieb Madi nichts anderes übrig, als frustriert zuzusehen, wie er den Futtersack auf ihren großen Einkaufswagen hievte.

»Danke«, sagte sie so liebenswürdig, wie sie nur konnte. »Jetzt brauche ich noch weitere fünf Säcke.«

»Fünf?« Calvin wirkte fassungslos.

»Ja. Wir haben im Moment zweiundzwanzig Hunde im Tierheim. Sie brauchen nicht zufällig einen neuen Australian Shepherd? Wir haben vier Welpen aus einem verwaisten Wurf.«

»Nein, ich fürchte nicht. Ich bin selbst Border-Collie-Vater und habe schon drei davon. Zweiundzwanzig Hunde. Meine Güte. Die machen sicher eine Menge Arbeit.«

Ja, der Arbeitsaufwand für die Pflege der Tiere im Emerald-Creek-Tierheim war unermesslich. Alle zweiundzwanzig Hunde, zehn Katzen, zwei Lamas, drei Hängebauchschweine, vier Ziegen, zwei Minipferde und ein Esel brauchten unentwegt Futter, Zuwendung, medizinische Versorgung, Auslauf, und natürlich mussten auch ihre Hinterlassenschaften entsorgt werden.

Madi machte das nichts aus. Sie liebte die Arbeit und vergötterte jedes einzelne ihrer Tiere. Nach Jahren des Träumens, Planens und Kämpfens war es für sie eine Art Wunder, dass das Tierheim nun voll einsatzfähig war.

In den letzten drei Monaten war sie auf Hochtouren gelaufen, hatte ihren Job als Tierarzthelferin und die vielen Stunden, die sie brauchte, um ihr Team von Freiwilligen zu organisieren, eine Vollzeit-Büroassistentin einzustellen und sich um die Tiere zu kümmern, unter einen Hut gebracht.

Jetzt war sie endlich bereit, ihr Vertrauen in das Projekt zu setzen. In nur wenigen Wochen würde sie ihren Job als Tierarzthelferin in der örtlichen Klinik aufgeben, um in Vollzeit als Leiterin des Tierheims arbeiten zu können.

Die Panik, die sie ergriff, wenn sie an den Sprung ins Ungewisse dachte, versuchte sie, zu ignorieren.

»Die Hunde sind pflegeleicht«, antwortete sie jetzt. »Aber die Ziegen und die Hängebauchschweine – davon will ich gar nicht erst anfangen.«

»Ich habe gehört, dass du drüben in Gene Pruitts altem Haus etwas angefangen hast. Ich hatte ja keine Ahnung, dass du bis über die Ohren mit den Tieren ausgelastet bist.«

»Ja. Wir haben das erste tötungsfreie Tierheim in dieser Gegend gegründet. Unser Ziel ist es, jedes ausgesetzte, verletzte oder misshandelte Tier in Not aufzunehmen, es aufzupäppeln und ihm ein neues Zuhause zu vermitteln.«

Er blinzelte überrascht, und seine buschigen Augenbrauen berührten sich in der Mitte. »Tatsächlich? Gibt es hier wirklich so viele hilfsbedürftige Tiere in der Nähe?«

»Ja. Zweifellos. In dieser Gegend von Idaho gibt es keine anderen tötungsfreien Tierheime. Ich bin froh, dass wir diesen dringenden Bedarf abdecken können.«

Seit Madi das College beendet hatte und nach Emerald Creek zurückgekehrt war, hatte sie sich jahrelang darum bemüht, das Tierheim gründen zu können. Sie verzeichnete ein paar Erfolge bei der Beantragung von Zuschüssen und der Suche nach nationalen und lokalen Spenden- oder Stiftungsgeldern, aber es schien immer noch ein unerreichbares Ziel zu sein.

Vor einem Jahr war das Tierheim der Verwirklichung näher denn je gekommen, als ein mürrischer alter Junggeselle aus der Gegend, der keine Familie mehr hatte, seine 20-Hektar-Farm sowie ein kleines Haus auf dem Grundstück der Emerald-Creek-Tierheim-Stiftung vermachte.

Sie war bis heute noch überwältigt von Eugene Pruitts Großzügigkeit.

Dennoch hatte es eine weitere, unglaublich großzügige anonyme Spende gebraucht, um die anfänglichen Betriebskosten des Tierheims tragen zu können, ohne das Grundstück mit einer großen Hypothek belasten zu müssen.

So hart sie auch gearbeitet hatte, um ihren Traum zu verwirklichen, es gab immer noch viele Menschen in der Stadt, die in ihr nichts anderes sahen als das arme Howell-Mädchen mit der Beinschiene und dem ständigen schiefen Lächeln.

»Danke für Ihre Hilfe, Mr. Warner«, sagte sie, nachdem sie den Transportwagen gemeinsam beladen hatten.

Er schien leicht außer Atem zu sein, und seine Hand zitterte, als er nach seinem Stock griff. Sie hätte sich nicht von ihm helfen lassen sollen. Die starke, selbstbewusste Frau, die sie sein wollte, hätte ihn höflich gebeten, weiterzugehen. Danke, aber nein danke. Sie konnte es alleine schaffen, alle Herausforderungen meistern, seit ihre Mutter gestorben war, als Madi zwölf Jahre alt war.

Doch sie hatte noch einen weiten Weg vor sich, um wirklich diese starke, selbstbewusste Frau zu werden.

»Ich bin froh, dass ich hier war.« Calvin ergriff seinen Stock. »Weißt du, sie haben hier Personal, das dir nächstes Mal helfen kann. Sie können dir die Sachen zu deinem Auto bringen. Dafür sind sie schließlich da.«

Sie zwang sich zu einem Lächeln. »Das werde ich mir merken. Vielen Dank. Und wenn Sie einen Australian Shepherd brauchen, sagen Sie Bescheid. Sie sind wirklich schlaue Tiere und haben schon alle Impfungen. Dr. Gentry kümmert sich vorbildlich um jedes einzelne Tier im Tierheim.«

»Er ist ein guter Mann. Nicht ganz der Tierarzt, der sein Vater war, aber er ist auf dem besten Weg.«

Bevor sie für Luke Partei ergreifen und erwidern konnte, dass er selbst ein ausgezeichneter Tierarzt war, weiteten sich die Augen des Ranchers, und er schien plötzlich über seine eigenen Worte entsetzt zu sein.

»Es tut mir leid. Ich habe nicht nachgedacht. Ich hätte den alten Doc Gentry dir gegenüber nicht erwähnen sollen.«

Madi spürte, wie sich jeder Muskel entlang ihrer Wirbelsäule anspannte. »Warum nicht?«, brachte sie hervor.

Calvin warf ihr einen bedeutungsvollen Blick zu. »Du weißt schon. Wegen ... wegen des Buches.«

Das Buch. Dieses verfluchte Buch.

»Meine Frau hat am selben Tag ein Exemplar gekauft, als es herauskam, nachdem sie die ganze Aufregung im Internet mitbekommen hatte. Sie ist eine eifrige Leserin. Ich nicht so sehr. Ich mag Hörbücher, aber wir haben es an einem einzigen Abend gemeinsam gelesen. Es ist furchtbar, was dir alles passiert ist.«

Madi umklammerte den Griff des Transportwagens und kämpfte gegen den Drang an, ihn umgehend zur Kasse zu schieben.

Das Letzte, worüber sie sprechen wollte, waren die Memoiren ihrer Schwester, die sich vor zwei Wochen in den Buchläden zum Dauerbrenner des Sommers entwickelt hatten und bereits auf die dritte Auflage zusteuerten.

Madi wollte nicht über *Ghost Lake* sprechen, nicht hören, wie andere *Leute* darüber redeten, nicht einmal daran *denken*.

»Richtig. Nun, nochmals vielen Dank für Ihre Hilfe, Mr. Warner. Ich sollte jetzt weiter ein-ein-einkaufen.«

Jetzt griff sie fester nach dem Wagen und biss die Zähne zusammen.

Sie hasste ihr Stottern, das manchmal wie aus dem Nichts kam. Sie hasste es, dass ihr Mund die ganze Zeit zu einem schiefen Lächeln erstarrt war, dass sie ihre linke Hand nur teilweise benutzen konnte und dass ihr Bein manchmal komplett versagte, wenn sie die Schiene nicht trug.

Und ganz besonders hasste sie es, dass ihre Schwester ihre gemeinsame Geschichte, ihre Vergangenheit, ihren Schmerz vor der ganzen Welt offengelegt hatte.

»Pass auf dich auf«, sagte Calvin mit einer Sanftheit in seinem barschen Ton, der ihr das Gefühl gab, gleichzeitig schreien und weinen zu wollen.

»Danke«, sagte sie so freundlich, wie sie nur konnte, und steuerte den unhandlichen Wagen in Richtung Kasse.

Als sie ankam, schob die Frau, die auf einem hohen Hocker an der Kasse saß, ein Buch mit weiß-blutrotem Einband, der ihr sehr bekannt vorkam, unter den Tresen.

Dieses verflixte Buch war überall. Es gab kein Entkommen.

»Hallo, Madi.« Jewel Littlebear, deren Familie der Futtermittelladen gehörte, lächelte ihr etwas nervös zu, während ihr Blick in Richtung des Buches wanderte.

Jewel war eine ehemalige Klassenkameradin von Ava. Die beiden waren einmal befreundet gewesen, bevor Madis Schwester allem, was ihr in Emerald Creek einmal etwas bedeutet hatte, den Rücken kehrte.

»Hi, Jewel. Wie geht es dir? Was machen die Jungs?«

Jewel hatte drei Söhne, richtige kleine Teufelsbraten. Sie wohnte mit ihrer Familie in der gleichen Straße wie Madis Großmutter in einem kleinen ranchartigen Haus, dessen Vorgarten mit Spielzeug, Fahrrädern und Basketbällen übersät war.

»Es geht ihnen gut. Alle drei spielen diesen Sommer Baseball. Ich schwöre, ich verbringe mehr Zeit im Park, um bei den Spielen zuzusehen, als in meinem eigenen Haus.«

Sie lächelte, erhob sich von ihrem Hocker und trug den Handscanner um die Theke herum, damit sie die Codes auf den großen Futtertüten erfassen konnte, ohne dass Madi sie auf die Theke heben musste.

»Ähm. Das wären dann hundertfünfundsechzig Dollar und fünfzehn Cent. Es tut mir leid.«

Was genau tat ihr leid? Dass der Preis für hochwertiges Hundefutter so hoch war? Oder dass Madi sie beim Lesen DES Buches erwischt hatte?

Madi beschloss, nicht zu fragen. Sie zog die Kreditkarte des Tierheims durch das Lesegerät und verspürte einen Anflug von Stolz, als die Karte im Nu akzeptiert wurde.

Einen Moment später spuckte die Kasse ihren Kassenbon aus, den Jewel ihr lächelnd überreichte.

»Bitte sehr«, sagte sie.

»Danke. Bis bald.«

Sie war keine zwei Meter von der Kasse entfernt, als Jewel das Buch wieder herauszog und dort weiterlas, wo sie aufgehört hatte.

War sie gerade beim Autounfall ihrer Mutter angekommen und dem tiefen Leid, das ihre Familie danach durchlebte?

Oder bei der stetigen, aber unaufhaltsamen Abwärtsspirale ihres Vaters in Richtung Besessenheit, Depression und Geisteskrankheit?

Oder bei den letzten schrecklichen Tagen, als sie und Ava, vierzehn beziehungsweise sechzehn Jahre alt, einer grauenvollen Situation entkommen waren, die nicht mehr zu ertragen gewesen war, nur, um sich in noch schlimmeren Verhältnissen wiederzufinden?

Sie wollte es nicht wissen.

Madi eilte zu ihrem Pick-up, dem klassischen, wenn auch klapprigen petrolfarbenen 1961er Chevrolet Stepside Pick-up, den sie Frank nannte und den sie von ihrem Großvater mütterlicherseits geerbt hatte.

Vor ein paar Monaten hatte sie für Franks Seite ein Schild mit Klebebuchstaben und dem stilisierten petrolgelben Tierheim-Logo bestellt. Jetzt benutzte sie Frank nur noch für Besorgungen für das Tierheim und Social-Media-Aktivitäten. Er ließ sich wunderbar fotografieren und half ihr, Aufmerksamkeit für ihre Mission zu wecken.

Sie hatte überlegt, nächsten Monat mit dem Pick-up bei der Parade zum 4. Juli mitzufahren, vielleicht mit ein paar Tieren in Kisten auf der Ladefläche, aber jetzt wurde ihr bei dem Gedanken ein wenig übel. Sie konnte sich vorstellen, wie alle auf sie zeigen und über sie reden würden.

Sieh mal da, die arme Madi Howell. Hast du gelesen, was mit ihr passiert ist?

Ich wusste, dass sie seltsam war, mit ihrem Dauerlächeln und diesem Hinken und ihrer verkrümmten Hand. Ich denke, jetzt kennen wir den Grund.

Die Wut auf ihre Schwester brodelte erneut in ihr auf. Sie tat ihr Bestes, um dieses Gefühl zu unterdrücken, während sie den großen Transportwagen zu ihrem Pick-up manövrierte und die Heckklappe öffnete.

Obwohl mehrere Fahrzeuge auf dem Parkplatz standen, waren alle leer. Wenigstens musste sie sich nicht gegen weitere Hilfsangebote wehren.

Sie lud die Säcke allein auf die Ladefläche des Pick-ups, hielt dann einen Moment inne, um die Anstrengung wegzuatmen, und versuchte, sich stattdessen auf diesen herrlichen Junitag zu konzentrieren, an dem die Berge schon sattgrün waren, aber die Gipfel sich weiß dagegen abzeichneten, da in den höheren Lagen der Schnee noch nicht geschmolzen war.

Sie liebte es sehr, in Emerald Creek zu leben. Diese kleine Gemeinde, eine halbe Stunde von Sun Valley entfernt, war ihr Zuhause. Sie würde nie vergessen, wie warmherzig und hilfsbereit alle gewesen waren, als sie und Ava nach allem, was passiert war, wieder zu ihrer Großmutter Leona zogen.

Sie hatte hier wunderbare Freunde, einen Job in der Tierklinik, den sie acht Jahre lang geliebt hatte, und jetzt ihr leidenschaftliches Projekt, das Tierheim.

Sie hatte nie ernsthaft in Erwägung gezogen, woanders zu leben.

Aber manchmal fragte sie sich doch, wie es wohl wäre, sich an einem Ort häuslich einzurichten, wo es ein wenig … anonymer wäre.

Gab es so einen Ort überhaupt noch, jetzt, da ihre Schwester ihr gemeinsames geheimes Trauma in die ganze verdammte Welt hinausposaunt hatte?

Sie kletterte in das Führerhaus des Pick-ups, versuchte, einen Kopfschmerz zu unterdrücken, und fuhr vom Viehfutterladen durch die Stadt in Richtung Tierheim.

Es war ein schöner sommerlicher Nachmittag. Ein paar ältere Männer saßen auf einer Bank vor der Rustic-Pine-Markthalle und gaben Geschichten zum Besten, und sie sah eine lange Schlange von Touristen, die darauf warteten, dass das stets gut besuchte Restaurant Fern & Fir öffnete.

Als sie in die Mountain View Road einbog, fuhr sie langsamer, da sie eine Mädchengruppe auf Fahrrädern bemerkte. Vier Mädchen, stellte sie fest. Auf jedem Fahrrad saßen zwei. Ein kurzer, stechender Schmerz durchfuhr sie. Wie oft waren sie und Ava auf diese Weise gemeinsam durch die Straßen ihrer Stadt im Osten Oregons gefahren? Öfter, als man zählen kann, aber da war ihre

Mutter noch nicht gestorben, was mit einem Schlag alles veränderte.

Sie winkte den Mädchen zu, als sie vorbeifuhr, und erkannte Mariko und Yuki Tanaka sowie Zoe Sullivan und Sierra Gentry. Sierra und Zoe arbeiteten beide ein paar Stunden pro Woche ehrenamtlich im Tierheim.

Sie brachte den Pick-up vor ihnen zum Stehen, und die Mädchen hielten neben ihr an. »Hey, Mädels. Was habt ihr an diesem schönen Tag vor?«

Sierra lehnte sich in das offene Beifahrerfenster, ihr braunes Haar funkelte im Sonnenlicht. »Wir waren bei mir zu Hause und dachten dann, wir fahren zu Dixons Bauernstand und holen uns ein paar frische Erdbeeren.«

»Wir stehen total auf Erdbeeren«, sagte Zoe kichernd.

Madi hatte den starken Verdacht, dass die eigentliche Attraktion nicht so sehr die Erdbeeren waren, sondern vielmehr Ash Dixon, der umschwärmte Fünfzehnjährige, dessen Familie einen beliebten Bauernstand betrieb und auch einen Verkaufsstand auf dem Emerald-Thumbs-Bauernmarkt am Samstagmorgen hatte.

»Klingt nach Spaß. Iss einen Crêpe für mich mit.«

»Mach ich. Tschüs, Mad. Bis später.«

Sie winkte und legte wieder den Gang ein, doch bevor sie weiterfuhr, war ihr, als hörte sie durch das offene Fenster die Mädchen *Buch* und *Ghost Lake* sagen.

Nein. Sie bildete sich das nur ein. Dieses verdammte Buch schien allgegenwärtig zu sein, aber nur eine Narzisstin würde denken, dass jeder in der Stadt über sie sprach, oder?

2

Ich bin ein Feigling. Das ist eine bittere, demütigende
Erkenntnis für jemanden, der sich immer für stark hielt.

– *Ghost Lake*, **Ava Howell Brooks**

Ava

Jeder in der Stadt schien sie anzustarren.

Als sie die Main Street in Emerald Creek, Idaho, entlangfuhr,
versuchte Ava, sich klarzumachen, wie lächerlich es war. Warum
sollten sie sie wohl anstarren?

Sie hatte in Emerald Creek nur ein paar Jahre bei ihrer Großmutter gelebt, zwischen ihrem sechzehnten und achtzehnten
Lebensjahr, und war nun mehr als ein Jahrzehnt lang weg und
nur gelegentlich zu Besuch gewesen. Wahrscheinlich kannte sie
nur noch wenige Leute, die hier lebten, und selbst die würden sie
wahrscheinlich nicht mehr wiedererkennen.

Als sie an der Neu- und Gebraucht-Buchhandlung Meadowside
Book Nook vorbeifuhr, wäre sie beinahe einem großen schwarzen
Pick-up aufgefahren.

Aus dem Augenwinkel heraus war Avas Aufmerksamkeit auf die
Schaufensterauslage des Buchladens gefallen. Die gesamte Schau-
fensterfront zierte das rot-weiße Cover von *Ghost Lake* – mit seiner düsteren Strichzeichnung eines Bergsees.

Oh, das war übel. Wirklich schlimm.

Madi musste so wütend auf sie sein.

Was dachte ihre Schwester, wenn sie jeden Tag an dieser Auslage vorbeifuhr?

Vielleicht hatte sie es gar nicht bemerkt.

Ava wusste, dass das eine vergebliche Hoffnung war. Natürlich würde Madi es bemerkt haben. Und wahrscheinlich schäumte sie jedes Mal vor Wut, wenn sie es sah.

Ava erfuhr aus einem der vielen Zoom-Gespräche mit ihrer Großmutter Leona, dass Madi wegen des Buches außer sich war vor Wut.

Sie verstand nicht ganz, warum. Es war ja nicht so, als hätte Madi nicht gewusst, dass es kommen würde. Ava hatte versucht, ihre Schwester ausreichend vorzuwarnen, dass das Buch Ende Mai erscheinen würde.

Als sie zum ersten Mal selbst begriff, dass ihr Buch tatsächlich veröffentlicht werden sollte – viel schneller, als sie es sich hätte vorstellen können –, war Ava ihrer Schwester gegenüber sehr ehrlich gewesen.

Sechs Monate zuvor hatte Ava ihr ein Vorabexemplar des Manuskripts geschickt und dann auf eine Antwort gewartet. Und gewartet. Und gewartet.

Als sie ein paar Wochen später fast ein Nervenbündel war und anrief, zeigte Madi sich gleichgültig, ja geradezu gelangweilt. Sie hatte sich damit herausgeredet, wie beschäftigt sie war, da sie immer noch in der Tierklinik arbeitete und nebenbei sämtliche Vorbereitungen für die Eröffnung des Emerald-Creek-Tierheims treffen musste.

»Wie dem auch sei, ich habe es ja alles selbst erlebt«, hatte Madi schließlich gesagt, als sich ihr unangenehmes Gespräch dem Ende zuneigte. »Es tut mir sehr leid, aber ein Mal hat mir gereicht. Ich brauche das alles nicht noch mal.«

Ava hätte sie dazu drängen sollen, das Buch zu lesen. Sie hätte dafür sorgen müssen, dass Madi nicht aus allen Wolken fiel, als das Buch schon vor seiner Veröffentlichung plötzlich in aller Munde war.

Wie hätte Ava denn wissen können, dass es derart durch die Decke gehen würde? Alle, die mit dem Buch zu tun hatten, hofften auf einen Erfolg, aber dann musste ihr Verleger sogar in aller Eile weitere Exemplare in Druck geben, um der Nachfrage gerecht zu werden.

Ava klammerte sich förmlich ans Lenkrad, während sie durch die Stadt fuhr und schließlich in die Einfahrt einbog, die zum zweistöckigen Haus ihrer Großmutter führte, mit dem ausgefallenen, farbenfrohen Garten, der gerade in voller Blüte stand.

Sie war erleichtert, weder den kleinen Geländewagen von Madi noch den uralten Pick-up ihres Großvaters zu sehen, den ihre Schwester gelegentlich fuhr.

Irgendwann würde sich Ava ihrer Schwester stellen müssen. Aber jetzt noch nicht. Sie war viel zu erschöpft, um sich mit Madi zu befassen. Vielleicht später, nachdem sie sich ausgeruht hatte. Sie war müde genug, um eine ganze Woche lang zu schlafen, war sich aber nicht sicher, ob das ausreichen würde, um die Erschöpfung, die ihr tief in den Knochen steckte, zu vertreiben.

Als sie aus dem Wagen stieg, tat ihr alles weh, und ihr wurde übel.

Sie schluckte das alles hinunter, als sie ihre Großmutter erblickte, die im Overall und mit einem Schlapphut aus Stroh auf dem Kopf in einem der Gärten am Haus arbeitete.

Ihre Großmutter hatte Ohrstöpsel in den Ohren, hatte den Rücken Ava zugewandt und summte leise die Musik mit, während sie ihre Tränenden Herzen zurückschnitt. Wahrscheinlich hat sie das Auto nicht einmal bemerkt, dachte Ava dann, als ihre Großmutter ihr nicht entgegenkam, um sie zu begrüßen.

Sie bewegte sich auf ihre Großmutter zu, als sich plötzlich ein Schäferhundmischling von der Veranda erhob und ein kurzes Bellen von sich gab. Ava erstarrte, eiskalte Panik überkam sie. Nach ein paar Sekunden zwang sie sich zur Ruhe. Das war nur Oscar. Er würde ihr nicht wehtun.

Hoffentlich.

Der Gruß des Hundes hatte anscheinend Leonas Aufmerksamkeit geweckt. Ihre Großmutter drehte sich um, und Ava sah den Schock in ihren Augen, ehe Leona mit einem Schrei ihre Gartenschere fallen ließ und mit ausgestreckten Armen auf sie zustürzte.

»Ava! Mein Schatz! Was machst du denn hier? Warum hast du nicht angerufen und mir gesagt, dass du kommst? Oh, meine Liebe. Es ist so schön, dich zu sehen, auch wenn du viel zu dünn bist.«

Leona erreichte sie, schlang die Arme fest um sie, und Ava wollte einfach nur in dem Wohlbehagen dieser Umarmung versinken.

Was würde ihre Großmutter tun, wenn Ava einfach ihren Kopf an ihre Schulter legte und weinte und weinte und weinte?

Leona schien zu spüren, dass etwas nicht stimmte. Sie schob Ava ein Stück von sich weg und betrachtete sie eingehend mit ihren blauen Augen hinter der dicken Brille, denen nichts entging. Ava schaute sie an und war sich bewusst, dass sie dunkle Ringe unter den Augen hatte, dass sich tiefe Linien der Erschöpfung in ihren Gesichtszügen abzeichneten.

»Was ist los? Was stimmt nicht?«

So vieles. Alles.

Sie konnte es ihrer Großmutter noch nicht sagen. Sie würde es tun, aber sie brauchte Zeit, um die richtigen Worte zu finden.

»Ich brauche einen Ort, an dem ich ein paar Wochen bleiben kann. Vielleicht sogar den ganzen Sommer. Wäre das in Ordnung?«

Sorge und Beunruhigung huschten über Leonas faltiges Gesicht. »Du weißt, dass du immer willkommen bist, meine Liebe. Und Cullen ebenso. Kommt er auch?«

Den Namen ihres Mannes zu hören, versetzte ihr einen Stich mitten ins Herz, als würde ein Pfennigabsatz darauf treten, und sie hielt sich nur mit Mühe aufrecht.

»Nein«, brachte sie hervor. »Er wird nicht mitkommen. Cullen arbeitet diesen Sommer nicht weit von hier bei einer Ausgrabung in den Bergen. Man hat ein paar versteinerte Knochen auf staatlichem Forstgebiet gefunden, und Cullen und sein Team sind der Meinung, es könnte sich um eine völlig neue Dinosaurierart handeln.«

Sie bemühte sich, möglichst beiläufig zu klingen und nicht gleich alles auf einmal herauszusprudeln. »Er ist überglücklich, dass er das Team leiten darf. Für ihn geht ein Traum in Erfüllung. Du weißt, was für ein Dinosaurier-Nerd er ist.«

»Allerdings.« Leona lächelte, obwohl ihr die Besorgnis noch immer ins Gesicht geschrieben stand. »Es ist doch gut, dass er Dinos mag. Wenn nicht, wäre es schon seltsam für jemanden, der Paläontologie unterrichtet. Was für eine wunderbare Gelegenheit.«

»Ja. Ich freue mich riesig für ihn. Wir hoffen beide, dass er dadurch zum ordentlichen Professor aufsteigen kann und einen Lehrstuhl bekommt.«

»Wie aufregend!«

»Ja. Aber er wird fast den ganzen Sommer über unterwegs sein, und ich ... ich wollte nicht allein in unserer Wohnung in Portland bleiben. Schon nach ein paar Tagen habe ich es nicht mehr ausgehalten, also habe ich alles gepackt und bin hergekommen. Ich hoffe, das ist in Ordnung.«

Sie wusste nicht, wie sie ihrer Großmutter beibringen sollte, dass ihre Ehe möglicherweise genauso tot war wie diese Fossilien.

»Oscar und ich würden uns freuen, wenn du bei uns bleiben würdest. Stimmt's, Oscar?«

Die Zunge des Hundes hing aus seiner Schnauze heraus, als er Ava musterte. Oscar. Wie hatte sie nur vergessen können, dass es ihre Großmutter und den Hund nur im Doppelpack gab?

Jedes Mal, wenn sie zu Besuch war, hatte sie das Gefühl, dass er sie mit ebenso scharfen Augen wie Leonas beobachtete und nur auf den Moment wartete, um sie anzuspringen.

Die Hunde kommen immer näher. Ich kann ihr Gebell von der nächsten Bergspitze her hören. Kann unsere Witterung so weit reichen? Ich habe keine Ahnung, und ich glaube auch nicht, dass ich Madi noch mal überreden kann, wieder durch den Fluss zu gehen, um unsere Fährte zu verschleiern. Wir haben ihn schon Dutzende Male durchquert. Jedes Mal zehrt es noch mehr von dem bisschen an Kraft, was noch übrig ist.

Sie bellen wieder, und mein Herz klopft so laut, dass ich an die scharfen Zähne, geifernden Zungen und wilden Blicke denken muss. Bestimmt können die Hunde jeden einzelnen Pulsschlag meines Blutes hören, jeden Fetzen meines stockenden Atems.

Schnell verdrängte sie die Erinnerung, die Worte.

»Danke, Oma Leelee.«

Das Gesicht ihrer Großmutter wurde weich, als sie ihren Spitznamen hörte, den Ava sich als kleines Kind ausgedacht hatte.

»Gern geschehen, mein Schatz. Du kannst in deinem alten Zimmer oben schlafen. Ich muss nur noch ein paar Kisten wegräumen. Ich habe meine Schränke ausgemistet und alles in dein Zimmer gestellt, damit ich nur eine Fahrt zum Goodwill-Second-Hand-Laden machen muss.«

»Du musst nichts wegräumen. Ein paar Kisten stören mich nicht.«

»Das ist kein Problem. Ich bringe sie erst einmal in Madis Zimmer, da sie zurzeit ganz im Bauernhaus auf dem Tierheimgelände lebt.«

Ava spürte, wie sich ihr Körper beim Namen ihrer Schwester anspannte, obwohl Madi nicht mehr aus ihren Gedanken gewichen war, seit sie die Stadtgrenze passiert hatte. »Wie geht es ihr?«, fragte sie mit leiser Stimme.

Leona wischte sich den Schmutz von ihrem Overall. »Nun, du bist im Moment nicht gerade ihre Lieblingsperson. Sagen wir es mal so.«

Sie schluckte heftig. »Ich habe ihr von dem Buch erzählt. Ich habe ihr ein Vorabexemplar geschickt. Sie wurde ausreichend vorgewarnt.«

»Ja. Sie wusste, dass es erscheinen würde. Aber du kennst Madi. Sie neigt dazu, sich nur auf das zu konzentrieren, was sie gerade vor der Nase hat. Sie war so mit der Eröffnung des Tierheims beschäftigt, dass es wahrscheinlich einfacher für sie war, dein Buch zu ignorieren und so zu tun, als würde das alles gar nicht passieren. Jetzt, wo es erschienen ist, kann sie davor nicht mehr davonlaufen.«

Sie hatte gewusst, dass die Veröffentlichung ihrer Geschichte über die Monate in den Bergen und sämtliche Ereignisse, die dazu geführt hatten, ein einschneidendes Ereignis in ihrem Leben sein würde. Allerdings hatte sie nicht geahnt, wie sich das auf jede einzelne ihrer Beziehungen auswirken würde, von ihren losen Bekanntschaften über den Tankwart, der ihr immer das Auto volltankte, bis hin zum Kollegium an der Mittelschule, an der sie Englisch unterrichtete.

Sie war sich nicht sicher, ob sich ihre Ehe jemals ganz davon erholen würde.

Du hast mir nicht mal die Hälfte der Dinge erzählt, die du durchgemacht hast.

Cullens Stimme schien durch ihr Gedächtnis zu hallen, fassungslos und verärgert und … verletzt, während er sein Exemplar von *Ghost Lake* ansah, als wäre es eine Giftschlange, die plötzlich in ihr Bett eingedrungen war.

Es kommt mir vor, als wäre ich in den letzten drei Jahren mit einer Fremden verheiratet gewesen.

Es war sein Vorschlag gewesen, während er nicht weit von hier in den abgelegenen Bergen arbeitete, ihre räumliche Trennung zu nutzen, um herauszufinden, welche Art von Zukunft sie möglicherweise noch retten konnten.

Ich liebe dich, Ava. Das hat sich nicht geändert. Aber ich denke, wir brauchen beide Zeit, um uns klarzumachen, wo die Reise hingehen soll.

Die Worte, die sie geschrieben hatte, brachten ihre ganze Welt zum Einsturz. Dieselbe schonungslose, schmerzhafte Ehrlichkeit, die beim Rest der Welt Anklang zu finden schien, drohte nun die beiden Dinge zu zerstören, die ihr am meisten am Herzen lagen: ihre Beziehung zu ihrer Schwester und ihre Ehe mit Cullen Brooks.

»Komm mit. Wir bringen deine Sachen hinein. Richte dich erst mal ein, bevor du mir noch umfällst«, sagte Leona mit einem warmen Lächeln, das Ava wieder fast zum Weinen brachte.

Ihre Großmutter trug ihre Laptoptasche ins Haus, während Ava mit ihrem Koffer hinterherging.

Im Haus roch es nach Vanille und Erdbeerkuchen, ein Duft, der ihren Magen rumoren ließ und sie daran erinnerte, dass sie den ganzen Tag nichts anderes als ein paar Kekse gegessen hatte.

Diese Abreise war völlig spontan gewesen. Um nicht zu sagen, Hals über Kopf. Nachdem sie drei Nächte allein in ihrer

Wohnung in Portland verbracht hatte, hatte sie beschlossen, dass sie die ohrenbetäubende Stille keine Sekunde länger ertragen konnte. Heute Morgen war sie nach einer unruhigen Nacht, in der sie sich hin und her gewälzt hatte, mit brennenden Augen aufgewacht. In einem Augenblick hatte sie sich noch die Zähne geputzt, und im nächsten hatte sie schon ihren Koffer unter dem Bett hervorgezogen und alles hineingeworfen, was sie eventuell benötigen könnte.

Nachdem sie ihre Nachbarin gebeten hatte, ein Auge auf ihre Wohnung zu haben und die Post einzusammeln, brach Ava auf und hielt während der gesamten neunstündigen Fahrt nur zweimal an, um zu tanken.

Was hätte sie sonst tun können? Sie konnte die Lesereise nicht fortsetzen und so tun, als wäre alles in Ordnung, wenn sich ihre ganze Welt ... zerstört anfühlte.

Sie hätte Cullen alles erzählen sollen. Sie vermutete, dass sie ihm die Wahrheit vorenthalten hatte, weil ein Teil von ihr, genau wie Madi, so tun wollte, als wäre nichts davon passiert. So tun, als wären sie zwei Durchschnittsmädchen mit einer Durchschnittskindheit, deren Durchschnittseltern beide im Abstand weniger Jahre auf tragische Weise gestorben waren.

Letzteres war definitiv wahr, auch wenn es nur einen winzigen Bruchteil der ganzen komplizierten, verkorksten Geschichte ausmachte.

Man könnte behaupten, dass der erste Teil – zwei durchschnittliche Mädchen mit einer durchschnittlichen Kindheit – ebenfalls der Wahrheit entsprach ... bis zu dem Sommer, in dem sie vierzehn wurde und Madi zwölf; der Sommer, in dem ihre Mutter starb, wodurch sich alles änderte.

Hier zu sein, im Elternhaus ihrer Mutter, ließ sie Beth nur noch mehr vermissen. Ihre Mutter war ein Sinnbild an Ruhe, Stärke und Anmut gewesen. Sie war zu jedem freundlich gewesen; die Art von Mensch, von der sich andere angezogen fühlten, die sich von ihrer hellen Freude wärmen lassen wollten.

Ava vermisste sie an jedem einzelnen Tag.

Ihr Telefon klingelte, als sie ihren Koffer in das Zimmer trug, in dem sie die letzten zwei Jahre der Highschool verbracht hatte.

Nachdem sie ihr ganzes Leben lang ein Zimmer mit ihrer Schwester geteilt hatte, war dieser Raum der erste, den Ava für sich ganz allein beanspruchen konnte, und das auch nur, weil Madis Zimmer im Erdgeschoss mit all den Geräten ausgestattet werden musste, die sie für ihre Reha benötigte.

Sie schob die Erinnerungen beiseite und holte ihr Handy heraus. Das Display zeigte, dass es sich um ihre Literaturagentin handelte.

Sylvia Wittman war eine tolle Frau, die unbedingt das Beste für Ava wollte. In diesem Moment waren sie sich aber nicht ganz einig, was das sein sollte.

Sie seufzte und ließ den Anruf auf die Mailbox laufen, so wie alle anderen zuvor an diesem Tag.

Sylvia rief zweifellos an, um ihr von diversen Film- und Fernsehangeboten zu berichten, die man an sie herangetragen hatte, oder um ihr mitzuteilen, dass ein weiterer Buchclub *Ghost Lake* vorstellen wollte.

Für die meisten Schriftsteller würde ein Traum in Erfüllung gehen, wenn sich ihr Werk derart viral verbreiten und im In- und Ausland so viel Interesse wecken würde.

Ava nahm an, dass sie wohl nicht zu den meisten Schriftstellern zählte.

Sie wollte nur noch ihre alte Kuscheldecke vom Bett nehmen, sie zum Schrank hinübertragen und sich dort in einer Ecke verkriechen, bis alles vorbei war.

Morgen. Sie würde sich morgen um alles kümmern, nachdem sie die Erschöpfung weggeschlafen hatte, die tief in ihre Knochen und Sehnen gedrungen war.

Dann war es an ihr, herauszufinden, ob sie irgendetwas tun konnte, um ihre Ehe zu retten oder die Kluft zwischen ihr und ihrer Schwester zu kitten, oder ob die Wunden, die sie geliebten Menschen mit ihren Worten zugefügt hatte, jemals würden heilen können.

3

*Blut versickert im Erdboden unter uns, während die
Wirklichkeit unserer Flucht auf schmerzhafte Weise greifbar wird.
Das Streben nach Freiheit ist mit einem hohen Preis verbunden.*

– *Ghost Lake*, Ava Howell Brooks

Luke

Wenn er nicht aufpasste, lief er Gefahr, von einer Ziege einen Tritt
zwischen die Beine zu kriegen.

Luke Gentry taumelte, während er versuchte, sich an dem verärgerten Tier festzuhalten. »Ich werde dir nicht wehtun«, murmelte er. »Ich will dir doch nur helfen, damit du wieder ohne
Schmerzen laufen kannst. Ich verspreche dir, wenn ich fertig bin,
wird es dir besser gehen.«

Er redete weiter auf die Ziege ein, während er vorsichtig ihre
Hufe beschnitt.

Lange Zeit war er unsicher gewesen, ob dies der richtige Beruf
für ihn war. Obwohl er Tiere immer geliebt hatte und es ihm
nichts ausmachte, in der Tierklinik seines Vaters auszuhelfen,
hatte es ihn geärgert, dass alle automatisch davon ausgingen, dass
er in die Fußstapfen von Dan Gentry treten wollte.

Luke hatte einmal andere Träume gehabt. Er wollte ein Aben-
teurer werden, die höchsten Gipfel der Welt besteigen und auf
Skiern die steilsten Hänge hinuntersausen.

Wo, war ihm egal gewesen, Hauptsache, er würde nicht hier in Emerald Creek, Idaho, festsitzen.

Em-C, wie die Einheimischen es nannten, war ein hübsches kleines Städtchen mit vielen Freizeitmöglichkeiten, aber es hatte sich immer zu klein für all seine Träume angefühlt. Die Welt war so viel größer als diese Gemeinschaft aus echten Ranchern und Farmern, Outdoor-Fans und Wochenend-Cowboys in der Nähe von Sun Valley.

Im Laufe der Jahre hatte sich seine Sichtweise jedoch geändert. Er liebte es, der einzige Tierarzt der Stadt zu sein, sich hier mit seiner Tochter ein Zuhause und eine Karriere aufzubauen, und er konnte sich sein Leben nicht anders vorstellen – zumindest, solange diese Ziege ihn nicht entmannte.

Endlich hatte er auch den letzten Huf fertig beschnitten und ließ Martha los. »So, fertig. Alles erledigt. Siehst du? Das war doch gar nicht so schlimm.«

Die Ziege blökte ihn an und zog sich auf die andere Seite des Stalls zurück. Er öffnete die Stalltür nach draußen, und sie entschlüpfte mit einem übermütigen Sprung hinaus in die Sonne von Idaho.

Er war gerade auf dem Weg zum Büro im Stall des Emerald-Creek-Tierheims, als die Doppeltür aufsprang und Madison Howell hereinstürzte, die unter einem riesigen Beutel Hundefutter, der wahrscheinlich halb so schwer war wie sie selbst, ins Wanken geriet.

Luke musste sich zwingen, ihr den Sack nicht instinktiv wegzunehmen. Er kannte Madi gut genug, um zu wissen, dass das keine gute Idee war.

Sie ließ den Sack in der Scheune fallen, richtete sich auf und bog ihren Rücken nach hinten, um ihn zu strecken. Ihr Gesicht hellte sich auf, als sie ihn sah. »Luke! Hey! Ich hätte nicht erwartet, dass du heute Abend noch vorbeikommst, nach so einem langen Tag.«

»Den hattest du ja auch«, stellte er fest. Das wusste er nur zu gut, denn wenn sie nicht gerade hier im Tierheim Hundefutter von A nach B schleppte, war sie Tierarzthelferin in seiner Klinik. »Ich hatte ein paar freie Stunden, also bin ich vorbeigekommen, um nach Barnabas Wunde zu sehen und mich um Marthas Hufe zu kümmern. Es geht ihm gut, und Martha sollte jetzt wieder fit sein und richtig losfegen können.«

Sie schenkte ihm ihr halbes Lächeln, mit dem sie es immer schaffte, seinen Tag zu erhellen.

»Danke. Mir war auch schon aufgefallen, dass ihr die langen Dinger zu schaffen machten.«

»Sie hat sich tapfer geschlagen, zumindest größtenteils.« Er deutete mit dem Kopf auf den Sack, den sie an der Wand abgestellt hatte. »Hast du noch viel auszuladen?«

»Noch vier Säcke. Das war alles, was es im Futtermittelladen gab.«

»Ich kann dir helfen, sie reinzutragen. Dann musst du nicht ganz so oft laufen.«

Erwartungsgemäß sah Madi aus, als wollte sie zu streiten anfangen. Dieser Dickschädel! Genauso stur wie diese Ziege – obwohl er es nie wagen würde, so etwas zu ihr zu sagen.

Schließlich biss sie sich auf die Lippe, auf die Seite, die nicht nach oben gezogen war. »Danke«, sagte sie stattdessen.

Ihr Oldtimer-Pick-up wirkte in der Abendsonne regelrecht fröhlich mit seinem türkisfarbenen und gelben Lack. Sein Anblick zauberte ihm beinahe dasselbe Lächeln ins Gesicht wie der Anblick von Madison.

Luke hievte sich auf jede Schulter einen Sack und ging damit zurück in die Scheune, wo er sie beide an dieselbe Wand stellte, an der auch ihr Sack lehnte.

»Ich hole noch die letzten.«

Er dachte, sie würde ihm widersprechen, aber sie nickte nur. »Bitte lass einen im Wagen. Der ist für Leonas Hund. Ich fahre ihn später am Abend oder morgen früh rüber.«

Als er in die Scheune zurückkehrte, sah er, dass sie ein kleines dreifarbiges Kätzchen im Arm wiegte. Er kannte alle Tiere des Tierheims, da er sie normalerweise bei ihrer Ankunft einem Gesundheits-Check unterzog. Doch dieses Kätzchen hatte er noch nie gesehen.

»Wo hast du die denn gefunden?«

»Als ich auf dem Rückweg vom Futtermittelladen war, rief mich Charla Pope an. Sie hatte ein jammerndes streunendes Kätzchen in ihrem Blumenbeet gefunden, von der Mutterkatze keine Spur. Es lag dort seit gestern Abend. Ich bin auf dem Heimweg eben hingefahren, und das arme Ding sieht halb verhungert aus.«

Madi hatte ein unglaubliches Talent dafür, verlorene Streuner aufzufinden. Er hatte den Verdacht, dass es diese zu ihr hinzog, weil sie spürten, dass sie ein Freund und Retter sein würde.

Sie hatte sich nicht verändert. Sie versuchte immer noch, jedes herumstreunende Tier, das sie finden konnte, nach Hause zu holen, nur tat sie es jetzt offiziell, im Namen des Emerald-Creek-Tierheims.

»Soll ich sie mir mal ansehen?«

Sie schenkte ihm ihr einzigartiges Lächeln, und ihre Augen leuchteten vor Dankbarkeit. »Macht es dir nichts aus?«

»Ganz und gar nicht. Ich habe Zeit. Bringen wir sie ins Untersuchungszimmer.«

Noch immer das winzige Kätzchen im Arm, holte Madi ihren Laptop aus dem Büro und folgte Luke in den kleinen Behandlungsraum des Heims.

Sie öffnete ihren Laptop und legte eine Akte für das Kätzchen an. »Willst du ihr einen Namen geben?«, fragte sie ihn.

Er war schlecht im Aussuchen von Tiernamen. »Du hast sie gerettet. Such du einen aus.«

Sie betrachtete das Kätzchen. »Wie wäre es, wenn wir sie erst einmal Callie nennen?«

»Klingt gut.«

Sie tippte ein paar Dinge auf den Bildschirm, und zwar mit solcher Geschwindigkeit, dass man die leichte Kontraktur ihrer linken Hand leicht übersehen konnte und nicht bemerkte, dass sie nicht so gut funktionierte wie die rechte. Es handelte sich um einen Nervenschaden, der von einer vor fünfzehn Jahren erlittenen Verletzung herrührte, aber Madi ließ sich davon nicht stören.

Sanft wog er das Tier und maß seine Größe, während er Madison die Werte zu Protokoll gab.

»Ich sehe keine Anzeichen einer offensichtlichen Krankheit oder Verletzung«, sagte er nach der ersten Untersuchung. »Sie scheint gesund zu sein, wenn auch ein wenig unterernährt.«

»Was glaubst du, wie alt sie ist?«

»Reine Vermutung, aber ich würde sie auf fünf oder sechs Wochen schätzen.«

»Das habe ich auch gedacht. Sie sollte also noch ein paar Wochen lang nicht geimpft werden – und sie ist alt genug, um entwöhnt zu werden.«

»Ja, aber ich würde ihr trotzdem Milchersatz für Kätzchen füttern, zusammen mit etwas weichem Futter.«

»Ich habe welches im Haus. Das klingt nach einem guten Plan.«

»Ich vermute, dass sie zu irgendeinem wilden Wurf gehört. Hat nicht Charlas Nachbar am Ende der Straße ein paar Stallkatzen? Vielleicht ist die hier weggelaufen. Oder vielleicht ist der Mutter etwas zugestoßen.«

»Da hast du wahrscheinlich recht. Ich werde Charla und die anderen in ihrer Nachbarschaft bitten, nach weiteren streunenden Katzen Ausschau zu halten. Danke, dass du sie in Augenschein genommen hast.«

»Das habe ich gern getan, aber du hast mich nicht wirklich gebraucht.«

Sie zuckte mit den Schultern. »Du bist der Profi.«

»So wie du.«

Für ihn war die Veterinärmedizin sein Beruf. Für Madi war es eine Berufung, sich um Tiere zu kümmern. Sie liebte sie mit einer derart tiefen Leidenschaft, dass es ihn immer wieder in Erstaunen versetzte.

»Auf dem Papier bin ich vielleicht der Tierarzt«, fuhr er fort. »Aber du weißt genau, was zu tun ist. Du wirst mit allem fertig, ob ich nun hier bin oder nicht.«

Sie zog ein Gesicht. »Sag das mal allen in der Stadt, die mir nicht einmal zutrauen, einen Beutel Hundefutter zu tragen. Cal Warner hat heute darauf bestanden, meinen Einkaufswagen zu beladen. Wahrscheinlich hat er sogar daran gezweifelt, dass ich seinen Stock halten könnte, so labil, wie ich bin. Und Ava mit ihrem blöden Buch hat die Dinge nicht besser gemacht.«

Der Frust strömte förmlich aus ihr heraus. »Sie hat alles noch viel schlimmer gemacht. Warum musste sie auch diese alten Wunden aufreißen? Uns ging es doch gut.«

Er war sich nicht ganz sicher, ob das stimmte. Madi präsentierte der Welt eine ausgeglichene und glückliche Fassade, aber Luke wusste, dass sie tiefe Narben hatte, die sie vor fast jedem verbarg.

Er schätzte sich glücklich, einer der wenigen Menschen zu sein, die die wahre Madison kannten.

»Wen hast du dieses Mal beim Lesen erwischt?«

»Calvin sagte mir, dass er und seine Frau es zusammen gelesen haben. Und Jewel Littlebear im Futtermittelladen hat ein Exemplar unter die Kasse geschoben, als ich bezahlen wollte. Ich weiß nicht, warum sie sich die Mühe gemacht hat. Ich habe es so oder so gesehen. Lesen es nicht alle in der Stadt?«

»Nicht ganz.«

Sein Telefon klingelte, und er blickte auf das Display. »Das ist Sierra. Sie liest es nicht.«

»Nein. Aber ich glaube, ihre Freundinnen schon«, sagte Madi düster. »Oder zumindest die Familie ihrer Freundinnen.«

Sein Telefon klingelte wieder, und sie deutete darauf. »Du solltest rangehen. Ich habe sie auf dem Weg hierher mit ihren Freundinnen gesehen. Sie schienen sich zu amüsieren.«

Während sie ins Büro zurückkehrte und das Kätzchen absetzte, damit es die Umgebung erkunden konnte, nahm er den Anruf seiner Tochter entgegen.

»Hey, Sierra. Was gibt's?«

»Kann ich heute Nacht bei Zoe übernachten?«

Er runzelte die Stirn. »Ich dachte, wir hätten besprochen, dass wir in die Stadt fahren, uns Sandwiches zum Mitnehmen holen und dann zu den Hidden Falls wandern, um dort ein Picknick zu machen.«

»Ich weiß, und das würde ich auch gerne tun. Aber Zoe reist morgen ab und bleibt sechs Wochen bei ihrem Vater in Utah. Das ist eine Ewigkeit. Es ist sozusagen unsere letzte Chance, in diesem Sommer etwas zusammen zu machen. Wir wollten eine Pyjamaparty mit Mari und Yuki veranstalten. Ihre Mutter sagt, es ist okay, und sie wird die ganze Nacht bei uns zu Hause sein und Zoes Grandma auch.«

Er wusste, dass die Scheidung von Zoes Eltern nicht gerade harmonisch verlaufen war. Ihre Mutter lebte derzeit bei Zoes Großmutter am anderen Ende der Stadt.

»Klar. Das ist in Ordnung. Ich kann dich hinfahren.«

»Nicht nötig. Ich habe mein Fahrrad. Ich packe zu Hause ein paar Sachen in meinen Rucksack und fahre sofort los. Danke, Dad. Hab dich lieb. Mach's gut.«

»Hab dich auch lieb«, antwortete er.

Am Klicken des Telefons erkannte er, dass sie bereits aufgelegt hatte. Er konnte sich glücklich schätzen, dass sie daran gedacht hatte, sich zu verabschieden, da sie mit ihren Gedanken überall gleichzeitig war.

Er spürte wieder dieses kleine Ziehen in seinem Herzen. Sein kleines Mädchen wurde erwachsen. In den letzten vier Jahren, seit dem Tod ihrer Mutter, waren sie eine ziemlich in sich geschlossene Einheit gewesen. Auch wenn er nicht sagen konnte, dass sie allein gegen den Rest der Welt standen, denn ohne die Hilfe seiner Mutter und seiner Schwester sowie lieber Freundinnen wie Madi wäre er verloren gewesen.

Er und Sierra standen sich jedoch sehr nahe, und er freute sich immer auf die seltenen Momente, in denen sie nur zu zweit etwas unternehmen konnten.

Offenbar würde es an diesem Abend nicht so sein, wie er es sich erhofft hatte.

Sein Seufzen blieb Madi nicht verborgen. »Klingt, als wärst du versetzt worden. Hat Sierra aufregende Pläne?«

»Sie will die Nacht bei Zoe verbringen, mit Mariko und Yuki. Warum nicht? Das macht doch viel mehr Spaß, als mit diesem langweiligen Alten rumzuhängen.«

»Ich glaube nicht, dass sie es so sehen würde. Sie vergöttert dich, das weißt du. Es klingt aber so, als hätte sie ein besseres Angebot bekommen.«

»Stimmt. Ich kann nicht wirklich mit einer Nacht YouTube-Videos und TikTok-Tänzen konkurrieren.«

»Das tut mir leid.« Sie schenkte ihm ihr halbes Lächeln. »Du kannst ja heute Abend mit Nic und mir in den Burning Tree kommen. Die Rusty Spurs spielen. Das wird wild. Wenn du die Karte des langweiligen Alten spielen willst, kannst du unser auserwählter Fahrer sein.«

Er schnaubte. »Ich glaube nicht, dass du und meine Schwester wirklich einen Anstandswauwau braucht, oder?«

»Nein. Auf gar keinen Fall«, sagte sie so schnell, dass er grinsen musste. »Aber du kannst trotzdem mitkommen, etwas trinken und Musik hören. Du verdienst etwas Spaß in deinem Leben, Luke. Betrachte es als Selbstfürsorge.«

»Ich werde darüber nachdenken, Dr. Howell«, sagte er, obwohl er davon ausging, es würde beim *Darübernachdenken* bleiben. Wahrscheinlich würde er den Abend damit verbringen, Popcorn zu machen, ein Bier zu schlürfen und Baseball zu gucken.

Kein schlechter Freitagabend, seiner Meinung nach. Hörte sich das jetzt erbärmlich an?

»Nochmals vielen Dank für deine Hilfe«, sagte Madi, als sie die Scheune verließen. Das Kätzchen hatte sie sich wieder tief in ihre Tasche gesteckt.

»Gern geschehen.«

Draußen wurden die Schatten des Spätnachmittags bereits lang, das Licht war golden und schimmerte in den Baumkronen und tanzte in ihrem Haar.

»Im Ernst«, sagte sie, als sie seinen Transporter erreichten. »Du solltest heute Abend mitkommen. Die Band fängt um acht an. Wenn du uns nicht fahren willst, können wir uns ja dort treffen. Dann kannst du jederzeit früher gehen und bist kein Gefangener.«

Er schüttelte den Kopf und legte die Hand auf den Türrahmen seines blauen Pick-ups. »Seit wann ist das denn eine beschlossene Sache?«

»Gib es zu, Luke. Es würde dir guttun, mal auszugehen. Du arbeitest zu hart. Wenn du nicht arbeitest, kümmerst du dich um Sierra oder hilfst hier im Tierheim aus. Sag mir die Wahrheit. Wann hast du das letzte Mal etwas getan, nur weil du Lust dazu hattest?«

Er schnaubte. »Wer sagt denn, dass ich in einer lauten Bar mit einem Haufen halbbetrunkener Cowboys abhängen will?«

»Und mit deiner Schwester und mir«, betonte sie. »Wir werden auch dort sein. Willst du nicht mit uns abhängen, wenn es außerhalb der Arbeit ist?«

»Du wirst nicht lockerlassen, bis ich zusage, hab ich recht?«

Sie grinste. »Du wirst Spaß haben, versprochen. Das ist besser, als allein zu Hause zu sitzen und sich langweiligen Ballsport anzuglotzen.«

»Ich sehe mir zufällig ganz gerne langweiligen Ballsport an.«

»Ich weiß, aber wie oft hast du Gelegenheit, Live-Musik zu sehen, inmitten von zweihundert Nachbarn und Fremden?«

»Du willst es mir ja nicht gerade schmackhaft machen.«

»Dein erster Drink geht auf mich.«

Sein Mund verzog sich. »Oh, warum hast du das nicht gleich gesagt? Wie kann ich zu Gratisschnaps nein sagen?«

Sie lachte. »Wir halten dir einen Platz an unserem Tisch frei. Wir sehen uns dort. Und zieh deine Tanzschuhe an!«

Zufällig besaß er keine Tanzschuhe. Und auch sonst nichts Geeignetes außer Wanderstiefeln, die auf einer Tanzfläche wahrscheinlich nicht allzu hilfreich waren.

»Ich schau mal«, sagte er, aber sie lief schon den Schotterweg entlang zum Farmhaus, in dem sie mit seiner Schwester lebte.

4

*In einer grauenvollen Nacht kraxeln wir einen steinigen
Geröllhang hinauf, unter unseren Füßen stürzen lose
Steinbrocken in die Tiefe. Das schroffe Gelände droht uns im
Stich zu lassen, ich spüre, wie mir die Hand meiner Schwester
entgleitet, wir stolpern und rutschen den erbarmungslosen
Abhang hinab. Zerkratzt und voller blauer Flecken stehen wir
immer wieder auf, mit ungebrochener Entschlossenheit.*

– *Ghost Lake*, Ava Howell Brooks

Madison

Nachdem sie ihre Hunde Mabel und Mo begrüßt hatte, die sich
am Ende eines langen Tages beide auf ihre Heimkehr freuten,
legte Madi das Kätzchen in eine kleine Kiste in ihrem Schlafzimmer und hatte nach der Begegnung mit Luke immer noch ein
Lächeln im Gesicht.

Sie hatte keine Ahnung, ob er an diesem Abend tatsächlich in
den Burning Tree kommen würde. Sie hoffte es. Er musste wirklich mal auf andere Gedanken kommen.

Der Mann setzte sich unerbittlich für seine Patienten, seine
Familie und seine Mitmenschen ein. Sie war sich nicht sicher, ob
er seit dem Tod seiner Frau Johanna vor vier Jahren jemals wieder mit jemandem ausgegangen war. Wenn ja, dann hatte er es
vor allen geheim gehalten, sogar vor seiner Familie. Madi war

sich ziemlich sicher, dass seine Schwester Nicki ihr davon erzählt hätte.

Was hätte sie getan, wenn er nicht Teil ihres Lebens gewesen wäre? Darüber dachte sie oft nach.

Zum einen wäre sie nie in der Lage gewesen, das Tierheim zu eröffnen. Luke und sein teilpensionierter Partner, Ray Gonzales, bestanden beide darauf, die Tiere, die im Heim landeten, kostenlos zu versorgen. Wann immer sie auf etwas Ungewöhnliches oder Unvorbereitetes stieß, war Luke stets bereit, alles stehen und liegen zu lassen, um ihr zu Hilfe zu eilen.

Luke war Vorstandsmitglied der Emerald-Creek-Tierheim-Stiftung und war auch maßgeblich daran beteiligt gewesen, Eugene Pruitt, einen großen Tierliebhaber und Naturschützer, davon zu überzeugen, sein Grundstück dem Tierheim zu stiften.

Sie stand tief bei Dr. Gentry in der Schuld.

Ihr Lächeln verblasste, als sich die Erinnerungen aufdrängten. Ihre Schuld gegenüber Luke und dem Rest seiner Familie war gigantisch, so ungeheuer groß, dass sie wusste, dass sie sie niemals würde zurückzahlen können.

Sie war immer wieder erstaunt darüber, wie seine gesamte Familie – Luke, Nicki, ihr Bruder Owen, ihre Mutter Tilly und sogar Sierra – sie derart akzeptierte und umsorgte. Die Gentrys hätten eigentlich allen Grund gehabt, sie zu hassen. Ihretwegen hatte die Familie einen so schweren Verlust erlitten, dass sie auch jetzt, fünfzehn Jahre später, noch immer trauerten.

Warum hassten sie sie nicht?

Das hatte sie sich in den letzten fünfzehn Jahren oft gefragt. Niemand konnte ihnen einen Vorwurf machen, vor allem nicht nach der Lektüre von Avas dummem Buch, in dem die ganze schreckliche Geschichte in bitteren, schmerzhaften Details geschildert wurde.

An *Ghost Lake* erinnert zu werden, trübte ihre Stimmung aufs Neue.

Es war dumm von ihr gewesen, zu glauben, alles würde einfach in Vergessenheit geraten. Als Ava ihr zum ersten Mal von dem Buch erzählt hatte, das sie ursprünglich als Masterarbeit geschrieben hatte, war Madi blöderweise davon ausgegangen, dass es sich um einen dieser verstaubten akademischen Wälzer handelte, den niemand jemals lesen würde.

Und wieder einmal hatte sie sich geirrt.

Stattdessen war die Welt begeistert von der Geschichte der beiden verlorenen Mädchen, die versuchten, inmitten von Menschen, Gruppen und Verhältnissen zu überleben, auf die sie keinen Einfluss hatten.

Madi warf einen Blick auf ihre Uhr. Sie hatte noch zwei Stunden, um sich auf den Abend mit Nicole vorzubereiten. Was ihr genügend Zeit gab, das Hundefutter bei ihrer Großmutter vorbeizubringen und ihr vielleicht noch auf einen kurzen Sprung einen Besuch abzustatten.

Nachdem sie sich vergewissert hatte, dass das Kätzchen in seiner Kiste schlief, schnappte sie sich die Schlüssel ihres Pick-ups aus der Holzschale auf dem Tresen.

Obwohl sie normalerweise ihren eigenen kleinen Geländewagen benutzte, weil der weniger Benzin verbrauchte, freute sie sich über jede Gelegenheit, sich hinter das Steuer des alten Pick-ups ihres Großvaters setzen zu können. So konnte sie das Kuppeln und Schalten üben, und außerdem war es fahrende Werbung für das Tierheim, sodass es in den Köpfen der Leute von hier wie außerhalb gleichermaßen präsent blieb. Erst vor ein paar Wochen hatte sie eine nette PayPal-Spende von einem Touristenpaar aus Virginia erhalten, das sie in dem Pick-up gesehen hatte und sich daraufhin über die Mission der Organisation informierte.

Der Abend war mild, eine leichte Brise wehte von den Saw-tooths herab. Der alte Pick-up hatte keine Klimaanlage, also fuhr sie mit heruntergelassenen Fenstern und im Wind wehenden Haaren. Als sie das Haus ihrer Großmutter am Elkridge Drive erreichte, war sie der Welt gegenüber fast optimistisch gestimmt.

Ihre Großmutter hatte Besuch. Ein kleiner, sportlicher Gelän-dewagen, den sie nicht kannte, mit einem Oregoner Kennzeichen, parkte in der Einfahrt hinter Leonas altem Viertürer. Madi stellte sich vor das Haus, damit sie das andere Auto nicht einparkte, falls der Besuch gehen musste.

Sie packte den Sack mit beiden Händen, ignorierte den Schmerz, den das Gewicht des Hundefutters in ihrem schwachen Bein verursachte, und trug ihn dann den langen Weg entlang zum Haus.

Madi stellte die Tüte neben der Tür ab und ging hinein, ohne anzuklopfen. Das hätte Leona beleidigt, zumal dies seit jenem Sommer vor fünfzehn Jahren Madis faktisches Zuhause war.

Nach dem College in Boise war sie zurückgekehrt und hatte ein paar Jahre bei ihrer Großmutter gelebt, bis sie vor drei Jahren zu-sammen mit Nicki eine Kellerwohnung von einer Freundin von Tilly gemietet hatte. Sie waren beide froh gewesen, als sie aus dem Keller in das alte Farmhaus von Gene Pruitt zogen, obwohl dort viel Arbeit auf sie wartete.

Zu ihrer Überraschung befand sich Leona nicht mit einer Freundin plaudernd im Wohnzimmer, so wie Madi es erwartet hatte, oder bei einer Tasse Kaffee und einem Stück Heidelbeerku-chen in der Küche. Allerdings traf sie auf Oscar, Leonas Schäfer-hundmischling. Sie streichelte den Hund und fing an, sich Sorgen zu machen.

Hatte sie ihre Großmutter irgendwo in ihrem üppigen Garten übersehen? Das glaubte sie nicht. Wäre sie im Garten gewesen, hätte sie Oscar bei sich gehabt, denn der Hund liebte es, draußen zu sein.

Leona war auch nicht im Wohnzimmer, stellte Madi fest. Während sie dastand und versuchte, das Rätsel zu lösen, hörte sie plötzlich leise Stimmen von oben. Es klang, als kämen sie aus dem Zimmer, in dem Ava in den zwei Jahren geschlafen hatte, in denen sie hier zusammengewohnt hatten, bevor ihre Schwester zum College nach Oregon ging.

Mit einer vagen Vorahnung ging Madi die Treppe hinauf und versuchte, die andere weibliche Stimme zu identifizieren, die mit ihrer Großmutter sprach.

Als sie das obere Ende der Treppe erreichte, konnte sie die Stimme deutlicher vernehmen, und ihr Unbehagen wurde noch größer.

»Es tut mir wirklich leid wegen der Unordnung«, sagte Leona. »Wenn wir erst einmal die Kisten weggeräumt haben, wird auch das Bett wieder frei sein.«

»Ich habe dir doch gesagt, dass wir nichts umstellen müssen«, sagte die zweite, nun vertraute Stimme. »Schon gar nicht heute Nacht. Ich kann gut drumherum laufen. Ich brauche nur ein Bett und einen Schreibtisch und vielleicht ein paar Schubladen für meine Sachen.«

Eine heiße Welle ungläubiger Wut durchfuhr Madi.

Nein.

Das konnte nicht sein.

Nicht hier.

Es hätte ihr einleuchten müssen, als sie das Nummernschild aus Oregon sah.

Sie holte tief Luft und ging entschlossen zur Tür von Avas altem Zimmer, wo sich ihre geliebte Großmutter, die sonst immer eine Quelle vollster Unterstützung und Liebe war, gerade mit dem Feind verbündete.

Leona wühlte in Kisten, während Ava auf dem Bett saß: blond, schön und verräterisch.

Beide mussten ihre Anwesenheit gespürt haben. Sie hoben gleichzeitig den Kopf und blickten zu ihr auf. Wäre Madi nicht so fassungslos gewesen, hätte diese Reaktion sie vielleicht sogar amüsiert.

Leona sah beunruhigt aus, ihre Augen weiteten sich, und ihr Blick wechselte blitzartig zwischen den beiden Schwestern hin und her, als erwarte sie, dass sie sich jeden Moment in die Haare kriegen würden.

Für einen kurzen Moment glaubte Madi fast, Ava sähe verängstigt aus, bevor sie jegliche Emotion wegblinzelte und sich sofort wieder in die kühle, gefasste Fremde verwandelte, zu der sie im Laufe der Jahre geworden war – zumindest ihr gegenüber.

»Was macht sie hier?«, fragte sie ihre Großmutter in scharfem Ton. Sie traute sich noch nicht zu, ein Wort zu Ava zu sagen.

»Gute Nachrichten.« Leonas Stimme klang heiter, doch ihr Blick verriet, dass sie auf der Hut war. »Deine Schwester ist für einen längeren Aufenthalt nach Emerald Creek zurückgekommen. Ist das nicht wunderbar?«

Wunderbar? Madi würden ein Dutzend Worte einfallen, die viel besser zu dieser Situation passten.

»Warum?«

Ihre Stimme klang schroff und brüchig, als hätte sie auf dem Weg herein eine Handvoll Kieselsteine vom Gartenweg genommen und nacheinander hinuntergeschluckt.

Leonas Reaktion ließ auf sich warten, als wüsste sie nicht, was sie sagen sollte.

Schließlich ergriff Ava das Wort. »Cullen arbeitet auf einer Ausgrabung in den Sawtooth Mountains, etwa eine Stunde von hier entfernt. Anstatt mich über die Sommerferien allein in unserer

Wohnung in Portland zu langweilen, dachte ich ... es wäre schön, etwas Zeit mit Grandma zu verbringen. Außerdem bin ich dann in seiner Nähe.«

Sie log. Auch wenn ihre Schwester ihr in vielerlei Hinsicht völlig fremd geworden war, kannte Madi sie immer noch gut genug, um zu spüren, wenn sie sich um die Wahrheit herumdrückte.

Avas Erzählungen hatten sich nicht verändert. Wenn sie log, wandte sie den Blick ab und blinzelte etwa doppelt so oft wie sonst.

Nach allem, was die beiden zusammen durchgemacht und überlebt hatten, hatte Madi fest geglaubt, ihre Verbindung würde für immer unzerstörbar sein, zusammengeschmiedet durch Angst und Verlust.

Sie konnte nicht falscher liegen.

»Du g-gehörst nicht mehr h-hierher.«

Madi kniff die Augen zusammen, wütend darüber, dass, wann immer sie aufgebracht war, die Verbindung zwischen ihrem Gehirn und ihren Worten nicht mehr zu funktionieren schien.

Kommunikation war noch nie ihre Stärke gewesen. Dass sie eine Kugel in den Kopf überlebt hatte, machte die Sache gewiss nicht leichter.

Ava ignorierte ihr Stottern und warf ihr im Gegenzug einen kühlen Blick zu. »Ich glaube nicht, dass das deine Entscheidung ist. Dies ist das Haus unserer Großmutter, und sie hat mich hier willkommen geheißen.«

»Grandma, ernsthaft?«, rief Madi aus, erfüllt von Frustration und Hilflosigkeit – Gefühle, die ihr nur allzu vertraut waren. »Wie k-kannst du sie überhaupt ins Haus lassen, nach allem, was sie ge-t-tan hat!«

»Madison Howell. Das reicht jetzt. Sie ist deine Schwester. Sie wird immer deine Schwester sein, so wie sie immer das älteste

Kind meiner Tochter sein wird und in meinem Haus willkommen ist.«

Leona sprach nicht oft in diesem strengen Tonfall mit ihr, wodurch Madi sich wie ein gescholtenes Kind fühlte und nicht wie eine erwachsene Person mit ernst zu nehmenden Einwänden.

»Ich weiß, sie ist deine Enkelin. Aber sie hat ganz sicher n-nicht an dich, Mom oder mich gedacht, als sie beschloss, die Geschichte unserer Familie in alle Welt hinauszuposaunen.«

Wieder glaubte sie, ein Aufflackern rauer Emotion in den grünen Augen ihrer Schwester zu sehen, eines der wenigen körperlichen Merkmale, die sie gemeinsam hatten. Es war jedoch so schnell wieder verschwunden, dass sie sich nicht sicher war.

»Sag mir nicht, woran ich gedacht oder nicht gedacht habe, als ich *Ghost Lake* schrieb«, sagte Ava ruhig und mit ausdrucksloser Stimme.

Wer war diese kühle, gefasste Fremde im Körper ihrer Schwester? Sie wusste, dass Ava leidenschaftlich und ungestüm sein konnte, wenn die Situation es erforderte. Madi war sich bitter bewusst, dass sie ohne die Entschlossenheit und den Mut ihrer Schwester jetzt nicht mehr am Leben wäre.

Sie vermisste diese Schwester.

»Ich habe gehört, dein Buch ist ein Top-Bestseller der *New York Times*. Herzlichen Glückwunsch.«

Sie gab sich keine Mühe, die Bitterkeit in ihrem Ton zu verbergen.

»Danke«, sagte Ava. »Ich freue mich riesig.«

Sie klang alles andere als begeistert, obwohl Madi sich nicht ganz sicher war, warum.

»Da bin ich mir sicher. Du bist jetzt die Berühmtheit unserer Stadt, nicht wahr? Hast du die A-Auslage der Buchhandlung gesehen? Es ist ziemlich beeindruckend. Jammerschade, dass ich diejenige bin, die hier leben und mit den Folgen deines W-Wahn-sinns-B-Bestsellers leben muss.«

Ava sagte nichts, aber ihr Kiefer spannte sich an.

»Ich kann nicht durch den Lebensmittelladen gehen, ohne dass mich die Leute a-ansprechen und mit mir über das Buch reden wollen. Wusstest du das? Und jeder einzelne ehrenamtliche Mit-arbeiter des Tierheims scheint es zu lesen. Wie aufregend das alles für dich sein muss.«

»Stopp.« In Leonas Stimme lag eine Warnung, die Madi nicht ignorieren konnte. »Ich weiß, dass du im Moment wütend auf deine Schwester bist. Ich verstehe das. Aber sie ist immer noch deine Schwester, und ich habe sie eingeladen, so lange bei mir zu bleiben, wie sie möchte. Solange ihr hier innerhalb der Mauern meines Hauses seid, erwarte ich, dass ihr höflich miteinander um-geht.«

Madi blickte finster. »Ich kann nicht glauben, dass du auf ihrer S-Seite bist!«

»Ich bin auf niemandes Seite.« Leonas Stimme war sanft, aber bestimmt. »Ich liebe euch beide, und ich finde es schrecklich, mit anzusehen, wie dieses Buch zwischen euch steht.«

»Ich werde dich daran erinnern, dass ich n-nicht diejenige bin, die Ruhm und Reichtum über die Loyalität zur Familie gestellt hat.«

»Willst du zum Abendessen bleiben, Madison?«, fragte Leona mit einem leicht verzweifelten Unterton in ihrer Stimme. »Ich mache den Nudelauflauf mit Huhn, den du so gerne magst.«

Da knurrte plötzlich ihr Magen und erinnerte sie daran, dass sie an diesem Tag nicht annähernd genug gegessen hatte.

Sie liebte zwar die Kochkünste ihrer Großmutter, aber der Ge-danke, in derselben Küche wie ihre Schwester zu essen, vermochte jede Heißhungerattacke zu vertreiben. Es bereitete ihr einen

Hauch von Schadenfreude, zu sehen, wie sich das Gesicht ihrer Schwester bei der Erwähnung von Essen leicht grün verfärbte.

Vielleicht verursachte Avas schlechtes Gewissen ihre Übelkeit. Sie hatte nichts anderes verdient.

»Ich glaube nicht. Mir ist der Appetit vergangen«, sagte sie mit gleichgültigem Ton. »Wie dem auch sei, ich muss gehen. Nicki und ich haben etwas vor.«

»Ich wollte dich noch daran erinnern, dass am Sonntag unser monatliches Treffen mit den Gentrys stattfindet. Um sechs Uhr. Vergiss das nicht.«

Leona und Tilly Gentry Walker, Lukes Mutter, waren schon jahrelang befreundet gewesen, noch bevor die Ereignisse jenes Augusts vor fünfzehn Jahren ihre Familien für immer miteinander verbanden.

Normalerweise freute sich Madi auf ihr monatliches Abendessen, bei dem all die Menschen, die sie am meisten liebte, an einem Ort versammelt waren.

Würde Ava ihr sogar das verderben?

Das würde sie nicht zulassen, schwor sie sich. Ihre Schwester hatte ihr mit der Veröffentlichung der Erinnerungen schon genug angetan. Das würde Madi sich von ihr nicht auch noch wegnehmen lassen.

5

*In diesem Abgrund aus Schatten drücken die kalten
Granitwände gegen meinen Rücken, während die abgestandene,
drückende Luft jede Hoffnung auf Entkommen erstickt. Ich
spüre, wie die Feuchtigkeit durch den dünnen Stoff meiner
Kleidung dringt und sich wie ein unsichtbarer Widersacher an
meine Haut heftet.*

– *Ghost Lake*, Ava Howell Brooks

Ava

In dem Moment, als ihre Schwester das Haus verlassen hatte, atmete Ava lang und rasselnd aus.

Sie fühlte sich, als hätte jemand auf sie eingeschlagen, und durch ihren Magen kroch wieder diese eklige Übelkeit.

»Ich muss wirklich nicht hierbleiben«, sagte sie zu ihrer Großmutter. »Ich möchte dir mit Madi keine Probleme bereiten. Ich könnte mir eine Ferienwohnung irgendwo in der Stadt oder hinter dem Pass in Sun Valley suchen. Ich bin mir sicher, dass ich in der Nähe eines der Skigebiete etwas zu annehmbaren Sommerpreisen finden kann.«

»Das bezweifle ich. Hier ist nichts mehr billig. Heutzutage gibt es hier im Sommer genauso viele Touristen wie im Winter.«

Bei ihren gelegentlichen Besuchen zu Hause bei Leona war ihr aufgefallen, dass die Menschenmassen, die aus Sun Valley in die geschützte Gemeinde herüberschwappten, ganzjährig mehr geworden waren.

»Ich bin sicher, dass ich etwas finde. Oder ich kann immer noch zurück nach Portland fahren. Dieser Besuch war sowieso nur so eine spontane Aktion, weil ich nicht gern allein ohne Cullen in unserer Wohnung sein wollte.«

Leona blickte sie mit zusammengezogenen Brauen streng an. »Sei nicht albern. Du bleibst hier. Du musst die Dinge mit deiner Schwester klären.«

»Die Dinge klären? Ernsthaft?« Sie spürte, wie saure Galle in ihrer Kehle aufstieg, und die allgegenwärtige Übelkeit, die sie ständig überkam, seit ihr Mann seine Sachen gepackt hatte und gegangen war, überfiel sie mit aller Macht. Sie schluckte und versuchte, sie mit reiner Willenskraft zu vertreiben. »Ich bin mir nicht sicher, ob das passieren wird. Ich glaube nicht, dass sie mir jemals verzeiht.«

»Sie könnte es, wenn du ihr die Wahrheit sagen würdest.«

Ava atmete ein, plötzlich auf der Hut. »Welche Wahrheit?«

»Den wahren Grund, warum du das Buch veröffentlicht hast.«

Sie wandte den Blick ab und blinzelte heftig, um ihrer Großmutter nicht in die Augen sehen zu müssen. Ava war eine schlechte Lügnerin, und Leona hatte Adleraugen, wenn es um solche Dinge ging.

»Ist das nicht offensichtlich? Ich wollte Ruhm und Reichtum. Das denkt zumindest Madi. Und du doch auch, oder?«

»Nein. Ich denke, es könnte ein grundlegenderes Problem sein.«

»Ich weiß nicht, wovon du sprichst.«

»Das weißt du nicht?«

Ava zog es vor, zu schweigen, anstatt zu versuchen, Leona weiter anzulügen.

Nach einer langen Pause hob ihre Großmutter ein paar Kisten auf und ging zur Tür. »Gut. Hüte deine Geheimnisse. Vergiss nicht, dass ich zwei eigene Kinder großgezogen habe. Ich bin schon besser belogen worden als von dir, meine Liebe.«

Sie wollte ihre Großmutter nicht anlügen, aber sie konnte sich auch nicht dazu durchringen, ihr die Wahrheit zu sagen.

Sie hatte zu viele Geheimnisse. Manchmal schmerzte ihre ganze Seele von der Last, sie alle zu tragen.

»Ich habe keine Geheimnisse mehr«, log sie Leona an. »Ich habe alles in *Ghost Lake* offenbart.«

»Nicht alles.«

»Nicht alles«, stimmte sie schließlich zu. »Aber immer noch mehr, als ich Madis Meinung nach hätte tun sollen.«

»Du bewältigst deine Vergangenheit so, wie du es am besten kannst. Deine Schwester macht das Gleiche.«

Ihre Großmutter schaute sie an; ihre Augen waren so voller Mitgefühl, dass Ava dem Drang widerstehen musste, ihren Kopf an ihre Schulter zu legen und loszuweinen.

»Also«, sagte Leona sanft. »Warum machst du nicht ein kleines Nickerchen und packst deine Sachen aus, während ich mich um unser Abendessen kümmere? Später kannst du mich dann auf den neuesten Stand bringen, was seit dem Erscheinen deines Buches alles passiert ist.«

Wo sollte sie da anfangen? Die letzten Monate vor und nach der Buchveröffentlichung waren ein Wirbelwind aus Medienanfragen, Interviews und Social-Media-Diskussionen gewesen.

Und mitten in all dem Chaos, wie Wasser, das unaufhaltsam auf Sandstein tropft, nahm die stetige, herzzerreißende Erosion ihrer Ehe ihren Lauf, des einzigen stabilen Elements, an dem sie immer glaubte, sich festhalten zu können.

Es kommt mir vor, als wäre ich in den letzten drei Jahren mit einer völlig Fremden verheiratet gewesen. Warum hast du mir nichts davon erzählt?

Der Klang der Stimme ihres Mannes, so leise vor unterdrücktem Schmerz, kratzte mit schmerzhafter Klarheit an ihren Nervenenden.

Im Nachhinein fielen ihr ein Dutzend Dinge ein, die sie darauf hätte erwidern können. Stattdessen hatte sie sich in sich selbst zurückgezogen, alle zitternden Stacheln aufgestellt, und sich hinter der Verteidigung und dem Selbstschutz verkrochen.

Weil es Vergangenheit ist. Das ist nicht mein jetziges Ich.

Cullens Stimme war mehr traurig als wütend gewesen. *Verstehst du denn nicht, Ava? Was dir in diesen sechs Monaten am Ghost Lake widerfahren ist, hat dich zu dem gemacht, was du bist. Jetzt, da ich das Buch gelesen habe, sehe ich vieles so viel klarer. Ich hätte es verstanden. Du hättest wissen müssen, dass ich es verstanden hätte. Stattdessen habe ich das Gefühl, dass du jeden Moment, den wir zusammen waren, damit verbracht hast, dein wahres Ich vor mir zu verbergen. Du hast mir nie ganz vertraut. Uns. Hast du das?*

Die Erinnerung an den Schmerz und den Verrat in seinen warmen braunen Augen traf sie wie eine Abrissbirne. Ihr wurde plötzlich schwindelig, eine Mischung aus Erschöpfung, Reue und Angst.

»Ruh dich aus.« Leona legte eine kühle Hand auf Avas Gesicht. »Nach einem kleinen Nickerchen fühlt sich alles besser an.«

»Es ist schon fast Schlafenszeit. Wenn ich jetzt ein Nickerchen mache, kann ich nachher niemals schlafen.«

»Mir geht es genauso. Ich verstehe das. Also, pack deine Sachen aus, und dann komm runter und hilf mir etwas in der Küche, wenn du magst.«

Ihre Großmutter eilte davon, und Ava ließ sich auf das Bett sinken, schloss die Augen und versuchte, weitere Erinnerungen fortzuschieben, die auf sie einströmten. Cullens Schweigen, als er seine Sachen für seine Sommerausgrabungen packte. Die angespannte Atmosphäre in ihrer Wohnung, während sie nach einem Weg suchte, all das wieder zusammenzufügen, was durch ihre Worte in *Ghost Lake* in Stücke gerissen worden war.

Ihr Telefon klingelte. Es war wieder Sylvia, wie sie auf dem Display sehen konnte. Sie ließ den Anruf auf die Mailbox laufen, aber es klingelte sofort wieder.

Mit einem Seufzer ging sie ran. Sie konnte der Frau nicht ewig aus dem Weg gehen. »Hallo.«

»Da bist du ja! Ich habe mir schon Sorgen gemacht, Schätzchen. Ich dachte, die Vereinigung hätte vielleicht nach dir gesucht.«

Sie zitterte, auch wenn sie wusste, dass das höchst unwahrscheinlich war. Die Ghost-Lake-Survival-Vereinigung war nach der Schießerei fünfzehn Sommer zuvor völlig auseinandergebrochen. Die etwa dreißig Kernmitglieder der Prepper-Sekte, die sich vorübergehend tief in den Sawtooth Mountains angesiedelt hatte, waren verhaftet worden oder schon vor langer Zeit geflohen.

Die Anführer, darunter auch der Mann, den sie im Alter von nur sechzehn Jahren hatte heiraten müssen, saßen immer noch im Gefängnis, weil sie zwei Bundesbeamte angeschossen und einen unschuldigen Mann getötet hatten, der ihr und Madi einfach nur hatte helfen wollen.

»Es tut mir leid. Es waren ein paar hektische Tage.«

Oh, und außerdem geht mein Leben in die Brüche. So sieht's aus.

»Wo bist du, Ava? Du klingst, als wärst du eine Million Kilometer weit weg.«

»Ich bin in Idaho. Ich besuche meine Großmutter für ein … für ein paar Wochen.«

»Oh. Wie weit bist du weg von … du weißt schon. Wo alles passiert ist?«

Sie schloss ihre Augen. Sie war nie sehr weit weg, zumindest nicht in ihrer Erinnerung. »Ungefähr eine Stunde.«

»Ich frage mich, ob du dort hingehen und ein paar Fotos von dir machen könntest, auf denen du das Buch in der Hand hältst. Das würde sich in deinen sozialen Netzwerken gut machen.«

Das war absolut das Letzte, was sie tun wollte. Sie wollte diese Berge am liebsten nie wieder betreten, obwohl es ihr ein Rätsel war, wie sie sonst ihren Mann wiedersehen wollte, der sich ungefähr in der gleichen Gegend aufhielt.

Zu ihrer Erleichterung erwartete Sylvia keine Antwort, sondern kam schnell auf den Grund ihres Anrufs zu sprechen.

»Dein Werbeteam ist superunglücklich darüber, dass sie die Tour absagen mussten. Sie fragen, wann sie den Termin nachholen können.«

»Das kann ich nicht beantworten.«

»Nächsten Monat? Übernächsten?«

Wie wäre es mit *nie*?

Das konnte sie leider nicht sagen, sosehr sie es auch wollte. Ein Teil der Vereinbarung mit ihrem Verleger beinhaltete ihr Einverständnis, an Werbeveranstaltungen teilzunehmen, einschließlich der Zehn-Städte-Lesereise, die sie hatte sausen lassen.

»Wie wäre es mit Anfang August?«, schlug sie vor. »Ich muss nur rechtzeitig fertig sein, sodass ich am Zweiundzwanzigsten wieder unterrichten kann.«

»Dürfte klappen. Es ist nur sechs oder sieben Wochen später als ursprünglich gedacht. Ich rede mit ihnen und melde mich wieder. Wenn sich die Lesereise mit dem Schulbeginn überschneidet, könntest du dich vielleicht ein paar Wochen vertreten lassen. Oder noch besser, du nimmst ein Sabbatical oder so.«

Ava hasste die Vorstellung, dass jemand anderes das Schuljahr mit ihren Kindern beginnen würde und sie diese wichtigen ersten Wochen des Schuljahres verpasste.

Aber sie hatte anscheinend nicht wirklich eine Wahl.

»Wie fühlst du dich?« Sylvias schroffer, bodenständiger New Yorker Akzent wurde weicher.

»Besser«, sagte sie. Sie wollte nicht noch einen weiteren Menschen in ihrem Leben anlügen. Zum Glück konnte Sylvia sie durch das Telefon nicht sehen.

»Oh, da bin ich aber froh. Vielleicht sind ein paar Wochen Ruhe genau das, was du brauchst.«

»Ja. Vielleicht.«

»Ich habe noch mehr tolle Neuigkeiten. Wie es aussieht, steht *Ghost Lake* auf der Auswahlliste mehrerer großer Buchklubs. Meine persönliche Vorhersage lautet, dass du bei diesem Tempo den ganzen Sommer über und bis in den Herbst hinein auf den Bestsellerlisten stehen wirst. Vielleicht ist der August also doch ein guter Zeitpunkt, um auf Tour zu gehen.«

»Großartige Neuigkeiten«, sagte Ava, auch wenn ihr Magen protestierte.

»Das ist so aufregend. Nichts liebe ich mehr, als wenn eine meiner Autorinnen ein phänomenales Buch schreibt, das die Welt so sehr bewundert wie ich.«

Sie sprachen noch einige Augenblicke über Auflagen und Verkaufszahlen, bevor Ava das Gespräch mit weiteren vagen Versprechungen beenden konnte.

Sie stellte ihr Telefon auf lautlos, räumte noch ein paar Kisten vom Bett und legte sich einen Moment hin, starrte an die Decke und fragte sich, wie sie den Sommer überstehen sollte, wenn sie sich körperlich und seelisch so elend fühlte.

6

*Die Narben auf unseren Körpern mögen kaum mehr zu
sehen sein, aber die Wunden in unseren Herzen bleiben; eine
ständige Erinnerung an den Preis, den wir für die Freiheit
bezahlt haben.*

– Ghost Lake, Ava Howell Brooks

Madison

Sie genoss es, an einem Freitagabend im Juni im Burning Tree zu
sein, besonders wenn eine Band spielte, die sie liebte.

Live-Musik, gute Freunde, kalte Drinks und jede Menge neue
Typen für den Sommer.

Was brauchte sie mehr?

Sie zog ihren Rock zurecht – der einen Hauch kürzer war, als
dass sie sich darin wirklich wohlfühlte – und setzte sich an ihren
und Nickis Lieblingstisch. Von dort hatten sie eine gute Sicht auf
die kleine Bühne im Inneren der Taverne und auch auf den Ein-
gang, wodurch sie alle Neuankömmlinge im Blick hatten.

Jamie Keller, eine Freundin, die mit ihnen zur Schule gegangen
war, brachte ihnen ihre Getränke.

»Tut mir leid, dass es so lange gedauert hat«, sagte sie und strich
sich eine Strähne ihres kastanienbraunen Haars nach hinten, die
sich aus ihrem Pferdeschwanz gelöst hatte. »Hier ist ganz schön
was los heute Abend.«

»Sieht ganz so aus.« Nicky, die Madi gegenübersaß, trank einen kräftigen Schluck von ihrer zuckerfreien Cola-Rum, die sie hier immer bestellte.

»Aber gut fürs Geschäft«, sagte Madi. Jamies Ehemann Mark hatte den Laden von seinem Vater übernommen. Mark und Jamie führten es jetzt und hatten über die letzten Jahre aus einer eher etwas verrufenen Raststätte eine angesagte Location gemacht, die Gäste aus der ganzen Nachbarschaft anlockte.

Jamie seufzte. »Ein bisschen zu gut. Ich wünschte, ich könnte mich zu euch setzen und mit euch plaudern, aber wir sind heute Abend zwei weniger, also wird das nicht möglich sein. Sagt Bescheid, wenn ihr noch eine Runde braucht.«

»Das werden wir«, sagte Nicki.

Nicki bestellte sich normalerweise zwei Drinks, aber Madi stand insgeheim nicht besonders auf Alkohol oder andere Substanzen, die ihr Denken beeinträchtigen könnten. Seit dem Sommer, in dem sie verletzt worden war, hatte sie schon zu oft eine gewisse Trennung zwischen ihrem Gehirn und dem Rest ihres Körpers spüren müssen. Warum sollte sie freiwillig etwas tun, das ihre kognitiven Fähigkeiten beeinträchtigen könnte, wenn sie bereits eine Hirnverletzung hatte, die all das manchmal ganz von allein machte?

An den Abenden, an denen sie mit Nicki in den Burning Tree kam, bestellte sie ein Getränk und hütete es die ganze Nacht lang, mischte es mit Mineralwasser oder Cola light für einen gelegentlichen kleinen Koffeinschub.

Sie war froh, dass sie hier war. Seit Wochen hatte sie ihre ganze Energie in ihre letzten Tage in der Tierklinik gesteckt und alle notwendigen Schritte eingeleitet, um das Tierheim in Betrieb zu nehmen.

Sie liebte ihre Arbeit, aber manchmal musste eine junge Frau einfach nur mit ihren Freundinnen abhängen und es genießen, jung, relativ gesund und ungebunden zu sein.

»Was ist mit den beiden da drüben?« Nicole deutete auf zwei athletisch gebaute blonde Jungs, ein paar Jahre jünger als sie, mit gebräunten Gesichtern und den Waschbäraugen, die verrieten, dass sie die meiste Zeit ihres Tages draußen verbrachten und Sonnen- oder Skibrillen trugen.

»Ich weiß nicht. Die sehen zu sehr mit sich selbst beschäftig aus. Der Kleinere guckt ständig in den Spiegel über der Bar.«

»Den nehme ich. Du kannst den Größeren haben, der aussieht wie Austin Butler.«

»Ähm. Ich weiß nicht so recht.«

Nicole runzelte die Stirn und nippte an ihrem Drink. »Es ist schon der zweite Freitag im Juni. Ehe du dich versiehst, ist die Saison vorbei.«

Sie rollte mit den Augen. »Es ist noch nicht einmal Sommer. In den höheren Lagen liegt manchmal noch Schnee.«

»Ich weiß, aber dir ist schon klar, wie kurz die Saison ist.«

Seit sie nach dem Abschluss ihrer Ausbildung – Madi zur Tierarzthelferin und Nicole als Krankenschwester – nach Emerald Creek zurückgekehrt waren, hatten sie sich eine recht bequeme Strategie angewöhnt. Im Winter verabredeten sie sich häufig mit Skilehrern oder Pistenrettern, die nur für ein paar Monate da waren, bis das Wetter wieder wärmer wurde. Im Sommer hatten sie die Jungs im Auge, die in den warmen Monaten als Guides von Angelausflügen oder Rafting-Touren in der Gegend waren.

Keine von ihnen war in diesem Lebensabschnitt an etwas Ernsthaftem interessiert. Die Jungs schien das sowieso nicht zu stören. Am Ende jeder Saison fiel es ihnen leicht, sich zu verabschieden, wenn sie unweigerlich weiterzogen, dem nächsten Adrenalinschub entgegen.

Madi hatte sich seit fast einem Jahr mit niemandem getroffen. Während des Winters war sie zu sehr mit dem Tierheim und der bevorstehenden Eröffnung beschäftigt gewesen, um sich irgendwelchen anderen Dingen widmen zu können – sehr zu Nics Enttäuschung.

Madi hatte ihrer Freundin versprochen, dass sie sich im Sommer mehr Mühe geben würde. Sie wollte es Nic gegenüber nicht zugeben, aber Gelegenheitsverabredungen kamen ihr manchmal wie sehr viel Arbeit vor, wenn man ständig versuchte, intelligent, witzig und attraktiv zu sein. Zurzeit würde sie ihre Energie viel lieber in die Arbeit am Social-Media-Auftritt des Tierheims oder in das Schreiben eines weiteren Antrags stecken.

»Ich werde sie mal anquatschen.« Nic strich sich mit der Hand über die Haare, betrachtete ihr eigenes Spiegelbild im Spiegel über der Bar und schritt auf die beiden Jungs zu.

Sie sahen erfreut aus, mit ihr zu reden. Warum auch nicht? Nicole war hinreißend. Sie war groß, schlank, hatte das gleiche gewellte dunkle Haar und die gleichen blauen Augen wie ihr Bruder. Vor allem hatte sie keinen Mund, der nur halb lächelte, keine gekrümmte Hand und kein plötzlich auftretendes Stottern.

»Was machst du denn hier so ganz allein?«

Sie wandte ihren Blick von der Bühne ab, bereit, einem übereifrigen Cowboy eine Abfuhr zu erteilen, und traute ihren Augen kaum, als sie Luke mit einem schaumgekrönten Bier in der Hand auf sie zukommen sah.

»Ich genieße die Musik.« Sie sprach ein wenig lauter, um sich Gehör zu verschaffen. »Ich muss sagen, ich bin überrascht, dich zu sehen. Ich hätte nicht gedacht, dass du wirklich mit uns ausgehen würdest.«

Er zuckte mit den Schultern. »Ich mag Live-Musik genauso gerne wie jeder andere. Und ich glaube, ich wurde herbestellt, damit ich euer auserwählter Fahrer sein kann.«

»Das war Spaß. Ich trinke normalerweise nur einen Drink in drei Stunden. Ich bezweifle, dass mich das vom Fahren abhält.«

»Man kann nie wissen. So klein, wie du bist, hat selbst eine winzige Menge Alkohol wahrscheinlich mehr Auswirkungen als das Zwei- oder Dreifache bei mir.«

»Möglicherweise.«

Sie hatte sich nie für klein gehalten, aber im Vergleich zu den großen Gentry-Geschwistern war sie wohl tatsächlich ein Zwerg.

Die Band spielte einen ihrer Lieblingssongs: eine Ballade, ihre erste Singleauskopplung, die es bis in die örtlichen Charts geschafft hatte.

Dieser Song über verlorene Unschuld und falsches Vertrauen hatte sie immer sehr berührt. Obwohl es darin um eine Liebesbeziehung ging, musste sie aus irgendeinem Grund an ihren Vater denken, was ihr immer die Kehle zuschnürte und ihre Augen brennen ließ.

»Möchtest du tanzen?«, fragte Luke.

Die Frage kam aus heiterem Himmel. Zu ihrem Entsetzen spürte sie, wie sie heiße Wangen bekam, und war sehr dankbar für die schwache Beleuchtung im Burning Tree.

Warum reagierte sie so? Luke war ihr Freund. Sie kannte ihn seit über zehn Jahren und stand seiner gesamten Familie nahe, auch seiner Tochter.

Ja, streng genommen war er ihr Chef, aber nur noch für ein paar Wochen. Luke war ihr ohnehin nie wirklich wie ein Chef vorgekommen, eher wie ein Freund, mit dem sie das Glück hatte, zusammenzuarbeiten. Sogar in der Klinik war ihr Verhältnis immer eher ein geschwisterliches gewesen.

Vielleicht kam ihr deshalb die Vorstellung, mit ihm zu tanzen, seltsam vor.

Das war albern. Sie konnten ja wohl zu einem Lied tanzen, ohne dass es gleich komisch wurde, oder?

»Klar«, sagte sie und stand auf, bevor sie anfangen konnte, zu viel darüber nachzudenken. »Ich würde sehr gerne tanzen.«

Er sah überrascht aus, als hätte er nicht erwartet, dass sie zustimmen würde, erhob sich aber ebenfalls und streckte seine Hand aus. Nach einem kurzen Zögern ergriff sie sie.

Seine Haut war warm, seine Hand lag fest in ihrer. Er roch nach Leder und regennassen Kiefernnadeln.

Hatte sie jemals mit ihm getanzt? Ja, sie erinnerte sich. Drei Jahre zuvor auf der Hochzeit seines Bruders Owen. Aber es war völlig natürlich gewesen, da sowieso jeder mit jedem tanzte, und er hatte erst ein Jahr zuvor Johanna verloren, also hatte sie sich nichts dabei gedacht.

Die langsamen, süßen Töne der Band wehten über die Tanzfläche, auf der sich bereits ein Dutzend anderer Paare zusammen bewegte, darunter Nicki und ihr sichtlich betörter Rafting-Guide, der aussah, als sei ein Geist aus seiner Bierflasche gestiegen und hätte ihm seinen sehnlichsten Wunsch in Form einer großen, dunkelhaarigen Krankenschwester mit strahlend blauen Augen erfüllt.

Das hier war keine gute Idee, dachte Madi. Einen wilden Moment lang war sie nicht sicher, wohin sie ihre Hände legen sollte. Um seinen Hals, wie Nic es gerade tat? Das erschien ihr unter diesen Umständen viel zu intim.

Er löste ihr Dilemma, indem er eine Hand auf ihren Rücken legte und mit der anderen ihre Finger hielt.

Er war ein guter Tänzer. Sie war sich nicht sicher, warum sie das so überraschte. Luke war sportlich und kräftig. Sie hatte jahrelang mit ihm gearbeitet und gesehen, wie er selbst die störrischsten Patienten bezwingen konnte.

Und doch bewirkte seine anmutige Art, sich über die Tanzfläche zu bewegen, dass sie sich plump und unbeholfen vorkam.

»Also«, sagte er und deutete auf seine Schwester. »Sieht so aus, als hätte Nic einen Typen für diesen Sommer gefunden. Was ist mit dir?«

Sie schaute zu ihrer Freundin hinüber, die ihren Kopf auf die beachtliche Brust des jungen Mannes gelegt hatte.

»Noch nicht.«

»Was hält dich davon ab?«

Sie runzelte die Stirn, denn es gefiel ihr nicht, dass sie ein offenes Buch für ihn war. »Ich war so beschäftigt, ich konnte gerade so die Zeit aufbringen, heute Abend zum Burning Tree zu kommen. Ich weiß nicht, ob ich im Moment Energie für eine Beziehung hätte, nicht mal eine flüchtige.«

»Du kannst nicht dein ganzes Leben dem Tierheim widmen. Das ist nicht gesund.«

»Das sagt der Mann, der seit dem Tag, an dem er nach Hause gekommen ist, um in Emerald Creek als Tierarzt zu praktizieren, von morgens bis abends nichts als gearbeitet hat.«

»Das ist etwas anderes.«

»Warum ist das was anderes?«, fragte sie, ernsthaft verwirrt.

»Okay, vielleicht ist es gar nicht so anders«, räumte er ein. »Wir hegen beide dieselbe Leidenschaft für das, was wir tun. Aber was es bei mir noch komplizierter macht, ist Sierra. Ich versuche, die Rolle beider Elternteile für sie zu übernehmen.«

»Das ist wahr. Ein Glück für dich, dass sie so ein tolles Kind ist.«

»Ich drücke die Daumen, dass das so bleibt. Sie ist erst dreizehn. Oder sie wird es nächste Woche. Ich fürchte, ich bin noch nicht aus dem Gröbsten heraus.«

»Um Sierra musst du dir keine Sorgen machen. Sie ist großartig.«

»Sie vermisst ihre Mutter manchmal so sehr«, gab er zu. »Es bricht mir das Herz.«

Madi hatte Johanna immer gemocht, obwohl sie nie wirklich befreundet gewesen waren. Seine Frau war ebenfalls berufstätig gewesen, eine vielbeschäftigte Physiotherapeutin. Sie arbeitete im nahegelegenen Krankenhaus und in ihrer eigenen Praxis.

Sie hatte sich in den ersten Tagen der Pandemie bei der Arbeit mit COVID-19 infiziert, als noch nicht viel über das Virus bekannt war. Johannas Vorerkrankungen Asthma und Typ-1-Diabetes hatten zu Komplikationen geführt, und sie verbrachte zwei schreckliche Wochen auf einer Intensivstation in Boise, bevor sie dem Virus erlag.

Das war für die gesamte Familie Gentry eine furchtbare Zeit gewesen. Luke hatte lange Zeit wie betäubt gewirkt, und Madis Herz schmerzte, wenn sie an Sierra dachte, die nach dem Tod ihrer Mutter am Boden zerstört gewesen war.

Da auch Madi ihre eigene Mutter im Alter von zwölf Jahren verloren hatte, war diese gemeinsame Erfahrung die Grundlage für ihre enge Beziehung zu seiner Tochter.

Sie fragte sich, ob er immer noch um seine Frau trauerte. Die meiste Zeit über schien es ihm gut zu gehen. Freundlich, großzügig, ausgeglichen. Vielleicht verbarg er seinen Schmerz in seinem Inneren.

War das der Grund, warum Luke sich nie verabredete, zumindest, soweit sie wusste? Vielleicht war sein Herz noch zu gebrochen, um auch nur den Gedanken an eine andere Frau zuzulassen.

Irgendwie machte sie dieser Gedanke betroffen.

»Sierra geht es gut«, sagte sie zu ihm. »Sie wird bald dreizehn. In ein paar Jahren wird sie Auto fahren, und nicht viel später geht sie schon aufs College.«

»Erinnere mich nicht daran.«

»Ich sage nur, dass du auch mal rausmusst.«

Unter ihrer Hand fühlte sie, wie sich seine Schulter plötzlich anspannte.

»Wenn du mit *raus* die Dating-Szene meinst: Ich bin an Oberflächlichkeiten nicht interessiert.«

»Das hast jetzt aber du gesagt, nicht ich. Warum muss es oberflächlich sein?«

Er warf ihr einen langen Blick zu, den sie nicht ganz verstand. »Es wäre einfach so.«

Bevor sie antworten konnte, war der Song zu Ende, und die Band begann, ein schnelleres Stück zu spielen. Sie dachte, Luke würde sie zurück zu ihrem Tisch führen. Stattdessen schien er ihre Unterhaltung auf der Tanzfläche fortsetzen zu wollen.

Er konnte sich bewegen, das musste sie zugeben. Wie lange war es wohl her, dass er sich mal richtig ausgetobt hatte?

»Wir sollten uns vornehmen, diesen Sommer jemanden für dich zu finden. Wie wäre es mit dieser netten neuen Krankenschwester aus Colorado, die mit Nicki zusammen im Krankenhaus arbeitet? Vanessa irgendwas.«

»Vanessa Perkins. Ich fürchte, sie ist nicht zu haben.«

»Hast du schon versucht, dich mit ihr zu verabreden?«

»Nein.«

»Woher weißt du dann, dass sie nicht zu haben ist?«

Er warf ihr einen amüsierten Blick zu. »Weil ich letzten Freitag an deinem freien Nachmittag ihren kleinen Yorkshire wegen einer Ohrenentzündung behandelt habe. Vanessa hat ihn zusammen mit ihrer Freundin Courtney zu mir gebracht, die im Topaz Trail

Hotel arbeitet. Die beiden sind seit Kurzem verlobt und stecken voller Hochzeitspläne.«

»Oh. Tja, das ist schade. Aber trotzdem. Ich bin sicher, dass es da draußen jemanden für dich gibt. Was ist mit Janie Carlton?«

Als die Musik endete, neigte sie ihren Kopf in Richtung einer Frau mit kurzen, strähnigen blonden Haaren, die mit ein paar Freundinnen an einem Ecktisch saß. »Ihr beide habt viel gemeinsam. Sie ist auch alleinerziehend. Ich schätze, ihr Sohn ist bei ihrer Mutter oder ihrem Ex.«

»Janie ist sehr nett und ihre französische Bulldogge Alexander auch. Aber ich bin nicht auf dem Markt, Mad. Weder für eine Beziehung noch für eine französische Bulldogge«, sagte er, als sie zu ihrem Tisch zurückkehrten.

»Wenn ich wählen müsste, würde ich mich für die französische Bulldogge entscheiden«, sagte seine Schwester grinsend, die gleichzeitig an den Tisch kam.

»Würdest du? Du scheinst dich gut mit dem muskulösen Waschbären dort drüben zu verstehen.«

Sie schien nicht beleidigt zu sein. »Er sieht wirklich so aus, nicht wahr? Das liegt an den vielen Stunden, die er in der heißen Sonne verbracht hat. Es ist schwer, gleichmäßig braun zu werden, wenn man sich die ganze Zeit hinter einer Sonnenbrille versteckt.«

Sie ließ sich auf ihren Stuhl gegenüber von ihnen fallen und trank einen kräftigen Schluck von ihrem Getränk. »Ich muss sagen, ich bin überrascht und froh, dass du dich entschlossen hast, deine Höhle zu verlassen und dich uns anzuschließen. Wo ist meine Lieblingsnichte?«

»Übernachtet bei einer Freundin. Zoe Sullivan wird den Sommer über bei ihrem Vater wohnen, also wollten die Mädchen ein letztes Mal vor der großen Trennung noch mal einen draufmachen. Als ob sie nicht ohnehin jeden Tag per FaceTime und SMS in Kontakt bleiben würden.«

»Hat der muskulöse Waschbär einen Namen?«, fragte Madi. »Sah aus, als hättet ihr zwei euch gut verstanden.«

»Haben wir. Tun wir. Sein Name ist Austin Yates, und er ist supersüß. Er und sein Kumpel Ryan O'Connor sind beide Doktoranden in der Gegend von Seattle. Er kommt aus Kanada. Aus Vancouver. Dies ist ihr zweites Jahr als Raftguides. Letztes Jahr haben sie beide in Jackson Hole gearbeitet, aber dieses Jahr wollten sie eine Abwechslung und irgendwohin, wo es weniger touristisch ist. Ich habe ihm gesagt, dass meine Freundin seinen Freund süß findet.«

»Tue ich das?«, fragte Madi und lachte. Ihr fiel auf, dass Luke das Gespräch nicht so amüsant zu finden schien.

»Ryan hat noch eine Runde für ihren Tisch bestellt. Ich habe ihnen gesagt, dass sie sich zu uns setzen sollen, sobald sie ihre Drinks haben.«

Wieder sah sie, dass Luke nicht sonderlich erfreut darüber war. Sie saßen an einem großen Tisch mit Platz für sechs Personen, aber sie konnte sich vorstellen, dass er sich wie das dritte Rad am Wagen vorkommen könnte. Oder wie das fünfte, in diesem Fall.

Sie wollte nicht, dass er sich unwohl fühlte, vor allem nicht, nachdem sie ihn quasi aus dem Haus gezerrt hatte, um sich ihnen anzuschließen.

»Tut mir leid«, murmelte sie.

Er zuckte mit den Schultern. »Hab ich mir schon gedacht. Ich kenne eure Vorgehensweise. Wäre es dir lieber, wenn ich verschwinde?«

»Sei kein Spielverderber«, sagte seine Schwester. »Es ist ein großer Tisch. Wir wollen doch, dass du bleibst, nicht wahr, Mad?«

»Unbedingt«, antwortete sie. Einen Moment später kamen die beiden rüber, Austin hatte eine Karaffe Bier in der Hand.

Nicole stellte alle schnell vor, während Madi den Atem anhielt und darauf wartete, dass einer der Jungs eine Grimasse zog oder auf andere Weise negativ auf ihr halb gefrorenes Lächeln reagierte. Neue Leute kennenzulernen, machte sie immer nervös, bis sie sich an ihre Gesichtszüge gewöhnt hatten, die nicht ganz ... den Erwartungen entsprachen.

Weder Ryan noch Austin schienen zu blinzeln, als Nicole sie miteinander bekannt machte. Ehe Madi es sich versah, unterhielt sie sich mit dem größeren der beiden Jungs. Ryan.

Er schien klug und witzig zu sein, kam gebürtig aus Washington und war ein Journalismus-Doktorand, der sich vorgenommen hatte, der nächste Norman Maclean zu werden. Er war nur ein paar Jahre jünger als sie, erfuhr Madi, und wollte alles über die hiesige Gegend wissen.

»Es gibt hier so viel Geschichte«, sagte er, nachdem sie sich ausführlich über die Gemeinde und die Sehenswürdigkeiten unterhalten hatten, die er während seines Aufenthalts besuchen könnte.

»Ich finde das so faszinierend, vor allem, weil ich gerade ein Buch lese, das in dieser Gegend spielt. Oder zumindest in den Bergen in der Nähe von hier.«

Madi verkrampfte sich augenblicklich. »Ach, wirklich?«

»Ja. Liest du gern?«

»Ich höre eher Hörbücher«, gab sie zu. Sie sagte diesem perfekten körperlichen Exemplar nicht, dass sie von zu langem Lesen Kopfschmerzen bekam. »Im Moment höre ich einen Krimi über eine Gruppe von Leuten, die auf einer Kreuzfahrt mit einem Mörder unterwegs sind.«

»Oh, ich glaube, ich habe die Ankündigung gesehen. Sah vielversprechend aus.«

»Bis jetzt ist er das auch«, sagte sie. »Ich bin etwa zur Hälfte durch, und es fiel mir schwer, heute Abend in den Burning Tree zu kommen, anstatt zu Hause zu bleiben und mein Buch zu hören.«

Sie fragte absichtlich nicht, was er las, weil sie es nicht wissen wollte. Er beantwortete die unausgesprochene Frage trotzdem. »Ich habe gerade mit dem Buch angefangen, über das alle reden. *Ghost Lake*. Das Buch ist heftig! Hast du schon davon gehört?«

Madi wagte es nicht, einen Blick auf Luke und Nicki am anderen Tischende zu riskieren.

»Ich habe davon gehört«, sagte sie, verzweifelt auf der Suche nach einem anderen Thema.

»Was gefällt dir daran?«, fragte Luke, der das Thema bewusst in die Länge ziehen wollte. Sie hätte ihn ohrfeigen können.

Ryans Gesicht strahlte, als wäre er ein Teenager, der über den neuesten Marvel-Film spricht. »Diese Spannung. Ich meine, es ist klar, dass die Mädchen überlebt haben müssen. Wenigstens die eine von ihnen, denn sie hat das Buch ja geschrieben. Aber Mann. Was sie durchgemacht haben, war einfach nur brutal. Und das alles ist ja nicht weit von hier passiert, oder? Erstaunlich, dass eine ganze Survival-Sekte monatelang in den Bergen gehaust hat und niemand etwas davon wusste.«

»Die Leute wussten es«, sagte sie, bevor sie sich zurückhalten konnte. Sie konnte die Bitterkeit in ihrer Stimme sogar selbst hören.

»Warum haben die Leute dann nichts dagegen unternommen? Warum hat ihnen niemand geholfen?«

Darauf hatte sie keine Antwort. Nach einer kurzen, peinlichen Stille ergriff Luke das Wort. »Die Leute in der Stadt wussten, dass sie sich dort oben aufhielten. Es ist schwer zu übersehen, wenn plötzlich eine Gemeinschaft in dieser Größe auftaucht. Sie wohnten auf privatem Grund, aber sicherlich in Sichtweite einiger Wege für Motorschlitten, die im Sommer als Brandschneisen genutzt wurden.«

Madi fröstelte, trotz der überhitzten Bar. Luke bemerkte es. Sein Blick verschärfte sich, und er legte für einen kurzen Augenblick seine Hand unter dem Tisch auf ihre, um ihr Trost zu spenden und seine Unterstützung zu signalisieren. Sie wurde von Wärme durchströmt, griff nach ihrem Drink und trank einen größeren Schluck als sonst.

»Dem Buch zufolge waren sie schwer bewaffnet und trainierten militärische Manöver«, sagte Ryan mit ungläubigem Gesichtsausdruck. »Hat das niemanden alarmiert?«

»Wir sind hier in Idaho«, sagte Luke leise. »Wie in anderen Weststaaten sind viele Menschen schwer bewaffnet. Sie waren Prepper, aber auch das ist hier nicht ungewöhnlich. Die wenigen Leute von der Ghost-Lake-Survival-Vereinigung, die hin und wieder in die Stadt kamen, um Vorräte einzukaufen, wirkten harmlos. Höflich, wortgewandt. Niemand wusste genau, was sie taten oder dass Kinder in Gefahr waren, sonst hätte man sie hundertprozentig früher aufgehalten, das schwöre ich.«

»Können wir bitte über etwas anderes reden?«, sagte Madi abrupt. Sie war hier, um Dampf abzulassen, und nicht, um an ihre höllische Vergangenheit erinnert zu werden.

Leider weckte etwas in ihrer Stimme Ryans Aufmerksamkeit, und er musterte sie lange und eingehend. »Madi. Nicole hat gesagt, dass dein Name Madi ist, aber deinen Nachnamen hat sie nicht erwähnt. Der ist nicht zufällig Howell, oder?«

Sie sagte nichts; sie wollte einfach nur, dass er und sein Waschbärfreund jetzt verschwanden.

Seine Augen weiteten sich. »Du bist das Mädchen aus dem Buch. Die jüngere Schwester. Also hast du überlebt!«

»Spoiler-Alarm«, sagte Nicki, ihre Stimme war trocken.

Dieses verdammte Buch. Es verfolgte sie, egal, wohin sie ging, sogar, wenn sie mit Freunden ausging, um eine Live-Band in ihrer Lieblings-Location zu hören.

Wäre sie an einem Sommerflirt interessiert gewesen, wäre Ryan O'Connor durchaus in Frage gekommen. Er war süß, klug, lustig. Was wollte sie mehr?

Aber nicht jetzt. Sie konnte sich kaum etwas Schlimmeres vorstellen als einen Sommer voller neugieriger Fragen über ihre Erfahrungen mit der Vereinigung in den Bergen.

Sie hatte nicht einmal mehr Lust, ihn für den Rest des Abends zu ertragen.

Glücklicherweise begann die Band wieder, zu spielen, diesmal eines ihrer bekanntesten Stücke, und man hörte die ausgelassene Menge an der Bar mit den Stiefeln stampfen und Waschbärfreund kräftig johlen. Bald füllte sich die kleine Tanzfläche.

»Komm schon, Austin. Los geht's.« Wie beste Freundinnen es so tun, rettete Nicole den Tag, indem sie den anderen Typen an der Hand packte und ihn vom Tisch wegzerrte. »Madi, du und Ryan, ihr solltet auch tanzen. Der Song ist toll.«

Froh über die Ablenkung, sprang Madi auf. Ryan hatte im Grunde keine andere Wahl, als ihr zu folgen, als sie zum vorderen Teil der Bühne und zu den Lautsprechern eilte, wo die Musik so laut war, dass eine Unterhaltung nahezu unmöglich war.

Sie tanzten durch diesen Song und die beiden folgenden hindurch, allesamt dröhnende Partysongs, bis sie außer Atem und durchgeschwitzt war. Als die Band ein langsameres Stück anstimmte, ging Madi zur Bar, wo sie Mark Keller um ein Eiswasser bat, mit dem sie an ihren Tisch zurückkehrte.

Sie sah, dass Luke noch da war. Er nippte an einem Bier und tippte mit der Schuhspitze auf den Boden.

Ryan nahm ihm gegenüber Platz. Madi trank einen kleinen Schluck von ihrem Eiswasser und stellte es dann wieder auf den Tisch. »Danke fürs Tanzen, Ryan, aber ich muss los.«

»Du kannst nicht gehen! Die Band wird noch eine Stunde spielen, haben sie gerade gesagt.«

»Es war ein langer Tag, und ich muss morgen leider arbeiten. Tut mir leid. Mein Chef ist ein ziemlicher Tyrann.«

Luke, der lässigste Arbeitgeber, den sie sich nur wünschen konnte, verdrehte die Augen, aber Ryan schien es nicht zu bemerken. Enttäuschung machte sich in seinem Gesicht breit.

»Das ist schade. Ich hätte mich gern mit dir über Ghost Lake unterhalten.«

Das war genau der Grund, warum sie gehen wollte, dachte Madi. »Vielleicht ein anderes Mal«, sagte sie, obwohl sie eigentlich *nie* meinte.

Er runzelte die Stirn. »Nicole hat doch gesagt, du arbeitest in einer Tierarztpraxis. Haben die auch samstags geöffnet?«

Auf frischer Tat ertappt, traf ihr Blick den von Luke. Zu ihrer großen Erleichterung eilte er zu Hilfe.

»Normalerweise nicht, aber morgen früh müssen wir arbeiten. Ich muss ein paar frischgeborene Lämmer auf einer Schaffarm in der Nähe impfen. Ich fürchte, das schaffe ich unmöglich ohne Madis Hilfe.«

Ryan blickte abwechselnd auf Madi und Luke. »Das ist dein Chef? Der Tyrann? Aber du hast doch mit ihm getanzt.«

»Ich schätze, wir haben ihn in einer guten Nacht erwischt«, sagte sie.

»Stimmt. Gebt mir ein Bier, und ich werde fast zu einem Menschen«, sagte Luke.

Madi wollte ihn am liebsten dafür umarmen, dass er sie gerettet hatte. »Es war wirklich toll, dich kennenzulernen, Ryan«, log sie.

»Ich werde den ganzen Sommer über hier sein. Ich würde mich freuen, wenn wir uns wiedersehen. Du tanzt echt klasse, und ich möchte liebend gern mehr Details über Ghost Lake erfahren!«

Aha. Ja, genau. Das war das absolut Letzte, was sie wollte. Tatsächlich würde sie jetzt alles geben, um Ryan O'Connor für den Rest des Sommers zu meiden. Schade eigentlich. Er sah nicht nur gut aus, er war auch ein guter Tänzer und las gern. Das wäre normalerweise ein großer Pluspunkt für ihn gewesen.

Dieses blöde Buch.

»Ich bin sicher, wir sehen uns wieder. Nic ist meine Mitbewohnerin und meine beste Freundin, und es sieht so aus, als würde sie sich gut mit deinem Kumpel Austin verstehen.«

Die beiden tanzten dicht beieinander und schienen sich sehr gut zu unterhalten. Sie hatte das Gefühl, dass sie Austin in den nächsten Monaten noch öfter sehen würde, ehe die Blätter von den Bäumen fielen.

»Bist du sicher, dass ich dich nicht nach Hause fahren soll?«, fragte Ryan.

Sie hielt ihre Schlüssel hoch. »Ich habe mein eigenes Auto. Ich bin versorgt. Bleib du hier und hab Spaß.«

»Ich finde, ich sollte dich wenigstens zu deinem Auto begleiten.«

»Ich gehe jetzt auch.« Luke schob seinen Stuhl zurück. »Ich kann sie hinausbegleiten. Ich glaube, wir haben nebeneinander geparkt.«

Oh, hurra. Sie schuldete ihrem Tyrannen von einem Boss eine Menge. Sie konnte sich vorstellen, wie Ryan ihr auf den Parkplatz gefolgt wäre. Irgendetwas sagte ihr, dass er nicht die Art von Kerl war, der so schnell lockerlassen würde, besonders, wenn ihn ein Thema brennend interessierte.

Nicole und Austin kehrten Hand in Hand zum Tisch zurück. Ihre Freundin sah Madi an, die ihre Handtasche in der Hand hielt, gerade groß genug für ihr Handy, ihre Schlüssel, ein paar Minzbonbons und vielleicht einen Lippenstift.

»Du gehst?«

»Ja. Kopfschmerzen. Außerdem muss ich morgen arbeiten. Gut, dass wir heute Abend getrennt gefahren sind, nicht?«

Nicole sah aus, als wolle sie anfangen, zu diskutieren, aber irgendetwas in Madis Gesichtsausdruck sagte ihr wohl, dass es keinen Sinn hatte. Schließlich zuckte sie mit den Schultern. »Ich bezahle deinen popeligen Drink.«

Luke schüttelte den Kopf. »Wir können auf dem Weg nach draußen bei Jamie bezahlen.«

Nachdem sie ihre Rechnungen beglichen hatten, gingen Madi und Luke gemeinsam zum Parkplatz hinaus. Die Juniabendluft roch nach Kiefern und wildem Salbei. Ein kühler Wind wehte vom Emerald Canyon her, sodass Madi fröstelte und sich wünschte, sie hätte eine Jacke mitgenommen. Das hätte sie wirklich tun sollen. Sie wusste genau, dass es sich abends hier in den Bergen schnell abkühlte, sobald die Sonne verschwunden war.

»Danke für die Rettung«, sagte sie, als sie sich ihrem Geländewagen näherten. »Du hast mich sogar mehrfach gerettet, um genau zu sein. Muss ich morgen wirklich mit dir Schafe impfen gehen? Ich habe eigentlich den ganzen Tag im Tierheim verplant.«

»Das musst du nicht. Aber ich könnte tatsächlich Hilfe gebrauchen. Es ist einfacher, wenn man zu zweit ist. Tomas wird nicht in der Stadt sein, und Carly ist auf einer Brautparty für ihre Cousine. Ich hatte mit Sierras Hilfe gerechnet. Vielleicht kann ich sie früh genug von ihrer Pyjamaparty losreißen und sie mitnehmen.«

Sie seufzte. Sie stand in seiner Schuld, auch wenn er ihr an diesem Abend nicht zu Hilfe gekommen wäre. »Ich mache es, sofern wir es früh am Morgen hinter uns bringen können. Ich bekomme am Nachmittag neue Freiwillige, die ich einarbeiten muss.«

»Von mir aus. Sagen wir um sieben?«

Sie rechnete fix im Kopf. »Sagen wir acht, damit ich alle Mäuler stopfen kann.«

»Okay.«

Sie öffnete die Tür ihres Geländewagens. Bevor sie hineinschlüpfen konnte, beugte Luke sich vor.

Sein sauberer, männlicher Duft strömte ihr aus dieser Nähe wieder in die Nase. Er musste sich rasiert haben, bevor er in die Stadt ging, stellte sie fest, denn der Schatten vom späten Nachmittag war jetzt nicht mehr zu sehen. War es sein Aftershave, das so gut roch?

Was auch immer es war, Madi sog den Duft tief durch die Nase ein und hoffte, dass er es nicht bemerkte.

»Also. Ryan O'Connor. Er schien ja ganz angetan zu sein. Wird er deine Sommerliebe werden?«

Sie atmete aus. »Höchst zweifelhaft, es sei denn, ich will den ganzen Sommer damit verbringen, Gespräche zu Avas blödem Buch zu vermeiden.«

Er hob eine Augenbraue. »Es ist kein blödes Buch. Das weißt du doch, oder? Es ist wunderschön geschrieben und sehr fesselnd.«

Sie starrte ihn an und hatte das Gefühl, als hätte ihr jemand die Autotür in den Bauch gerammt. Schön? Fesselnd?

»Woher willst du das wissen?«, fragte sie. »Du hast *Ghost Lake* doch nicht etwa gelesen, oder?«

Sie war sich plötzlich nicht mehr sicher, ob sie die Antwort auf diese Frage hören wollte.

7

Auf unserer Suche nach Hilfe finden wir Verbündete, die sich unsere erschütternde Geschichte anhören und in deren Augen sich eine Mischung aus Unglauben und Mitgefühl widerspiegelt.

– *Ghost Lake*, Ava Howell Brooks

Luke

Er bewegte sich hier auf gefährlich dünnem Eis.

Er betrachtete Madison im Licht der Straßenlaterne, ihre Haut glühte, das Haar noch etwas feucht vom Tanzen.

Sie sah reizend und zerbrechlich aus, mit ihrem einseitig eingefrorenen Mund, und er kämpfte gegen den plötzlichen, drängenden Impuls, sie an sich zu drücken und zu beschützen.

Es war ein Kampf, den er oft führte, sei es in der Praxis, wenn ein verletzter Hund um sich biss, oder wenn er mit ihr in einer Bürgerversammlung saß, während sie sich bemühte, die Kommunalpolitiker davon zu überzeugen, dass ein tötungsfreies Tierheim der Gemeinde auf lange Sicht nur Vorteile bringen würde.

Ihm war seit Langem klar, dass Madison Howell nicht wollte, dass er – oder *irgendwer* – sie beschützte. Sie trug ihre Unabhängigkeit vor sich her wie eine Walküre ihr Schwert.

Er hatte sie verletzt gesehen, so blass, dass er nicht mit Sicherheit sagen konnte, ob sie noch lebte. Er hatte sie bandagiert und an Maschinen angeschlossen gesehen. Während der Physio- und Ergotherapie, mithilfe derer sie sich von der schweren Hirnverletzung erholen musste, hatte er sie vor Schmerz und Frustration weinen sehen.

Und doch fragte er sich, ob sie jemals so verletzlich und hilflos ausgeliefert gewesen war wie jetzt, nachdem ihre Schwester über ihr Erlebnis in den Bergen vor fünfzehn Jahren ein Buch geschrieben hatte.

Er wollte sie um jeden Preis beschützen, deshalb quälte er sich jetzt so lange mit der Antwort auf ihre hitzige Frage herum, ob er Avas Buch gelesen habe.

Wenn er die Wahrheit sagte, nämlich dass er jedes einzelne Wort mehr als ein Mal gelesen hatte, würde das Madi wütend machen und für sie einen weiteren Verrat bedeuten.

Wenn er log, würde sie sofort wissen, dass er nicht ehrlich zu ihr war. Sie hatte ein treffsicheres Gespür für solche Dinge. Sie waren schon so lange befreundet, dass sie ihn ganz genau kannte. Er würde ihr niemals etwas vormachen können.

Schließlich beschloss er, dass die Wahrheit seine einzige Möglichkeit war.

»Sie hat mir, Mom und Nicki jeweils ein Vorabexemplar geschickt.«

»Das weiß ich. Wir haben darüber gesprochen. Sie hat dir die ... letzten Kapitel geschickt, damit du nachlesen kannst, was mit dir und ... und deinem D-Dad passiert ist.«

Ihre Worte verhedderten sich, was hin und wieder vorkam, wenn sie mit Müdigkeit oder chaotischen Gefühlszuständen kämpfte.

Immer noch spürte er den Schmerz durch seinen Körper zucken, wenn die Erinnerung an seinen liebevollen, anständigen Vater aufblitzte, wie er im Dreck lag, mit blassem Gesicht und blutdurchsickertem Hemd, an der Stelle, an der er erschossen worden war.

»Sie hat uns nicht nur die letzten Kapitel geschickt«, sagte er und versuchte, seine Stimme so sanft wie nur irgend möglich klingen zu lassen. Die Wolken zogen über den Mond hinweg, und er sah sie deutlich vor sich, ihre grünen Augen blickten finster, und ihr Mund war zu einer Schnute verzogen. »Sie hat uns alles geschickt. Ich glaube nicht, dass Nicki es schon gelesen hat. Mom schon. Sie hat es sofort gelesen.«

»Warum ... Warum hat Nicki mir das nicht erzählt? Oder deine Mutter? Sie hätten es mir s-sagen sollen. *Du* hättest es mir sagen sollen.«

Er konnte ihr nicht verübeln, dass sie sich betrogen fühlte. An ihrer Stelle hätte er sich genauso gefühlt.

»Es hat eine Weile gedauert, bis ich mich dazu durchringen konnte, es von Anfang an zu lesen, vor allem, weil ich nur allzu gut wusste, wie es ausgeht. Ich habe es dann kurz vor der Veröffentlichung gelesen. Ich muss sagen, Ava ist eine verdammt gute Geschichtenerzählerin.«

Er wusste, dass er damit das Feuer ihrer Wut nur weiter entfachte, aber er konnte ihr die Wahrheit nicht länger vorenthalten.

Sie starrte ihn an. »Wie konntest du nur? Vor allem, wenn du genau weißt, wie ich mich seitdem fühle.«

»Ich hatte keine Ahnung, wie du dich fühlst, bis das Buch herauskam und solche Aufmerksamkeit erregte«, betonte er. »In den letzten sechs Monaten hast du Avas Buch ignoriert, wie du dich vielleicht erinnerst. Jedes Mal, wenn es zur Sprache kam, hast du schnell das Thema gewechselt. Ich bin mir sicher, du hattest gehofft, dass sich alles in Luft auflösen würde.«

»Okay, ja. Ich gebe teilweise ein gewisses magisches Wunschdenken zu. Kannst du es mir etwa verübeln?«

»Nein«, sagte er wieder mit sanfter Stimme. »Ich kann es dir nicht verübeln.«

»Die meiste Zeit denke ich nicht einmal daran. Ich kann es tagelang vergessen. Aber jetzt, da Ava ihr Buch geschrieben hat, vergeht keine Stunde, ohne dass ich daran erinnert werde. Wie ich es hasse!«

»Oh, Madi.« Der Schmerz in ihrer Stimme tat ihm im Herzen weh.

»Ich hasse es nicht nur, dass ich gezwungen bin, es immer und immer wieder zu durchleben. Ich hasse es, dass jetzt auch alle anderen wissen, was mit uns passiert ist. Ich sehe doch, wie sie über mich urteilen. Sie sehen in mir nur das arme Mädchen, dessen Vater es und seine Schwester in eine Survival-Sekte zerrte und versuchte, sie an Männer zu verheiraten, die dreimal so alt waren wie sie.«

Auch er hasste diesen Teil und dachte daran, wie verzweifelt und verängstigt sie und Ava während der ganzen qualvollen Zeit gewesen sein mussten.

Ghost Lake zu lesen, war an sich schon eine Tortur gewesen, aufgrund der brodelnden Wut, die ihn dazu brachte, eine Wand einschlagen zu wollen, auch wenn er die Worte und die Geschichte zutiefst bewegend, stellenweise sogar humorvoll fand.

Er nahm ihre Hände in die seinen und spürte, wie schwach ihre linke Hand im Vergleich zur rechten war. »Niemand, der dich kennt, sieht in dir etwas anderes als eine starke, fähige Frau, die alles getan hat, um aus ihrer Situation zu entkommen.«

Nach einem Moment zog sie ihre Hände weg. »Dieses Buch macht alles kaputt. Jetzt zerstört es sogar mein Liebesleben. Ryan wäre perfekt für eine Sommeraffäre gewesen.«

In der Vergangenheit hatte er es amüsant gefunden, wie sie und Nicki sich in der Stadt Jungs nur für kurze Zeit suchten. Wann hatte es angefangen, ihn so sehr zu stören?

»Vielleicht ist das gar nicht so schlimm.«

Sie zog eine Grimasse. »Wie kann es etwas anderes als schlimm sein?«

Er wählte seine Worte mit Bedacht, denn er wusste, dass er sich hier auf heiklem Terrain befand. Er konnte ihr auf keinen Fall sagen, dass ihn der Gedanke, sie könnte sich diesen Sommer wieder einen jungen Mann für die Saison an Land ziehen, fast tollwütig machte.

Er hatte überhaupt kein Recht, ihr Datingverhalten zu kommentieren, mahnte er sich selbst. Er war ihr Arbeitgeber und ihr Freund. Das war alles.

»Du hast selbst gesagt, wie beschäftigt du im Moment mit dem Aufbau des Tierheims bist. Du hast viel um die Ohren. Ein neuer Typ könnte dich zu sehr ablenken.«

Sie stieß ihren Atem aus, sodass ihr Haar sich bewegte. »Ich weiß. Du hast recht. Das sage ich mir auch immer w-wieder. Was nicht bedeutet, dass es mir gefallen muss.«

Sie stieg in ihr Auto, bevor er antworten konnte.

»Also sollte ich nach Hause fahren und nach dem neuen Kätzchen sehen«, sagte sie. »Wann holst du mich morgen früh ab, um zu Paul Lancasters Schafen zu fahren?«

Sie klang nicht gerade begeistert von dieser Aussicht, was ihn nicht überraschte. Paul war ein launischer Teufelskerl, der wenig Geduld und noch weniger Dankbarkeit zeigte.

»Du musst wirklich nicht mitkommen. Sierra kann mir helfen.«

»Ich komme mit. Um wie viel Uhr?«

»Wir haben acht gesagt. Dann sind wir um zehn oder halb elf fertig und haben noch Zeit für ein Omelett im Fern & Fir, wenn du Lust hast.«

»Ich glaube nicht, dass ich dafür Zeit habe. Mein Tag ist komplett ausgebucht. Aber ich werde dir mit den Schafen helfen. Bis morgen früh. Gute Nacht.«

Sie schloss ihre Tür und startete den Motor ihres kleinen Geländewagens. Er sah ihr nach, bis sie vom Parkplatz gefahren war, und stieg dann in seinen eigenen Pick-up.

Er konnte nicht aufhören, an sie zu denken, während er zu seinem Haus fuhr, das er und Johanna gekauft hatten, als sie das erste Mal nach Emerald Creek zurückkamen, und das nur ein paar Blocks von der Tierklinik entfernt war.

Er hätte nicht mit Madi tanzen sollen. Schon als er sie fragte, wusste er, dass es ein Fehler war, so als würde er eine geheime Grenze überschreiten, die er in den letzten Jahren sorgfältig zwischen ihnen aufrechterhalten hatte. Seine eigene persönliche Maginot-Linie.

Sie waren nur Freunde. Nicht mehr. Zumindest redete er sich das ein.

Ihre Familien standen sich nahe, fast noch näher als die tatsächlichen Verwandten der Gentrys. Seine Mutter vergötterte sie, und sie war die beste Freundin seiner Schwester und enge Vertraute seiner Tochter.

Seit dem Augenblick, als sie und ihre Schwester vor fünfzehn Jahren auf den Zeltplatz gestolpert kamen, bestand ein unzertrennliches Band zwischen ihnen, das durch das gemeinsame Trauma der Ereignisse dieses Tages geschmiedet worden war und das niemand anderes jemals verstehen würde.

Wenn er sich in letzter Zeit zu fragen begann, ob seine Gefühle für Madi sich vielleicht zu etwas anderem entwickelten, zu etwas, das er niemals erwartet hatte, dann war das sein Problem, mit dem er umgehen musste.

Er würde niemals riskieren, ihre Verbindung zu zerstören, indem er mehr von ihr erwartete, als sie bereit war, zu geben.

8

*Ich sinke in die Arme unserer Großmutter, ihre Güte und
ihr Verständnis sind der Balsam, der die Wunden der
Vergangenheit lindert und eine Ahnung der Liebe und
Akzeptanz spüren lässt, die wir so dringend brauchen.*

– *Ghost Lake*, Ava Howell Brooks

Ava

»Danke, dass du mir heute wieder hilfst. Ich kann zwei zusätzliche
Hände immer gebrauchen.«

»Es macht mir nichts aus«, log Ava ihre Großmutter an und
schenkte ihr ein einstudiertes Lächeln. In Wahrheit hatte sie null
Bock, den ganzen Vormittag auf dem Emerald-Thumbs-Bauernmarkt am Stadtpark zu sitzen, der einen ganzen Häuserblock in
der Innenstadt einnahm.

Null Komma null.

Zu viele Leute in dieser Stadt kannten sie – Freunde ihrer
Großmutter und ihrer Schwester, aber auch Avas eigene Freunde
aus den zwei Jahren, die sie hier bis zum Abschluss der Highschool verbracht hatte.

Sie war sich nicht einmal sicher, welche ihrer Freunde überhaupt noch hier wohnten, denn sie war nicht besonders gut darin
gewesen, den Kontakt aufrechtzuerhalten.

Smalltalk war noch nie ihre Stärke gewesen. Sie ging auch nicht davon aus, dass sie es jetzt plötzlich besser konnte, nachdem sie in ihrem Buch alle Fakten auf den Tisch gelegt hatte. Was sollte sie zu den Leuten sagen, jetzt, da alle Bescheid wussten?

Wenn es nach ihr ginge, würde sie sich den ganzen Sommer über in Leonas Haus verkriechen und sich am Elkridge Drive verstecken.

Doch leider ging das nicht. Sie schuldete ihrer Großmutter weit mehr, als ein paar Stunden ihrer Zeit dafür zu opfern, auf dem wöchentlichen Sommermarkt Blumensträuße, frühe Erdbeeren, neue Kartoffeln, frische Erbsen und Backwaren zu verkaufen, die Leonas engste Freundinnen zubereiteten, die Leona zärtlich *die Esmeraldas* nannte.

Ihre Großmutter hatte ihnen beiden nach den Ereignissen jenes Sommers ihr Herz und ihr Leben geöffnet. Nicht eine Sekunde lang hatte sie gezögert, zwei verwaiste Mädchen im Teenageralter bei sich aufzunehmen, die an einem emotionalen und körperlichen Trauma litten.

Leona hatte ihnen Liebe und Fürsorge zuteilwerden lassen, ihnen ein Dach über dem Kopf gegeben, endlose Fahrten mit Madi zu Ärztinnen und Reha-Spezialisten auf sich genommen und hatte Stunden damit verbracht, Avas Schwester bei den Übungen und der Physiotherapie zu helfen.

Und Liebe. Vor allem ganz viel Liebe.

Mit ihrer bedingungslosen Liebe und Unterstützung hatte Leona ihnen das schönste Geschenk überhaupt gemacht. Das allein hatte mehr dazu beigetragen, ihre Wunden zu heilen, als jede Physiotherapie oder Behandlung es je vermocht hätten.

Ava wusste, dass sie es ihrer Großmutter nie würde zurückzahlen können. Ein Samstagvormittag auf dem Bauernmarkt konnte das Konto nicht mal ansatzweise ausgleichen.

»Es macht mir nichts aus«, sagte sie erneut, als sie den letzten Eimer mit Blumenbündeln zum Marktstand ihrer Großmutter trug, den ein großer geblümter Sonnenschirm überdachte. »Aber du musst mir vielleicht erklären, was genau ich zu tun habe.«

»Da ist nichts dabei. Du musst nur dableiben, bis alles verkauft ist – was normalerweise nicht länger als zwei oder drei Stunden dauert. Dann packen wir unseren Tisch und unseren Schirm wieder ein und gehen.«

»Klingt einfach.«

Was ihre Großmutter nicht erwähnt hatte, waren all die Leute, mit denen Ava reden musste. Highschool-Freunde. Nachbarn. Bekannte aus der Kirche.

Mit etwas Glück würden hauptsächlich Touristen den Bauernmarkt besuchen, die sich in der Stadt aufhielten, um die Berglandschaft, die Wander- und Radwege und die vielen Erholungsmöglichkeiten zu genießen, die der Emerald Creek, nach dem die Stadt benannt war, und die mächtigen Flüsse, die sich außerhalb der Stadt durch die Landschaft schlängelten, zu bieten hatten.

Anderenfalls würde sie einfach höflich lächeln und versuchen, Fragen oder Kommentare zu ihrem Buch abzuwenden.

»Manchmal unterstützt mich deine Schwester auf dem Markt, aber heute war sie beschäftigt. Sie musste wohl heute Morgen Luke mit irgendwelchen Schafen helfen oder so was.«

Wenigstens würde sich Ava nicht noch einer weiteren Konfrontation mit Madi stellen müssen.

Ihre Schwester war so wütend auf sie. Ava hatte keine Ahnung, wie sie sich verteidigen und ob sie es überhaupt versuchen sollte.

»Wir hätten ein paar Exemplare deines Buches zum Signieren bestellen sollen«, meinte Leona grinsend. Ihr Lippenstift leuchtete, und ihr silbernes Haar mit den blauen Strähnen glänzte im Sonnenlicht. »Die Leute hätten um den ganzen Park herum Schlange gestanden! Vielleicht können wir das in einer anderen Woche diesen Sommer machen.«

Ja klar. Das würde auf gar keinen Fall passieren. Ava schauderte schon bei dem Gedanken daran.

»Ich weiß nicht, ob das dem Meadowside-Buchladen gegenüber fair wäre. Ich habe gesehen, dass sie eine große Auslage haben.«

»Wir könnten ja über das Geschäft bestellen, dann bekommen sie einen Anteil. Ich bin sehr für den Erhalt unserer unabhängigen Buchhandlung. Ingrid Jenson hat so hart dafür gearbeitet, diesen Laden zu einem Erfolg zu machen.«

Ava war mit Ingrid in der Highschool gewesen. Gleich nach dem Erscheinen von *Ghost Lake* hatte Ingrid sich über die Facebook-Gruppe ihrer Abschlussklasse an Ava gewandt und sie gebeten, in die Stadt zu kommen und eine Signierstunde zu geben. Ava hatte höflich abgelehnt und erklärt, sie wäre nicht oft in der Stadt.

Das alles war noch, bevor sie sich diese Woche so impulsiv dazu entschieden hatte, in das Haus ihrer Großmutter zu flüchten.

»Ich werde versuchen, bei ihr vorbeizuschauen und ein paar der Bücher aus ihrem Bestand zu signieren«, sagte sie jetzt zu ihrer Großmutter.

»Das solltest du! Aber es wäre doch eine tolle Idee, eine Signierstunde auf dem Markt zu geben. Er heißt zwar Emerald-Thumbs-Bauernmarkt, aber was spricht dagegen, die Autoren unserer Stadt zu feiern? Mit Worten Samen zu säen, ist für den Geist und das Herz genauso wichtig, wie der Anbau von Gemüse es für den Körper sein kann.«

Dem konnte Ava nicht widersprechen. Aber das hieß nicht, dass sie scharf darauf war, während der Zeit, die sie hier verbrachte, Bücher zu signieren. Bestandsbücher zu signieren, war eine Sache – das konnte sie nach und nach in ihrem eigenen Tempo erledigen und brauchte sich nicht mit Lesern zu beschäftigen. Eine offizielle Signierstunde dagegen war etwas ganz anderes.

»Oh, ich liebe die Idee. Eine Autorenlesung auf dem Bauernmarkt. Ich werde mit Joe Hernandez sprechen. Er ist der Marktleiter.«

Joe war ein weiterer Freund aus der Highschool, aus der Klasse über ihr. Ava war schon immer ein bisschen in ihn verknallt gewesen, mit seinen dunklen Augen und den hohen Wangenknochen.

Doch das Mädchen, das jedes Mal rot anlief, wenn es ihm auf dem Flur der Highschool begegnete, war ihr so fremd, dass es sich um eine andere Person zu handeln schien.

»Wie lange hast du schon einen Tisch auf dem Bauernmarkt?«, fragte sie, um schnell das Thema zu wechseln.

»Seit letztem Sommer. Meine Blumen sind so prächtig, ich freue mich, dass ich sie mit der Gemeinde teilen kann. Und ich habe auch immer viel mehr angebaut, als ich selbst verbrauchen kann. Das habe ich dann der Suppenküche gespendet, aber selbst die konnten nicht alles verwerten. Dann kam mir die Idee, das, was übrig war, zu verkaufen, um deiner Schwester zu helfen. Jetzt spenden alle meine Freunde ihr überschüssiges Obst und Gemüse, wenn sie welches haben, und ein paar andere backen jede Woche feine Sachen, die ich dann verkaufen kann. Das ist unser kleiner Beitrag, um Madi dabei zu helfen, das tötungsfreie Tierheim zu betreiben.«

Ava bewunderte die Bemühungen ihrer Schwester, Tiere zu retten, sehr – und ebenso die Bemühungen ihrer Großmutter, Madi zu helfen.

»Das ist eine gute Idee. Wie ein Kuchenverkauf des Elternbeirats, nur für Tiere.«

Leona kicherte glucksend. »Ganz genau. Nur dass wir alle schon über siebzig sind und seit Jahren nicht mehr zu langweiligen Elternbeiratssitzungen gehen müssen. Ich bin mir nicht sicher, ob der Elternbeirat uns jetzt überhaupt noch dabeihaben wollte. Die

Esmeraldas gelten als die Unruhestifter der Stadt. Letzten Herbst haben wir eine Protestaktion gegen den Lebensmittelladen veranstaltet, weil sie kein biologisches Rinder- und Hühnerfleisch aus der Region mehr verkaufen wollten. Zu teuer, haben sie gesagt.«

»Hat euer Protest etwas bewirkt?«

»Ja! Wir haben demonstriert und sie boykottiert, bis sie irgendwann beschlossen, dass sie es sich nicht leisten können, uns wütend zu machen. Jetzt bieten sie beides an. Ja, natürlich ist es teurer, von Bio-Produzenten zu kaufen, aber viele von uns sind bereit, diesen Preis zu zahlen, um sowohl der Umwelt als auch uns selbst hier in Emerald Creek zu helfen.«

»Da muss ich zustimmen«, sagte Ava mit einem kleinen Lächeln der Anerkennung für ihre rebellische Großmutter.

Avas Mutter hatte Leonas Neigung zum Aktivismus geerbt. Sie erinnerte sich noch daran, wie Beth in ihrer Heimatstadt im Osten von Oregon an einem Protest gegen die Buchzensur der Schulbehörde teilgenommen hatte.

Ihr Vater hatte sie, soweit sie sich erinnerte, dabei voll unterstützt. Das war vor Beths Tod gewesen, bevor die Trauer und die Einsamkeit ihn in einen Menschen verwandelten, der nicht wiederzuerkennen war.

Die Luft im Emerald Park war noch kühl, aber auf dem Platz herrschte schon reges Treiben, als die Leute ihre Fahrzeuge ausluden und Tische und Sonnenschirme aufstellten.

Sie befanden sich direkt gegenüber dem historischen Gerichtsgebäude mit seinen Säulen und der weitläufigen Steintreppe. Sie hatte schon oft gedacht, dass das Gebäude eine schöne Kulisse für Hochzeitsfotos abgeben würde.

Ihre eigenen Hochzeitsfotos waren dagegen eher Schnappschüsse gewesen. Sie und Cullen hatten keine große Hochzeit gewollt. Sie hatten im üppigen Garten seiner Mutter in Portland geheiratet und sich von seinem Großvater, einem ordinierten Pastor, trauen lassen.

Die Anwesenden bestanden hauptsächlich aus seinen Freunden, seiner Familie und gemeinsamen Kollegen von der Universität. Von Avas Seite waren nur Leona und Madi da gewesen und ihre beste Freundin Jada.

Jada hatte ihr in den letzten zwei Tagen fünf Nachrichten geschickt und gefragt, wie es ihr ginge. Sie war die Einzige, die die Wahrheit über den steinigen Weg kannte, auf dem sich ihre Ehe gerade befand, und obwohl Ava ihre Sorge zu schätzen wusste, wollte sie jetzt wirklich nicht darüber reden. Deshalb hatte sie alle Nachrichten ignoriert.

Irgendwann würde sie sich wieder bei ihrer Freundin melden müssen, aber im Moment hatte sie keine Ahnung, was sie sagen sollte.

Sobald der Emerald-Thumbs-Markt eröffnet war, wurde Ava schnell klar, warum ihre Großmutter ihre Unterstützung wollte. Ja, sie hatte geholfen, die Sachen aus Leonas Auto zu tragen, den Stand aufzubauen und den Schirm aufzustellen. Aber Leona brauchte sie noch viel dringender, um die Kasse und das Tablet für die Online-Transaktionen zu bedienen, damit ihre Großmutter den Vormittag damit verbringen konnte, mit jeder einzelnen Person zu plaudern, die vorbeikam.

Leona schien jeden hier zu kennen, von den Senioren ihrer Altersgruppe über junge Mütter mit Kinderwagen bis hin zu Paaren mittleren Alters, die ganze Taschen voll einkauften.

Selbst wenn Leona die Kunden nicht kannte, unterhielt sie sich trotzdem mit ihnen, fragte, woher sie kamen und wie lange sie planten, in der Gegend zu bleiben.

Ava machte das nichts aus. Obwohl ihr Tisch im Schatten der Bäume stand und der große Sonnenschirm den Rest erledigte, behielt sie ihre Sonnenbrille dicht auf der Nase und zog den Sonnenhut ins Gesicht, den sie sich von Leona geliehen hatte.

Mit etwas Glück würde niemand sie erkennen, und sie konnte den Vormittag überstehen, ohne mit jemandem über etwas anderes reden zu müssen als Leonas leuchtende Blumen und darüber, ob sie auch glutenfreie Backwaren im Angebot hatten.

Etwa nach der ersten Stunde fing sie langsam an, sich zu entspannen. Vielleicht hätte sie mit der Zeit sogar das einfache Treiben auf dem Markt genießen können, wäre da nicht diese latente Übelkeit gewesen, die sie nicht loswurde, und die allgegenwärtige Sorge, dass sie weder ihre Ehe noch die Beziehung zu ihrer Schwester jemals würde retten können.

Sie war gerade damit beschäftigt, einer Frau mit rosagefärbtem Haar bei der Wahl zwischen einem Dutzend Schokoladenkeksen und einem Dutzend Vanillekeksen zu helfen – warum nicht einfach von beiden jeweils sechs? –, als sie eine seltsame Veränderung der Atmosphäre verspürte.

Eine Störung der Macht, hätte ihr Star-Wars-begeisterter Nerd von Ehemann vermutlich gesagt.

Über die Süße der Backwaren und der Blumen hinweg stieg ihr ein Duft in die Nase. Etwas Erdiges, Wildes, Maskulines, mit Noten von schwarzem Pfeffer, Sandelholz und Leder.

Cullen benutzte dieselbe Sorte Seife. Sie kaufte sie ihm immer in einer trendigen Boutique in der Nob-Hill-Gegend in Portland.

Ihre Augen suchten die Gegend ab, um herauszufinden, welcher Mann den gleichen Duft benutzen könnte. Sie entdeckte ein paar Männer am Nachbarstand und starrte sie an.

Es war nicht irgendein anderer Mann, der Cullens Duft benutzte.

Es war Cullen selbst.

Die Luft schien aus ihren Lungen zu entweichen, und sie fühlte sich schwindlig und zittrig. Die leichte Übelkeit wurde immer stärker, und sie kämpfte gegen den Brechreiz an.

Sie hätte wirklich versuchen sollen, etwas zu essen.

Ava hielt sich an der Tischkante fest, um das Gleichgewicht zu halten. Was um alles in der Welt taten Cullen und sein Forscherkollege hier auf dem Bauernmarkt von Emerald Creek?

Offenbar kauften sie Gemüse. Am Nachbarstand erwarben sie frühe Gurken und Tomaten, die aus einem Gewächshaus stammen mussten, denn natürlich gewachsene Tomaten würden erst in ein paar Wochen reif sein.

Als die Männer fertig waren und bezahlten, wusste Ava nicht, was sie tun sollte. Sollte sie sich eine Ausrede für ihre Großmutter ausdenken und in der Menge verschwinden, oder sollte sie hierbleiben und versuchen, mit ihm zu reden?

Sie war noch dabei, sich zu entscheiden, als er ihr die Entscheidung abnahm. Er und Luis Reyes verließen den Nachbarstand und kamen auf ihren zu. Schnell wandte sie ihr Gesicht ab und sank noch weiter in den Schatten des Schirms zurück, als sie hörte, wie er ihre Großmutter erkannte.

»Leona!«, rief er aus. »Wie schön, dich zu sehen.«

Aus den Augenwinkeln sah Ava, wie Leona ihr einen überraschten Blick zuwarf, dann ging ihre Großmutter auf ihn zu und nahm ihn in die Arme.

Cullen und ihre Großmutter hatten immer ein gutes Verhältnis gehabt. Warum auch nicht? Cullen war klug, interessant, dynamisch. Trotz seiner Nerd-Tendenzen und seiner Leidenschaft für alles, was mit Dinosauriern zu tun hatte, konnte er sich mit jedem unterhalten und war aufrichtig an den Geschichten anderer interessiert.

Was hatte er überhaupt je in ihr gesehen? Diese Frage hatte sie sich in den letzten vier Jahren oft gestellt, seit sie sich auf einer Party eines gemeinsamen Freundes kennengelernt hatten.

Und er war hinreißend. Das konnte sie nicht vergessen.

Sie hatte ihn seit fast einer Woche nicht mehr gesehen, und der Anblick seiner attraktiven Gesichtszüge – jetzt schon braungebrannt und stoppelig vom primitiven Bergleben – raubte ihr den Atem.

Etwas Scharfes und Hartes saß unter ihrem Brustbein fest, und sie kämpfte vehement gegen den Drang an, sich an der Stelle zu reiben.

»Na so was, Cullen. Mein Schatz!«, rief ihre Großmutter aus. »Was für eine wunderbare Überraschung! Was führt dich heute in die Stadt?«

Ava drückte sich noch weiter in den Schatten und fragte sich, ob es jemand bemerken würde, wenn sie sich auf den Boden sinken ließe und unter den Tisch robbte.

Er trat einen Schritt zur Seite, ohne Ava zu bemerken. »Ich arbeite in einer Fossilienausgrabungsstätte in der Nähe, oben in den Bergen. Ich werde den ganzen Sommer über hier sein.«

»Das weiß ich bereits. Ava hat es mir erzählt. Ich frage mich, was du *hier* machst.«

»Oh. Richtig. Wir mussten unsere Vorräte aufstocken, und dies ist die nächstgelegene Stadt mit einem großem Lebensmittelgeschäft. Die Alternative wäre, zehn Meilen weiter nach Hailey zu fahren. Das wollten wir uns nicht antun. Ich wusste gar nicht, dass heute Bauernmarkt ist. Um ehrlich zu sein, wusste ich nicht einmal, dass es einen Bauernmarkt in Emerald Creek gibt.«

»Das liegt daran, dass du im Sommer nicht oft genug zu Besuch warst. Den gibt es inzwischen schon seit einigen Jahren. Man kann sich hier wunderbar mit frischem Obst und Gemüse versorgen und mit allem, was man braucht – vor allem in ein paar

Wochen, wenn die Saison richtig anfängt. Darf es etwas für dich sein?«

Er und ihre Großmutter standen außerhalb des Sonnenschirmradius jenseits der Tische, auf denen Leonas Angebote auslagen. Ava blieb entschlossen auf ihrer Seite des Standes und wandte ihm den Rücken zu.

Er hatte sie noch immer nicht bemerkt. Sie redete sich ein, sie sei erleichtert, auch wenn es ihr einen Stich gab, dass er ihre Anwesenheit offenbar nicht einfach gespürt hatte, so wie sie seine.

Andererseits wusste sie ja genau, dass ihr Mann in der Gegend arbeitete, während er keine Ahnung hatte, dass sie ihren Koffer gepackt hatte und ihm nach Idaho gefolgt war.

»Ich glaube nicht, dass ich jetzt gerade Blumen brauche. Ich wüsste nicht, wo ich sie hinstellen sollte. Aber trotzdem danke.«

»Wir haben eine tolle Auswahl an Backwaren. Der Erlös kommt Madis Tieren im Tierheim zugute.«

»Oh, das ist schön. Wie läuft es denn?«

»Ganz großartig. Sie hat jetzt offiziell eröffnet und wird ihren Job aufgeben, um in ein paar Wochen dann in Vollzeit ihre ganze Energie dort hineinzustecken.«

»Das wird wunderbar für sie.«

»Das sieht alles sehr lecker aus«, sagte Luis. »Wir könnten doch ein paar Kekse mitnehmen. Du weißt ja, wie das Team auf Süßes steht.«

»Nehmt euch, was ihr wollt. Ich verrate nichts«, sagte Leona.

»Sei nicht dumm«, sagte Cullen. »Es ist für einen guten Zweck. Wir können unsere Kekse bezahlen.«

»Gut, wenn du darauf bestehst. Ava kassiert euch gerne ab.«

Ein schockiertes Schweigen folgte auf Leonas Worte, von denen Ava wusste, dass sie nicht aus Versehen gesagt worden waren.

Da sie keine andere Wahl hatte, drehte sie sich langsam um und sah dem Mann ins Gesicht, den sie von ganzem Herzen liebte. Denselben Mann, den sie zutiefst verletzt hatte, was möglicherweise nicht wiedergutzumachen war.

»Ava!«, rief er aus und wirkte verblüfft, als er sie sah. »Was machst du denn hier? Du solltest doch in Portland sein.«

Sie zwang sich zu einem Lächeln. »Überraschung.«

Sie winkte Luis zu, der jahrelang mit Cullen im selben Department an der Universität gearbeitet hatte und gut mit ihnen beiden befreundet war. Er war auch zu ihrer Hochzeit gekommen.

Zumindest er schien sich über ihre Anwesenheit zu freuen. »Hallo, Kleines. Schön, dich zu sehen. Herzlichen Glückwunsch zur *New-York-Times*-Bestsellerliste. Du bist jetzt offiziell eine große Nummer. Eine Riesennummer.«

Sie umarmte ihn. »Danke.«

Nachdem sie sich von ihm gelöst hatte, war sie sich nicht sicher, was sie tun sollte. Sollte sie ihren eigenen Mann umarmen? Er stand da und schaute zu ihr herunter, noch immer sichtlich schockiert, sie hier zu treffen, fast als wäre sie einer seiner Dinosaurier, der plötzlich zum Leben erwacht war.

Sie machte einen weiteren Schritt von den beiden Männern weg, was Luis offenbar nicht entging, der mit besorgter Miene zwischen den beiden hin und her blickte.

»Ähm. Ich werde noch einkaufen, Cul. Schick mir eine Nachricht, wenn du so weit bist und gehen willst. Keine Eile.«

Eine andere Kundin war an den Stand herangetreten und überlegte, welchen Blumenstrauß sie kaufen sollte. Leona verwickelte die Frau in ein Gespräch, sodass Ava ihrem Mann allein gegenüberstand.

Er starrte sie weiterhin ungläubig und fassungslos an. »Warum hast du mir nichts davon gesagt, dass du deine Großmutter besuchen kommst?«

»Es war … eine Entscheidung in letzter Minute.«

Sofort kam sie sich dumm vor. Natürlich war es eine Entscheidung in letzter Minute. Das musste ihm doch klar sein, immerhin war er erst Anfang der Woche abgereist, und sie hatte ihm nichts davon gesagt, dass sie nach Emerald Creek fahren würde.

»Was ist mit der Lesereise? Ich dachte, du musstest zum Auftakt nach New York fahren.«

»D… Das wurde auf unbestimmte Zeit verschoben.«

Sie erzählte ihm nicht, dass sie abgesagt hatte, nachdem ihr klar geworden war, dass sie unter dem Druck, den Lesenden und Buchhändlern gegenüber bezaubernd und wortgewandt sein zu wollen, zusammenbrechen würde, wo sie körperlich und seelisch so am Boden war.

Ihr Verleger war darüber nicht sehr erfreut.

Wir müssen jetzt auf der Welle reiten, hatte Andrew Liu, der Presseagent des Verlages, gesagt. Er war den Tränen nahe, als sie bei einem von Sylvia arrangierten virtuellen Treffen ihrem Team erklären mussten, dass die Pläne für die Tournee erst einmal auf Eis gelegt waren. *Du bist gerade in aller Munde, und alle wollen dich persönlich kennenlernen. Wir haben Anfragen von unabhängigen Buchläden aus dem ganzen Land erhalten. Ich hasse es, jetzt allen abzusagen. In einem Monat hat vielleicht jemand anders den Hit des Tages.*

Den *Hit des Tages.* Der Ausdruck ließ sie erschaudern. Sie wollte nicht den Hit des Tages geschrieben haben. Ein winziger Teil von ihr freute sich zwar riesig darüber, dass andere ihre Worte offenbar für lesenswert hielten, aber im Großen und Ganzen fand sie das ganze Spektakel beschämend.

Gleichzeitig wusste sie, dass sie nicht in der Lage war, sich in der Öffentlichkeit zu zeigen und darüber zu sprechen, wie sie überlebt hatte, wenn sie sich im Moment alles andere als belastbar fühlte und bei der einen Sache versagte, die ihr am wichtigsten war: ihrer Ehe.

»Was sagt Sylvia dazu?« Cullens Miene war ausdruckslos, und sie wünschte, sie könnte sehen, was er dachte.

»Alle sind sich einig, dass es im Moment das Beste ist«, log sie. »Vielleicht können wir auf Tour gehen, bevor die Schule wieder anfängt. Der Zeitpunkt ist ungünstig.«

»Das ist gut.«

Sie verhielten sich wie höfliche Bekannte, wie Dutzend anderer Leute, die ihren Stand besuchten und mit ihrer Großmutter über das Wetter, den Heupreis und das Pfannkuchenfrühstück der freiwilligen Feuerwehr plauderten, das in ein paar Wochen stattfinden sollte.

Ihre Brust fühlte sich schwer an, jeder Atemzug kratzte in ihrer Lunge.

Sie waren keine höflichen Bekannten. Cullen war die Liebe ihres Lebens, ihr Fels, der einzige Mensch auf der Welt, bei dem sie sich geliebt und geschätzt und … sicher fühlte.

Vom ersten Moment an war er ihr wie ein alter und lieber Freund vorgekommen. Sie erinnerte sich daran, wie sie sich auf der Party stundenlang unterhalten hatten, und als er ihr anbot, sie nach Hause zu fahren, hatten sie in einer regnerischen Portlander Nacht noch stundenlang in seinem Auto gesessen, eingekapselt in einer vertraulichen Blase, während sie ihre Hoffnungen, Träume und Lebenserfahrungen miteinander teilten.

Sie wusste von seinem ersten Kuss in der zweiten Klasse: Ein Mädchen hatte sich ihn unter dem Zeichentisch geschnappt, als sein khakifarbener Buntstift dorthin gerollt war und sie ihm beide nachgekrochen waren.

Sie wusste von der Risikoschwangerschaft seiner älteren Schwester und dem Tod seines Vaters, als er sieben Jahre alt war, und von der erfolgreichen Karriere seiner Mutter als Kinderärztin und ihrer zweiten Ehe.

Sie hatte ihm auch viele Details aus ihrem eigenen Leben erzählt. Vom Aufwachsen im Osten Oregons, von der kleinen Hobbyfarm, auf der ihr Vater zentnerweise Mais und Tomaten anbaute, und von ihrer geliebten Schwester Madi, die eine Ausbildung zur Tierarzthelferin machte.

Und von dem Autounfall, bei dem ihre Mutter ums Leben gekommen war, als Ava vierzehn war und Madi zwölf.

Sie hatte so viele Dinge weggelassen. Die langen, harten Monate nach dem Tod ihrer Mutter, die sie alle auf der Farm im Osten von Oregon verbracht hatten. Der Abstieg ihres Vaters in Verschwörungstheorien und Prepper-Dogmen, um mit seiner Trauer fertigzuwerden. Er hatte sich mit Gleichgesinnten zusammengetan, was sich dann irgendwie in Clint Howells absolute Überzeugung entwickelt hatte, dass er seine Töchter schützen müsse, indem er ihre Farm verkaufte und mit ihnen in die Berge von Idaho zog, auf ein Gelände, das von zwei schwer bewaffneten Brüdern regiert wurde, die sie inzwischen für Soziopathen hielt, wenn nicht Schlimmeres.

Auch andere Details dieser Zeit hatte sie Cullen nicht erzählt. Vom ständig nagenden Hunger, der bitteren Kälte und den grausamen Strafen, die für jeden noch so kleinen Verstoß gegen die ständig wechselnden Regeln der Vereinigung verhängt wurden.

Oder von ihrer »Ehe«, die weniger als einen Tag gedauert hatte, mit einem Mann, den sie verabscheute.

Sie hatte Cullen Brooks vom ersten Abend an von ganzem Herzen geliebt. Dass er sich auch in sie verliebt hatte, war für Ava geradezu ein Wunder gewesen, ein seltenes Geschenk von unschätzbarem Wert, von einem unberechenbaren Gott, von dem sie dachte, er hätte sie schon vor langer Zeit im Stich gelassen.

Du hättest mir das alles sagen sollen, Ava. Was glaubst du, wie ich mich gefühlt habe, als ich all diese Dinge las, die meiner eigenen Frau

widerfahren sind? Dinge, von denen ich keine Ahnung hatte, Dinge,
die ich von Anfang an hätte wissen müssen? Das ist ein großer Teil
dessen, was dich ausmacht, und du hast mir nie etwas davon erzählt.
Ich muss mich fragen, ob die Frau, die ich zu heiraten geglaubt habe,
überhaupt jemals existiert hat.

»Willst du ... Sollen wir uns einen Kaffee holen?«, fragte sie
und hoffte, dass er die Verzweiflung in ihrer Stimme nicht hörte.
»Leona sagte mir, dass der Imbisswagen dort drüben eine sehr
gute Sorte anbietet. Der Duft schwebt schon den ganzen Morgen
über uns hinweg, und es riecht wirklich köstlich.«

Er warf einen Blick hinüber zu der Gruppe von Imbisswagen,
die alles Mögliche verkauften, von hausgemachten Empanadas
bis hin zu frischer Zitronenlimonade.

»Ich habe keine Zeit. Luis wird nach mir suchen. Wir müssen
noch unsere Einkäufe erledigen und zurück zur Ausgrabungsstelle
fahren. Heute Abend kommt eine neue Gruppe freiwilliger Studenten an.«

»Okay. Ähm. Kommst du bald wieder in die Stadt? Wir könnten ... uns zum Mittagessen treffen oder so.«

»Ich weiß nicht genau. Ich habe noch keinen festen Zeitplan.
Ich kann nichts mit Sicherheit zusagen.«

Wenigstens war das kein klares Nein. Er hatte vorgeschlagen,
eine Beziehungspause einzulegen, während er auf der Ausgrabung
war. Dass sie ihm nach Idaho gefolgt war und ihn bei der erst-
besten Gelegenheit mit Einladungen belästigte, ging wohl nicht
gerade als Pause durch.

»Wie läuft die Ausgrabung?«, fragte sie, verzweifelt bemüht, das
Gespräch mit ihm nicht abbrechen zu lassen.

Sein Gesicht leuchtete auf, und sie konnte sogar ein Lächeln
erkennen, das seinen Mund umspielte. »Fantastisch. Besser als erwartet. Es handelt sich um eine Art Nest, aber die versteinerten

Knochen passen nicht wirklich in das Muster der Dinosaurier, die man üblicherweise in dieser Gegend findet. Wir könnten an etwas Großem dran sein.«

Sie freute sich für ihn. Er hatte so lange und hart auf diese Gelegenheit hingearbeitet. »Ich bin froh, dass es geklappt hat. Du musst so aufgeregt sein.«

»Ja«, sagte er, und sein Gesicht strahlte noch immer. Als er sie ansah, füllten sich ihre Gedanken mit Erinnerungen an all die Abende, an denen sie zusammen an ihrem kleinen Küchentisch mit ihren Laptops gesessen hatten. Sie korrigierte Hausaufgaben oder schrieb an ihrer Masterarbeit, die schließlich zu *Ghost Lake* wurde, und er bereitete Seminare vor oder las wissenschaftliche Artikel.

Manchmal blickte sie vom Bildschirm auf und bemerkte, wie er sie mit dem Ausdruck eines Mannes ansah, der alles bekommen hatte, was er sich nur wünschen konnte.

Wie aus dem Nichts spürte sie plötzlich Tränen in sich aufsteigen und kämpfte dagegen an, um nicht loszuweinen.

»Wie lange wirst du bei Leona bleiben?«, fragte er.

Sie überlegte, was sie ihm antworten sollte. Sollte sie ihm sagen, wie sehr sie es gehasst hatte, auch nur ein paar Nächte allein in der Wohnung zu bleiben, wie sehr die Leere in den Räumen widerhallte?

»Im Moment sind meine Pläne noch offen«, sagte sie schließlich. »Meine Sommerferien schienen sich anzubieten, um etwas Zeit mit Grandma und Madi zu verbringen.«

Natürlich redete Madi im Moment nicht mit Ava, aber sie beschloss, dieses winzige Detail Cullen gegenüber nicht zu erwähnen.

»Ich habe mit den Fosters von nebenan gesprochen, damit sie alle Pakete annehmen und die Post weiterleiten«, fuhr sie fort.

Er nickte und sah aus, als ob er noch viel mehr zu sagen hätte. Stattdessen schaute er auf seine Armbanduhr. »Ich sollte gehen.«

»Gut. Okay.«

Er starrte sie an. »Wenn du schon mal hier in Idaho bist, könntest du vielleicht auch mal in die Berge kommen und dir das Gelände ansehen. Es ist zum Teil ziemlich holprig. Man braucht einen Jeep oder ein geländegängiges Fahrzeug, um dorthin zu gelangen. Du könntest weiter unten parken, und ich könnte dich mit dem Zweisitzer abholen.«

Panik machte sich in ihr breit. Sie wusste genau, wo das Gelände lag. Etwa eine Meile vom echten Ghost Lake entfernt.

Sie war nicht mehr dort gewesen seit der Nacht, in der sie James Boyle mit Baldrianwurzel und Zierlicher Jochlilie betäubt hatten, die Madi bei den seltenen Gelegenheiten gefunden hatte, wenn sie das Lager verlassen durften, um im Fluss zu baden.

Das war dieselbe Nacht gewesen, in der sie und Madi sich durch die Dunkelheit geschlichen hatten, in Erwartung des Augenblicks, in dem die Hunde auf sie losgelassen werden würden, die man grausam darauf abgerichtet hatte, sie anzugreifen.

Sie zwang sich zu einem Lächeln und versuchte, nicht zu erschaudern. »Vielleicht«, sagte sie und hoffte, dass ihre Miene ihre tiefe Abneigung nicht verriet.

»Ich muss los«, sagte er noch einmal. Er umarmte sie in einer unbeholfenen und steifen Geste, dann war er weg, und ihr Herz zerbrach noch ein wenig mehr.

Es war noch nicht lange her, da konnten sie die Hände nicht voneinander lassen.

Sie hatten immer versucht, die Rückkehr von ihren jeweiligen Universitäten miteinander abzustimmen.

Normalerweise kam sie nur wenige Augenblicke vor ihm an. Sie wartete sehnsüchtig darauf, seinen Schlüssel im Schloss zu hören, auf den Moment, in dem Cullen die Tür öffnete, seine abgewetzte Umhängetasche neben den bequemen, ebenso abgewetzten Sessel fallen ließ und sie mit einem tiefen, innigen Seufzer an sich zog.

Als wäre sie sein Mond, seine Sterne, sein Ein und Alles.

Cullen gehörte ihr.

Und sie gehörte ihm.

Tagsüber, während sie versuchte, meist uninteressierten Mittelschülern Satzbau und Literatur beizubringen, zählte sie die Sekunden, bis sie wieder vereint sein würden, bis sie seine Kraft um sich spüren würde, die männliche Seife auf seiner Haut und die zimtigen Minzbonbons in seinem Atem riechen würde, sobald sich sein Mund um ihre Lippen schloss.

Ihr Atem stockte, und weitere Tränen stiegen in ihrer Kehle auf.

»Geht es dir gut, Liebling?«

Sie sah auf und fand Leona vor sich, die sie mit besorgten Augen ansah.

»Ja«, log sie. »Gut. Ich habe nur … nicht damit gerechnet, Cullen heute Morgen zu sehen. Mir war nicht klar, dass er regelmäßig in die Stadt muss, um Vorräte zu besorgen.«

»Man weiß nie, was auf dem Bauernmarkt passiert. Das ist einer der Gründe, warum ich so froh über den Stand bin. Lass dich auf das Unerwartete ein, sage ich immer.«

Ava hatte noch nie gehört, dass Leona das gesagt hatte. Ihre Großmutter hatte noch viele weitere kernige Sprüche auf Lager.

Hab keine Angst vor einem Tag ehrlicher Arbeit.

Lebe den Moment.

Entschuldige dich, aber nur, wenn du es ehrlich meinst.

Lass dich auf das Unerwartete ein war neu. Sie konnte dem etwas abgewinnen, obwohl es ihr in Wirklichkeit nie leichtgefallen war, sich dem Chaos der Veränderung zu stellen.

Ava hatte sich schon immer mit neuen Dingen schwergetan,

auch vor dem besagten Jahr, in dem ihre Welt völlig auf den Kopf gestellt wurde.

Sie war weit davon entfernt, sich auf das Unerwartete einzulassen.

»Du siehst schlapp aus, Liebes. Wie ein Gänseblümchen in strömendem Regen. Willst du dich hinsetzen?«

»Ja. Das ist wahrscheinlich eine gute Idee«, sagte sie. Das geschäftige Treiben um sie herum ging weiter, als Ava in einen der blauen Liegestühle aus Segeltuch sank, die sie mit an den Stand getragen hatte.

Wieder dachte sie, dass sie hätte versuchen sollen, etwas zu frühstücken, auch wenn der Gedanke an Essen ihr im Moment den Magen verdrehte.

»Kann ich dir etwas bringen? Wir haben noch ein paar Scones übrig.« Leonas Stimme war sanft und zärtlich. Ava wünschte sich plötzlich nichts sehnlicher, als ihren Kopf an die üppige Brust ihrer Großmutter zu lehnen, die Augen zu schließen und zu weinen.

»Es geht mir gut«, log sie. »Ich brauche nur einen Moment, um Luft zu schnappen.«

»Trink wenigstens etwas«, befahl ihre Großmutter.

Diese Weisheit hatte sich nicht verändert. *Trink mehr Wasser* war immer schon ein weiteres Mantra ihrer Großmutter gewesen.

Leona reichte Ava die Thermosflasche mit Wasser und klirrendem Eis. Sie wollte es hinunterstürzen, zwang sich aber zu kleinen Schlückchen, da ihr klar war, dass zu viel kaltes Wasser auf leeren Magen wahrscheinlich nicht die beste Idee war.

Er wollte, dass sie ihn besuchte.

In der Nähe des Ghost Lake.

Sie nippte an ihrem Wasser und fragte sich, wie sie jemals den Mut aufbringen sollte, dorthin zurückzukehren.

»Hier. Iss einen Scone«, drängte Leona. »Das ist Preiselbeer-

Zitrone, meine Lieblingssorte. Meine Freundin Agnes macht sie. Sie sind so lecker.«

Ava war immer noch nicht hungrig, aber sie zwang sich, abzubeißen. Das Gebäck schmolz auf der Zunge und beruhigte ihren Magen ein wenig, das musste sie zugeben.

»So. Jetzt siehst du schon besser aus. Jedenfalls nicht mehr so blass. Ich dachte, du wärst kurz davor, in Ohnmacht zu fallen.«

»Ich habe heute Morgen nichts gegessen. Ich bin sicher, dass es daran liegt.«

»Tatsächlich?« Leona sah skeptisch aus.

»Ja. Wahrscheinlich war mein Blutzucker im Keller.«

»Sehr gut möglich. Also, iss das auf, und dann gehst du zurück ins Haus und machst dir ein Omelett oder so. Ab jetzt komme ich hier allein zurecht.«

Sie schämte sich ein wenig dafür, wie verlockend dieser Vorschlag klang. Das Haus ihrer Großmutter strahlte Ruhe und Frieden aus, in die sie jedes Mal einzutauchen schien, sobald sie es betrat.

Aber sie würde nicht gehen. Wofür sollte es gut sein, sich vor der Welt zu verstecken, um einer Ehe nachzutrauern, die sie vielleicht selbst zerstört hatte?

»Es geht mir gut. Ich fühle mich schon viel besser. Der Scone hat geholfen. Ich danke dir.«

»Gern geschehen, Liebes. Obwohl es wahrscheinlich noch mehr bringen würde, wenn du dich ausruhen und die Füße hochlegen würdest.«

Ava schüttelte den Kopf. »Du hast schon fast alles verkauft. Es dauert bestimmt nicht mehr lange. Ich bleibe und helfe dir, alles zu deinem Auto zurückzutragen.«

Ihre Großmutter sah aus, als wolle sie widersprechen, aber sie schüttelte nur mit besorgtem Blick den Kopf und wandte sich ab, um einen neuen Kunden zu begrüßen.

9

Die Welt außerhalb des Lagers ist ein Kaleidoskop
überwältigender Eindrücke – leuchtende Farben einer Welt,
die wir fast vergessen hatten.

– **Ghost Lake**, Ava Howell Brooks

Madison

Die Fahrt zur Lancaster-Schaffarm am nächsten Morgen verlief ruhig und angenehm, die Aussicht war idyllisch, und es fuhren nur wenige andere Autos auf der Straße.

Die Sonne kletterte gerade allmählich die Bergspitzen hinauf, als Luke sie mit dem Pick-up der Tierklinik abgeholt hatte.

Sie reichte ihm einen Kaffeebecher to go, den er dankend annahm.

»Danke. Woher weißt du eigentlich immer, dass ich den Kaffee vergessen habe?«

»Vielleicht bin ich Hellseherin.« Sie lächelte, obwohl es dazu wirklich keine übersinnlichen Kräfte brauchte. Er vergaß immer, abends die Kaffeemaschine in seiner Wohnung einzuschalten. Normalerweise schlief er ziemlich lange und hatte am Morgen keine Zeit, welchen zu kochen.

»Musst du wohl sein.«

»Nur gut geraten. Selbst wenn du schon einen Kaffee gehabt hättest, dachte ich, dass du heute Morgen einen zweiten gebrauchen könntest. Du bist es nicht gewohnt, bis spät in die Nacht zu feiern.«

»Stimmt. Ich bin so ein langweiliger alter Mann.«

»Das habe ich nicht gesagt.« Sie trank einen Schluck, um ihr Lächeln zu verbergen. »Ich meinte, dass du nicht mehr so viel Zeit im Burning Tree verbringst. Du bist aus der Übung.«

»*So sehr* bin ich auch wieder nicht aus der Übung. Und es ist ja nicht so, dass ich bis drei Uhr morgens gefeiert hätte. Ich war um elf zu Hause und habe um Mitternacht tief und fest geschlafen.«

Um Mitternacht hatte *sie* noch nicht geschlafen. Stattdessen hatte sie eine unruhige Nacht gehabt. Irgendwie ging ihr die Erinnerung an ihren gemeinsamen Tanz nicht aus dem Kopf.

Er bog in einen Schotterweg ein, der zur Lancaster-Farm führte. Der Morgentau glitzerte ringsherum auf den Feldern und funkelte im Sonnenlicht wie verstreute Edelsteine. Einige der benachbarten Bauern hatten bereits das erste Heu eingebracht, das noch immer in geometrischen Reihen angeordnet dalag und auf die Ballenpresse wartete.

Madi wusste, wenn sie das Fenster herunterließ, würde die Luft nach geschnittener Alfalfa, jungen Blättern und Erde riechen, frisch und sauber und wunderbar vertraut.

»Wann ist denn Nicole gestern Abend von der Bar nach Hause gestrolcht?«, fragte Luke.

»Kurz nach eins.«

Sie hielt es nicht für angebracht, Nics Bruder mitzuteilen, dass sie um diese Zeit noch wach gewesen war, um ihre Hunde rauszulassen, und ihre Mitbewohnerin knutschend auf dem Vordersitz eines Jeeps gesehen hatte, der zwar ein Dach, aber keine Türen hatte.

»Sie scheint sich gut mit der neuen Wasserratte zu verstehen. Wie heißt er noch gleich? Houston? Dallas?«

»Richtiger Bundesstaat, falsche Stadt. Ich glaube, sein Name ist Austin.«

Er seufzte. »Stimmt. Dallas ist schon ein paar Jahre her, oder?«

Sie konnte sich nicht an alle Namen erinnern, aber es würde sie nicht überraschen.

Sie ließen beide nichts anbrennen, aber der Hauptunterschied zwischen ihnen war, dass Nicole hoffte, bei einem ihrer Dates die wahre Liebe zu finden, während Madi nur einen hübschen Kerl auf Zeit wollte, der lustig und charmant war und sie nicht so behandelte, wie es die Jungs von hier taten. Als wäre sie eine zerbrechliche Figur, die zu Staub zerbröseln würde, wenn man sie nur berührte.

»Kommst du morgen zum Abendessen zu meiner Mutter?«, fragte er. »Ich wollte dich schon gestern fragen und habe es vergessen.«

»Es steht in meinem Kalender. Ich hatte es vor.«

Das große Sonntagsessen war für sie einer der Höhepunkte des Monats. Tilly war eine hervorragende Köchin, und das Essen war immer überaus köstlich. Und die Gesellschaft war noch besser. Sie und Leona waren nicht die einzigen Streuner, die Tilly einlud. Meistens gingen Freunde und Verwandte aus dem Ort und von außerhalb bei ihr ein und aus.

»Ich weiß allerdings nicht genau, was Leona vorhat«, sagte Madi. »Ava ist jetzt bei ihr, also wer weiß?«

Er warf ihr einen Seitenblick durch die Fahrerkabine des Pickups zu. »Meine Mutter hat gesagt, dass Ava stets willkommen ist. Deine Großmutter kann sie mitbringen, wenn sie will.«

Sie lächelte ihm höflich zu und unterdrückte das Verlangen, die Arme vor der Brust zu verschränken und zu schmollen, so wie seine kleine Nichte es immer tat, wenn das Marshmallow, das sie gerade röstete, ins Feuer fiel.

»Das ist in Ordnung. Tilly kann natürlich einladen, wen sie will. Genauso wie ich mir aussuchen kann, mit wem ich meinen Sonntagnachmittag verbringen möchte.«

»Willst du damit sagen, dass du nicht hingehst, wenn Ava kommt?«

Sie schwieg hartnäckig, und er warf ihr einen weiteren Seitenblick zu.

»Verlange nicht von meiner Mutter, dass sie sich zwischen dir und deiner Schwester entscheidet. Das ist nicht fair. Sie liebt euch beide.«

Sie schaute ihn finster an und ärgerte sich darüber, dass er sie wieder einmal wie eine nervige kleine Schwester zu behandeln schien.

»Tilly muss sich nicht zwischen uns entscheiden. Wenn Ava hingeht, entscheide ich für alle, indem ich es ausfallen lasse.«

Er runzelte die Stirn. »Jetzt bist du aber albern, Mad. Wenn deine Schwester länger hier in Emerald Creek bei Leona zu Besuch bleibt, ist es sehr wahrscheinlich, dass du dich irgendwann im selben Raum mit ihr befinden wirst. Du kannst ihr nicht den ganzen Sommer aus dem Weg gehen.«

»Ich kann es aber verdammt noch mal versuchen«, brummte sie.

Er öffnete den Mund, um etwas zu erwidern, schloss ihn aber wieder, als sie in die Einfahrt der Lancaster-Schaffarm einbogen, die aus einem bungalowartigen Wohnhaus, umgeben von Scheunen und Silos, bestand.

Paul Lancaster eilte heraus, um sie zu begrüßen. Er trug seinen üblichen Jeans-Overall und ein kariertes Hemd, das an den Ärmeln hochgekrempelt war. Paul war Ende siebzig und ein tüchtiger Farmer, der zusammen mit einem seiner Söhne eine Herde von etwa fünfhundert Schafen hielt.

Er war akribisch und pingelig und ließ Impfstoffe lieber vom

Tierarzt verabreichen, als es selbst zu tun oder seine Arbeiter damit zu beauftragen, wie es die meisten Farmer taten.

Er begrüßte Luke mit einem Händedruck, nickte Madi aber nur mit einer steifen, eher kühlen Kopfbewegung zu, wobei ein Schatten so schnell über sein Gesicht huschte, dass sie sich fragte, ob sie es sich bloß eingebildet hatte.

Seltsam. Normalerweise hatten sie und Paul ein herzliches Verhältnis. Er war mit ihrer Großmutter befreundet und schien auch mit ihr kein Problem zu haben.

»Wir sind bereit für dich, Doktor. Schön, dass du Zeit für uns hast. Wir sind dabei, die Herde zu unserer Sommerweide zu treiben. Unsere Treiber sind in Stellung, und die Trucks kommen heute Nachmittag.«

Sie wusste, dass er seine Schafe im Sommer in die Berge brachte und dass der Transport immer eine Riesenaktion war.

»Gut, dass du daran gedacht hast, dass deine Lämmer geimpft werden müssen, bevor sie in die Berge verlegt werden«, sagte Luke mit sanfter Stimme.

»Früher hat mich dein Vater sogar angerufen, wenn es Zeit für die Auffrischungsimpfungen war.«

Luke biss für einen kurzen Moment die Zähne zusammen. Wie schwer musste es für ihn sein, ständig mit seinem Vater verglichen zu werden. Ja, der vorherige Dr. Gentry war ein wunderbarer Tierarzt gewesen, nach allem, was sie von ihm gehört hatte, aber Luke war ebenfalls unglaublich. Es war nicht fair, dass er sich ständig vor den Leuten in Emerald Creek beweisen musste.

»Ja, das habe ich gestern nach deinem Anruf überprüft. Laut unseren Unterlagen haben wir vor drei Wochen eine Postkarte zur Erinnerung an den Termin verschickt, aber die übersieht man leicht. Ich werde in deiner Akte vermerken, dass das Büropersonal dich nächstes Jahr anrufen soll.«

»Danke. Das weiß ich zu schätzen.«

Kurzerhand führte er sie um die Scheune herum zu einem gro-ßen Stall, in dem sich etwa hundert Lämmer und Mutterschafe tummelten.

Sie liebte es, die Lämmer anzusehen, sie waren so schlaksig und liebenswert.

Mit den Treibern und Pauls Hilfe gelang es ihnen innerhalb der nächsten Stunde, die Lämmer zu trennen und hinüber in ein Gatter zu treiben, wo Luke sie schnell auf Krankheiten oder Ver-letzungen untersuchte, sie impfte und dann in den Stall zurück-schickte, wo die Mutterschafe verwirrt und um ihre Lämmer be-sorgt herumblökten.

Madis Aufgabe bestand hauptsächlich darin, ihm die nächste Spritze mit dem Impfstoff zu geben und die gebrauchte zu ent-sorgen. So hatte sie Zeit, Lukes sanften, geschickten Umgang mit den Tieren zu beobachten, sowie das Drama, das sich abspielte, als die Lämmer in den Stall zurückgebracht wurden.

Sie war immer wieder erstaunt, wie die Mutterschafe mühelos ihre eigenen Lämmer in dem überfüllten Stall wiederfanden. Sie sah ein paar verlorene Lämmer, die nicht sofort wieder bei ihren Müttern waren, aber auch das klärte sich bald.

Paul Lancaster trat zu ihnen, als Luke gerade seine Arzttasche abstellte und die Latex-Handschuhe auszog.

»Na bitte. Jetzt hast du erst einmal wieder eine Weile Ruhe.«

»Danke.«

Sie unterhielten sich über den bevorstehenden Aufstieg der Herde in die Berge, während Paul sie zurück zu Lukes Pick-up begleitete.

Erst als sie den Wagen erreichten, wandte sich der alte Farmer an Madi.

»Ich habe gehört, dass deine Schwester wieder in der Stadt ist«, sagte er geradeheraus ohne Umschweife, als hätte er das Thema zurückgehalten und gerade bemerkt, dass er fast die Gelegenheit verpasst hätte, es anzusprechen.

Madi spürte, wie ihr Körper sich anspannte. »Ja. Das ist richtig.«

»Dieses Buch von ihr. Warum musste sie diese ganze Hässlichkeit wieder aufwirbeln? Sie hätte die Sache auf sich beruhen lassen sollen.«

Madi konnte dem Mann nicht widersprechen, obwohl sie wusste, dass ihre Gründe sehr verschieden waren. Es musste ihn empfindlich treffen, stellte sie plötzlich fest und ärgerte sich über sich selbst, den Zusammenhang nicht früher erkannt zu haben.

Seine Tochter Mariah und ihr Mann, Benjamin Woodley, waren vor fünfzehn Jahren aktive Mitglieder der Ghost-Lake-Survival-Vereinigung gewesen. Soweit sie wusste, war das auch bei Paul der Fall gewesen. Sie wusste, dass es noch andere Anhänger der Boyle-Brüder gab, die nie gefasst worden waren, die dieser Kombination aus Verschwörungstheorien, gebettet in mystische Prophezeiungen, und reinem Unsinn Glauben schenkten.

Beide Woodleys hatten im Gefängnis gesessen, obwohl sie mit den Behörden zusammengearbeitet und gegen die Anführer der Gruppe ausgesagt hatten. Zuletzt hatte sie gehört, dass sie jetzt irgendwo in Nevada lebten.

Sie war ihnen gnädiger gesonnen als anderen, die dort gewesen waren, denn Mariah Woodley war immer freundlich zu ihr und Ava gewesen und hatte ihnen, wenn sie konnte, Essen zugeschoben. Madi hatte den Eindruck, dass Mariah und ihr Mann schon vor den Ereignissen jenes Sommers versucht hatten, sich aus der Gruppe zu lösen.

»Ich w-weiß nicht, warum Ava das Buch jetzt geschrieben hat. Das ist eine g-gute Frage. Das musst du sie selbst fragen. Ich kann nicht für meine Schwester sprechen.«

»Wenn du sie siehst, sag ihr, sie hätte die Finger davon lassen sollen. Es bringt nichts, in der Vergangenheit zu graben und alte Geschichten hervorzukramen«, murmelte er.

Madi fand sich in der unangenehmen Lage wieder, ihre Schwester gegen etwas verteidigen zu müssen, dem sie hundertprozentig zustimmte.

Ehe sie die richtigen Worte finden konnte, ergriff Luke das Wort.

»Ava hat jedes Recht, ihre Geschichte zu veröffentlichen.«

Obwohl er in ruhigem Ton sprach, konnte Madi an seinen Augen sehen, wie sich ein Feuer in seinem Inneren entfachte.

»Nicht, wenn sie nicht die Einzige ist, die betroffen ist. Es gibt auch Menschen wie meine Tochter und meinen Schwiegersohn, die daran beteiligt sind, die ihre Schuld gegenüber der Gesellschaft abgesessen und sich geändert haben. Sie haben es nicht nötig, dass alle mit dem Finger auf sie zeigen und tuscheln. Mein Schwiegersohn hat Angst, seinen Job zu verlieren. Wie soll er seine Familie ernähren, wenn das passiert?«

Vielleicht hätte er daran denken sollen, bevor er sich mit Männern einließ, die Logik und Vernunft zu etwas Abscheulichem und Bösem verdrehten, dachte sie.

»Das mit Benjamin tut mir leid«, sagte Luke, seine Stimme vorsichtig und neutral. »Das hat nichts mit Ava oder ihrem Buch zu tun.«

»Er und Mariah haben jahrelang versucht, alles hinter sich zu lassen, nur damit diese Frau jetzt daherkommt und alles wieder hervorkramt.«

»*Diese Frau* war ein Kind, als sie und ihre Schwester in eine Situation hineingezogen wurden, die sie sich nicht ausgesucht hatten. Als sie sich weigerten, die abscheulichen Pläne mitzumachen, die sich perverse, bösartige Männer für sie ausgedacht hatten, wurden sie eingesperrt, gefoltert, ausgehungert. Als diese jungen Mädchen schließlich den Mut aufbrachten, zu fliehen, wurden sie von schwer bewaffneten Männern mit bissigen Hunden verfolgt. Es tut mir leid, dass dein Schwiegersohn und deine Tochter über das Buch verärgert sind. Aber Ava hatte jedes Recht, ihre Geschichte zu erzählen und die Menschen wissen zu lassen, was in den Bergen nicht weit von hier geschehen ist, während alle anderen keinen Finger gerührt haben, um ihnen zu helfen.«

Madi stockte der Atem bei seiner Vehemenz, dem barschen Ton, den sie von Luke noch nie gehört hatte.

Paul sagte nichts, Wut verdunkelte sein Gesicht. Als er sprach, war seine Stimme leise. »Es tut mir leid, das aus deinem Mund zu hören. Angeblich gibt es einen neuen Tierarzt in der Nähe von Hailey. Ich habe deinen Vater immer gemocht und respektiert, und es tut mir unendlich leid, dass er getötet wurde. Aber vielleicht ist es an der Zeit, dass ich mich für meine nächste Impfung woanders umsehe.«

»Das ist natürlich deine Entscheidung«, sagte Luke mit ruhiger Stimme. »Gib meinem Büro Bescheid, wie du dich entscheidest, damit sich jemand anderes um deine nächste Impfrunde kümmern kann.«

Er nickte dem Mann zu und kletterte in den Pick-up. Madi, immer noch fassungslos von dem Streit, kletterte auf den Beifahrersitz. Kaum hatte sie die Tür geschlossen, fuhr Luke auch schon los und ließ Paul Lancaster mit einem finsteren Ausdruck in seinem verwitterten Gesicht zurück.

10

*Unsere Flucht nimmt eine unerwartete Wendung, als wir
an einen reißenden Fluss gelangen. Das Wasser tost mit
ohrenbetäubender Intensität, wie eine wirbelnde Barriere, die
uns von der Freiheit trennt. Wir haben keine andere Wahl,
als in den eisigen Strom hineinzuwaten, und die Strömung
zerrt an unseren Beinen, unsichtbaren Händen gleich, die uns
unter Wasser ziehen wollen. Das eiskalte Wasser betäubt unsere
Glieder, aber wir kämpfen weiter, die Dringlichkeit unserer
Flucht übertönt das Unbehagen.*

– *Ghost Lake*, Ava Howell Brooks

Luke

Während der ganzen Fahrt zu ihrem Haus auf dem Gelände der
alten Farm von Gene Pruitt schäumte Madi neben ihm vor Wut.

»Wie unverschämt«, platzte sie schließlich heraus, als sie schon
fast da waren. »Der Mann holt dich an einem Samstag aus dem
Bett, um seine Lämmer in letzter Minute z-zu i-impfen, weil *er*
vergessen hat, einen Termin zu vereinbaren. Und dann droht er
auch noch, sich einen anderen Tierarzt zu suchen wegen etwas,
das gar nicht in deiner Macht steht. Siehst du jetzt, wie dieses
blöde B-Buch alles ruiniert?«

»Er hat jedes Recht, woanders hinzugehen. Das ist seine Entscheidung. Ich habe nicht das Monopol auf Tiermedizin in dieser

Gegend. Es gibt einige andere hervorragende Tierärzte im Umkreis von hundert Kilometern.«

»Keiner von ihnen ist so gut wie du«, sagte sie mit einer Loyalität, die ihn berührte. »Sieht er denn nicht, dass du bei dieser ganzen Sache ein völlig unschuldiges Opfer bist? Deine Familie hatte absolut nichts mit der G-Ghost-L-Lake-Vereinigung zu tun, aber ihr alle habt wegen denen einen schrecklichen Preis bezahlt. W-wegen uns.«

Sie stolperte mehr über ihre Worte als sonst, ein sicheres Zeichen dafür, wie aufgebracht sie war. Er warf einen kurzen Blick auf den Beifahrersitz, bevor er seine Augen wieder auf die Straße richtete. Dieser Moment reichte aus, um zu erkennen, dass sie fast zitterte vor Wut.

»Nicht wegen euch«, korrigierte er sie. »Du und Ava, ihr wart die unschuldigsten Opfer von allen.«

»Unschuldige Opfer, die ... die dich und deine Familie in einen Albtraum hineinzogen, mit dem du nichts zu tun hattest. Dein Vater ist unseretwegen t-tot. Sierra und deine Nichte und dein Neffe konnten nie ihren ... G-Großvater kennenlernen.«

Am Ende des Satzes hakte ihre Stimme, und Luke spürte den vertrauten Schmerz der Trauer, weil er seinen Vater so sehr vermisste. Er lenkte den Pick-up von der Straße auf eine Lichtung mit Blick auf die gewaltigen Gipfel der Sawtooths.

Ein kleiner blauer Berghüttensänger flatterte durch die roten Zweige der Hornsträucher am Fluss, und er erblickte ein paar Elstern, die sie misstrauisch beobachteten.

»Du kannst unmöglich glauben, du wärst schuld an dem, was mit meinem Vater passiert ist.«

Hatte sie das wirklich all die Jahre mit sich herumgetragen und sich selbst die Schuld für die Entscheidungen anderer gegeben?

»Ach nein?« Sie blickte aus dem Fenster auf die noch schneebedeckten Berge, grün, zerklüftet und wunderschön.

»Nein. Du warst ein unschuldiges Kind. Du konntest nicht wissen, was passieren würde.«

»Wir hätten uns eurem Zeltplatz nie nähern dürfen«, sagte sie. Ihre Worte kamen jetzt flüssiger, was ihm verriet, dass sie diesen Gedanken schon oft gehabt hatte. »Wir hatten nach unserer Flucht tagelang versucht, Menschen zu meiden und uns selbst einen Weg aus den Bergen zu bahnen, ohne gesehen zu werden, ohne von den Hunden aufgespürt zu werden. Wir hielten uns von den wenigen Menschen fern, die wir in der Ferne vorbeigehen sahen. Einerseits, weil wir nicht wussten, wem wir trauen konnten, zum anderen wollten wir aber auch niemanden in diese Situation hineinziehen. Aber ich war hungrig und krank, und Ava … Ava wusste, dass ich es nicht mehr lange aushalten würde. Ich wünschte bei Gott, wir hätten uns an unseren ursprünglichen Plan gehalten und wären bergabwärts um euren Zeltplatz herum zu Grandmas Haus in Emerald Creek gelaufen. Wir hatten keine Ahnung, dass sie uns so d-dicht auf den Fersen waren.«

Am meisten erinnerte er sich an den Streit, den er mit seinem Vater an diesem Tag gehabt hatte. Luke war neunzehn Jahre alt gewesen und hatte nach seinem ersten Collegejahr den Sommer zu Hause verbracht.

Erst in der Woche zuvor hatte er verkündet, dass er nicht mehr zurückgehen wolle. Ein Freund von ihm hatte einen Job auf einem Fischdampfer in Alaska angenommen und wollte, dass Luke ihn begleitete.

Die Bezahlung war enorm. Er konnte ein paar Jahre lang während der Saison arbeiten und genug Geld sparen, um das Studium zu beenden, ohne ein Darlehen aufnehmen zu müssen.

Was er seinem Vater nicht erzählt hatte, waren die Selbstzweifel, die Angst, dass er es nicht einmal zum Bachelor schaffen würde, ganz zu schweigen von den strengen Anforderungen für einen

Doktor der Tiermedizin. Luke fürchtete, ein Versager zu sein, der es nie mit dem fabelhaften Dr. Dan Gentry aufnehmen konnte, warum sollte er es also überhaupt erst versuchen?

Sie hatten Waffenstillstand vereinbart, damit sie beide den schon lang geplanten Angelausflug zu ihrem Lieblingssee in der tiefen Wildnis der Sawtooth Range genießen konnten.

Es war eine jährliche Familientradition, dass sein Vater die Praxis für ein paar Tage zusperrte und ihn, Nicole und Owen auf die elf Kilometer lange Wanderung ins Hinterland zum Three Peaks Lake mitnahm, wo es von heimischen Forellen und Arktischen Äschen nur so wimmelte. Sie zelteten am See, angelten, aßen Fisch und plauderten und angelten noch mehr.

Es war eine Tradition, die sie alle liebten und auf die sie sich das ganze Jahr über freuten.

Die erste Nacht war angenehm gewesen, und alle kamen gut miteinander aus. Aber am zweiten Nachmittag war es zwischen ihm und seinem Vater zu bösen Worten und zu einem heftigen Streit gekommen, bis Owen schließlich zum See stapfte, um alleine zu angeln, und Nicki sich mit einem Buch in ihr Zelt zurückzog.

Er und sein Vater saßen da und schwiegen sich wütend an, als plötzlich zwei sonnenverbrannte, verwahrloste Mädchen in zerrissenen, schmutzigen, altmodischen Prärieleidern auf ihren Zeltplatz gestürmt kamen.

Er konnte sich daran erinnern, als wäre es heute Morgen gewesen. Die Mädchen waren halb verhungert, mit Insektenstichen übersät, und Ava flehte schluchzend um Hilfe.

Die beiden Mädchen erzählten eine unglaubliche Geschichte von Gefangenschaft, Schlägen und Missbrauch.

Er und sein Vater hatten ihren Streit sofort vergessen, beide konnten nicht fassen, was sie da hörten. Dan Gentry hatte ein Satellitentelefon, das er immer mit ins Hinterland nahm. Er rief schnell Hilfe, und Luke konnte sich erinnern, wie sein Vater versuchte, einem verwirrten Telefonisten zu erklären, was los war. Sein Vater schnauzte irgendwann ins Telefon, dass sie zwei entführte Mädchen gefunden hatten und gefälligst sofortige Rettung brauchten.

Luke hatte ihren GPS-Standort durchgegeben, und sie waren gerade dabei, ihren Proviant in den bärensicheren Futtersäcken von den Bäumen herunterzulassen, als sie zum ersten Mal die Hunde und die Rufen von Männern auf der Jagd hörten.

Doch jetzt drängte er die Erinnerung beiseite. Er hatte schon genug Albträume von dem, was dann passierte. Er brauchte es nicht heraufzubeschwören.

»Du und Ava konntet nicht wissen, was passieren würde«, sagte er jetzt zu Madi.

»Wir hätten es wissen müssen«, hielt sie dagegen. »Wir rannten t-tagelang um unser Leben. Wir schlugen uns kilometerweit durch die Wildnis, um sie von unserer Spur abzubringen. Bergauf und bergab, immer wieder durch Flüsse hindurch, weil wir wussten, dass sie nicht weit hinter uns sein konnten. Und dass sie niemals aufgeben würden, bis sie uns gefunden hatten. Wir wussten, was sie mit uns und jedem, der uns half, tun würden. Wir hätten niemals bei euren Zelten Halt machen dürfen.«

Er nahm ihre Hand, die leicht gekrümmte, die sie wegen all dem, was ihr widerfahren war, nie ganz durchstrecken konnte. Es brach ihm fast das Herz, dass die Hand in seiner zitterte.

»Madi. Hör auf. Mein Vater hätte es kein bisschen anders gemacht. Vergiss das nicht. Er hätte euch niemals im Stich gelassen, selbst wenn er gewusst hätte, dass es ihn letztlich das Leben kosten würde.«

Auch deshalb würde Luke seinem Vater nie das Wasser reichen können, und doch gab er seitdem jeden Tag sein Bestes. Meistens scheiterte er, aber das trieb ihn nur an, es am nächsten Tag umso mehr zu versuchen.

»Ich wünschte, nichts von alledem wäre je passiert«, murmelte sie und verzog den Mund.

»Ich weiß, Schätzchen. Es tut mir leid.« Er konnte es nicht ausstehen, dass sie einen so bitteren Preis bezahlt hatte und das für den Rest ihres Lebens so bleiben würde.

Sie schniefte, aber weinte nicht. Sie war hart im Nehmen, sogar in dieser Situation. Trotzdem reichte er ihr ein Taschentuch aus der Schachtel, die er in der Tür seines Pick-ups aufbewahrte. Sie wischte sich die Nase ab. Er betrachtete sie, kämpferisch und mutig und schön, und konnte nicht anders. Er zog sie zu sich heran und nahm sie in die Arme.

Sie ließ sich in seine Umarmung hineinsinken und legte ihre Wange auf seine Brust. Lange Zeit saßen sie schweigend da, beide im Dickicht der Vergangenheit versunken. Es war nicht das erste Mal, dass er sie in den Armen hielt. Sie waren Freunde, fast wie eine Familie, und Madi war immer großzügig mit Umarmungen.

Am Abend zuvor hatten sie getanzt, und er war an der Weichheit ihrer Haut und dem Erdbeer-Sahne-Duft ihres Shampoos hängen geblieben und hatte sich gefragt, warum ihm nie aufgefallen war, wie perfekt ihre Körper zusammenpassten.

Irgendetwas fühlte sich … anders zwischen ihnen an. Eine tiefere Verbindung, die sie zueinander zog.

Er wollte sie küssen.

Das Verlangen brach in seiner Brust auf wie die großen, üppigen Pfingstrosen ihrer Großmutter. Er wollte seinen Mund auf ihren legen und sie schmecken.

Aber das konnte er nicht tun. Madi war wie eine Schwester für ihn. Das war sie seit dem Tag, als sie und Ava in ihr Leben geplatzt waren. Es stand ihm nicht zu, sie mit anderen Augen zu sehen.

Sein Vater wäre wütend auf ihn gewesen.

Ein anständiger Mann käme nie auf die Idee, die Verletzlichkeit einer Frau auszunutzen.

Diesen Rat hatte Dan ihm und Owen eingeschärft, seit sie alt genug waren, um an das andere Geschlecht zu denken.

Er zügelte sein Verlangen, ließ die Arme sinken und lehnte sich in seinem Sitz zurück.

»Geht es dir besser?«

Sie warf ihm einen misstrauischen Blick zu, etwa so wie die Lämmer, wenn er mit der Spritze auf sie zukam. »Ich … Ja. Ich glaube schon.«

Hatte sie auch gespürt, wie die Hitze zwischen ihnen vibrierte und immer stärker wurde, als ob etwas längst Begrabenes langsam wieder zum Leben erwachte?

Sie ließ ihren Blick aus dem Fenster gleiten, hin zu den wilden, schroffen Bergen.

»Ich habe dich schon viel länger aufgehalten als geplant. Du hast gesagt, deine To-do-Liste sei lang.«

»Ist sie. Ja.«

»Gibt es irgendwelche Probleme bei deinen Bewohnern?«, fragte er. »Wie geht's dem Kätzchen? Soll ich nach ihr sehen?«

Sie antwortete ihm nicht sofort, als wäre sie mit ihren Gedanken ganz woanders gewesen und brauchte Zeit, um sich zu sammeln.

»Es geht ihr wahrscheinlich gut. Ich denke, im Moment sind alle in Ordnung.«

»Du weißt, dass ich für dich da bin, wann immer du mich brauchst, oder?«

Sie schenkte ihm ihr halbes Lächeln. »Ich weiß. Ich danke dir. Ohne deine Hilfe hätte ich es nie so weit mit dem Tierheim gebracht.«

»Ich bin froh, dass es gut läuft.« Er hielt inne. »Wir sehen uns morgen beim Abendessen, ja?«

Sie verzog das Gesicht. »Ich habe mich noch nicht entschieden, ob ich komme oder nicht.«

»Du musst kommen. Ich brauche deine Hilfe, um Sierra aufzumuntern. Sie wird Trübsal blasen wie ein …«

»Wie ein Mädchen, das gerade seine beste Freundin verloren hat?«

»Ja. Ganz genau so.« Er lächelte. »Du würdest sie in der Stunde der Not doch niemals im Stich lassen. Abgesehen davon, feiern wir ihren Geburtstag. Das darfst du nicht verpassen.«

Sie seufzte. »Ich will nicht mit Ava reden.«

»Du weißt doch, wie hektisch es bei den Sonntagsessen meiner Mutter zugehen kann. Ein paar Dutzend Leute, die das ganze Haus und den Hof belagern. Wenn man mit jemandem nicht reden will, ist es ganz einfach, der Person aus dem Weg zu gehen.«

»Keine Ahnung. Ich überlege noch.«

Er beschloss, es gut sein zu lassen.

»Du solltest darüber nachdenken, deinen Frieden mit Ava zu machen. Sie ist deine einzige Schwester.«

»Sicher. Ich denke darüber nach. Sobald die Leute aufhören, mir dieses blöde Buch unter die Nase zu reiben und es immer wieder zu erwähnen.«

»Ich fürchte, darauf wirst du lange warten müssen. Ich vermute, dass *Ghost Lake* mit der Zeit nur noch mehr an Fahrt aufnimmt. Eure Geschichte spricht die Menschen auf vielen Ebenen an.«

»Warum das denn?«, platzte sie heraus. »Das ist es ja, was ich nicht verstehe. Wer interessiert sich schon für etwas, das vor fünfzehn Jahren passiert ist? Die Zeitungen haben es damals kaum erwähnt.«

»Weil es in der Geschichte um Überleben und um Mut geht. Wir brauchen solche Geschichten heute mehr denn je.«

»Wir haben nichts getan, was so bemerkenswert war«, murmelte sie.

»Ihr wart zwei junge Mädchen, die monatelang von einer gewalttätigen, schwer bewaffneten Gruppe Erwachsener gefangen gehalten wurden und dann irgendwie den Mut gefunden haben, ihnen zu entkommen. Ihr seid in die Wildnis geflüchtet, mit nichts als eurer eigenen Entschlossenheit. Ihr habt tagelang allein überlebt, habt euch von Beeren, Wurzeln und Baumrinde ernährt und aus Bergbächen getrunken. Dann, bei der letzten Begegnung, als die Rettungskräfte nur noch Sekunden entfernt waren, wurde dir in den Kopf geschossen.«

Das war eine weitere Erinnerung, die in seinen Albträumen weiterlebte.

»Doch selbst das hast du überlebt, wieder durch deine unbeugsame Willenskraft, und hast dir dein Leben erneut aufgebaut. Die Menschen brauchen solche Geschichten.«

»Schön. Die sollen sie sich woanders holen. Ich wollte nie im Zentrum der Aufmerksamkeit stehen. Ich konzentriere mich lieber auf die Tiere, die ein Zuhause brauchen, und nicht auf etwas, das vor fünfzehn Jahren passiert ist.«

Mit diesen Worten öffnete sie die Tür und kletterte hinaus. »Ich muss gehen.«

»Okay«, sagte er und spürte, dass sie nicht mehr darüber reden wollte. »Was ist mit morgen?«

Sie seufzte. »Wer ist hier der Unerbittliche? Vielleicht. Wenn, dann nur Sierra zuliebe. Nicht, um Frieden mit Ava zu schließen.«

Er sah ihr nach, wie sie auf das kleine Farmhaus zuging, das etwas Farbe nötig hatte. *Die Tiere gehen vor,* hatte Madi gesagt, als er ihr vorschlug, einen Teil der großzügigen Spende zu verwenden, um das Haus etwas herzurichten.

Sie ging die Treppe hinauf, ein wenig wackelig, da sie die Schiene am linken Bein trug, und winkte ihm zu, als sie die Tür öffnete.

Er wusste um Madis Sorge, dass alle sie mitleidig betrachteten und nur ihre Schwächen sahen.

Er wollte, dass sie sich selbst so sah, wie er es tat. So wie der Rest der Welt sie dank Avas Buch allmählich sah – als eine bemerkenswerte Frau, als ein Beispiel für Kraft, Entschlossenheit und Anmut.

11

*Normalität ist ein Fremdwort, und jede Entscheidung fühlt
sich an wie eine Kreuzung, die entweder zur Heilung führt
oder die Erinnerungen weckt, die wir so sehr versucht haben,
zu unterdrücken.*

– *Ghost Lake*, **Ava Howell Brooks**

Madison

Madi blickte durch die hauchdünnen Vorhänge nach draußen,
die Nicole auf die Schnelle genäht hatte, als sie auf die Farm gezogen waren, die seit Jahren keine Frau mehr betreten hatte. Es
ärgerte sie, dass sie immer noch außer Atem war, als sie Luke
wegfahren sah.

Was war gerade passiert?

Einen Moment lang hätte sie schwören können, dass Luke
Gentry sie mit einem Ausdruck von ... Bewunderung angesehen
hatte. Mehr als das. *Verlangen.*

Für einen klitzekleinen Moment hatte er tatsächlich so ausgesehen, als wolle er sie küssen.

Das war unmöglich. Warum sollte der wunderbarste Mann der
ganzen Stadt sie so ansehen? Dieser Mann hatte es im Alleingang
geschafft, die Adoptionsrate von Haustieren im Bezirk schlagartig
zu erhöhen – zumindest bei den Frauen, die damit einen Vor-
wand hatten, ihre Fellbabys in seine Praxis zu bringen.

Sicher hatte sie sich das bloß eingebildet. Es war ganz unmöglich, dass Luke sich zu ihr hingezogen fühlte. Sie war Madison Howell, die mit dem gelegentlichen Stottern, der Beinschiene und dem Mund, der nur halb lächeln konnte.

Es musste eine Lichtspiegelung gewesen sein, oder sie hatte Staub in die Augen bekommen, den Paul Lancasters Lämmer mit ihren Hufen aufgewirbelt hatten.

Schließlich ließ sie den Vorhang fallen und ging in die Küche, wo sie Nicole vorfand, die mit einer halbleeren Kaffeetasse am Tisch saß und an einem trockenen Toastbrot nagte.

»Morgen«, sagte sie mit krächzender Stimme. Sie hatte tiefe Schatten unter den Augen, und ihr Haar sah aus, als hätte sie nachts einen Kampf mit einem tollwütigen Waschbären verloren. Was wahrscheinlich der Wahrheit ziemlich nahekam.

»Morgen.«

»War das Luke, der dich abgesetzt hat?«

Sie nickte und lief in der Küche umher, um Tee zuzubereiten, da sie keine Lust auf noch mehr Kaffee hatte. »Ja. Er brauchte Hilfe bei der Impfung der Lancaster-Lämmer, also habe ich mich bereit erklärt.«

»Hast du mir davon erzählt? Ich kann mich gar nicht erinnern.«

»Wahrscheinlich nicht. Es kam gestern Abend zur Sprache, und wir haben es schließlich ausgemacht, als wir den Burning Tree verließen.«

»Ach ja. Nachdem du mich hast sitzen lassen.«

»Ich habe dich nicht sitzen lassen! Ich habe dir gesagt, dass ich gehe. Wenn ich mich recht erinnere, schien es dir nichts auszumachen. Aber vielleicht sind meine Erinnerungen an letzte Nacht klarer als deine, aus eindeutigen Gründen.«

Nicole zog ein Gesicht. »Du weißt doch, dass du mir nichts glauben sollst, wenn ich mich mit einem gutaussehenden Typen amüsiere. Was wäre, wenn er sich als Axtmörder entpuppt hätte statt als süßer Kanadier?«

»Das könnte er immer noch sein. Ich bin sicher, in Kanada gibt es auch Axtmörder.«

»Ernsthaft. Du hättest mich nicht im Stich lassen sollen. Was ist mit unserem Kumpel-System?«

Sie bekam ein schlechtes Gewissen. »Du hast recht. Ich bin eine schreckliche Freundin. Ich hätte bei dir bleiben sollen. Ich hatte es nur … satt, dass alle immer von Avas verdammtem Buch reden.«

»Okay, das verstehe ich«, sagte Nicki, wobei ihr Gesicht vor Mitleid weich wurde.

Madi wechselte schnell das Thema. »Du hast ja dein Auto gar nicht mit nach Hause gebracht. Ich habe dir nicht nachspioniert, aber ich war gerade bei den Hunden, als du mit Austin angerollt kamst. Er scheint nett zu sein.«

»Ist er auch. Und klug ist er auch. Er studiert gerade Hydrologie.«

Und anscheinend auch Knutschen in der Auffahrt für Fortgeschrittene.

»Siehst du ihn wieder?«

»Ja. Er wollte heute Abend wieder mit mir ausgehen, aber ich muss arbeiten. Vielleicht nächste Woche. Außerdem hat mir meine Mutter heute Morgen eine Nachricht geschickt, noch bevor ich aufgestanden war. Sie wollte sichergehen, dass du morgen zum Essen kommst.«

Oje. Tilly Gentry Walker gab nicht auf. Sicherlich hatte Luke noch keine Zeit gehabt, ihr mitzuteilen, dass Madi Zweifel hatte, ob sie kommen sollte. Offenbar wollte die gute Frau auf Nummer sicher gehen, indem sie Luke *und* Nicole beauftragte, sie an das Essen zu erinnern.

»Ich weiß noch nicht, ob ich es schaffe.« Sie nippte an ihrem Tee und wich dem Blick ihrer Freundin aus.

»Warum nicht? Hast du Pläne, von denen ich nichts weiß?«

Sie überlegte, sich etwas auszudenken, aber es erschien ihr zu feige. Außerdem war Nicki schon seit fünfzehn Jahren ihre beste Freundin. Sie schien immer zu wissen, wenn Madi log.

»Keine Pläne, außer meiner Schwester um jeden Preis aus dem Weg zu gehen. Du weißt, wenn Leona zum Abendessen kommt, wird sie Ava mitschleppen, und ich habe wirklich keine Lust, mich mit einer Frau an den Tisch zu setzen, die mir wahrscheinlich mit großer Geschicklichkeit ein Steakmesser in die Rippen rammen könnte.«

Nicki runzelte die Stirn. »Ava liebt dich über alles. Das weißt du doch.«

Wenn ihre Schwester sie liebte, hätte sie ihre Privatsphäre respektiert. Sie hätte nie Kapital aus ihrem gemeinsamen Trauma geschlagen.

Aber das sprach sie ihrer Mitbewohnerin gegenüber nicht aus. In Wahrheit war sie es wirklich leid, über Ava zu reden.

»Soll ich meiner Mutter sagen, dass du es nicht schaffst? Sie wird sehr enttäuscht sein, wenn du nicht dabei bist, aber sie wird hundertprozentig ein anderes hungriges Maul finden, das sie stopfen kann.«

Obwohl ihr klar war, dass Nicole es nicht wörtlich gemeint hatte, wusste Madi, dass sie recht hatte. Wie viele Kleinstädte im Westen befand sich auch Emerald Creek in einem unglücklichen Zwiespalt: Überall in der Stadt, vor allem entlang des Flusses und der Ufer des Emerald-Creek-Stausees, rissen sich Millionäre Land unter den Nagel. Ihre aufwändigen Western Lodges aus handgefällten Baumstämmen und glänzendem Glas pflanzten sie manchmal direkt neben die erschütterten alteingesessenen Einwohner wie Paul Lancaster, die immer noch versuchten, herauszufinden, was mit ihrer gemütlichen ländlichen Gemeinschaft passiert war.

Diejenigen, die in diesen touristischen Gebieten angestellt waren, die in den schicken Restaurants kellnerten und an den Hotelrezeptionen standen, konnten es sich oft nicht leisten, in derselben Gegend zu wohnen, in der sie arbeiteten, da die Wohnungen dort völlig unerschwinglich waren.

Madi hegte den Verdacht, dass einige der Tiere, die sie im Emerald-Creek-Tierheim aufgenommen hatten, von ihren Besitzern ausgesetzt worden waren, weil diese es sich nicht mehr leisten konnten, für sie zu sorgen.

»Weil nächste Woche Sierras Geburtstag ist, werde ich kommen. Wenn ich dafür ein paar Stunden mit meiner Schwester hinnehmen muss, kann ich das verkraften. Entgegen der landläufigen Meinung bin ich hin und wieder in der Lage, mich wie eine Erwachsene zu verhalten.«

»Ich habe nie gesagt, dass du das nicht bist«, protestierte Nicki.

Niemand hatte es gesagt, aber Madi kam sich trotzdem wie ein weinerliches Kind vor.

»Ich sollte rübergehen in die Scheune. Ich glaube, ein paar Stunden mit den Tieren werden mir guttun. Wenigstens wollen die wahrscheinlich nicht über Avas Buch reden.«

Nicki lachte, erschrak vor ihrem eigenen Geräusch, das sie damit verursachte, und widmete sich wieder ihrem Toast.

Das Kätzchen miaute aus seiner Kiste in der Ecke. Madi nahm es auf den Arm, schnappte sich den Milchersatz und machte sich auf den Weg in die Scheune. Sie beschloss, sie dort zu füttern.

Als sie die Tür aufstieß, dröhnte ihr eine Kakophonie von Tierstimmen entgegen, und Ed Hyer, einer der freiwilligen Helfer, winkte ihr zu.

»Guten Morgen, Chefin.«

»Tut mir leid, dass ich so spät komme. Ich musste etwas Unerwartetes erledigen. Danke dir fürs Einspringen. Hat sich in der Zwischenzeit etwas Interessantes ereignet?«

»Alle haben Futter und Wasser. Wir haben mit den älteren Hunden gespielt, und ich wollte gerade die jungen in den Hof lassen.«

»Prima. Ich kann das übernehmen, sobald ich die Kleine hier gefüttert habe.«

Er betrachtete das Kätzchen. »Sie ist neu, stimmt's?«

»Ja.« Sie erzählte ihm die Geschichte von Charla Pope, die das Kätzchen in ihrem Blumenbeet gefunden hatte, und von Luke, der es schon erstuntersucht hatte.

»Er ist so ein klasse Typ, nicht wahr?«, sagte Ed.

Madi versuchte, jetzt weder an Lukes Arme zu denken, die er am Abend zuvor in der Taverne um sie gelegt hatte, noch an das Leuchten in seinen Augen heute Morgen. »Ja, das ist er allerdings.«

»Oh, ein paar Camper haben angerufen und behauptet, sie hätten ein paar streunende Hunde oben in den Sawtooths Mountains auf der Straße zum Ghost Lake gesehen. Anscheinend sahen sie ziemlich mitgenommen aus. Einer trug ein Halsband, aber der andere nicht. Ich habe überlegt, heute Nachmittag dort oben mal im Wald herumzufahren, vielleicht finde ich sie _a.«

Dies war nicht der erste Bericht über streunende Hunde in den Bergen, den sie gehört hatte. Manchmal hatten Camper sie verloren, manchmal entliefen sie ihren Besitzern in der Stadt, und manchmal wurden sie in den Bergen ausgesetzt, weil man dachte, sie kämen alleine klar.

In der Regel ging es für die Hunde in all diesen Szenarien nicht gut aus.

»Mach das. Meinst du, eine Kiste würde hinten in deinen Zweisitzer passen, für den Fall, dass du sie findest?«

»Ja. Meine Ladefläche ist recht groß. Ich dachte mir, ich nehme eine Packung Hotdogs mit und gucke, ob sie das anlockt.«

»Soll ich mitkommen?«

»Nein. Ich schaue mal, ob mein Enkel Lust hat, mit mir in die Berge zu fahren. Vielleicht nehmen wir die Angelruten mit. Dann schlagen wir zwei Fliegen mit einer Klappe.«

»Oder ihr fangt zumindest ein paar Fische.«

Er lächelte. »Es ist auf jeden Fall einen Versuch wert. Soll ich die Kleine füttern?«

»Das wäre toll. Danke.«

Sie schüttete den Milchersatz in eine Schüssel und reichte ihm eine Pipette. Ed war einer ihrer zuverlässigsten Helfer, der jede Aufgabe bereitwillig erledigte.

Der pensionierter Ingenieur, Mitte siebzig, war mit seiner Frau aus der Gegend von Seattle hierhergezogen, um näher bei seiner Tochter und ihrer Familie zu sein. Leider war seine Frau vor ein paar Jahren an einem Schlaganfall gestorben.

Sie hatte den starken Verdacht, dass er ein Auge auf eine andere Freiwillige, Ada Duncan, geworfen haben könnte, obwohl er ihr gegenüber genauso neckisch-charmant war wie bei allen anderen auch.

Manchmal fragte sie sich, ob Ed vielleicht der anonyme Spender war, der das Startkapital für das Tierheim gestiftet hatte. Es wäre möglich. Er lebte in einem wunderschönen Blockhaus auf einem relativ großen Stück Land, und soviel sie wusste, bekam er eine ganz anständige Rente. Sie hatte einmal gehört, wie er mit einem anderen Freiwilligen über Investments gesprochen hatte.

Nie hatte Ed auch nur ansatzweise angedeutet, dass er hinter der Spende stecken könnte, aber sie konnte nicht umhin, sich diese Frage zu stellen. Wer sonst hätte so großzügig sein können?

Die nächsten Stunden verbrachte sie damit, Papierkram zu erledigen, Posts in den sozialen Medien zu planen und den Arbeitsplan der Freiwilligen für die kommenden Wochen zu erstellen.

Schließlich hatte sie genug von der Büroarbeit und beschloss, mit den Welpen die eingezäunte Spielwiese zu erkunden. Sie trug immer zwei von ihnen auf einmal nach draußen und hatte gerade das letzte Paar auf dem Arm, als sie sah, wie Sierra Gentry mit ihrem Fahrrad neben der Spielwiese hielt. Ihre Augen waren verdächtig rot, und sie sah wütend aus.

Madi begrüßte Lukes Tochter mit einem mitfühlenden Lächeln. »Ich hätte nicht gedacht, dass ich dich heute sehen würde. Ich habe gehört, dass Zoe zu ihrem Vater fährt.«

»Was soll ich denn den ganzen Sommer über ohne sie machen?«

»Sie ist doch nicht deine einzige Freundin. Du hast auch noch Mariko und Yuki und andere.«

»Ich weiß. Und ich liebe meine anderen Freundinnen. Wirklich. Aber Zoe ist meine *beste*. Wir sind wie Pech und Schwefel, so wie du und Tante Nicki. Ich werde sie so vermissen.«

Madi spürte eine Welle tiefer Dankbarkeit für Nicole, die sich gleich in den ersten Tagen nach ihrer Verletzung mit ihr anfreundete, als Nic selbst noch trauerte.

Sie hatte sie wöchentlich in der Reha besucht, und als Madi dann nach Emerald Creek zog, um bei Leona zu leben, kam Nicki jeden Tag nach der Schule vorbei und leistete ihr Gesellschaft.

Sie vermutete, dass diese Besuche auch für Nicki eine Art Therapie waren, die um ihren Vater trauerte und mit diesem traumatischen Ereignis zu kämpfen hatte.

»Und nächsten Sommer müssen wir das alles noch einmal durchmachen! Das ist so richtig beschissen«, beschwerte sich Sierra wütend.

»Ich weiß, es ist nicht leicht, und du wirst sie vermissen. Aber ihr könnt den ganzen Tag über videochatten, wenn ihr wollt. Und es gibt doch so vieles hier in der Stadt, um dich zu beschäftigen, oder? Du hilfst in der Tierklinik und kannst hier ehrenamtlich mitmachen, so oft du willst.«

»Ja. Das stimmt.« Sie betrat das Gehege und setzte sich ins Gras. Einer der pummeligen schwarzen Labrador-Mix-Welpen ließ sich neben ihr ins Gras plumpsen, und Sierra musste lächeln, auch wenn ihr noch immer die Tränen in den Augen standen.

Den kleinen Wesen kann man wirklich nicht widerstehen, dachte Madi.

Einer der Welpen kam herüber und zog an Madis Schnürsenkeln, und sie musste schmunzeln, als sie ihn mithilfe eines Balls weglockte.

»Nachdem Zoe zum Flughafen abgefahren war, ging es mir so mies, dass ich an nichts anderes denken konnte, als hierherzukommen und mit diesen kleinen Kerlchen zu kuscheln.«

»Du bist jederzeit willkommen, wenn dir nach Hundeknuddeln ist.«

»Danke, Mad.« Sierra hob den fluffigen, verschmusten Welpen auf und hielt ihn sich vor das Gesicht. »Sie sind alle so süß. Ich weiß nicht, wie du sie jemals wieder hergeben kannst.«

»Sie wären viel lieber in einem liebevollen Zuhause als hier. Wir müssen sichergehen, dass wir die besten Plätze für sie aussuchen.«

»Macht ihr einen Adoptionstag?«

»Ich habe schon mit ein paar Freiwilligen darüber gesprochen. Wir müssen nur noch überlegen, wann und wo.«

»Du könntest es in den sozialen Medien groß aufziehen, damit jeder davon erfährt.«

»Ach«, sagte Madi, »wo du das gerade erwähnst: Ich wollte fragen, ob du bei einem besonderen Projekt mitmachen möchtest.«

»Was für ein Projekt ist das denn?« Sierra war neugierig, aber auch misstrauisch.

»Was hältst du davon, mir bei unserem Social-Media-Auftritt zu helfen? Ich weiß, wie gerne du dir Clips im Netz ansiehst. Du könntest Fotos machen, um zu dokumentieren, was wir so tun, und vielleicht auch immer wieder mal ein paar kurze Videos mit den Tieren drehen.«

Sierras Gesicht hellte sich auf, und ihre Augen wirkten von Minute zu Minute weniger deprimiert. »Das klingt interessant.«

»Du kannst meine offizielle stellvertretende Social-Media-Beauftragte sein.«

»Bekomme ich mein eigenes Büro?«

Madi grinste und gestikulierte über dem Rasen. »Klar. Wie wäre es direkt hier auf der Spielwiese?«

»Das wäre super! Du könntest mir hier einen Schreibtisch hinstellen und so!«

»Vielleicht einen Liegestuhl. Den könnten wir uns vermutlich leisten.«

»Das reicht mir«, sagte Sierra und spielte wieder mit den Welpen.

Madison liebte Lukes Tochter. Sie war großzügig und hatte ein gutes Herz. Als Sierra noch jünger war, fühlte sie sich immer zu Madi hingezogen. Sierra hatte es niemals etwas ausgemacht, wenn Madi ihre Worte nicht richtig herausbrachte oder nicht richtig lächeln konnte.

In den letzten vier Jahren nach dem Tod von Johanna war ihre Beziehung noch tiefer geworden. Madi konnte sich auf einer tiefen emotionalen Ebene in ihre Erfahrung hineinversetzen, etwa in demselben Alter ihre Mutter zu verlieren, was andere nicht ganz nachvollziehen konnten.

Sierra sprach mit Madi über ihre Mutter und wie sehr sie sie vermisste. Madi spürte, dass sie ihr vermutlich Dinge anvertraute, über die sie mit ihrem Vater, ihrer Tante oder ihrer Großmutter nicht reden konnte.

In vielerlei Hinsicht betrachtete sie Sierra als die jüngere Schwester, die sie nie hatte.

»Geht es dir besser?«, fragte sie, nachdem sie eine weitere halbe Stunde mit den Welpen gespielt hatten.

»Es ist schwer, traurig zu sein, wenn diese Kerlchen einen zum Lachen bringen.«

»Ich fand schon immer, dass das beste Mittel gegen Traurigkeit ist, sich davon abzulenken, indem man anderen hilft.«

»Du klingst wie meine Grandma.«

»Oh, ich wünschte, ich wäre so klug und weise wie Tilly.«

Sierra half ihr, die Welpen zurück in den großen Hundeauslauf zu tragen.

Sie füllte den Futternapf, während Sierra Wasser in die Trinkschale goss, als das Mädchen wie aus heiterem Himmel fragte: »Glaubst du, mein Vater wird jemals wieder mit jemandem ausgehen?«

Madi zuckte erschrocken zusammen, und ein Teil des Futters landete auf dem Boden. Die dankbaren Welpen schien das nicht zu stören.

»Wie kommst du denn darauf?«, fragte sie, wobei sie versuchte, ihren Tonfall so neutral wie möglich klingen zu lassen.

Sierra zuckte mit den Schultern. »Ich weiß es nicht. Vielleicht weil ich denke, wie seltsam es für Zoe sein muss, jetzt, wo ihr Vater eine andere geheiratet hat und weggezogen ist. Ich meine, sie hat ihre Stiefmutter ganz gern, aber es ist trotzdem irgendwie seltsam. Ich will nie eine Stiefmutter haben.«

Madi wollte dieses Gespräch mit dem Mädchen jetzt nicht führen, vor allem nicht, da sie ständig daran denken musste, wie sich seit gestern Nacht etwas an ihrer Beziehung zu Luke verändert zu haben schien.

Wie sollte sie Sierra erklären, dass bei allem, was sie einander im Laufe der Jahre anvertraut hatten, das Liebesleben ihres Vaters ein Thema war, über das Madi lieber nicht sprechen wollte?

Nichts davon ging sie etwas an. Aber sie konnte die Frage auch nicht einfach abtun. Sie atmete tief ein und zwang sich zu einem Lächeln.

»Deine Mutter ist nun schon seit einigen Jahren tot. Sie hat euch beide sehr geliebt, aber glaubst du nicht, sie hätte sich gewünscht, dass er irgendwann sein Leben weiterlebt? Würdest du wirklich wollen, dass er für immer allein bleibt?«

Sierra kräuselte ihre Lippen. »Ich weiß es nicht. Das ist ziemlich egoistisch, stimmt's?«

»Nicht egoistisch. Ich kann deine Bedenken verstehen.«

»Ich meine, er könnte doch warten, bis ich aufs College gehe. Dann wäre es mir egal, was er tut. Das sind nur noch fünf Jahre.«

Wie konnte sie Sierra vorsichtig nahebringen, dass es besser für sie wäre, dieses Gespräch mit ihrem Vater zu führen und nicht mit Madi?

»Dein Vater ist noch relativ jung. Es wäre ganz schön viel verlangt, ihn sein Leben auf die lange Bank schieben zu lassen.«

Sierra schwieg, ihre Stirn legte sich in Falten, als sie den Wasserschlauch wieder hinter den Wasserhahn steckte. Schließlich sagte sie ein wenig verschwörerisch: »Ich glaube, er war gestern Abend mit jemandem zusammen. Ich bin gegen neun nach Hause gekommen, um mein Handyladegerät zu holen, und er war nicht da. In seinem Zimmer lagen ein paar seiner schönen Hemden auf dem Bett, so als hätte er überlegt, was er anziehen soll, und im Bad roch es, als hätte er geduscht und Rasierwasser benutzt, was er sonst fast nie tut.«

Sie wollte nicht daran denken, wie Luke sich ausgehbereit machte. Das fühlte sich viel zu intim an.

»Er war mit mir und deiner Tante Nicole im Burning Tree. Wir sind beide ungefähr zur gleichen Zeit wieder gegangen, so gegen elf. Wenn er sich nicht danach noch mit jemandem getroffen hat, brauchst du dir keine Sorgen zu machen.«

»Du würdest es mir aber sagen, wenn er eine neue Freundin hätte, oder? Ich möchte nicht aus heiterem Himmel überrascht werden.«

»Klar. Wenn ich etwas höre, werde ich es dir auf jeden Fall sagen.«

»Und wenn ich etwas höre, werde ich es dir sagen«, meinte Sierra, als ob sie Madi damit einen großen Gefallen tun würde.

Madi brachte es nicht übers Herz, ihr zu sagen, dass sie sich plötzlich gar nicht mehr sicher war, ob sie es überhaupt wissen wollte, wenn Luke sich mit einer anderen Frau traf.

12

Unser Körper mag heilen, doch die emotionalen Verletzungen gehen tiefer und erinnern uns daran, dass Befreiung weit über das Physische hinausgeht.

— *Ghost Lake*, **Ava Howell Brooks**

Ava

Das Haus von Tilly Gentry Walker lag auf einer Anhöhe, die von Wäldern umgeben war, mit prachtvollem Blick auf die schneebedeckten Berge.

Ava war erst ein Mal hier gewesen, und das war schon einige Jahre her.

Als sie noch in Emerald Creek gelebt hatte, wohnte Tilly als Witwe in einem Haus, das viel näher an der Tierklinik ihres verstorbenen Mannes lag.

Vor etwa fünf Jahren hatte Tilly wieder geheiratet und war mit ihrem neuen Mann hierhergezogen in dieses weitläufige Farmhaus, das sich mit Blick auf die Stadt und die dahinter liegenden Berge in die Landschaft schmiegte.

Sosehr sie Tilly und eigentlich die ganze Familie Gentry auch bewunderte, Ava wollte nicht hier sein. Ihr Magen krampfte sich vor Beklemmung zusammen. Hätte sie auf dem Weg durch den Vorgarten zur breiten Veranda hinauf nicht ihre Großmutter an ihrer Seite gehabt, wäre Ava umgekehrt, die geschwungene

Auffahrt wieder hinuntergelaufen und zurück zu Leonas Haus geeilt.

Dorthin waren es nur etwas mehr als drei Kilometer, und es ging größtenteils bergab. Sie konnte in zwanzig Minuten zu Hause sein, wenn sie sich beeilte.

Ihre Muskeln zitterten, als sie den Drang, einfach abzuhauen, unterdrückte.

Sie konnte nicht gehen. Sie hatte ihrer Großmutter ihr Wort gegeben. Ava hatte in letzter Zeit schon genügend Menschen verletzt. Sie wollte der Liste nicht auch noch Leona hinzufügen.

Außerdem hielt sie den beliebten Froschaugen-Salat ihrer Großmutter in den Händen. Den konnte sie den Gästen doch nicht vorenthalten.

Im Laufe der Jahre war Tilly zu einer der engsten Freundinnen von Leona geworden. Sie waren schon immer befreundet gewesen, hatte ihre Großmutter ihr einmal erzählt. Sie hatten zur selben Clique gehört, sich gemeinsam im Bibliotheksvorstand engagiert und waren in der Leitung einer kirchlichen Frauengruppe tätig gewesen.

Ihre Freundschaft war herzlich, aber relativ unverbindlich gewesen, bis sich ihre beiden Familien durch die Ereignisse jenes Sommers für immer miteinander verbanden.

»Ich glaube, sie sind alle hinten«, sagte Leona, deren Arme mit Marmor-Brownies beladen waren, die sie ebenfalls an diesem Nachmittag gebacken hatte. »Dort sitzen sie normalerweise im Sommer zusammen. Sie haben einen schönen Garten im Innenhof, mit einem Wasserfall und einem Teich. Bist du schon einmal da gewesen?«

»Ja, aber das ist Jahre her. Als Tilly wieder geheiratet hat, hat der Empfang hier stattgefunden, weißt du noch?«

»Ach ja, richtig. Ich hatte ganz vergessen, dass du extra dafür nach Hause gekommen bist. Nun, zum Glück hat Tilly einen Mann geheiratet, der die Gartenarbeit liebt. Er hat hinter dem Haus ein wahres Bergparadies geschaffen.«

Ava zwang sich zu einem Lächeln. »Großartig. Ich kann es kaum erwarten, es zu sehen.«

»Wir gehen erst einmal rein, um meinen Salat und die Brownies abzustellen und zu sehen, ob Tilly noch Hilfe braucht.«

»Gute Idee«, log Ava, obwohl sie eigentlich am liebsten zum Haus ihrer Großmutter zurückgegangen und für die nächsten Monate in ihr Bett gekrochen wäre.

Seit wann war sie bloß so introvertiert? Sie und Cullen hatten es immer geliebt, Dinnerpartys für ihre Freunde zu geben. Sie luden ihre Kollegen von der Mittelschule oder andere Akademiker von der Universität ein, wo er Assistenzprofessor war.

Ava liebte es, zu kochen; das hatte sie sowohl von ihrer Mutter als auch von ihrer Großmutter geerbt. Sie verbrachte Stunden damit, sich Menüs auszudenken und auf dem Wochenmarkt zu bummeln, um dann den ganzen Tag das Essen vorzubereiten und den Tisch schön zu decken, wobei Cullen immer wieder kam und ging, um zu helfen, wo er konnte.

Ihr Herz schmerzte, als sie an die langen Küsse dachte, die sie jedes Mal austauschten, wenn er in die Küche kam, bis sie ihm sagte, er müsse aufhören, sie abzulenken, sonst würde nichts rechtzeitig fertig werden.

Nachdem der letzte Gast gegangen war, räumte Cullen immer auf. Ava wartete auf ihn, bis sie in einen erschöpften Schlaf fiel, und am nächsten Morgen wachten sie eng umschlungen wieder auf.

Sie versuchte, die blanke Sehnsucht zu unterdrücken. Waren diese Augenblicke für immer vorbei? Am Tag zuvor war ihr Cullen wie ein distanzierter, höflicher Fremder vorgekommen und nicht wie der Mann, der ihr ständig beteuert hatte, wie heiß und innig er sie liebte.

Sie schaffte es gerade, nicht in Tränen auszubrechen, als Leona an der Tür läutete. Zehn Sekunden später öffnete ein kleines Mädchen mit dunklen Haaren und braunen Augen die Tür und strahlte sie an.

»Hallo.«

»Hallo, Lottie. Kennst du mich noch? Ich bin Leona. Ich bin eine Freundin von deiner Grandma. Und das hier ist meine Enkelin Ava.«

»Hi. Ich bin Lottie. Ich bin drei Jahre alt.«

»Hallo. Wie schön, dich kennenzulernen.«

»Ich mag rutschen.«

Mit dieser unlogischen Schlussfolgerung drehte sich das Mädchen um und brauste wie ein energischer Wirbelsturm durch das Haus zurück in den Garten.

»Okay. Gut zu wissen«, sagte Leona mit einem Lächeln, während sie vorausging und auf die Küche zusteuerte, da sie sich offensichtlich bestens in dem Haus auskannte.

In der großen, hellen Küche mit ihren High-End-Geräten und glänzenden Marmorarbeitsflächen fanden sie Tilly Gentry Walker inmitten einer Armee von helfenden Gästen, die unter ihrem Kommando schnippelten, würfelten und rührten.

Tilly selbst arbeitete an der riesigen Kücheninsel aus Holz, die einen Kontrast zu den modernen Schränken bildete, und schnitt Wassermelonen in Dreiecke, während alle um sie herumwuselten.

Ava atmete auf, als sie merkte, dass ihre Schwester, also die Person, der sie am meisten aus dem Weg gehen wollte, nicht hier war.

Tilly schaute auf und lächelte den beiden zu – ihr hübsches Gesicht wurde von der Nachmittagssonne angestrahlt, die durch ein

Oberlicht in den Raum fiel. »Ava, meine Liebe. Wir haben uns viel zu lange nicht gesehen.«

Sie spülte kurz ihre Hände ab, wischte sie an ihrer Nadelstreifen-Schürze trocken und eilte dann auf sie zu, um Ava fest in den Arm zu nehmen.

»Da ist ja unsere Starautorin. Ein *New-York-Times*-Bestseller, meine Liebe. Oh, deine Mutter wäre so stolz auf dich.«

Ava versuchte, das schmerzhafte Gefühl hinunterzuschlucken, das ihr in letzter Zeit ständig im Hals zu stecken schien.

Wäre ihre Mutter stolz gewesen? Das war fraglich. Oder ein Zirkelschluss: Wäre ihre Mutter nicht gestorben, dann hätte sich ihr Vater nicht aus der Realität geflüchtet, nichts von all dem, was geschehen war, wäre passiert, und sie hätte darüber keine Erinnerungen zu schreiben brauchen.

Hätte sie die besagten Erinnerungen nicht aufgeschrieben, hätte sie es nicht auf irgendwelche Bestsellerlisten geschafft, richtig?

»Danke, Tilly.« Sie wechselte schnell das Thema. »Deine neue Küche gefällt mir gut! Besonders schön finde ich deine Insel mit dem Holz und der Wasserfallkante.«

»Danke. Das ist auch eines meiner Lieblingsdetails.«

»Ich habe meinen Froschaugen-Salat und Brownies mitgebracht, wie bestellt«, sagte Leona, hielt ihr abgedecktes Tablett hoch und deutete auf den Salat, den Ava trug.

»Perfekt. Ich lasse die Desserts erst einmal hier im Haus, damit sie kühl bleiben. Schaut einfach, wo ihr noch einen Platz dafür findet.«

Leona stellte sie neben zwei Torten und einem großen Teller mit Keksen ab. »Wie kann ich sonst noch helfen?«

»Du brauchst gar nichts zu tun. Es ist fast alles erledigt. Boyd, Luke und Owen kümmern sich um den Grill, und hier drinnen haben wir alles im Griff. Ava, du erinnerst dich an meine

Schwester Penny. Und das ist Owens Frau, Valentina. Val, das ist Ava, die Schwester von Madi.«

»Hallo.« Die Frau war klein und zierlich und außergewöhnlich hübsch. In einem Tragetuch trug sie ein Baby vor dem Bauch.

»Penny, hallo. Wie schön, dich wiederzusehen. Hallo, Valentina. Ich glaube, wir haben deine Tochter getroffen. Sie sieht ganz genauso aus wie du.«

Die Frau lächelte. »Ja. Das war wahrscheinlich meine Carlotta. Sie liebt es, an die Tür zu gehen, wenn es klingelt.«

»Anscheinend war sie auf dem Weg zur Rutsche«, informierte Leona sie.

»Gut. Ihr Vater kann auf sie aufpassen.«

»Bist du sicher, dass wir nicht helfen können?«, fragte Ava ihre Gastgeberin. Sie wusste nur zu gut, wie es war, hilfsbereite Freiwillige zu beaufsichtigen, die einem manchmal einfach nur im Weg waren.

»Ihr könnt nach draußen gehen und euch amüsieren! Boyd hat dort Getränke kaltgestellt.«

»Ich bringe den Salat raus.«

»Brauchst du einen Löffel zum Servieren?«

»Ich kann einen holen«, sagte ihre Großmutter.

Als weiterer Beweis für ihre enge Freundschaft zog Leona auf eigene Faust los, ging direkt zu einer Schublade der Kochinsel und wühlte darin herum, bis sie eine große Kelle für den Salat gefunden hatte.

»Komm mit. Ich zeige dir den Garten.«

Leona hatte nicht übertrieben, was die Größe des Grundstücks anging. Von Tillys Hochzeit mit Boyd Walker hatte Ava den Garten als einen gemütlichen Ort mit verschlungenen Wegen und verstreuten Ruhebänken in Erinnerung, von denen aus man hinunter auf die Stadt blicken konnte.

Aber sie konnte sich weder an den Wasserfall, der kaskadenartig über Steine fiel, noch an den kleinen Teich mit den bunten Seerosen erinnern. Sie sah Owen Gentry in einem Stuhl neben dem Teich sitzen, wahrscheinlich, um seine umtriebige Tochter davon abzuhalten, hineinzusteigen.

Das Rauschen des Wassers war beruhigend und angenehm. Ava hätte sich am liebsten mit ihrem Tagebuch auf eine dieser Bänke sinken lassen und geschrieben und geschrieben, bis ihr Geist von diesen verschlungenen Fesseln der Angst geläutert war.

Sie stieß einen leisen Laut des Erstaunens aus. Leona hörte das und lächelte sanft. »Wunderschön, nicht wahr?«

»Es raubt mir ein wenig den Atem.«

»Das musst du Boyd sagen. Der Garten ist sein ganzer Stolz.«

Der besagte Mann war groß und hatte eine kräftige Brust, volles weißes Haar und ein breites Lächeln.

Es gab tatsächlich einen kleinen Spielplatz mit Reifenschaukeln, Rutschen und einem Gerät, das sich als altmodisches Karussell entpuppte. Sie spürte, wie etwas in ihrer Brust drückte, als sie daran dachte, wie sie mit ihrer Schwester in der Schule nah bei ihrem Haus in Oregon stundenlang auf einem solchen Karussell gespielt hatte.

Sie war die Älteste gewesen. Die Beschützerin.

Pass auf deine Schwester auf.

Wie oft hatte sie ihre Mutter diese Worte sagen hören, sobald sie das Haus verließen?

Das war ihre einzige Aufgabe gewesen, und sie hatte jämmerlich versagt.

»Bring das doch bitte für mich zum Tisch«, sagte Leona und drückte Ava die Salatschüssel in die Hand. »Ich bin plötzlich am Verdursten und muss sehen, was Boyd im Angebot hat.«

Ava, die sich immer noch argwöhnisch nach ihrer Schwester umsah, trug die Schüssel zu einem Tisch, der sich schon unter der Last des ganzen Essens durchzubiegen schien.

Sie dachte gerade, dass sie ebenfalls einen Drink gebrauchen könnte, als sie eine männliche Stimme ihren Namen rufen hörte.

»Ava! Schön, dich wiederzusehen.«

Die Stimme klang sehr vertraut, genau wie der Mann, der die Worte gesprochen hatte: Lucas Gentry. Ein Teil ihrer Angst verflüchtigte sich. In dem Wohlgefühl einer langjährigen Freundschaft war dafür einfach kein Platz.

»Hi, Luke. Ich freue mich auch, dich zu sehen.«

Er kam auf sie zu, um sie zu umarmen, und sie erwiderte die Umarmung, ermutigt von der aufrichtigen Wärme seiner Begrüßung.

»Ist Cullen auch hier?«, fragte er, als er sie losließ.

Es fiel ihr schon ein bisschen leichter, den stechenden Schmerz in ihrer Brust zu ignorieren, wenn sie den Namen ihres Mannes hörte. Aber nur ein bisschen. »Heute nicht, fürchte ich. Er arbeitet an einer Ausgrabungsstätte in der Nähe vom Ghost Lake, und es ist schwierig, sich da loszureißen.«

Er warf ihr einen schnellen Blick zu, und sie wusste genau, was sich in seinem Kopf abspielte – dieselben dunklen Erinnerungen, die sie auch quälten. Schüsse, Schreie, Hundegebell und der fürchterliche Lärm der Rotorblätter des Hubschraubers.

»Tatsächlich?«, fragte er nur in einem sanften Ton.

»Ein paar Camper sind auf Fossilien gestoßen, und weitere Untersuchungen deuten darauf hin, dass es sich möglicherweise um eine neue Dinosaurierart handelt. Er leitet das Ausgrabungsteam.«

»Gut für ihn! Das klingt aufregend. Was für eine Art Dinosaurier?«

»Sie sind sich nicht sicher. Er unterscheidet sich vom Oryctodromeus, dem häufigsten Dinosaurierfund in dieser Gegend. Dieser ist größer und scheint nicht wie der Oryctodromeus in Erdhöhlen gelebt zu haben. Aber mehr wissen sie im Moment noch nicht.«

»Faszinierend. Ich würde gerne einmal mit ihm darüber sprechen.«

»Ich sag's ihm. Vielleicht könnt ihr euch mal treffen, solange er hier ist.«

»Lassen sie Besucher auf das Gelände? Sierra hat schon immer Dinosaurier geliebt. Sie ist zwar dreizehn und interessiert sich im Moment mehr für TikTok-Videos von süßen tanzenden Jungs, aber ich denke oft, dass ein Teil von ihr vielleicht immer noch vom Triceratops und dem Utahraptor fasziniert ist.«

»Ich weiß nicht genau, welche Regeln für Besucher gelten. Ich kann ihn ja mal fragen, wenn ich das nächste Mal mit ihm rede.«

Sie sah sich auf dem Hof um. »Wo ist das Geburtstagskind? Ich habe sie eine Ewigkeit nicht gesehen. Wahrscheinlich ist sie inzwischen größer als ich.«

Er lächelte, und aus seinen Augen strahlte die Liebe, die er für seine Tochter empfand. »Nicht ganz. Sie wächst noch ihren langen Beinen hinterher. Sie sollte bald hier sein. Sie hat heute den Nachmittag im Tierheim verbracht und Madi ein bisschen geholfen.«

Ava zog eine Augenbraue hoch. »Ich bin schockiert, dass meine so wahnsinnig unabhängige Schwester Hilfe annimmt, auch wenn es sich nur um ein dreizehnjähriges Mädchen handelt.«

»Madi ist definitiv unabhängig, aber ob du es glaubst oder nicht, sie lässt sich manchmal helfen, wenn es um ihre Tiere geht. Sie hat inzwischen ein ganzes Team von Freiwilligen an Bord, jetzt, wo das Tierheim voll einsatzfähig ist.«

Ava hatte gar nicht darüber nachgedacht, wie viel Arbeit es bedeutete, ein tötungsfreies Tierheim zu gründen, besonders in einer Gegend, in der es so etwas noch nie gegeben hatte. »Ich habe gehört, dass sie deine Praxis bald verlassen wird.«

Er verzog das Gesicht. »Leider. Sie wollte schon so lange ein Tierheim aufmachen.«

»Ja. Bereits als kleines Mädchen brachte sie jede streunende Katze und jeden in der Nachbarschaft umherlaufenden Hund mit nach Hause.«

»Sie hat sich kein bisschen verändert«, sagte Luke mit einem liebevollen Lächeln. »Es ist wunderbar, dass sich alles so gut gefügt hat. Zuerst hat ein Farmer der Tierheimstiftung in seinem Testament sein Grundstück vermacht, und dann hat die Stiftung eine besonders große Summe von einem anonymen Spender erhalten.«

Ava spürte Hitze in ihrem Gesicht aufwallen und wandte sich vorsichtig von ihm ab, um ihren Blick stattdessen auf das schöne Wasserspiel im Garten zu heften. Wusste er es? Sie wagte nicht, ihn anzusehen, um es an seinem Gesicht abzulesen, denn sie war sehr schlecht darin, ihre Gefühle verbergen.

»Das war ein Glücksfall, nicht wahr?«, sagte sie mit bewusst optimistischer Stimme.

Schnell versuchte sie, dieses gefährliche Terrain zu vermeiden, und fragte ihn stattdessen nach seiner Tierklinik. Im Gegenzug stellte er ihr ein paar Fragen über *Ghost Lake* und den Werdegang des Buches.

Sie wusste, dass er es gelesen hatte. Luke hatte sie noch vor der Veröffentlichung angerufen, kurz nachdem sie ihm das Probeexemplar geschickt hatte. Er hatte ihr gesagt, er sei von jedem Wort tief bewegt gewesen. Einen Triumph hatte er es genannt.

Kein anderer Kommentar zu dem Buch hatte Ava so sehr berührt wie sein Lob, zumal er einige der Ereignisse, über die sie geschrieben hatte, selbst durchlebt hatte.

Sie sprachen gerade über eine Interviewanfrage für eine der landesweiten Morgennachrichtensendungen, als seine Tochter in den Garten stürmte, groß, schlank, hübsch.

Sie kam sofort herüber und umarmte ihren Vater, was ihre starke Bindung verdeutlichte. »Hey, Dad.«

Luke erwiderte die Umarmung. »Hey, Si. Wie war es bei den Welpen?«

»Sie waren so süß! Ich hätte den ganzen Tag mit ihnen spielen können.«

»Tut mir leid, dass du dich wegen einer Geburtstagsfeier dir zu Ehren losreißen musstest.«

»Nur, dass mein Geburtstag erst am Samstag ist. Also in fast einer Woche.«

Bevor Luke antworten konnte, traten Madi und Tilly aus dem Haus, beide trugen Platten mit Gemüse und Obst.

Ihre Schwester sah fröhlich aus und ... glücklich.

Ava hielt den Atem an und sehnte sich nach den Tagen zurück, als die beiden unzertrennlich gewesen waren, bevor ihre Schuld und Scham über die eigene Feigheit, über ihr eigenes Versagen, ihre Schwester zu beschützen, einen Keil zwischen sie getrieben hatte, der mit den Jahren nur noch größer geworden war.

Und dann hatte sie ihr Buch geschrieben, das den ganzen bitteren Schmerz und die dunklen Erinnerungen für alle Welt offenlegte.

Ja, sie hatte eine Menge Gründe gehabt, warum sie die Vereinbarung mit dem Verlag unterzeichnet hatte, aber sie bezweifelte, dass Madi jemals einen davon verstehen würde.

Ihr Magen hob sich plötzlich, ihre Kehle brannte. Sie war kurz davor, das bisschen, das sie an diesem Tag gegessen hatte, genau hier, in diesem schönen Garten, über Dr. Luke Gentry und seine Tochter zu verteilen.

»Entschuldigt mich, ja?«

Sie stürmte ins Haus und eilte zum Gäste-WC neben der Abstellkammer, das sie noch von Tillys Hochzeit her kannte. Nachdem sie schnell beide Wasserhähne aufgedreht hatte, um jegliche Geräusche zu übertönen, übergab sie sich, fühlte sich elend und krank und fragte sich, wie ihr Leben in wenigen Wochen so völlig in sich zusammenstürzen konnte.

13

*Der Tod unseres Vaters, eine tragische Folge unserer Rettung, ist
ein weiterer Faden in meinem verworrenen Netz an Gefühlen,
der es noch komplexer macht. Indem wir uns in Sicherheit
brachten, haben wir ihn verloren. Die widersprüchliche
Mischung aus Erleichterung und Trauer ist eine bittere Pille.
Ich ringe mit dem Gedanken, dass der Mann, der uns so viel
Leid zugefügt hat, sein Ende in dem Chaos gefunden hat, das
er selbst verursacht hatte. Es ist ein Paradoxon, das mich an
dem Wesen der Gerechtigkeit zweifeln lässt und an dem Preis,
den wir für unsere Erlösung zahlen müssen.*

– *Ghost Lake*, Ava Howell Brooks

Madison

Okay. Das war seltsam.

Ein paar Sekunden zuvor war Ava ohne ein Wort an ihr vorbei-
geeilt. Sie schaute durch die Glasschiebetür und sah, wie Ava in
der Gästetoilette verschwand.

Madi konnte nur einen flüchtigen Eindruck von verkniffenen
Gesichtszügen und blasser Haut erhaschen, bevor sich die Tür
hinter Ava schloss.

Ihre Schwester schien ernsthaft krank zu sein. Als Madi sie das
erste Mal seit ihrer Ankunft gesehen hatte, wirkte Ava, als fühlte
sie sich in Madis Gegenwart mehr als nur unbehaglich.

Einmal während der erbärmlichen Zeit, die sie in den Bergen verlebten, hatte Ava sich eine schwere Lungenentzündung eingefangen, wahrscheinlich aufgrund der grimmigen Kälte und der rauen Bedingungen. Sie hatte es, so gut es ging, vor allen verheimlicht, ihr Gesicht rot von der Anstrengung, mit der sie den Husten zu unterdrücken versuchte, bis es sich nicht mehr verbergen ließ.

Nachdem sich ihr Zustand weiter verschlimmert hatte, hatte ihr Vater – in einem seltenen Anflug elterlicher Sorge – darauf bestanden, ihr Antibiotika zu verabreichen, von denen die Vereinigung einen sorgfältig gehüteten Vorrat angelegt hatte. Das hatte ihr höchstwahrscheinlich das Leben gerettet.

Madi erinnerte sich auch, dass Ava sich während ihrer Flucht das Handgelenk verstaucht hatte, als sie in der Dunkelheit einen Abhang hinunterfiel. Sie musste unglaubliche Schmerzen gehabt haben, aber sie hatte nie ein Wort gesagt.

Was war jetzt mit ihr los, dass sie derart blass und zittrig war?

Es war ihr egal, sagte sie sich. Gleichzeitig war ihr klar, dass sie ihren eigenen Worten nicht trauen konnte, besonders, als sie jetzt der Versuchung nicht widerstehen konnte, zu Luke hinüberzugehen, der gerade seinem Stiefvater Boyd und seinem Bruder Owen am Grill half.

»Hey«, sagte er mit einem Lächeln, das ein plötzliches Zittern in ihrem Inneren verursachte. »Danke, dass du Sierra mitgebracht hast.«

»Tut mir leid, dass wir so lange gebraucht haben. Sie war eine große Hilfe.«

»Da bin ich froh.«

»Ich habe gesehen, dass du mit Ava gesprochen hast, als wir ankamen«, sagte sie und bemühte sich um einen beiläufigen Ton. »Was ist denn passiert, dass sie es plötzlich so eilig hatte?«

Er runzelte die Stirn und schaute in die Richtung, in die Ava geflohen war. »Ich weiß es nicht genau. Sie wurde plötzlich etwas grünlich im Gesicht und entschuldigte sich.«

»Glaubst du, dass etwas mit ihr nicht stimmt?«

»Ich bin Tierarzt, weißt du nicht mehr? Die meisten meiner Patienten haben noch mehr Beine und auch viel mehr Fell.«

Sie zog eine Grimasse und konnte es sich gerade noch verkneifen, ihm die Zunge herauszustrecken.

Mit einer langen Metallzange fischte er ein langes, in Folie eingewickeltes Päckchen vom Grill und legte es auf eine Servierplatte, und wiederholte das Ganze mit einem zweiten Päckchen. »Der Lachs ist fertig. Willst du ihn zum Tisch tragen? Owen kann das Hühnchen gleich hinterherbringen.«

»Oder du«, sagte sein jüngerer Bruder und hob lakonisch sein Bier.

»Oder ich«, stimmte Luke zu.

Sie nahm die Platte entgegen, wie immer dankbar, dass Luke sich nie scheute, sie um Hilfe zu bitten. Es schien ihn nicht zu kümmern, dass sie wegen ihres Beins manchmal Schwierigkeiten mit ihrem Gleichgewicht hatte oder dass ihre Hand nicht so gut funktionierte, wie sie es gerne hätte.

Er ging einfach davon aus, dass sie mit jeder Aufgabe klarkam, die er ihr gab, ob es nun darum ging, mit einem Teller Lachs den Innenhof zu durchqueren oder einen sich sträubenden Welpen auf dem Weg zu den Impfungen in den Griff zu bekommen.

Genau hier, im Garten seiner Mutter, wurde ihr plötzlich klar, dass sein unerschütterliches Vertrauen in sie eines der wichtigsten Dinge in ihrem Leben war.

Als sie den Teller zum Buffet trug, dachte sie an den Tag zuvor, als er sie mit diesem Ausdruck in seinen Augen angesehen hatte, der ihre Zehen zum Kribbeln brachte.

Sie hatte nicht aufgehört, über diesen Ausdruck nachzudenken, und versucht, ihn aus allen möglichen Blickwinkeln zu analysieren.

Schließlich war Madi in den frühen Morgenstunden zu dem Schluss gekommen, dass sie sich das Ganze wohl nur eingebildet hatte. So etwas sah Luke nicht in ihr. Für ihn war sie nicht anders als Nicole. Er betrachtete sie als eine jüngere Schwester, die er necken und provozieren konnte.

Während sie die Servierplatte auf dem Tisch anrichtete, kam Ava aus dem Haus, wischte sich mit einem Papiertuch den Mund ab und nippte an der Wasserflasche, die sie mitgebracht hatte.

Ihre Schwester sah wirklich blass aus. Zumindest kam es Madi so vor. Aber was wusste sie schon? Bevor Ava vor ein paar Tagen nach Emerald Creek zurückgekehrt war, hatte Madi sie etwa ein Jahr lang nicht mehr gesehen.

Was, wenn sie an einer unheilbaren Krankheit litt und ihr wegen ihrer Streitigkeiten nichts davon erzählen wollte?

Sie war wütend auf ihre Schwester, aber sie wollte nicht, dass ihr etwas zustieß. Wenn sie Ava verlieren würde, hätten sie und Leona nicht mehr viel Familie übrig.

Leona hatte noch einen Sohn, der nie geheiratet hatte und in Kalifornien lebte. Ihr Vater hatte zwei Brüder in Massachusetts, Sprösslinge einer intellektuellen Bostoner Familie, aber Clint hatte keinen Kontakt mehr zu ihnen, seit er sich den Wünschen seiner Familie widersetzt und sich bei den Marines gemeldet hatte.

Madi wusste nicht genau, was die Kluft zwischen ihm und seiner Familie verursacht hatte. Vielleicht seine Freimütigkeit und seine kontroversen Ansichten, seine Unabhängigkeit und sein Individualismus.

Was würden *sie* wohl über Avas Buch denken? Sie konnte sich nicht vorstellen, dass Clint Howell in dem Buch besonders schmeichelhaft dargestellt wurde. Wie sollte er auch? Schließlich war er derjenige, der sie überhaupt erst in den ganzen Schlamassel hineingezogen hatte.

Was dachten die Bostoner Howells darüber, dass ihr Familienname der ganzen Welt öffentlich zum Fraß vorgeworfen wurde?

Ihre Schwester setzte sich auf eine schattige Bank neben dem Teich, wo sie mit einer von Lukes Tanten plauderte.

Tilly machte ein Geräusch, um sich Aufmerksamkeit zu verschaffen.

»Die Jungs haben fast alles gegrillt. Der Lachs und das Hähnchen sind schon fertig und die Burger auch sehr bald.« Sie sah auf den Tisch, der sich unter den Tellern und Platten bog. »Es sieht so aus, als hätten wir auch alle Beilagen schon da. Boyd, würdest du das Tischgebet sprechen? Und dann dürft ihr alle zugreifen.«

Während sie mit halbem Ohr dem Tischsegen lauschte, sah sie durch einen Spalt zwischen ihren Augenlidern, wie Ava mit geschlossenen Augen dasaß und stumm ihre Lippen bewegte.

Wofür betete ihre Schwester?

Vermutlich für bessere Verkaufszahlen.

Madi runzelte die Stirn und blickte finster, als die Wut wieder in ihr aufstieg. Sie wusste, dass es nicht angemessen war, schon gar nicht in so einem besinnlichen Augenblick, aber ihre Gefühle ließen sich scheinbar nicht unterdrücken.

Obwohl die Anwesenheit ihrer Schwester alles überschattete, war die sonntägliche Zusammenkunft im Hause Gentry Walker auch immer ein Vergnügen.

Sie saß an einem der Tische, die unter der überdachten Veranda aufgestellt waren, und unterhielt sich mit Nicole sowie Boyds jüngstem Sohn Brent Walker und dessen Frau Samantha, die auf einer Ranch auf der anderen Talseite lebten.

Nach dem Essen wurde immer irgendein sportlicher Wettkampf auf dem Rasen abgehalten. In einem Monat konnte das Fußball sein, in einem anderen Flag Football und im nächsten Baseball. Am liebsten spielte sie Wasserballon-Volleyball, bei dem Zweierteams ein Handtuch zwischen sich festhielten, mit dem sie den Ballon über das Netz hüpfen lassen mussten.

Das Sonntagsessen war hier keine bitterernste Sache. Sie liebte es und machte immer jeden Spaß mit.

Heute spielten sie Fußball, und sie wurde zur Torwartin erkoren. Sie tat ihr Bestes, um die ehrgeizigen Spieler der gegnerischen Mannschaft, allen voran die Kinder von Boyds Sohn sowie Nicole und Owen, davon abzuhalten, Tore zu schießen.

Sie schaffte es, so lange ihrer Schwester erfolgreich aus dem Weg zu gehen, bis alle irgendwann anfingen, die Teller abzuräumen.

Sie war sich nicht sicher, was genau vor sich gegangen war oder ob irgendein Wichtigtuer es so eingefädelt hatte, um die beiden Schwestern zusammenzubringen – jedenfalls landeten sie beide zur gleichen Zeit in der Küche, Ava spülte das Geschirr, und Madi trocknete es ab und räumte es ein.

Wie oft in ihrem Leben hatten sie genau das in ihrem Haus in Oregon getan?

Sie wurde von heftiger Sehnsucht ergriffen, die sich anfühlte wie ein Schlag ins Gesicht. Vor dem Tod ihrer Mutter, als sie vier eine liebevolle und glückliche Familie gewesen waren, hatte sie es genossen, nach dem Abendessen mit ihrer Familie alles aufzuräumen.

Ihr Vater schaltete das Radio ein, und Clint und Beth tanzten durch die Küche, während sie und Ava ihnen kichernd Seifenblasen aus Spülmittel entgegenpusteten.

Ihr Vater tanzte abwechselnd mit jeder von ihnen und zeigte ihnen geduldig die Schritte, während sie sich dabei durch die ganze Küche bewegten.

Die Erinnerung tat ihr weh, wenn sie an seinen lachenden Blick dachte und daran, wie sicher sie sich in seiner Nähe immer gefühlt hatte.

Sie versuchte, nicht an die Zeit zu denken, bevor Beth getötet worden war. Es war zu schmerzhaft, sich an all die Jahre zu erinnern, in denen ihr Zuhause ein Ort der Liebe, des Lachens und des Friedens gewesen war.

Oh, natürlich hatten sie und Ava sich gezofft wie die meisten Geschwister, die altersmäßig nicht weit auseinander waren. Manchmal stritten sie sich darüber, wer mit dem Putzen des gemeinsamen Badezimmers an der Reihe war oder wer als Erste das neueste Buch einer Reihe lesen durfte, die sie beide liebten. Manchmal stritten sie sich darüber, wer den Film für die wöchentlichen Familienfilmabende aussuchen durfte. Sie zofften sich über Kleidung, Spielzeug und Freunde.

Trotz dieser kleinen Rangeleien hatte keine von ihnen je daran gezweifelt, dass sie geliebt wurde.

Und dann starb ihre Mutter, sie fiel einem betrunkenen Autofahrer zum Opfer, als sie spätabends von einer Sitzung des Schulausschusses nach Hause kam.

Sie waren alle am Boden zerstört, als hätte man ihnen ihre Herzen und ihre Seelen aus dem Leib gerissen. Monatelang geisterten sie alle drei wie in einem Nebel umher, und ihre Welt bestand ausschließlich aus Arbeit, Schule und ihrem Zuhause.

Ohne Beth waren sie wie ein Kanu, das sich am Flussufer verfangen hatte und nutzlos im Kreis trudelte, während die Welt ohne sie weiterging.

Nach sechs Monaten wurde es langsam besser. Ihr Vater interessierte sich wieder mehr für das Leben und kam auf andere Gedanken, als die Zeit nur in seinem Zimmer oder in der Garage zu verbringen.

Weder sie noch Ava ahnten, dass das, was ihn aus seinem Schneckenhaus herausholte, so zerstörerische Züge annehmen würde. Er begann, wie besessen bei Online-Foren mitzumischen, die ihre Mutter niemals gutgeheißen hätte, und verbrachte fast jedes Wochenende auf Waffenshows oder bei Katastrophenschutz-Übungen.

Irgendwann in all diesem Wahn hatte er sich Roger und James Boyle und ihrer lose organisierten Prepper-Gruppe, der Ghost-Lake-Survival-Vereinigung, angeschlossen.

Viele Jahre später erfuhr sie von Leona, dass das Interesse ihres Vaters an apokalyptischen Prophezeiungen schon vor dem Tod ihrer Mutter begonnen hatte und dass Beth über die Entwicklung seiner Ansichten so besorgt war, dass sie sogar über Scheidung nachgedacht hatte.

Sie und Ava mussten von all dem wohl nichts mitbekommen haben. Sie waren zwei Mädchen, die sich mehr Sorgen um die Auflösung ihrer Lieblings-Boygroup machten als um den Abstieg ihres Vaters in den Fanatismus.

Sie verdrängte die dunklen Gedanken, während sie und Ava schweigend an der Spüle arbeiteten und sich von den Gesprächen der anderen, die die Küche putzten, umspülen ließen wie von den Strudeln und Strömungen eines Flusses.

Schließlich waren sie mit dem letzten Teller fertig, und Madi sprach das Thema an, das sie schon den ganzen Abend beschäftigte.

»Bist du krank oder so?«, fragte sie, unverblümter als beabsichtigt.

Ava warf ihr einen kurzen, überraschten Blick zu, dann schaute sie wieder hinab in die Spüle, wo das letzte Spülwasser gluckernd im Abfluss verschwand.

»Warum fragst du das?«

»Weil du mehr noch als sonst wie ein bleiches Straßenkind aussiehst und keinen Bissen gegessen hast.«

Avas Mund wurde zu einem schmalen Strich. »Vielleicht war ich nicht hungrig. Es verschlägt einem schon ein bisschen den Appetit, wenn man mit Leuten am Tisch sitzt, die wütend auf einen sind.«

»*Leute* sagst du. Wer ist denn sonst noch wütend auf dich? Ich habe den Eindruck, dass dich alle anderen hier dafür feiern, dass du unsere ganze Familiengeschichte in die Welt hinausposaunst. Tilly hat dich zu einem Familienessen eingeladen, um Himmels willen.«

»Okay. Dann eben, wenn man mit seiner einzigen Schwester am Tisch sitzt, die einen gerade hasst.«

Madi seufzte und fühlte sich klein. »Ich hasse dich nicht. Ich bin gerade nicht sehr gut auf dich zu sprechen, aber ich hasse dich nicht. Das ist ein Unterschied.«

»Das ist doch wenigstens etwas«, murmelte Ava.

»Und was ist jetzt, bist du krank oder nicht?«

Ava schluckte, und Madi entging nicht, wie sie ihrem Blick auswich. »Nein. Ich glaube, ich habe mir vor ein paar Wochen irgendeinen Virus eingefangen, den ich nicht loswerde. Das ist alles.«

Madi war völlig klar, dass etwas anderes dahintersteckte. Ava war eine lausige Lügnerin. Sie wusste nur nicht, welche Fragen sie stellen sollte, um die Wahrheit aus ihrer Schwester herauszukitzeln.

»Wie lange bleibst du?«

»Weiß ich noch nicht. Die Schule fängt erst im August wieder an.«

»Was wirst du tun, während du hier bist?«, fragte sie.

Ava zuckte mit den Schultern. »Keine Ahnung. Wahrscheinlich werde ich Grandma im Garten helfen. Gestern war ich mit ihr am Stand auf dem Bauernmarkt und habe hauptsächlich die Kasse gemacht. Wenn ich das richtig verstanden habe, gibt Grandma dir die gesamten Einnahmen für das Tierheim.«

Sie zuckte zusammen. Jedes Mal, wenn Leona ihren Wochenerlös spendete, hatte Madi das Gefühl, eine alte Dame um ihr Kleingeld zu betrügen. »Ich sage ihr immer wieder, dass das nicht nötig ist und dass sie das Geld für sich oder den Garten verwenden kann, aber sie besteht darauf.«

»Jede kleine Spende hilft, nehme ich an.«

»Das stimmt. Die ganze Gemeinde steht hinter dem Emerald-Creek-Tierheim.«

»Du füllst eine Marktlücke.«

Sie verfielen wieder in ein betretenes Schweigen. Sie konnte sehen, dass Ava Anstalten machte, sich zu verabschieden. Später wusste sie nicht mehr, warum sie das Wort ergriffen hatte. Vielleicht sehnte sie sich so sehr nach den fröhlichen Aufräumpartys in ihrem Haus in Oregon anstelle dieser gestelzten Befangenheit.

»Wir suchen immer Freiwillige, die im Tierheim mithelfen.«

»Freiwillige?« Avas Augen weiteten sich in ihrem Schock, der schnell in Interesse umschlug.

Madi bereute es sofort, überhaupt etwas gesagt zu haben. »Ja. Unser Schweinestall freut sich immer über eine ordentliche Reinigung.«

Ava atmete aus. »Oh, bitte überlass den mir.«

»Zu deiner Information: Unsere Schweine sind entzückend und sehr sauber. Aber wenn du das nicht machen willst, könntest du mit den Tieren spielen oder uns beim Füttern helfen oder im Büro arbeiten.«

»Das könnte ich vielleicht machen.«

»Du kannst dich online einschreiben. Du solltest aber gut vorbereitet sein. Wir lassen nicht jeden als Freiwilligen arbeiten. Du musst unser strenges Bewerbungsverfahren durchlaufen.«

»Um einen Schweinestall zu reinigen.«

»Ja, genau.«

»Gut zu wissen. Ich hoffe, dass ich das schaffe. Würdest du mich bitte entschuldigen?«

Ava legte das Geschirrtuch ab, lief aus der Küche und eilte wieder in Richtung Abstellkammer. Madi sah ihr stirnrunzelnd nach. Nach einer Pause glaubte sie, ein Würgen zu hören, aber das Wasserrauschen war so laut, dass sie sich nicht sicher sein konnte.

Sie hatte eigentlich nicht erwartet, dass Ava freiwillig im Tierheim mitarbeitete. Ihre Schwester war allergisch gegen Katzen und hatte große Angst vor Hunden.

Kynophobie nannte man das.

Madi wusste, woher das kam.

Im Lager war Ava von den armen Hunden angegriffen worden, die von der Vereinigung abgerichtet und als Waffe benutzt wurden. Sie war mehrmals gebissen worden, und es hatte Wochen gedauert, bis die Wunden verheilt waren.

Ihre Schwester hatte sich über Madi geworfen, um die Hunde von ihr fernzuhalten. Die Erinnerung brannte.

Ava hatte alles getan, was sie konnte, um Madi zu beschützen. Sie wusste, ihre ältere Schwester hatte ihr Essen zugeschoben, sie durch Krankheit und Angst gepflegt, war ihr gegenüber aufmunternd und optimistisch gewesen, obwohl es sie so viel Kraft gekostet haben musste, als alles nur noch düster schien.

Madi wusste auch, dass sie der Grund dafür war, dass Ava schließlich den immer härteren Forderungen zugestimmt hatte, einen dreißig Jahre älteren Mann zu heiraten.

Wir müssen die nächste Generation von Kämpfern hervorbringen. Du und deine Kinder werdet den Kampf weiterführen, wenn wir nicht mehr sind. Du glaubst doch an die Sache, nicht wahr?

Sie konnte immer noch die anschwellende Stimme von Roger Boyle hören, als würde er neben ihr stehen.

Sie hasste es, sich an irgendetwas davon zu erinnern.

Sie hasste es auch, dass sie Avas gegensätzliches Verhalten beim besten Willen nicht verstehen konnte.

Die Schwester, die bereit war, den Horror zu ertragen, mit einem Mann verheiratet zu sein, den sie fürchtete und verabscheute, die geliebte Schwester, von der sie sicher gewesen war, dass sie gestorben wäre, um Madi zu beschützen, schien eine andere zu sein als die Frau, die all diesen Hass und diese Hässlichkeit vor der Welt hatte auskippen können.

Madi war sich nicht sicher, ob sie jemals in der Lage sein würde, beide in ihrem Kopf zusammenzubringen.

14

Die frische Nachtluft beißt mir in die Wangen, als meine Schwester und ich uns mit pochendem Herzen in der Brust vom Lager wegstehlen. Wir sind zu Schatten geworden, die im Schutz der Dunkelheit durch den dichten Wald schleichen, unsere Atemzüge synchronisiert mit dem rhythmischen Takt unserer panischen Schritte. Hinter uns trägt das Echo das unheimliche Heulen der Sekten-Hunde durch die Berge, eine gnadenlose Erinnerung an die Gefahr, die uns auf den Fersen ist.

– *Ghost Lake*, Ava Howell Brooks

Luke

»Wie geht's dir, Kleines?«

Seine Tochter, die mit seitlich gestreckten Beinen auf der Schaukel unter dem Verandadach saß und auf ihr Handy starrte, ließ ihre Füße auf den Boden sinken, damit er sich neben sie setzen konnte.

Sie zuckte mit den Schultern. »Mir geht's gut. Der Geburtstagskuchen war köstlich, und das Geschenk von Grandma und Grandpa Boyd war echt super. Ich vermisse nur Zoe so sehr, weißt du?«

»Ich weiß. Es tut mir leid.«

»Ich habe versucht, bis jetzt nicht viel daran zu denken. Madi hat mich den ganzen Tag die Welpen trainieren und ihnen einfache Sachen beibringen lassen. Ich war zu beschäftigt damit, über sie zu lachen, um deprimiert zu sein.«

»Sie ist klug, unsere Madi, nicht wahr?«

»Du hättest sehen sollen, was heute mit dem frechen Ziegenbock passiert ist. Madi hat ihn gefüttert, und er hat ihr ständig die Zunge rausgestreckt und Himbeeren gespuckt. Wir haben beide so sehr gelacht, dass wir fast umgefallen sind.«

Er sah zu der besagten Frau hinüber, jetzt ohne Ziege. Sie plauderte gerade mit ihrer Großmutter im abklingenden Nachmittagslicht, während sie seinen Neffen in den Armen wiegte.

Etwas Weiches und Zerbrechliches schien sich in seiner Brust zu entfalten, wie die neuen Blüten der Kletterrosen an der Veranda, die ihre Süße in die Luft sandten.

Sie war so schön. Er fragte sich, ob sie irgendeine Ahnung hatte, wie sehr sie plötzlich die Macht hatte, ihm den Atem zu rauben.

Was zum Teufel sollte er gegen dieses Gefühl der Zärtlichkeit tun, das scheinbar aus dem Nichts aufgetaucht war?

»Geht es dir gut? Dein Gesicht sieht ganz komisch aus.«

Er wandte sich wieder seiner Tochter zu, diesem Mädchen, das er von ganzem Herzen liebte. Oh, er hoffte, dass sie nicht erraten hatte, was in seinem Kopf vor sich ging.

»Entschuldige bitte, wenn mein Gesicht komisch aussieht.« Er versuchte es mit einem Vater-Witz. »Ich fürchte, es ist das einzige, das ich habe. Und ich würde nicht so schnell darauf hinweisen, wie komisch ich aussehe, da die Leute uns immer sagen, wie sehr wir uns ähneln.«

Sie rollte mit den Augen. »Das habe ich nicht gemeint. Du hattest für einen Moment einen seltsamen Gesichtsausdruck, als du Madi angesehen hast. Als ob dir plötzlich etwas in den Sinn kam, das dir missfällt.«

Das Problem war, dass er langsam merkte, dass er Madi viel zu sehr mochte.

»Ich dachte daran, dass ich heute Abend nicht nach Hause gehen und Wäsche waschen will«, log er.

»Ha. Schade. Du bist dran. Ich habe es letzte Woche getan.«

»Stimmt. Das heißt, du bist dran mit Abwaschen. Vielleicht entscheide ich mich ja für ein kompliziertes Essen wie mein Feueralarm-Chili, für das ich jedes Gericht im Haus verwende, damit du keine Langeweile bekommst.«

Sie streckte ihm die Zunge raus und blies ihm eine Himbeere ins Gesicht, wahrscheinlich so wie Barnabas es vorhin bei Madi getan hatte.

Er lächelte und stieß sie mit seiner Schulter an. Alleinerziehender Vater zu sein, war tausendmal schwieriger, als er gedacht hatte. Aber es war auch hunderttausendmal schöner.

Ohne Sierra wäre sein Leben vielleicht ein ganz anderes gewesen.

Er und Johanna waren erst seit sechs Monaten zusammen, als sie erfuhr, dass sie schwanger war. Damals hatten sie noch nicht vorgehabt, zu heiraten. Keiner von ihnen war bereit, beide waren zu jung und hatten noch ein Jahr bis zum Bachelor vor sich.

In diesen ersten Tagen, in denen sie all ihre Möglichkeiten abwägten, hatten sie über eine Freigabe zur Adoption gesprochen. Johanna war selbst in eine liebevolle Familie adoptiert worden und war eher für diese Option als für einen Abbruch.

Wenn er jetzt daran dachte, dass er Sierra nicht in seinem Leben haben würde, wurde ihm etwas mulmig zumute. Luke war derjenige gewesen, der vorgeschlagen hatte, dass sie heiraten und es versuchen sollten, um des Kindes willen.

Er befand sich immer noch im Taumel von Schuldgefühl und Schmerz nach dem Tod seines Vaters achtzehn Monate zuvor. Er wusste, dass ihm die solide Grundlage fehlte, ein guter Ehemann und Vater zu sein. Dennoch konnte er nicht anders, als zu überlegen, was sein Vater gesagt hätte, und es fühlte sich damals an, als könne er das Echo von Dans Worten fast in seinem Kopf hören.

Es ist an der Zeit, ein erwachsener Mann zu werden und sich deiner Verantwortung zu stellen, mein Sohn.

Sie heirateten also, und im Laufe der Zeit spürte er, dass er Johanna und das Leben, das sie gemeinsam aufbauten, liebte.

Sie war Sierra eine wunderbare Mutter gewesen und sehr traurig, weil sie kein zweites Kind bekommen konnte. Sie hatten darüber gesprochen, ein Kind zu adoptieren, und waren dabei, das Prozedere anzugehen, als sie sich bei einem Patienten mit COVID infizierte und zwei Wochen später starb.

Danach wusste er lange nicht, ob er es fertigbringen würde, alleinerziehender Vater zu sein und gleichzeitig seine Tierarztpraxis zu führen. Seine Mutter hatte ihm geholfen. Ebenso Nicki und Dutzende andere in der Stadt. Sierra war stets von einer liebevollen Gemeinschaft umgeben gewesen.

Er war noch nicht bereit für all die Herausforderungen, die ihre Teenagerzeit mit sich bringen würde. Aber ob es ihm nun gefiel oder nicht, seine Tochter wurde erwachsen, und damit änderten sich gleichzeitig auch seine väterlichen Aufgaben.

Glücklicherweise hatte er ein gutes Netzwerk von hilfsbereiten Menschen, die ihn dabei unterstützten.

Sierra betrachtete Madi als eine Art ehrenamtliche Tante. Und genau so hatte Luke sie zu sehen. Sie gehörte zur Familie, und er dachte daran, was er alles aufs Spiel setzen würde, wenn er versuchen sollte, an der Dynamik zwischen ihnen etwas zu ändern.

Die kleine Tochter seines Bruders Owen kam auf sie zugerannt, und ihre Grübchen blitzten auf, als sie ihrer Cousine Sierra die Arme entgegenstreckte, damit sie sie zu ihnen auf die Verandaschaukel hob.

»Schneller«, sagte Lottie und strampelte mit ihren kurzen Beinchen, während sie sich konzentriert auf die Lippen biss.

»Ich fürchte, das ist keine schnelle Schaukel«, sagte Luke lächelnd.

Sie blieb nur ein paar Augenblicke bei ihnen sitzen, bevor sie sich wieder hinunterzappelte. »Runter«, sagte sie.

»Soll ich dich in der Reifenschaukel anschubsen?«, fragte Sierra.

Lotties Gesicht leuchtete. »Ja! Ich will schnell schaukeln!«

Die Kleine würde seinen Bruder noch ordentlich auf Trab halten, dachte Luke lächelnd. Er konnte es kaum abwarten, den Spaß zu beobachten.

Sierra sprang von der Schaukel hinunter und griff nach der Hand des kleinen Mädchens. »Okay. Gehen wir schaukeln«, sagte sie und führte Lottie zu den Spielgeräten, wo bereits einige der Enkelkinder von Lukes Stiefvater beschäftigt waren.

Eine Zeit lang saß er alleine da und beobachtete die Gesellschaft. Er wollte gerade aufstehen und sich ein weiteres Bier holen, als Ava vorbeikam.

»Gehst du schon?«

Sie deutete mit dem Kopf auf Madi und Leona. »Ich bin mit meiner Großmutter hier, und sie ist anscheinend noch nicht so weit.«

»Setz dich doch«, bot er an.

Beim Anblick der schwingenden Bewegung der Schaukel wurde ihr ein wenig mulmig, aber sie ließ sich schließlich auf das gepolsterte Kissen sinken.

»Danke«, sagte sie.

»Du hast das Abendessen überstanden, ohne dass es zu einer Schlägerei gekommen ist.«

»Das ist doch was«, sagte sie trocken.

Er lachte. »Ich würde mir keine Sorgen um Mad machen. Sie wird schon wieder zu sich kommen. Sie konnte noch nie lange nachtragend sein.«

Er hielt inne und überlegte, ob er sich überhaupt in die Spannungen zwischen den Schwestern einmischen sollte. Dann erinnerte er sich an die schmerzliche Sehnsucht in Madis Augen, als sie von ihrer Schwester sprach, und beschloss, es zu wagen.

»Du fehlst ihr«, sagte er mit leiser Stimme.

Sie gab einen verächtlichen, ungläubigen Laut von sich. »Das glaube ich kaum. Im Moment bin ich für sie der unbeliebteste Mensch auf diesem Planeten.«

»Im Moment vielleicht. Sie ist sauer auf dich wegen des Buches. Irgendwann wird sie darüber hinwegkommen. Verzeih mir, wenn ich mich irre, aber mir kommt es so vor, als ob es auch schon vor der Veröffentlichung von *Ghost Lake* gewisse Differenzen zwischen euch gab. Oder liege ich da völlig falsch?«

Sie sah aus, als wolle sie etwas erwidern, aber schließlich seufzte sie. »Du hast nicht ganz unrecht«, sagte sie mit leiser Stimme. »Ich wünschte, es wäre anders.«

»Warum geht das nicht?«

»Das ist eine gute Frage. Aber ich habe nicht wirklich eine Antwort darauf. Wir haben uns im Laufe der Jahre ganz unterschiedlich entwickelt, nehme ich an.«

Er wusste, dass das nicht die ganze Geschichte war, aber er spürte auch, dass Ava sich ihm nicht anvertrauen wollte.

»Wenn ich irgendwie helfen kann, lass es mich wissen. Ihr beide braucht einander.«

Sie musterte ihn im Nachmittagslicht, wobei ihr Gesichtsausdruck für ihn viel schwieriger zu deuten war als der ihrer Schwester.

»Du bist ein guter Freund, Luke. Deine ganze Familie ist immer so nett zu Madi. Ich bin euch sehr dankbar.«

»Wir lieben sie«, sagte er schroff.

Diese Worte klangen jetzt viel glaubhafter, als er es beabsichtigt hatte. Sie blickte ihn genau an, und er bemühte sich schnell, seine Antwort zu relativieren.

»Wir lieben sie so wie ein Familienmitglied. Es ist nur so: Sie mag sich vielleicht als ein Teil unserer Familie fühlen, aber *du* bist ihre Familie. Leona ist toll, versteh mich nicht falsch, aber Madi braucht ihre Schwester in ihrem Leben.«

»Ich bin immer noch in ihrem Leben. Wir telefonieren und chatten ziemlich oft miteinander, und gelegentlich unterhalten wir uns auch per Videocall«, sagte sie, wobei ihre Stimme ein kleines bisschen defensiv klang. »Wir wohnen fast sechshundert Meilen auseinander. Das kann ich nicht ändern. Mein Mann ist dort. Unsere Wohnung. Mein Leben. Da ist es doch ganz natürlich, dass unsere Welten auseinanderdriften. Wir werden uns nie wieder so nahestehen wie früher, als wir … als wir Teenager waren.«

»Was ist mit dem Baby? Du wirst deine Schwester dann mehr denn je brauchen«, sagte er und nutzte eine weitere Chance. Noch während er das sagte, wusste er, dass sein Verdacht völlig unbegründet sein könnte.

Sie starrte ihn mit großen Augen an. »B-Baby? Welches Baby?«

Er schaute sie aufmerksam an. »Leona erwähnte, dass du an Übelkeit leidest, seit du wieder in der Stadt bist. Ich dachte, du könntest vielleicht schwanger sein.«

»Bin ich nicht«, rief sie und sprang von der Schaukel. Er musste die Beine auf den Boden stemmen, um zu verhindern, dass sie durch den Ruck wild hin und her schaukelte.

»Entschuldige bitte«, sagte er. »Ich habe wohl zu lange mit Tieren gearbeitet, bei denen Fortpflanzung ganz natürlich zum Leben dazugehört.«

Sie starrte ihn weiterhin mit großen Augen an. »Ich bin doch kein Hund, der gleich Welpen wirft! Und ich bin nicht schwanger. Das ist … Das kann nicht sein.«

Was war das plötzlich für ein verzweifelter Ausdruck in ihrem Blick?

»Mein Fehler«, entgegnete er mit einer tiefen und ruhigen Stimme, die im krassen Gegensatz zu der wilden Panik in ihren Augen stand.

»Ich kann nicht schwanger sein«, flüsterte sie.

»Bist du wahrscheinlich auch nicht«, versicherte er ihr und ärgerte sich, dass er diese Panik in ihr ausgelöst hatte. »Vergiss einfach, was ich gesagt habe.«

Sie starrte ihn einige Sekunden lang an, dann schüttelte sie den Kopf, als wäre sie ein Preisboxer, dem ordentlich das Gesicht zerschunden worden war.

»Ich muss …« Sie zeigte zum Haus und eilte hinein und ließ ihn mit dem Gefühl zurück, sich anmaßend und plump verhalten zu haben.

Er wollte ihr gerade nachgehen, um sich nochmals zu entschuldigen, als Madi sich neben ihn in die Schaukel setzte und nachdenklich ihrer Schwester hinterherblickte.

»Was war das denn? Ist ihr schon wieder schlecht?«

»Ich bin mir nicht sicher. Ich glaube, sie ist vor allem sauer auf mich«, gab er zu.

Ihr halbes Lächeln ließ ihr Gesicht aufleuchten. »Sie haben manchmal diese Wirkung auf Frauen, Dr. Gentry.«

Er musste lachen, trotz seines Unbehagens aufgrund der Diskussion mit Ava. »Was soll ich sagen? Es ist eine Gabe. Bei anderen Männern kriegen die Frauen weiche Knie. Ich kann sie anscheinend dazu bringen, auf etwas einschlagen zu wollen.«

Sie warf ihm einen Blick von der Seite zu. »Ich hatte angenommen, du bist gar nicht so schlecht in Sachen weiche Knie.«

Was meinte sie damit? Und warum wurden ihre Wangen plötzlich so rosig?

»Sierra will noch mal Sackloch spielen, bevor du gehst. Ich soll dich fragen, ob du mitspielst.«

»Klar doch.«

Er erhob sich aus der Schaukel, sodass die Ketten wackelten und rasselten. Er streckte ihr eine Hand entgegen, um ihr von der Schaukel zu helfen. Ihre Finger umfassten seine Hand, und als er sie auf die Füße zog, wurde sie von der Schaukel nach vorne gedrückt, fast bis in seine Arme.

Sie lachte und versuchte, ihr Gleichgewicht wiederzufinden. Der Klang ihres Lachens verzauberte ihn, und er wollte diesen sommerabendlichen Moment am liebsten festhalten und in sich aufsaugen.

Sie machte einen Schritt rückwärts, hatte wieder dieses Rosa auf den Wangen, und Luke musste sich Mühe geben, um das unangemessene Verlangen zu unterdrücken, sie hinter einen Strauch zu ziehen und zu küssen.

Er musste damit aufhören, sonst würde er sie beide am Ende in Verlegenheit bringen, und vielleicht wäre ihre Freundschaft dann unwiderruflich ruiniert.

15

Wir stürzen hinaus in die Wildnis, nur von dem schwachen
Mondlicht umgeben, das durch das dichte Blätterdach zu uns
durchdringt. Der Waldboden ist uneben, und jeder Schritt ist
ein lautloser Tanz, um Zweigen und heruntergefallenen Ästen
auszuweichen, die uns verraten könnten. Lange Nächte reihen sich
endlos aneinander, wie eine unendliche Prozession des Ungewissen,
die Kälte nistet sich in unsere Knochen ein, während wir durch
das Labyrinth der Bäume irren in dem verzweifelten Bemühen,
den Menschen zu entkommen, die uns gefangen hielten.

– *Ghost Lake*, Ava Howell Brooks

Ava

Ava wischte sich den Mund ab und starrte in den großen Spiegel
in Tilly Gentry Walkers Badezimmer.

Sie sah verhärmt aus.

Anders konnte sie es nicht bezeichnen. Sie hatte tiefe Ringe
unter den Augen, die auf ihrer blassen Haut stark hervortraten,
und ihr Mund war fest zusammengekniffen.

Wen sollte es da wundern, dass Cullen im Moment nichts mit
ihr zu tun haben wollte?

Wenigstens schien sich ihr Magen langsam zu beruhigen.

Sie holte tief Luft, während Lukes Worte wild durch ihren Kopf
tanzten wie ein verrückt gewordener Tischtennisball.

Schwanger.

Das war unmöglich. Sie achtete auf Verhütung und nahm die kleine Pille immer strikt zur selben Uhrzeit ein.

Okay. Vielleicht hatte sie sie in der Woche vor dem Erscheinen des Buches ein paarmal vergessen, räumte sie ein. Sie war am Ende des Schuljahres so sehr eingespannt gewesen, und gleichzeitig hatte sie ständig mit der schrecklichen Angst zu kämpfen, dass es vielleicht ein schrecklicher Fehler gewesen war, der Veröffentlichung ihrer Erinnerungen zugestimmt zu haben.

Sie konnte doch wohl nicht schwanger sein, bloß weil sie drei- oder viermal vergessen hatte, die Pille zu nehmen, oder?

Ava schloss die Augen, um ihr elendes Spiegelbild nicht mehr ansehen zu müssen. War das möglich? Ihre Periode war überfällig, aber das schob sie auf den ganzen Stress um die Buchveröffentlichung, das Erscheinen ihrer Geschichte und die explosionsartige öffentliche Aufmerksamkeit, die ihr plötzlich zuteilwurde.

Und nachdem ihr Mann das ganze Buch gelesen hatte und nicht nur die kleinen Kostproben, die sie ihm während des letzten Jahres auf dem Weg hin zur Veröffentlichung gezeigt hatte, stand alles kopf.

Panik machte sich in ihr breit. Wenn sie wirklich schwanger war, was sollte sie dann tun?

Sie hatten darüber gesprochen, irgendwann in ferner Zukunft ein oder zwei Kinder zu haben. Natürlich hatten sie das. Jedes Paar, das diese Diskussion nicht führte, steuerte auf eine potenzielle Katastrophe zu, falls der eine Partner Kinder wollte und der andere nicht.

Sie wollten es definitiv beide. Cullen hatte davon gesprochen, wie er das Baby mitnehmen würde zum Wandern, wie sie gemeinsame Streifzüge durch die Natur machen würden, von Weihnachtsabenden und Geburtstagspartys und dem ersten Schultag.

Sie beide liebten Kinder und waren in ihrem Freundeskreis die ehrenamtlichen Babysitter, wenn die anderen jungen Ehepaare mal einen Abend zum Ausgehen brauchten.

Cullen konnte wunderbar mit Kindern jeden Alters umgehen. Er hatte ein Händchen dafür, jedem noch so übellaunigen Kleinkind ein Lächeln abzuluchsen, er wusste, wie man ein pingeliges Vorschulkind zum Essen brachte, und er konnte mit einem müden Baby im Arm ein Nickerchen auf dem Sofa machen.

Sie wollte schwanger sein. Und sie wollte sein Kind. Eine große Sehnsucht tat sich irgendwo tief in ihrem Inneren auf.

Sie stellte sich ein Baby mit seinen langen Wimpern und dem kleinen Grübchen auf der Wange vor, wie es zahnlos lächelte und mit den prallen Ärmchen ruderte.

Sie hatten beschlossen, mit der Familiengründung zu warten, bis sie sesshafter waren, sein Job als Assistenzprofessor sicherer war und sie ein Haus in der Nähe der Uni kaufen konnten, etwas Kleines mit Garten und einer Büroecke, die sie zum Schreiben nutzen konnte.

Einer der vielen Gründe, warum sie dem unerwarteten Verlagsangebot zugestimmt hatte, als es zur Tür hereingeflattert kam, war, um sich genau diesen Traum zu erfüllen. Mit einem Teil des beträchtlichen Vorschusses, der ihr angeboten wurde, und späteren möglichen Tantiemen würden sie ihr Ziel schneller erreichen und könnten auch sofort eine Familie gründen anstatt noch ein paar Jahre zu warten.

Sosehr sie sich auch ein Kind wünschte, jetzt schien der Zeitpunkt denkbar schlecht zu sein. Würden sie und Cullen nach diesem Sommer überhaupt wieder zusammenfinden? Sie hatte nicht die geringste Ahnung. Ihre persönliche Geschichte und die realistischen Details, die sie über ihre Erlebnisse während dieser endlosen Monate bei der Vereinigung geschildert hatte, hatten ihn vollkommen erschüttert.

Sie drückte vorsichtig mit der Hand auf ihren Bauch. Sie wollte es nicht glauben, aber als sich nach ein paar Sekunden die Einzelteile langsam zusammenfügten, erschien ihr der Gedanke schon nicht mehr ganz so abwegig.

Schon bevor Cullen abgereist war, war ihr öfter flau im Magen gewesen, sie war erschöpfter als sonst, dazu kamen Stimmungsschwankungen und schmerzende Brüste.

Sie konnte sich noch nicht sicher sein. Morgen früh würde sie in die Drogerie rennen, um einen Test zu kaufen, damit sie eine zuverlässigere Aussage hatte als den Verdacht eines Tierarztes, egal, wie gut Luke es auch mit ihr meinte.

Sie schloss die Augen. Falls sie herausfand, dass sie schwanger war, würde sie keine andere Wahl haben. Sie würde zum Ghost Lake fahren müssen, um es Cullen zu sagen. Wenn sie unerwartet ein Kind bekamen, musste er es so schnell wie möglich erfahren. Sie konnte nicht in der Stadt herumhängen und warten, bis sie ihn zufällig wieder auf dem Bauernmarkt traf.

Wie sollte sie es anstellen, in die Berge zu gelangen? Nach ihrer und Madis Flucht hatte sie sich geschworen, nie wieder dorthin zurückzukehren.

Ein Schritt nach dem anderen, sagte sie sich. Das war das simple Mantra gewesen, das ihnen geholfen hatte, den Mut für den Aufbruch aufzubringen, trotz der Risiken und Gefahren, die sie erwarteten.

Konzentriere dich einfach auf den nächsten richtigen Schritt. Das hatte ihre Mutter immer gesagt.

Mit einem letzten zittrigen Atemzug trocknete sie sich die Hände ab und ging vom Gäste-WC in die Küche, wo Tilly gerade Brownies und Kekse aus verschiedenen Tellern und Schüsseln nahm und auf einem Tablett anrichtete.

Ava hatte heute noch keine Gelegenheit gehabt, allein mit ihr zu sprechen. Jetzt wünschte sie sich, sie wäre länger auf der Toilette geblieben, um ihr nicht zu begegnen.

Sie hatte nichts gegen Tilly. Sie war eine freundliche, großzügige Frau – wunderschön, sowohl von innen als auch von außen.

Aber Ava war der Grund, weshalb sie zur Witwe geworden war.

Sie zwang sich zu einem Lächeln, das Tilly mit solch einer Wärme erwiderte, dass es Ava die Kehle zuschnürte.

»Wie geht es dir, meine Liebe?«, fragte Tilly mit besorgtem Blick. »Du siehst angeschlagen aus. Bist du krank?«

»Es geht mir gut«, log sie. »Ich bin bloß müde. Die letzten Wochen waren ganz schön anstrengend.«

»Das kann ich mir vorstellen.«

Sie lächelte, während sie ein paar weitere Kekse auf das Tablett legte. »Ich bin absolut begeistert, dass dein Buch so gut ankommt. Die ganze Stadt redet von nichts anderem.«

»Wirklich?«

Tilly nickte. Sie musterte Ava mit prüfendem Blick und sah gleich wieder besorgt aus. »Ich hoffe, du verzeihst mir, wenn ich das sage, aber du scheinst von der Resonanz nicht sonderlich begeistert zu sein. Ich hätte gedacht, es würde dich überglücklich machen, dass deine Worte eine solche Wirkung haben.«

Ganz genau. Die Wirkung eines Meteors, der auf die Erde stürzt und ihre Ehe dabei gleich mit implodieren lässt. Und zu allem Überfluss könnte es jetzt auch noch passieren, dass sie in etwa acht Monaten als alleinerziehende Mutter dastand.

Ein heiserer Ton stieg ihr aus der Kehle auf, der im Hals kratzte, aber es gelang ihr, ihn mit einem taktischen Räuspern zu überspielen.

»Um ehrlich zu sein, wirkt alles noch so unwirklich. Ich versuche immer noch, herauszufinden, was eigentlich passiert ist.«

»Was passiert ist«, sagte Tilly bestimmt, »ist, dass du ein wunderschönes Buch voller Schmerz, Traurigkeit und Wahrheit geschrieben hast, das trotzdem irgendwie Hoffnung und Freude ausstrahlt.«

Die Worte raubten ihr die Sprache. Sie musste ein paarmal blinzeln und ließ sie auf sich wirken. »Du … du kannst doch nicht ernsthaft behaupten, dass das deine Interpretation der Lektüre von *Ghost Lake* ist«, protestierte sie.

»Doch, das kann ich, und das tue ich.«

Ava schüttelte den Kopf, während sie noch immer versuchte, Tillys Worte zu verdauen. »Du hast deinen Mann wegen der Vereinigung verloren, nur weil Dan und deine Kinder zufällig die unglückseligen Camper waren, denen wir in unserer Verzweiflung vor die Füße gestolpert sind. Er war ein unschuldiges Opfer, der nichts falsch gemacht hatte, sondern nur versuchte, zwei verängstigten Mädchen zu helfen. Und er hat den höchsten Preis für seine Güte bezahlt.«

Zu ihrem Entsetzen brach ihre Stimme beim letzten Wort. Trotz aller Anstrengungen, sich zu beherrschen, löste sich eine Träne und kullerte ihre Wange hinunter, dann noch eine und noch eine.

Bevor sie ganz begriff, was geschah, ließ Tilly das Desserttablett liegen, schlang ihre Arme um Ava und zog sie zu sich heran.

»Oh, Liebes«, murmelte sie. »Du kannst doch nicht die Last von Dans Tod tragen. Er hat sich entschieden, euch Mädchen zu helfen, weil er es so *wollte*. Das war der Mann, den ich liebte. Der beste Mann auf der Welt. Es ist so jammerschade, dass ihr, abgesehen von diesem letzten, schrecklichen Tag, nie die Gelegenheit hattet, ihn richtig kennenzulernen.«

»Ich finde es so furchtbar, dass du deinen Mann verloren hast«, flüsterte sie mit gedämpfter Stimme. »Ich wünschte, wir hätten ihren Zeltplatz nie gefunden.«

»Wenn nicht, dann hätten diese Männer euch gefunden. Sie hätten dich geschlagen, dich ausgehungert und dich gezwungen, mit diesem schrecklichen Mann verheiratet zu bleiben. Du wärst von ihm vergewaltigt worden, immer und immer wieder, und deine Schwester hätte schließlich das gleiche Schicksal erlitten und wäre mit einem der anderen Männer verheiratet worden, obwohl sie erst vierzehn Jahre alt war.«

Sie schloss die Augen und hasste die Erinnerung an die sabbernden Küsse und die grabschenden Hände, nachdem Roger Boyle, der Lagerleiter, ihr mitgeteilt hatte, dass sie seinen Bruder James heiraten würde, obwohl sie kaum sechzehn war.

Sie würde ihm viele Kinder gebären, hatte James mit diesem ekelhaften lüsternen Leuchten in seinen blassblauen Augen gesagt, als er den Plan seines Bruders bestätigte. Es war zum Wohl der Vereinigung. Ihre Kinder würden stark und tapfer sein, ihnen würden die richtigen Prinzipien beigebracht, damit sie den Kampf weiterführen konnten.

Sie war in ihrer Hochzeitsnacht geflohen.

Wäre sie auch gegangen, wenn sie ihre jüngere Schwester nicht hätte beschützen müssen? Das war eine Frage, die sie verfolgte. Sie hatte jeden Tag, jeden Augenblick davon geträumt, zu fliehen, aber sie war nicht so mutig wie Madi. Ava war sich nicht sicher, ob sie allein die Kraft für die Flucht aufgebracht hätte, wenn ihre Schwester nicht gewesen wäre.

Sie hatte sich an die Hoffnung geklammert, dass jemand sie retten würde. Es musste doch jemand bemerkt haben, dass sie die letzten sechs Monate nicht da gewesen waren. Leona hatte bestimmt nach ihnen gesucht. Die Lehrer und Angestellten ihrer Schule in Oregon. Ihre Freunde zu Hause, deren Eltern, die Freunde ihrer Mutter.

Madi hatte jeden Tag fliehen wollen.

Wir können über die Berge zu Grandmas Haus gehen. Es sind nur zwanzig Meilen.

Ava war diejenige gewesen, die zur Vorsicht mahnte, wie gelähmt vor Unentschlossenheit, wenn sie an all die Gefahren dachte, die sie außerhalb des Lagers erwarteten.

Sie hatte darauf gedrängt, dass sie den richtigen Zeitpunkt abwarten sollten, um den Behörden möglichst viel Spielraum für eine offizielle Rettungsaktion zu ermöglichen.

Das Problem war nur, dass niemand eine Rettung eingeleitet hatte. Ihre Großmutter hatte sich an die Behörden gewandt, nachdem ihr Schwiegersohn und ihre Enkelinnen den Kontakt zu ihr abbrachen, aber niemand wollte ihr zuhören.

Die Mädchen seien bei ihrem Vater, hatte man ihr gesagt. Als einziger überlebender Elternteil hatte er das volle Sorgerecht und konnte Ava und Madi überall mit hinnehmen, wo er wollte.

Aufgrund ihrer Feigheit war Ava in einer grotesken Zeremonie in den Bergen mit einem Mann verheiratet worden, der dreißig Jahre älter war als sie. Er war ein abstoßender Mensch, der schon dreimal geschieden war, der einen langen, struppigen Bart im Gesicht hatte und dem ein Vorderzahn fehlte, den ihm durch den Fehlschuss einer Schrotflinte ausgeschlagen worden war. Dem Gesetz nach war diese Ehe natürlich nicht rechtsgültig gewesen. Das war sie nur in den Köpfen von James und Roger Boyle und ihren Gefolgsleuten im Lager.

In der Hochzeitsnacht fühlte sie sich schließlich so weit in die Enge getrieben, dass ihr nichts anderes übrig blieb und sie keinen anderen Ausweg mehr sah. Erst dann hatte sie Madis haarsträubendem Fluchtplan zugestimmt.

Der Plan war aufgegangen, aber der Preis dafür war sehr hoch gewesen. Zu hoch.

Ava schob die dunklen Erinnerungen beiseite und stellte fest, dass Tilly sie mit einem äußerst besorgten Ausdruck beobachtete.

»Du siehst so blass aus, meine Liebe«, sagte sie sanft. »Ist es dein Blutzucker? Hier. Nimm einen Schluck Wasser und vielleicht einen Brownie.«

Die Zurechtweisung klang so sehr nach ihrer Mutter, dass Ava unwillkürlich lächeln musste.

»Mir geht's gut. Danke.«

»Du solltest trotzdem auf jeden Fall einen Brownie probieren. Ich kenne niemanden, der so leckere Brownies macht wie deine Großmutter Leona.«

Hauptsächlich um sie zu besänftigen, nahm Ava das Papptellerchen, das Tilly ihr anbot, entgegen und suchte sich einen kleinen Brownie von der Platte aus. Sie kostete ein winziges Eckchen und nutzte diesen kleinen Moment, in dem nicht alles gleich wieder rückwärts hinausdrängen wollte, dazu, ihre Geschmacksnerven mit dem reichhaltigen Karamell zu verwöhnen.

Tilly reichte ihr ein Glas Wasser, und Ava trank pflichtbewusst ein Schlückchen. Vielleicht hatte sie ja recht. Die Flüssigkeitszufuhr und der Zuckerrausch taten Ava gut, und sie fühlte sich tatsächlich etwas besser.

Als Tilly sich überzeugt hatte, dass Ava nicht jeden Augenblick in der Küche umkippen würde, ergriff sie erneut ihre Hand.

»Ich muss dir das sagen, während du hier bist. *Ghost Lake* ist das außergewöhnlichste und emotionalste Buch, das ich seit Langem gelesen habe. Vielleicht sogar jemals. Es stimmt zwar, dass ich eine sehr persönliche Verbindung dazu habe und mein Blick dadurch vielleicht nicht ganz objektiv ist, aber Tausende anderer Menschen, die nicht diese persönliche Verbindung haben, sind von deinen Worten und eurer Geschichte tief berührt. Darauf solltest du bauen. Nimm es an. Deine Worte haben Macht, Ava. Das solltest du nie in Frage stellen.«

Ava umschloss Tillys Hand mit ihrer eigenen, als das aufrichtige Lob durch all ihre Selbstzweifel hindurchsickerte und schließlich ihr Herz zu erreichen schien.

»Ich danke dir«, flüsterte sie.

»Und das Mädchen, das damals den Mut hatte, das zu tun, was du getan hast, ist stark genug, um mit allem fertigzuwerden«, fuhr Tilly fort. »Sogar mit deinem eigenen unerwarteten Erfolg.«

Tilly schenkte ihr ein warmherziges Lächeln, räusperte sich und zog ihre Hand zurück. »Ich muss den Nachtisch nach draußen bringen, die Leute haben schon seit zehn Minuten nichts mehr gegessen.«

Sie nahm das Brownie-Tablett und ging zur Tür hinaus, ohne eine Antwort abzuwarten.

Wieder allein in der gemütlichen Küche, presste Ava eine Hand auf ihren Unterleib. Als sie sechzehn war, hatte sie genug Kraft gefunden, um mit ihrer Schwester in die Wildnis zu fliehen, obwohl ihr klar war, dass man sie mit hoher Wahrscheinlichkeit aufspüren und für ihren Ungehorsam hart bestrafen würde.

Gemeinsam hatten sie Hunger, Durst, Käferbisse, lauernde Pumas und sogar den Angriff eines überrumpelten Stachelschweins überstanden.

Wenn sie tatsächlich schwanger war, würde sie einen Weg finden, ihre Ehe zu retten, egal, wie schwierig das sein würde.

16

Unsere Reise ist noch lange nicht zu Ende, aber mit jedem geschriebenen Wort und jedem Schritt, den wir machen, gewinnen wir ein Stück unserer selbst zurück und definieren neu, was es bedeutet, Überlebende einer verdrehten Wirklichkeit zu sein.

– *Ghost Lake*, Ava Howell Brooks

Madison

»Gebt es zu. Wir haben fair und anständig gewonnen. Wie fühlt es sich an, von einem Kind, einem Siebzigjährigen und einer Frau mit einem kaputten Bein den Hintern versohlt zu kriegen?«

Luke grinste zu Madi herab. »Nun, zum einen hat sich einer meiner Mitspieler mitten im Sackloch-Spiel davongeschlichen, um sich ein Eis zu holen. Zum anderen hast du vor meinem letzten Wurf geschummelt, als du mich mit diesem vorgetäuschten Stolpern abgelenkt hast.«

Sie lachte. »Ich habe nicht geschummelt. Ich bin wirklich gestolpert. Okay, vielleicht habe ich etwas übertrieben. Ich kann nichts dafür, dass du eine Schwäche für verletzte Vögel hast.«

»Hey, ich glaube, ich werde heute Nacht hierbleiben.«

Madi war so mit ihrer Schadenfreude beschäftigt gewesen, dass sie gar nicht bemerkt hatte, wie Nicole sich zu ihnen gesellte, bis sie schließlich etwas sagte.

»Warum? Stimmt was nicht?«, fragte Madi.

»Nein, alles bestens. Ich habe morgen frei und Austin zufälligerweise auch. Wir wollen in der Früh mit ein paar Pferden einen Wanderritt in die Berge machen. Da die Pferde hier sind, macht es Sinn, hier zu übernachten, dann muss ich morgen nicht in aller Herrgottsfrühe losfahren.«

»Das stimmt natürlich.« Nur, wie sollte Madi nach Hause kommen? Sie und Sierra waren ja auf dem Hinweg bei Nicole mitgefahren.

Wie immer schien ihre beste Freundin ihre Gedanken zu lesen. »Ich wollte dir gerade meine Autoschlüssel geben. Nimm du ruhig mein Auto, und fahr damit heim. Austin kann mich morgen nach unserem Ausritt wieder nach Hause bringen.«

»Ich will dein Auto nicht. Ich kann ja mal Grandma fragen, ob sie einen kleinen Umweg fahren würde, um mich zu Hause abzusetzen.«

Die Vorstellung, zusammen mit Ava in Leonas Geländewagen festzusitzen, gefiel ihr ungefähr genauso gut wie der Gedanke, sich die Augenbrauen abzurasieren, aber dieses Detail behielt sie für sich.

»Nicht nötig«, sagte Luke schnell. »Ich kann dich mitnehmen. Ich wollte heute Abend sowieso noch mal kurz im Tierheim vorbeischauen, um nach Barnabas zu sehen, ob die Heilung seines Beins vorangeht. Das hatte ich eigentlich schon den ganzen Tag vor und hatte noch keine Gelegenheit dazu.«

»Er ist so bockig wie eh und je, aber du kannst es dir gerne selbst ansehen. Aber was ist mit Sierra?«

Er zuckte mit den Schultern. »Ich hörte sie mit Mom darüber sprechen, dass sie sich einen Film ansehen wollten. Ich bin bestimmt wieder zurück, bevor sie fertig sind.«

»Du hast keine Lust auf einen Filmabend?«

»Nicht diesen. Es ist eine schmalzige Romanze, bei der am Ende jemand stirbt. Nicht gerade mein Lieblingsthema.«

Ihre Gefühle wurden weicher. Natürlich nicht, wenn man erst vier Jahre zuvor die eigene Frau verloren hatte.

Als sie zum Haus zurückkehrten, um sich von allen zu verabschieden, saß Ava in einem der Schaukelstühle auf der Veranda und wartete auf Leona. Sie betrachtete die riesige Bergkette jenseits der Ranch, doch ihr Gesichtsausdruck war abwesend und ... irgendwie geisterhaft.

Früher an diesem Abend hätte Madi Ava vielleicht ignoriert, aber jetzt sah ihre Schwester so beunruhigt aus, dass sie es nicht übers Herz brachte.

»Ich mache mich jetzt auf den Weg. Wir sehen uns später bestimmt.«

»In Ordnung.«

Madi hielt inne, beeilte sich dann aber, bevor sie es sich anders überlegte.

»Ich habe das ernst gemeint, dass du im Tierheim mitarbeiten kannst. Nur das mit dem Schweinestall war bloß ein Scherz. Den müsstest du nicht sauber machen.«

Ava blinzelte etwas überrascht. »Ich danke dir. Ich könnte mir das sogar vorstellen. Aber du weißt ja, dass ich nicht wirklich gut mit Tieren umgehen kann, nicht? Jedenfalls nicht so gut wie du.«

»Du schaffst das schon. Wir stecken dich zu den Welpen. Du kannst Sierra fragen. Sie sind fantastische Therapeuten, mit Lächelgarantie. Ich werde den Freiwilligen sagen, wer du bist. Das Prüfverfahren brauchen wir nicht; Luke und ich kennen dich ja schon.«

Madi wusste nicht, warum sie so großzügig zu ihrer Schwester war, wo sie doch immer noch wütend auf Ava war. Aber sie konnte nicht einfach nur dastehen und nichts tun, wenn ihre Schwester so ... erschüttert aussah.

»Ich … Danke«, sagte Ava, als Luke mit seinem Pick-up näher an das Haus heranfuhr und anhielt.

»Oh. Ich wusste nicht, dass du mit Luke gekommen bist.«

»Bin ich auch nicht. Ich bin mit Nic gekommen, aber sie bleibt heute Nacht hier. Luke hat mir angeboten, mich nach Hause zu fahren, damit er sich noch eines unserer Tiere im Tierheim ansehen kann.«

Madi war sich auch nicht sicher, warum sie glaubte, ihre Entscheidungen ihrer Schwester gegenüber rechtfertigen zu müssen.

Sie winkte Ava ein letztes Mal zu und eilte die Treppe hinunter. Wie nicht anders erwartet, ging Luke um den Wagen herum, öffnete die Beifahrertür für sie und streckte seine Hand aus, um ihr beim Einsteigen zu helfen. Sie wusste, dass es reine Zeitverschwendung wäre, ihm zu sagen, dass sie sehr wohl in der Lage war, eine Autotür zu öffnen, und dass sie regelmäßig ihren eigenen Pick-up fuhr, in den man noch viel schwieriger hineinkam.

Sie legte ihre Hand in seine und ließ sich von ihm hochziehen, wobei sie eine seltsame Hitze spürte, die wie Funken zwischen ihnen hin und her zu springen schien. Sobald sie es sich auf dem nach Leder und Kiefernholz duftenden Sitz bequem gemacht hatte, zog sie ihre Hand zurück und sah ihn nicht an, als er die Tür schloss und sich um den Wagen herum zum Fahrersitz begab.

Er steuerte den Wagen vom Grundstück aus in Richtung des Tierheims auf der anderen Seite der Stadt, während einige von Boyds Pferden auf ihrer Koppel neben ihnen hergaloppierten, wobei ihre Mähnen und Schweife die Farben des prächtigen Sonnenuntergangs reflektierten.

»Was für ein schöner Abend«, sagte sie, ließ sich noch tiefer in ihren Sitz sinken und genoss den vertrauten Ausblick auf die vorbeiziehende Landschaft. Überall, wo sie hinschaute, sah sie Menschen, die den friedlichen Sonntag im Freien genossen. Familien fuhren mit ihren Fahrrädern auf dem Weg entlang des Flusses, im großen Park in der Innenstadt wurde Fußball und Baseball gespielt, und sie kamen sogar an einigen Reitern vorbei. »Ich wüsste nicht, warum jemand irgendwo anders als hier in Emerald Creek leben wollte.«

»Es ist schon ziemlich schön hier. Natürlich nicht perfekt, aber das ist es schließlich nirgends.«

»Da hast du recht. Aber ich finde, Emerald Creek kommt dem näher als die meisten anderen Orte. Und ich meine nicht nur die Landschaft. Ich liebe den Bauernmarkt und das Freilichtkino montags im Park, und dass man einfach so im Supermarkt Bekannte trifft. Ich weiß nicht, wie Ava in der Stadt glücklich sein kann. Als ich sie einmal besucht habe, hatte ich die ganze Zeit Kopfschmerzen von dem Lärm und dem Chaos.«

»Es ist gut, dass sich manche Menschen woanders ein Zuhause suchen, anderenfalls würde die Bevölkerung von Emerald Creek explodieren.«

Sie lächelte. »Da hast du recht. Das wollen wir ja nicht.«

Sie unterhielten sich über das anstehende Arbeitspensum für die Woche in der Tierklinik, bis er in die Einfahrt des Tierheims einbog. »Ich kann dich am Haus absetzen, bevor ich zur Scheune weiterfahre«, sagte er.

»Das ist nicht nötig. Ich würde dich gerne zu Barnabas begleiten. Danach kann ich zu Fuß rübergehen.«

»Du weißt, dass ich mich immer über deine Hilfe freue.«

Er fuhr weiter die Auffahrt entlang und parkte vor der Scheune.

Sie wartete nicht auf seine Hilfe beim Aussteigen aus dem Pickup, sondern kletterte selbst hinaus. Ihr Bein war wackelig und müde von dem langen Tag, aber sie konnte sich gerade noch fangen, ohne hinzufallen, dann eilte sie zur Tür.

Sie entsperrte das Schloss mit ihrem Code, und die beiden betraten das leere Büro.

Wenn sie nicht gerade einen schwerkranken Patienten hatten, gab es im Heim kein Nachtpersonal. Madi hatte ein umfangreiches Kameraüberwachungssystem installiert, das sie alarmierte, wenn etwas Ungewöhnliches bei den Tieren passierte. Freiwillige Helfer wechselten sich bei der Überwachung der Kameras nach einem bestimmten Zeitplan ab, sodass Madi sich nicht jede Nacht selbst um ihre Schützlinge sorgen musste.

Heute Nacht war sie selbst an der Reihe und hatte im Laufe des Abends die Kameras per App etwa stündlich überprüft.

»Ist er hier drin oder draußen auf dem Feld?«, fragte Luke.

»Wahrscheinlich hier drin. Normalerweise kommt er nachts rein.«

Die meisten Farmtiere im Tierheim zogen es vor, in der Einrichtung zu schlafen, wo es warm, trocken und sicher war. Sie schaltete das Licht über dem Ziegenbereich der Scheune an und fand Barnabas genau dort, wo sie ihn vermutet hatte, ausgestreckt auf dem mit Heu bedeckten Boden neben zwei anderen Ziegen. Die vierte, Martha, musste draußen sein.

Sie lächelte. »Hey, Barnabas. Hallo. Sieh mal, wer da ist. Dein Lieblingstierarzt. Komm, und begrüße Dr. Gentry.«

Er gab ein mürrisches Geräusch von sich, genau wie einige ihrer Mitbewohner am College, wenn ihre Wecker am Montagmorgen nach einem feuchtfröhlichen Wochenende klingelten. Genau wie ihre Mitbewohner machte auch der Ziegenbock keinerlei Anstalten, sich von der Stelle zu bewegen, sondern drehte sich absichtlich von ihnen weg zur anderen Seite der Box.

Sie rollte genervt mit den Augen. »Barney. Sei nicht so unhöflich. Komm schon. Dr. Gentry will doch nur mal sehen, ob dein Bein gut verheilt. Sie sollten sich geehrt fühlen, mein Herr. Er macht nicht jeden Abend Hausbesuche für jeden x-beliebigen Ziegenbock.«

Einen trotzigen Moment später kam er endlich auf die Beine.

»Er scheint es schon etwas besser bewegen zu können«, stellte Luke fest, zog seine Handschuhe an und holte die Salbe aus dem Regal vor dem Stall.

»Ja. Das ist mir auch aufgefallen. Und es scheint auch nicht mehr so empfindlich zu sein, wenn wir den Verband wechseln müssen.«

Während sie den Bock festhielt, sprach Luke sanft mit dem Tier, bevor er vorsichtig dessen linkes Hinterbein anhob. Barnabas meckerte verärgert, was die anderen Ziegen im Stall wachrüttelte.

»Jetzt sieh mal«, schimpfte Madi. »Du hast alle anderen aufgeweckt, Kumpel. Das ist nicht cool.«

Dem Bock war das offensichtlich egal. Er spuckte noch eine dieser Himbeeren aus, über die sich Sierra tagsüber so köstlich amüsiert hatte.

Luke trug die Salbe auf und legte den Verband wieder an. »Noch ein paar Tage und du kannst den Verband wahrscheinlich abnehmen.«

»Oh, gut. Das wird ihm gefallen. Ich danke dir.«

»War mir ein Vergnügen. Gibt es noch jemanden, den ich mir ansehen sollte, wenn ich schon mal hier bin?«

Sie ging alle ihre derzeitigen Bewohner schnell im Kopf durch. »Ja, tatsächlich«, fiel ihr plötzlich ein. »Chester frisst seit ein paar Tagen nichts mehr. Sierra wollte heute ein bisschen mit ihm trainieren, aber er hatte keine Lust dazu. Das kennt man überhaupt nicht von ihm. Er liebt sie sehr und freut sich über jede Gelegenheit, mit ihr zu spielen.«

Das Miniaturpferd, das sie aus einem Streichelzoo gerettet hatten, war normalerweise fröhlich und energiegeladen, der Liebling aller Freiwilligen.

»Ich sehe ihn mir mal an.«

Gemeinsam machten sie sich auf den Weg zu der Box, den sich Chester mit der Eselin Sabra teilte. Die beiden waren am glücklichsten, wenn sie zusammen waren.

Sabra beschnupperte sie zur Begrüßung, während Chester sich nicht aus der Ecke des Stalls herausbewegte.

»Kannst du ihn festhalten, damit er ruhig bleibt?«, fragte Luke.

Madi schlang ihre Arme um das Grautier und sprach ihm sanft zu, während Luke ihn zunächst oberflächlich begutachtete.

Offenbar hatte er eine schmerzende Stelle berührt, denn Chester stampfte mit den Hufen, und sein linker Vorderhuf landete genau auf Madis rechtem Fuß.

Sie rang nach Luft, als der Schmerz ihr Bein eiskalt und böse durchschoss. Sie hatte sich keine Arbeitsstiefel angezogen, sondern hatte immer noch die leichten Stoffschuhe an, die sie auf der Party getragen hatte. Ein großer Fehler.

»Was ist passiert?«, fragte Luke mit besorgtem Blick.

»Nichts. Alles gut«, log sie und schämte sich für ihre wackelnde Stimme.

»Madi. Was ist passiert?«

Sie seufzte. Luke würde nicht lockerlassen. »Es war ganz allein meine Schuld. Er ist mir auf den Fuß getreten. Ich hätte bessere Schuhe anziehen sollen.«

Er schaute auf ihre dünnen Sneaker. »Setz dich hin. Ich bin gleich mit der Untersuchung fertig, dann komme ich und sehe mir deinen Fuß an.«

»Mir geht's g-gut, wirklich. Ich kann dir helfen.«

»Madi. Du setzt dich jetzt sofort hin. Ich bin gleich so weit.«

Sie ärgerte sich über seinen herrischen Ton. Ein Teil von ihr hätte ihn gerne daran erinnert, dass dies ihr Tierheim war. Sie war die Geschäftsführerin und nahm keine Befehle von ihm entgegen, egal, was für ein wunderbarer Tierarzt er sein mochte.

Doch dann beruhigte sie sich wieder. Er wollte nur auf sie aufpassen. Das konnte sie ihm doch nicht übelnehmen.

Sie humpelte aus der Box und setzte sich auf eine Bank auf der großen Fläche in der Mitte der Scheune.

»Hast du schon eine Vermutung, warum er nicht frisst wie sonst?«

»Sieht so aus, als hätte er eine Sinusitis. Er braucht ein Antibiotikum und ein entzündungshemmendes Mittel.«

»Oh nein. Armer Kerl!«

»Wir sollten so schnell wie möglich mit der Behandlung anfangen. Ich kann schnell in die Klinik fahren und euch die Medikamente holen, dann kannst du sie ihm noch heute Nacht verabreichen.«

»Oh, danke.«

»Genug über Chester. Schauen wir uns deinen Fuß an.«

»Es geht mir gut. Mach dir keine Sorgen.«

»Madi.«

Sie seufzte und erkannte an seinem Tonfall, dass er nicht nachgeben würde. Schließlich streckte sie ihren schmerzenden Fuß aus. Sie hatte es geschafft, ihren Sneaker abzustreifen, konnte sich aber nicht überwinden, die Socke auszuziehen. Was, wenn ihr Zeh sichtbar gebrochen oder ausgerenkt war? Nein, danke. Sie wollte lieber nicht hinsehen.

Allein bei dem Gedanken daran wurde ihr schon schwindelig.

Madi konnte den ganzen Tag über bei der tierärztlichen Versorgung helfen und ohne mit der Wimper zu zucken mit allen möglichen Tierverletzungen und -krankheiten umgehen, die andere Menschen völlig entsetzen würden. Aber wenn es um menschliche körperliche Probleme ging, vor allem um ihre eigenen, war sie nicht annähernd so gelassen.

Sie vermutete, dass es sich dabei um eine tiefsitzende emotionale Reaktion auf die langen Wochen handelte, die sie nach ihrer Schussverletzung im Krankenhaus und in der Reha-Klinik verbrachte, wo sie monatelange Sprach-, Ergo- und Physiotherapie über sich ergehen lassen musste.

Jetzt hasste sie Arztbesuche und versuchte, sie nach Möglichkeit zu vermeiden. Immer, wenn ihr für eine Routineuntersuchung Blut abgenommen wurde, musste sie wegschauen, um nicht plötzlich einen Schwäche- oder Schwindelanfall zu bekommen.

Luke zog sich saubere Handschuhe aus der Schachtel auf dem Regal an und ließ sich vor ihr in die Hocke sinken. Langsam und behutsam griff er nach ihrer Socke und begann, sie herunterzurollen.

Seine Finger waren warm auf ihrer Haut, und sie fröstelte trotz der warmen Luft in der Scheune.

Er blickte auf, seine Gesichtszüge waren für einen Augenblick erstarrt. Madi spürte, wie sie errötete, und hoffte, dass er es in dem grellen Neonlicht nicht bemerkte.

Plötzlich wurde ihr bewusst, dass sie hier allein waren. Okay, allein in der Gesellschaft von Hängebauchschweinen, einem Ziegen-Trio, einem Miniaturpferd und einem Esel. Aber es war niemand da, dem es auffallen würde, wenn sie ihre Arme um ihn schlang und ihn an sich zog …

»Gute Nachrichten«, sagte er, nachdem er ihren Fuß untersucht hatte. »Er ist nicht verstaucht, und ich glaube auch nicht, dass er gebrochen ist.«

»*Glaubst* du? Du weißt es nicht?«

»Nicht ohne ein Röntgenbild«, gab er zu. »Du bist ja hier im Emerald-Creek-Tierheim sehr gut ausgestattet, aber soweit ich weiß, gehört ein Röntgengerät nicht zum Inventar.«

»Vielleicht sollte ich zur Ambulanz gehen. Die haben ein Röntgengerät und auch einen Techniker.«

Sie warf einen Blick auf ihre Armbanduhr. »Oh, Mist. Die haben vor einer Stunde geschlossen. Ich wusste nicht, dass es schon so spät ist. Meinst du, ich sollte in die Notaufnahme gehen?«

»Das könntest du. Aber wenn dein Fuß gebrochen wäre, könntest du nicht mal mit den Zehen wackeln. Wenn du meine Patientin wärst, würde ich dir raten, ein oder zwei Tage auf das Röntgen zu warten, bis die Schwellung abgeklungen ist.«

»Gut, dass ich nicht deine Patientin bin.«

Er lächelte, immer noch vor ihr hockend. Es wäre so einfach gewesen, sich leicht nach vorne zu beugen und ihren Mund sanft mit seinem zu berühren.

»Du musst ja nicht auf mich hören. Wenn du willst, kann ich dich nach Ketchum in die Notaufnahme des Krankenhauses fahren.«

Der Schmerz ließ bereits nach und war schon viel erträglicher. Sie seufzte und kam sich dumm und armselig vor. »Das musst du nicht. Ich komme schon klar. Ich stelle mich an wie ein großes Baby.«

»Du bist alles andere als ein Baby.«

Etwas in seiner tiefen Stimme ließ ihr einen Schauer über den Rücken laufen.

»Soll ich dir die Socke wieder anziehen?«

Obwohl der Schmerz nachließ, hielt Madi es für das Beste, sich nicht mehr als unbedingt nötig an ihren Zehen zu schaffen zu machen. »Nein. Nur meinen Schuh.«

Er lockerte die Schnürsenkel ihres Sneakers noch ein wenig mehr, griff nach ihrer Ferse und schob den Schuh auf den Fuß. Hätte ihr jemand gesagt, dass es sie so nervös machen würde, sich in einer Scheune von einem Mann einen Schuh auf den verletzten Fuß schieben zu lassen, hätte sie ihn ausgelacht.

Doch jetzt saß sie hier und hielt den Atem an, als würde er ihr Kleidungsstücke *ausziehen* und nicht andersherum.

Bildete sie sich das nur ein – oder verweilte seine Hand etwas länger auf ihrem Knöchel als unbedingt nötig? Die Hitze seiner Haut schien sie zu durchbohren.

Hör auf damit, ermahnte sie sich. Das war Luke. Ihr Freund. Ihr Chef. Im Grunde genommen, war er ihr Partner beim Emerald-Creek-Tierheim, denn er hatte ihr auf Schritt und Tritt zur Seite gestanden und leistete genauso viele ehrenamtliche Stunden für das Tierheim wie sie oder jeder andere auch.

Sie durfte nicht alles vermasseln, indem sie diese kleine Schwärmerei, die sie immer schon heimlich für ihn gehegt hatte, zu etwas Größerem werden ließ – zu einer richtigen Verliebtheit, mit allen Komplikationen, die das mit sich bringen würde.

Und wenn es schon zu spät ist?, flüsterte eine innere Stimme.

Sie ignorierte die Stimme.

Es war nicht zu spät. Sie würde es einfach nicht zulassen. Sie musste nur diese schwelende Anziehung vergessen und ihr Bestes tun, damit sie in der Freundschaftszone blieben. Sie schaffte das.

»Komm«, sagte er, als er aufstand. »Ich helfe dir zurück zum Haus.«

Er streckte eine Hand aus, und Madi ließ sich von ihm hochziehen.

Behutsam belastete sie ihren Fuß und stellte erleichtert fest, dass der Schmerz deutlich nachgelassen hatte.

»Es geht mir schon viel besser. Das wird wieder. Danke, dass du dir das angesehen hast.«

Sie machte einen Schritt auf die Tür zu, aber dann geriet sie ins Wanken, nicht wegen ihres Fußes, sondern weil sie sich jetzt auf ihr schwächeres Bein verlassen musste, da das andere verletzt war.

Luke trat vor und fing sie auf, bevor sie irgendwo anrempeln konnte. »Hier. Ich hab dich. Ich lasse dich nicht fallen. Ich fahre dich zurück zum Haus.«

»Ich kann laufen. Es sind nur hundert Meter.«

»Aber hundert Meter mit einem schmerzenden Fuß im Gegensatz zu fünf bis zu meinem Pick-up und dann noch mal fünf die Treppe hinauf – ich denke, Letzteres ist eindeutig der bessere Plan.«

Da hatte er recht, das musste sie zugeben. Luke schob ihr seinen Arm unter, sein Körper neben ihr fühlte sich warm und tröstend an, während er ihr zu seinem Wagen half und sie dann auf den Sitz hob.

Sie wollte ihm sagen, dass es ihr gut ging, dass sie allein zurechtkam, aber es fühlte sich wundervoll an, sich an seiner Stärke anzulehnen.

Er fuhr sie die kurze Strecke, die sie normalerweise mehrmals täglich zu Fuß zurücklegte. Das kleine Farmhaus sah in der Dunkelheit einladend aus, und das Licht, das sie für ihre Hunde angelassen hatte, strahlte in den Hof hinaus.

Er hielt vor der Veranda an und half ihr aus dem Wagen. Sie versuchte, die Kraft seiner Arme, seine Wärme und seinen verführerischen Duft nach Salbei und Wacholder nicht zu bemerken.

Sie liebte die Abende hier am Farmhaus. Die Grillen zirpten, und sie konnte den Ruf eines Kojoten fern in den umliegenden Bergen hören, als sie die Verandastufen hinaufgingen.

»Hast du einen Schlüssel?«, fragte Luke an ihrer Tür.

Sie zog ihren Schlüsselbund aus der Tasche und schloss die Tür auf. Er stieß sie auf und schaltete das Licht in der Diele an, als ihr alter Golden Retriever Mo herausgewatschelt kam, dicht gefolgt von Mabel, ihrem kleinen Schnoodle.

»Da seid ihr ja, ihr beiden. Wollt ihr nach draußen? Na los.«

Sie humpelte zur Hintertür, wo sie die Hunde in den umzäunten Garten hinauslassen konnte.

»Tut mir leid«, sagte sie zu Luke. »Ich muss sie zuerst rauslassen, besonders Mo. Wenn er zu aufgeregt ist, gibt es schnell mal einen Unfall.«

»Schon verstanden. Ich habe selbst eine alte Dame.«

»Stimmt. Wie geht es Ruby?«, erkundigte sie sich nach seinem schokoladenfarbenen Labrador.

»Sie ist lustig und fidel. Sie liebt es immer noch, zu kuscheln, und hat immer noch Angst vor dem Telefon.«

Sie lächelte. »Wie alt ist sie jetzt?«

»Elf inzwischen.«

»Mo ist zwölf. Das ist ganz schön alt für einen Golden Retriever.«

»Aber es geht ihm noch gut, oder? Gibt es etwas, das ich mir bei einem deiner Hunde ansehen muss?«

Sie schüttelte den Kopf. »Ich denke, Sie haben heute Abend schon genug getan, Dr. Gentry. Legen Sie Ihr Stethoskop weg. Eine Ziege, ein Miniaturpferd und ich mit meinem geprellten Zeh. Das ist ein ziemlich voller Abend, vor allem nach einer Party. Ob Sie es glauben oder nicht, Sie müssen sich nicht um die ganze Welt kümmern.«

Er lächelte. »Eine schwer zu durchbrechende Angewohnheit, die ich wohl von meinem Vater geerbt habe.«

»Er war ein guter Mann. Genau wie du.«

Aus einem Impuls heraus streckte sie sich, um ihm einen Kuss auf die Wange zu geben. Sie hätte nicht sagen können, warum. Vielleicht war es aus Dankbarkeit für seine ständige Großzügigkeit ihr und all den Tieren gegenüber, die sie liebte, aus der tiefen Dankbarkeit, die sie für all seine Unterstützung des Tierheims empfand.

Sie waren schon so lange befreundet, dass gelegentliche körperliche Zuneigung zwischen ihnen nichts Ungewöhnliches war, auch wenn das in letzter Zeit vielleicht eher selten vorgekommen war.

Aber die Berührung ihrer Lippen auf seiner Haut fühlte sich irgendwie anders an.

Auf seinem Kinn hatte er einen Hauch von Bartstoppeln, und aus der Nähe roch er sogar noch besser.

Er blickte auf sie herab, die Augen weit geöffnet vor Überraschung. Sie sahen einander lange Zeit an, das einzige Geräusch war ihr Atem.

Der Moment schien ewig anzudauern, zart und zerbrechlich, und einen Augenblick später bewegte Luke seinen Mund auf ihren zu. Ihr Atem stockte, vermischte sich mit seinem, als sein Mund mit schmerzhafter Langsamkeit den ihren streifte.

Was passierte hier gerade?

Madi schwankte ein wenig hin und her, ihr war schwindlig vor Schreck. Luke Gentry küsste sie – *sie* – hier in ihrer Küche, seine Arme hielten sie so fest, als wäre sie ein unendlich kostbarer Schatz.

Sie vergaß die Hunde, ihren schmerzenden Zeh, sie konnte an nichts anderes mehr denken als an ihn und diesen Augenblick.

Sie hatte schon lange keinen Mann mehr geküsst. Nicht seit ihrer Sommeraffäre im letzten Jahr, als sie mit einem süßen Cowboy ausging, der in die Stadt gekommen war, um als Viehtreiber auf einer der nahe gelegenen Touristenfarmen zu arbeiten.

Luke küsste ganz anders als dieser Typ, an dessen Namen sie sich in diesem Moment nicht einmal erinnern konnte.

Tatsächlich konnte sie sich nicht erinnern, jemals einen Kuss wie diesen erlebt zu haben, bei dem sie jeden einzelnen Herzschlag wie ein Echo in sich spürte und überzeugt war, dass die Welt außerhalb dieses Farmhauses plötzlich aus den Angeln gehoben wurde.

Sie wollte nicht aufhören. Sie wollte für immer hier in seinen Armen bleiben, wo sie sich sicher und warm und geliebt fühlte.

Sie hätten sich vielleicht bis zum Morgen so weiter geküsst, wenn Mo nicht leise vor der Tür gebellt hätte, damit er hereingelassen wurde.

Bei diesem Geräusch erstarrte Luke. Er riss seine Augen auf, und sie sah den genauen Moment, in dem er aus diesem weichen, traumhaften Zustand gerissen wurde und die Realität zurückkehrte.

Der Ausdruck in seinem Blick änderte sich von undefinierbarem Verlangen zu etwas, das eher an befremdete Bestürztheit erinnerte.

Für einen Augenblick öffnete er seinen Mund, der so köstlich auf ihrem gelegen hatte, bevor er ihn dann zu einer schmalen Linie zusammenpresste.

Als er seine Arme aus der Umarmung fallen ließ, spürte Madi, wie sich etwas in ihr dabei zusammenzog, etwas Weiches und Verletzliches und Wunderbares, das während des Kusses in ihr zum Leben erwacht war.

»Das war ... Ich hätte nicht ... Wir hätten das nicht tun sollen ...«

Wahrscheinlich sollte sie etwas sagen, um das große Unbehagen aufzulösen, das sich plötzlich zwischen innen ausbreitete, aber ihr fielen beim besten Willen keine Worte ein, die über ein »Wow« hinausgingen, was ihrer Meinung nach etwas unangemessen war.

Warum hatte er sie geküsst? Und vor allem, warum hatte sie so reagiert, als hätte sie zum ersten Mal im Leben einen Kuss erhalten, der tatsächlich etwas *bedeutete*?

»Ich weiß nicht, was gerade passiert ist.« Luke fuhr sich mit einer Hand durch die Haare. »Du hast mich auf die Wange geküsst und ... du riechst immer so gut, und ich konnte nicht widerstehen.«

Sie starrte ihn an und hatte das Gefühl, als wäre jeder einzelne rationale Gedanke komplett aus ihrem Kopf gewichen.

»Ich ... was?«

Er machte ein Gesicht. »Ich weiß. Das war völlig unangemessen. Ich bin dein Arbeitgeber. Ich hätte die Situation nicht ausnutzen dürfen.«

Er machte sich Sorgen darüber, sie zu küssen, weil sie für ihn *arbeitete*? Dieser Gedanke war ihr noch nie in den Sinn gekommen. Ihre Beziehung war so vielschichtig, und die Tatsache, dass sie als Tierarzthelferin bei ihm arbeitete, spielte scheinbar nur eine untergeordnete Rolle.

»Technisch gesehen, arbeite ich vermutlich für dich. Aber nur noch ein paar Wochen lang.«

Daran erinnert zu werden, schien ihn nicht zu freuen. »Trotzdem. Ich hätte dich nicht küssen sollen. Das war ein grober Fall von Machtmissbrauch.«

»Du zahlst momentan mein Gehalt, aber es ist nicht so, dass du meine gesamte berufliche Zukunft in deinen Händen halten würdest. Und es tut mir leid, dass du meine Küsse als grob empfindest«, murmelte sie.

Er warf ihr einen verärgerten Blick zu. »Du weißt genau, was ich gemeint habe. Ich weiß nicht, was über mich gekommen ist. Ich habe immer so sehr darauf geachtet, dass ich nicht ... dass ich dich nicht in dieser Weise sehe.«

Sie war sich nicht ganz sicher, wie sie dieses Eingeständnis deuten sollte. »Auf welche Weise? Wie eine Frau?«

»Wie eine Frau, die überhaupt für eine Beziehung in Frage käme, in der wir uns küssen könnten und ... und so. Du warst immer wie eine Schwester für mich.«

»Ich bin nicht deine Schwester.«

Er lächelte ihr schief und angespannt zu. »Ja. Dessen bin ich mir völlig bewusst. Aber unsere Leben sind eng miteinander verwoben. Wir arbeiten zusammen, sowohl in der Klinik als auch hier im Tierheim. Du bist mit meiner Schwester befreundet und wohnst mit ihr zusammen. Du kommst jeden Monat zum Abendessen ins Haus meiner Mutter. Eigentlich gehörst du zur Familie.«

Dagegen konnte sie keine Argumente vorbringen. Sie hätten sich nie küssen dürfen. Alles, was er sagte, deckte sich mit dem, was sie selbst auch immer gedacht hatte.

Er nahm ihre Hand und hielt sie fest, sein Gesicht wirkte ernst. »Du bist mir wichtig, Mad. Du liegst mir am Herzen. Meiner Tochter bist du wichtig. Meine Mutter würde dich sofort adoptieren, wenn sie könnte. Ich will nichts tun, was das alles für jeden hier kaputtmachen würde.«

Hatte ein Kuss jetzt alles zwischen ihnen für immer unangenehm werden lassen? Sie konnte den Gedanken nicht ertragen.

Luke hatte völlig recht. Seit dem Tag, an dem er und seine Familie sie und Ava gerettet hatten, war Madi stets darauf bedacht gewesen, jegliche romantischen Gefühle für ihn gar nicht erst aufkommen zu lassen. Aber wie konnte sie anders, als sich ein bisschen in den Mann zu verlieben, der sie aus der Schusslinie gezogen und seinen Körper schützend über ihren gelegt hatte?

Er dachte vermutlich, dass sie sich nicht mehr daran erinnern konnte. Sie hatten nie über diese Momente gesprochen, und er glaubte wahrscheinlich, dass die Schusswunde ihr Kurzzeitgedächtnis beeinträchtigt hatte oder so.

Aber sie erinnerte sich an alles. An den Geruch des Schießpulvers, das Gebell der Hunde, die verzweifelten Schreie und den brennenden Schmerz, als sie angeschossen wurde.

Luke war mutig und stark gewesen, obwohl er sich selbst gefürchtet hatte, das wusste sie. Er hatte Ava und Nicki hinter einen Felsen geschoben, seinem Bruder zugerufen, er solle in Deckung gehen, und er hatte das Gewehr der Familie genommen, bevor er Madi deckte, die heftig blutete, nachdem die Kugel ihre Schläfe getroffen hatte und jetzt in ihrem Schädel steckte.

Wir werden dich hier rausholen. Das verspreche ich dir. Halte durch, Kleines, hatte er ihr zugeflüstert, während er mit dem Gewehr in die Richtung feuerte, aus der die Schüsse kamen.

Sie erinnerte sich an die Schreie und Rufe, als er und sein Vater ihre Verfolger in Schach hielten.

Sie wusste auch, dass er sein Leben für sie riskiert hatte, genau wie sein Vater. Luke konnte nicht wissen, dass eine halbe Stunde zuvor, unmittelbar, nachdem Dan Gentry den ersten Satellitenanruf getätigt hatte, nachdem sie auf den Zeltplatz gestolpert gekommen waren, ein Hubschrauber voller Bundesbeamter mehrerer Behörden losgeschickt worden war, um sie und ihre Schwester zu retten.

Er hatte nicht aufgehört, sie mit aller Kraft zu beschützen.

Sie holte Luft und zitterte dabei. »Okay. Wir haben jetzt Folgendes zu tun. Wir müssen beide vergessen, dass die letzten fünfzehn Minuten je passiert sind.«

Tief aus seiner Kehle kam ein rauer, ungläubiger Laut. »Und wie sollen wir das anstellen?«

»Ganz einfach. Wir konzentrieren uns einfach auf all die Gründe, warum dieser Kuss nicht hätte passieren dürfen. Du hast recht. Die verschiedenen Stränge unserer Leben sind miteinander verflochten. Du bist mir viel zu wichtig. Das will ich nicht verlieren. Ich *kann* das nicht verlieren.«

In seinem Blick flackerte etwas auf, etwas Heißes, Überraschendes. Sie tat ihr Bestes, um es zu ignorieren.

»Wir müssen einfach zurückspulen, bis zu dem Zeitpunkt, als ich die Tür aufgeschlossen habe. Du hast mich reingebracht, wir haben die Hunde rausgelassen, und dann hast du dich fröhlich auf den Weg durch die Nacht gemacht. So werde ich diesen Abend in Erinnerung behalten, und ich ... ich schlage vor, du machst es genauso. Das ist der einzige Weg, wie wir zu unserem normalen Leben zurückkehren können. So wie es früher war.«

Er seufzte. »Ich wünschte, es wäre so einfach. Ist es aber nicht, vor allem, weil ich dich schon viel länger gerne küssen würde, als ich zugeben möchte.«

Sie legte sich kindisch die Hände über die Ohren. »Hör auf damit. Ich höre dir nicht zu. Sag mir nicht solche Dinge, Luke. Jetzt gibt es noch etwas, das ich vergessen muss.«

Er stieß unsicher den Atem aus. »Ich fürchte, du hast recht. Es ist die einzige Möglichkeit, wenn wir den Status quo beibehalten wollen.«

Sie nickte, obwohl alles in ihr darauf brannte, sofort wieder in seine Arme zu fallen.

»Fürs Protokoll, es war ein ziemlich unvergesslicher Kuss, aber ich werde mein Bestes tun, um ihn aus meinem Kopf zu verbannen.«

Unvergesslich. Das war ein ziemlich schwacher Ausdruck für etwas, von dem sie befürchtete, es würde sich für immer in ihr Gedächtnis einbrennen.

»Ich sollte jetzt fahren. Alle werden sich fragen, wo ich bleibe und welches Tier mich diesmal aufgehalten hat.«

»Ich bin mir nicht sicher, ob sie dir glauben werden, wenn du sagst, dass ich dieses Tier war«, sagte Madi.

Er lachte auf, betrachtete sie noch ein paar Sekunden lang und schüttelte den Kopf. »Gute Nacht. Ich sehe dich morgen im Büro. Wo alles professionell und bequem und ganz normal sein wird.«

»Eigentlich habe ich morgen frei, schon vergessen? Morgen früh habe ich einen Zahnarzttermin, und den Rest des Tages arbeite ich im Tierheim.«

»Gut. Dann Dienstag. Gute Nacht.«

Nachdem er losgefahren war, ließ sie die Hunde ins Haus und ging ins Wohnzimmer.

Sobald sie auf ihren Lieblingsplatz auf dem Sofa gefallen war, sprang Mo auf die eine und Mabel auf die andere Seite.

Sie drückte die Hunde fest an sich und war dankbar, die beiden in ihrem Leben zu haben, mit ihrer immerwährenden, beständigen, unkomplizierten Liebe.

17

*Die Berge werden unsere Zuflucht und unser Schlachtfeld
sein. Während wir steile Klippen erklimmen, dichte Wälder
durchqueren und mit mageren Rationen überleben, klammern
wir uns aneinander fest wie an einer Rettungsleine. Das
Flüstern des Windes erzählt uns von der Freiheit, und mit
jedem Schritt erkämpfen wir uns unseren Weg hinaus aus dem
erdrückenden Griff der Vereinigung.*

– *Ghost Lake*, **Ava Howell Brooks**

Ava

Ava starrte auf die lächerliche Ansammlung von Schwangerschaftstests, die im Badezimmer vor ihr ausgebreitet lagen.

Die von den hauchdünnen Vorhängen gefilterte Morgensonne
warf ihr Licht auf all diese Pluszeichen.

Das alles passierte also gerade tatsächlich. Sie konnte jetzt nicht
mehr so tun, als wäre es anders, nicht einmal in ihrem Kopf.
Sieben – nein, acht positive Schwangerschaftstests konnten sich
nicht irren.

Sie war schwanger. Das Wort hallte in ihrem Kopf nach wie
ein Geheimnis, das sie seit Wochen vor sich selbst verborgen
hatte.

Sie rechnete es schnell im Kopf und stellte fest, dass sie und
Cullen in etwa fünfunddreißig Wochen Eltern sein würden.

Sie konnte sich ein Mädchen mit seinen braunen Augen und seinem Mitgefühl vorstellen oder einen Jungen mit demselben süßen Lächeln und dem scharfen Sinn für Humor.

»Hallo Kleines«, murmelte sie und drückte eine Hand auf ihren Unterleib. Schon jetzt war sie mit dem winzigen Leben, das in ihr wuchs, verbunden, einem Leben, das in jeglicher Hinsicht von ihr abhängig war.

Was für ein seltsamer Widerspruch, dass sie sich Cullen in diesem Moment so sehr verbunden fühlte, obwohl sie durch die Entfernung und die Umstände weiter voneinander entfernt waren als jemals zuvor seit ihrer ersten Begegnung.

Sie musste es ihm sagen.

Sie schloss mit einem tiefen Seufzer die Augen. Nur das nicht. Die Schwangerschaft würde alles zwischen ihnen verändern, könnte entweder ihre Rettungsleine oder ihre Abrissbirne sein.

Was würde er denken, wenn sie aus heiterem Himmel mit dieser Neuigkeit auftauchte? Würde er sich freuen? Verängstigt sein? Wütend?

Vielleicht konnte sie noch warten. Konnte sie diese Neuigkeiten nicht noch etwas länger für sich behalten, zumindest bis sie selbst verarbeitet hatte, was das alles bedeuten würde?

Er hatte mit seiner Ausgrabung genug zu tun. Das war wichtig für ihn, eine unglaubliche Chance, und sie wollte nicht riskieren, ihn dabei abzulenken.

Außerdem hatte er ganz deutlich gesagt, dass er eine Atempause brauchte, Zeit, um herauszufinden, ob er ihr verzeihen konnte, dass sie große Teile ihres Lebens vor ihm geheim gehalten hatte.

Das allein war schon Grund genug, ihm jetzt von der Schwangerschaft zu erzählen. Ava war klar, dass sie offen und ehrlich zu ihm sein musste, wenn sie wollte, dass ihre Ehe überlebte. Ungeachtet aller Konsequenzen.

Sie betrachtete ihre über den Bauch gespreizte Hand, wo kein äußeres Zeichen auf die wundersamen Veränderungen in ihrem Inneren hinwies.

Sie musste es ihm jetzt sagen, aber wie? Sie wollte nicht allein zum Ghost Lake hinauffahren. Jede andere Berglandschaft hätte sie schon eingeschüchtert. Aber das hier war buchstäblich der Stoff, aus dem ihre Albträume gemacht waren.

Sie könnte jemanden bitten, sie zu begleiten. Grandma Leona? Das verwarf sie schnell wieder.

Wie wäre es mit Madison?

Ava starrte auf ihr blasses Spiegelbild. Warum sollte ihre Schwester ihr helfen? Wahrscheinlich würde sie ihr eher ins Gesicht lachen, wenn Ava sie darum bat.

Es war eine lächerliche Idee, oder?

Vielleicht, vielleicht aber auch nicht. Madi war immerhin so entgegenkommend gewesen, sie als freiwillige Helferin ins Tierheim einzuladen. Ava wusste, dass es Madi schwerfiel, jemanden abzuweisen, der ihre Hilfe brauchte, dabei spielte es keine Rolle, ob es sich um ein Tier oder einen Menschen handelte.

Mit frischer Entschlossenheit sammelte sie alle Tests wieder ein, warf sie in den Mülleimer im Bad, zog dann den Müllbeutel heraus, verknotete ihn fest und trug ihn eigenhändig zur Mülltonne hinaus. Sie wollte nicht, dass irgendwer herausfand, dass sie schwanger war, bevor sie nicht die Gelegenheit gefunden hatte, es Cullen zu erzählen. Es war sein Kind. Er hatte das Recht, es zuerst zu erfahren.

Diese Information vor Madi geheim zu halten, könnte es Ava schwer machen, sie zu überreden, mit ihr zum Ghost Lake zu kommen, aber sie musste es versuchen. Sie wollte später noch zum Tierheim gehen, um die Freiwilligenbögen auszufüllen.

Wenn sich die Gelegenheit ergab, ihre Schwester zu fragen, würde sie es tun.

Wenn nicht, würde sie sich einfach ihren Ängsten stellen müssen und einen Weg finden, es allein zu schaffen.

Entschlossen richtete sie sich auf. Sie und Cullen hatten dieses Baby vielleicht nicht geplant, aber Ava hatte die Absicht, alles zu tun, um ihrem Kind ein liebevolles, stabiles Zuhause zu geben, egal, was dazu notwendig war.

»Du willst, dass ich *was* tue?« Madi starrte sie an, ihr Mund stand plötzlich offen.

Ava wollte verschwinden. Sie hätte sich hüten sollen, ihre Schwester um etwas zu bitten. Ja, sie hatten sich am Abend zuvor fast zivilisiert unterhalten. Das bedeutete aber nicht, dass Madi bereit war, ihre Wut hinter sich zu lassen.

»Es war eine dumme Idee. Vergiss, was ich gesagt habe«, antwortete sie schnell.

»Was willst du denn am Ghost Lake?« Die Stimme ihrer Schwester triefte vor Misstrauen. »Noch mehr Nachforschungen? Sag's nicht. Du schreibst jetzt eine Fortsetzung.«

»Nein. Das hat nichts mit irgendeinem Buch zu tun. Ich muss … Ich muss Cullen sehen. Ich … muss ihm etwas sagen, und ich möchte nicht bis zum Wochenende warten, wenn er zum Einkaufen in die Stadt kommt.«

»Es muss ja wirklich wichtig sein, wenn du ausgerechnet mich um Hilfe bittest.«

»Ist es auch.«

Madi sah sie erwartungsvoll an. Sie wollte von Ava offensichtlich eine Erklärung dafür, warum sie auf einmal zwanzig Meilen in die Berge hinauffahren musste, an einen Ort, von dem sie sich immer geschworen hatte, ihn nie wieder zu besuchen.

»Ich kann dir nicht sagen, warum ich mit Cullen sprechen muss. Noch nicht. Aber das werde ich. Ich verspreche es. Nachdem ich meinen Mann gesehen habe.«

»Du willst also, dass ich mit dir an einen Ort zurückkehre, den wir beide in den letzten fünfzehn Jahren versucht haben, zu meiden, aber du kannst mir nicht sagen, warum.«

Sie verschränkte nervös ihre Finger in ihrem Schoß. »Ja. Es tut mir leid.«

»Dir scheint in letzter Zeit eine Menge leidzutun.«

Oh, ihre Schwester ahnte nicht einmal die Hälfte davon.

»Wirst du mir helfen?«

Als Madi schwieg, bedauerte Ava von neuem, wie zerbröckelt ihr Verhältnis war. »Das musst du nicht. Es ist in Ordnung«, sagte sie schnell. »Aber kann ich mir Großvaters Pick-up ausleihen? Und weißt du, wo ich einen Geländewagen auftreiben könnte?«

»Einen Geländewagen?« Hatte Madi bei ihrer Bitte, sie ohne jegliche Erklärung in die Berge zu begleiten, noch überrascht ausgesehen, so war sie jetzt wie vom Blitz getroffen. »Wozu brauchst du einen Geländewagen?«

Ava kaute auf ihrer Unterlippe. »Cullen hat gesagt, die Ausgrabungsstätte sei nur mit einem Geländewagen erreichbar.«

Nach einer langen, unangenehmen Pause ergriff ihre Schwester wieder das Wort. »Wann wolltest du denn los?«

Zog sie es tatsächlich in Erwägung? Ava hatte Angst, zu hoffen. »So bald wie möglich. Am liebsten heute noch, wenn es geht. Heute Nachmittag.«

»Heute?«

»Wenn wir uns vor vier Uhr auf den Weg machen, sollten wir es vor Einbruch der Dunkelheit hin und zurück schaffen.«

»Das hast du ja schon gut durchdacht.«

Seit sie die ganzen Tests durchgeführt hatte, hatte sie kaum etwas anderes getan, als nachzudenken.

»Ja. Das ist sehr wichtig für mich.«

»So wichtig, dass du wirklich bereit wärst, allein dorthin zu fahren? Obwohl du wahrscheinlich keinen Geländewagen mehr gefahren bist, seit wir nicht mehr in Oregon leben, richtig?«

»So schwer ist das nicht. Ich bin mir sicher, dass ich noch weiß, wie es geht. Und ja. Es ist so wichtig.«

Nach einer weiteren langen Pause seufzte Madi. »Wir haben einen älteren Geländewagen geschenkt bekommen, damit wir hier auf unserem Grundstück herumfahren können. Ich kann ihn auf den Anhänger laden und ihn mit Grandpas Laster zum Ausgangspunkt des Bergpfades bringen. Ich muss hier noch ein paar Dinge erledigen, aber vielleicht komme ich in ein paar Stunden hier weg.«

Madi schaute auf ihre Uhr. »Sagen wir drei? Aber du bist mir was schuldig.«

Ava war sich durchaus bewusst, wie viel sie ihrer Schwester schuldete. Das hier war bloß eine weitere Kleinigkeit, die noch dazu kam.

Sie zwang sich zu einem Lächeln. »Danke. Das ist perfekt. Um drei passt. Bis dahin sollte ich die Route ermittelt haben.«

Mit großer Erleichterung wandte sich Ava wieder dem Tablet zu, das Madi ihr gegeben hatte, um ihre Angaben für den Freiwilligendienst einzugeben.

Sie war fast fertig mit dem Ausfüllen der Formulare, als ein älterer Mann, den sie nicht kannte, auf sie zukam.

»Bist du Ava?«

»Ja.«

»Ich bin Hal Smith. Ich bin der offizielle Emerald-Creek-Tierheim-Guide, der dir alles zeigen soll.«

Ava war sich bewusst, dass Madi im Büro war und versuchte, so zu tun, als ob sie sie nicht beachten würde. Sie vermutete, dass ihre Schwester alles mitbekam, was hier vor sich ging.

»Ich danke dir. Das würde mich freuen«, sagte sie.

Er lächelte. »Gut. Während du das fertig machst, schnappe ich mir einen der Hunde. Wir versuchen, immer einen auszuführen, während wir den Neuen alles zeigen.«

»Perfekt.«

Sie füllte die letzte Zeile des Formulars aus, als Hal mit einem riesigen Deutschen Schäferhund mit Geschirr und Leine zurückkam.

»Okay. Wir sind so weit. Das hier ist Helga.«

Ava stand wie erstarrt, unfähig, zu atmen oder zu denken, und fühlte sich sofort in jenen Sommer zurückversetzt, in die Zeit, als sie von Wachhunden angegriffen worden war, die genauso ausgesehen hatten wie dieser.

Sie hatte immer noch Albträume, in denen sie ihren heißen Atem spürte, während sie ihr in die Beine und in den Rücken bissen.

Als Cullen sie einmal gefragt hatte, woher sie die Narben hatte, hatte sie ihm gesagt, dass sie von einem Hund gebissen worden war, während sie im Lager waren. Sie hatte ihm nicht erzählt, dass es drei Hunde gewesen waren, zwei Deutsche Schäferhunde und ein Bullterrier, die sich im Blutrausch befanden.

Ihr Magen wollte sich umdrehen, und ihr war so schwindlig, dass sie in den Stuhl zurücksank. Sie wusste nicht, ob sie erleichtert oder beschämt sein sollte, als Madi aus ihrer Tür herausrief: »Hal, eigentlich ist jetzt gerade der richtige Zeitpunkt für mich, eine Pause einzulegen. Warum gehst du nicht mit Helga spazieren, und ich führe Ava herum?«

»Bist du sicher?«

»Ja. Trotzdem danke.«

Er winkte den beiden Frauen zu und machte sich mit der Hündin auf den Weg nach draußen in den Juninachmittag.

»Es tut mir leid«, flüsterte Ava und verachtete sich selbst für ihre Schwäche. Mit manchen Hunden hatte sie kein Problem. Die kleineren konnte sie sogar streicheln, ohne dass ihr der kalte Schweiß ausbrach. Aber sobald ein Hund größer war als ein Beagle, verlor sie komplett die Nerven.

Das war ein Streitpunkt zwischen ihr und Cullen gewesen, der immer große Hunde gehabt hatte und gerne noch einen adoptiert hätte. Zum Glück waren in ihrer jetzigen Wohnung keine Haustiere über zwölf Kilo erlaubt. Zu ihrer großen Schande musste sie sich tief im Inneren eingestehen, dass diese Regel einer der Gründe war, warum sie bei der Wohnungssuche die jetzige Wohnung anderen vorgezogen hatte.

Was würde sie tun, wenn sie gemeinsam ein Haus kauften und es keine Ausreden mehr gab, warum er sich seine Wünsche nicht erfüllen konnte?

Falls sie zusammen ein Haus kauften.

Sie kämpfte gegen die Versuchung an, wieder eine Hand auf ihren Bauch zu legen, auf das winzige, verletzliche, unendlich wertvolle Leben, das dort wuchs.

In ein paar Stunden würde sie es Cullen sagen, und dann wäre es nicht mehr nur ihr Geheimnis.

»Du musst dich nicht entschuldigen«, sagte Madi munter. »Ich verstehe.«

Sie gestikulierte durch den Raum mit den bequemen Sitzmöbeln und drei Schreibtischen. »Dies ist das Büro und der Empfangsbereich, wie du siehst. Alle Freiwilligen checken zuerst hier ein, wenn sie ankommen, um sich ihre Aufgaben für den Tag abzuholen.«

»Wie viele Freiwillige hast du?«

»Etwa fünfundzwanzig. Wir brauchen sechs bis sieben Freiwillige pro Tag. Sie helfen bei der Fütterung der Tiere, gehen mit ihnen spazieren und spielen mit ihnen. Im Moment koordiniere ich die Stundenpläne der freiwilligen Helfer, während meine Assistentin Elana und Hal sich normalerweise um das Personalwesen und die Ausbildung kümmern. Zurzeit bin ich hier in Teilzeit, da ich noch bei Luke in der Klinik arbeite, aber ab Ende des Monats werde ich zu Vollzeit übergehen.«

In der nächsten halben Stunde führte Madi sie durch die Einrichtung und zeigte ihr die Weiden, auf denen die Farmtiere Auslauf hatten, den großen Spielplatz, auf dem die Hunde mindestens zweimal am Tag toben durften, und das Katzenzimmer mit einer Reihe von Klettergerüsten und Tunneln.

Ava musste auf der Stelle niesen, und Madi schloss die Tür schnell wieder. »Im Moment können wir nicht mehr als etwa zwanzig Katzen aufnehmen. Wie du dir vorstellen kannst, gibt es weit mehr in der Gegend, die ein Zuhause brauchen. Wir versuchen immer, sie so schnell wie möglich weiterzuvermitteln, aber aus verschiedenen Gründen ist das bei etwa vier von ihnen nicht möglich. Sie werden wahrscheinlich ihr Leben lang hierbleiben. Dasselbe gilt für etwa fünf der Hunde und die meisten der Farmtiere.«

»Es ist fantastisch«, sagte Ava und war fast zu Tränen gerührt über den offensichtlichen Stolz ihrer Schwester auf das, was sie hier geschaffen hatte.

Madi sah überrascht aus. »D-danke«, sagte sie.

»Wie wundervoll, dass du ihnen ein sicheres, komfortables und schönes Zuhause bietest, in dem sie ihren Lebensabend verbringen können.«

Madi wurde unruhig und konnte offensichtlich nicht gut mit dem Lob umgehen. »Wir versuchen, mit unseren begrenzten Mitteln unser Bestes zu geben. Das ist nicht immer einfach, aber durch eine Mischung aus Fördermitteln und Spenden ist das Konto ganz gut ausgeglichen. Vor etwa sechs Monaten hatten wir das besondere Glück, einen riesigen Betrag von einem anonymen Spender zu erhalten. Wenn wir alle unsere Finanzierungsquellen zusammennehmen, sollte das reichen, um uns zumindest für ein paar Jahre am Laufen zu halten.«

»Das ist großartig.« Ava lächelte höflich und wechselte schnell das Thema. »Du hast mir den Hundespielplatz gezeigt. Was ist mit den Hundezwingern?«

»Oh, ja, richtig. Sie sind in drei Gruppen aufgeteilt. Große Rassen, kleine Rassen und Welpen. Wir können den Bereich für große Hunde auslassen, wenn dir das lieber ist.«

»Nein. Ich komme schon klar.« Hoffte sie.

Wie kam es eigentlich, dass Madi nicht auch solche Angst vor Hunden hatte? Das fragte sich Ava, als ihre Schwester sie in einen Bereich des Gebäudes führte, in dem sich eine Reihe von Zwingern befand. Vielleicht, weil sie nie von den Hunden angegriffen worden war. Ihre Schwester hatte sogar versucht, sich mit dem schlimmsten aller Wachhunde anzufreunden.

In jedem der Zwinger lebten ein oder zwei Tiere, die aufsprangen und Madi mit begeistertem Bellen begrüßten.

Sie öffnete jede Tür und streichelte jeden Hund, egal, wie böse er aussah.

»In unserem Raum für kleine Hunde sind die meisten ziemlich schnell weg. Leider sind die Leute eher bereit, kleine Hunde und Welpen zu adoptieren, als die großen.«

Alles war sauber, gemütlich und heimelig.

»Okay. Das war's«, sagte Madi, während sie sie zurück ins Büro führte. »Zusätzlich zu den Spielplätzen gibt es verschiedene Wanderwege auf dem Gelände, auf denen unsere Freiwilligen mit den Hunden spazieren gehen können. Wir haben vor, die Wege im

Winter zu räumen, damit die Hunde auf jeden Fall viel Bewegung bekommen. Gibt es sonst noch etwas, das du sehen möchtest?«

Ava schüttelte den Kopf. »Es ist wunderbar«, sagte sie wieder. »Du liebst das hier wirklich, nicht wahr?«

Madi zuckte mit den Schultern. »Wie kann man das nicht lieben? Wir machen die Welt ein Stückchen besser. Jedes dieser Tiere wurde entweder ausgesetzt, kommt aus einem Haus, in dem es misshandelt oder vernachlässigt wurde, oder wurde abgegeben, weil die Besitzer nicht willens oder in der Lage waren, sich darum zu kümmern. Wir geben ihnen eine zweite Chance auf eine bessere Zukunft.«

Madi schaute auf ihre Uhr. »Ich muss noch ein paar Telefonate führen, bevor wir losfahren, und du solltest dir bei Grandma eine Jacke holen. Abends wird es oben in den Bergen ganz schön kühl.«

»Ich erinnere mich«, sagte Ava mit leiser Stimme.

Madi warf ihr einen Blick zu, der nicht lesbar war, sagte aber nichts.

»Danke für die Führung. Ihr habt hier wirklich etwas Erstaunliches geschaffen. Ich freue mich für dich.«

Manchmal ertappte sie sich dabei, dass sie in Madi ein zerbrechliches und verletztes Geschöpf sah, aber sie wusste, dass das nicht die ganze Wahrheit war. Ihre Schwester war eine Überlebenskünstlerin, und sie hatte sich große Mühe gegeben, sie in *Ghost Lake* wirklich als solche darzustellen.

Madi warf ihr einen misstrauischen Blick zu, als wäre sie sich nicht ganz sicher, ob sie ihr Glauben schenken sollte. »Danke«, sagte sie, als eine eingehende Nachricht ihr Handy vibrieren ließ.

Sie schaute nach, und ein seltsamer Blick verzerrte ihren Ausdruck, den Ava nicht recht deuten konnte. Ein weiterer Grund, warum sie der Beziehung zu ihrer Schwester nachtrauerte. Früher konnte sie alles erraten, was ihre Schwester gerade dachte.

»Ich muss los«, sagte Madi. »Das war Luke. Ich soll ihn zurück-rufen.«

Merkwürdig. Warum wurden Madis Wangen plötzlich so rosig, und warum sahen ihre Augen so entrückt aus?

»Dann werde ich mir deinen Rat zu Herzen nehmen und mir eine Jacke holen. Ich bin gleich wieder da.«

»Vergiss die Wasserflasche nicht. Ich bringe etwas mehr Wasser mit, für alle Fälle, aber du brauchst sicher deine eigene Flasche.«

Sie nickte und verließ das Haus. Schon jetzt fürchtete sie sich vor dem Abend, der vor ihnen lag.

18

*Im Laufe unserer Flucht graben sich die Hungerklauen in
unsere Mägen und rufen uns den Preis, den wir für unsere
Freiheit zahlen, in Erinnerung. Wir suchen nach Beeren und
essbaren Pflanzen, an unseren Fingern klebt die Wildnis. Sie
hat einen bitteren Geschmack, aber sie ist die uns nährende
Rettungsleine in dieser unwirtlichen Landschaft. Jeder Bissen
ist ein Beweis für unsere Widerstandskraft und zeigt uns, dass
wir überleben – nicht nur die Gefangenschaft, sondern auch
die Wildnis, die uns verschlingen will.*

– *Ghost Lake*, Ava Howell Brooks

Madison

Als sie ins Büro eilte, war Madi hin- und hergerissen. Sie war einerseits nervös, zum ersten Mal seit ihrem atemberaubenden Kuss mit Luke zu sprechen, und andererseits erstaunt über das seltsame Verhalten ihrer Schwester.

Sie entschied, dass es einfacher war, sich vorerst auf Ava zu konzentrieren. Warum musste Ava so dringend mit ihrem Mann sprechen?

War etwas mit ihrer Ehe nicht in Ordnung? Sie war sich nicht sicher, warum sie sich darüber Gedanken machte, aber seit Ava nach Emerald Creek zurückgekehrt war, verhielt sie sich immer wirklich merkwürdig, sobald Cullens Name fiel.

Wenn das stimmte und sie sich trennten, würde Madi das mehr als tragisch finden. Sie vergötterte Cullen, seit sie ihn das erste Mal getroffen hatte.

Er behandelte Madi immer freundlich und respektvoll, und es gab keine Spur von Mitleid in seinem Blick, wenn er sie ansah.

Sie verstand, warum Ava nicht allein zum Ghost Lake fahren konnte. Madi war davon auch nicht gerade begeistert. Sie versuchte, diese Gegend nach Möglichkeit zu meiden. Aber es war ja nicht so, dass sie noch einmal zum Lager der Vereinigung gehen würden. Soweit sie wusste, hatten sich die Dinosaurierjäger auf der anderen Seite des Sees niedergelassen, mindestens eine Meile von den Ruinen des Camps entfernt.

Als sie ihr Büro erreichte, ließ sich Madi in ihren Schreibtischstuhl sinken und atmete ein paarmal tief durch. Sie wollte nicht, dass es so aussah, als wäre sie gerade quer über den Hof geflitzt, um mit ihm zu sprechen, so als müsse er nur nach ihr rufen, und schon würde sie losrennen.

Okay, vermutlich entsprach das der Wahrheit, aber das musste Luke ja nicht wissen.

Ihre Nervosität ärgerte sie. Luke war ihr Freund. Sie hatte keinen Grund, sich so zu fühlen.

Er ging nach dem zweiten Klingeln ran. »Hallo«, sagte er. »Danke, dass du zurückrufst.«

Sie versuchte, sich nicht vorzustellen, wie sein Mund diese Worte formte – derselbe Mund, der nach Zimt und Schokolade schmeckte, als er sie am Abend zuvor geküsst hatte.

»Hallo«, brachte sie raus. »Ich habe deine Nachricht erhalten. Was gibt's?«

Er zögerte. War es möglich, dass es ihn ebenso unruhig machte wie sie, wenn sie miteinander sprachen?

»Du sagtest, dass Ed am Wochenende in den Bergen nach den streunenden Hunden gesucht hat, von denen man uns berichtet hatte, aber ohne Erfolg. Ich habe noch einen Anruf von einigen Schäfern dort oben erhalten, die sagten, sie hätten ein paar Hunde in der Nähe der Elk Flat Road frei herumlaufen sehen. Ich dachte, ich fahre heute Abend mit Sierra mal hin, um nach ihnen zu suchen. Willst du mitkommen?«

Auf jeden Fall würde sie viel lieber mit Luke und Sierra hinauffahren und nach Hunden suchen, als Ava in irgendeiner geheimnisvollen Mission zu ihrem Mann zu bringen.

»Es tut mir leid. Ich kann nicht. Ich habe Ava bereits zugesagt, dass ich sie zum Ghost Lake bringe. Sie muss mit Cullen sprechen. Wir fahren in etwa einer Stunde los.«

»Das ist ja ein komischer Zufall. Na gut. Vielleicht sehen wir dich dann dort oben.«

»Soweit ich weiß, liegt das Dinosaurier-Camp auf der Ostseite des Sees. Wir müssen durch Elk Flats hindurch, also werde ich nach den Streunern Ausschau halten.«

»Klingt gut. Nimm dich in Acht, wenn du sie siehst. Den Berichten zufolge, die wir erhalten haben, scheinen sie schon mindestens ein paar Wochen dort oben in den Bergen herumzulaufen. Wenn sie am Verhungern sind, weiß man nie, wie sie auf Menschen reagieren.«

»Ich werde vorsichtig sein.«

Ein Schweigen senkte sich über sie, aber es schien nicht so unangenehm zu sein, wie sie befürchtet hatte.

»Wir haben dich hier heute vermisst«, sagte er mit rauer Stimme. »Ich dachte heute Morgen, wir müssten schon wieder den Cockapoo von Janet Mitchell notoperieren. Er hatte eine Verstopfung. Offenbar hat er einen Hühnerknochen verschluckt, den er aus dem Müll gezogen hatte.«

Das war mindestens das dritte Mal, dass sie etwas Unsachgemäßes aus dem kleinen befellten Staubsauger herausholen mussten.

»Oh nein. Geht es ihm gut?«

»Er wird schon wieder. Wir haben ihm etwas Wasserstoffperoxid gegeben, und es war etwa fünf Minuten später erledigt. Wir behalten ihn über Nacht zur Beobachtung hier.«

»Schade, dass ich das verpasst habe«, sagte sie, doch nur halb im Scherz. Sie liebte es, einen tierischen Notfall zu behandeln, der einfach und schnell erledigt war.

Das würde sie an der Arbeit in der Tierklinik am meisten vermissen: die Momente, in denen sie Tierbesitzern die Sorge um ihr Fellbaby nehmen oder einem Tier mit Gesundheitsproblemen dabei helfen konnte, eine schlimme Zeit zu überstehen.

Das Leben war eine Aneinanderreihung von Kompromissen. Sie hatte sich entschieden, das Tierheim zu gründen, um eine Bedarfslücke in der Gegend zu schließen, und sie hatte hart dafür gearbeitet, es umzusetzen. Um sich voll und ganz dem Emerald-Creek-Tierheim widmen zu können, musste sie ihre Arbeit als Tierarzthelferin in der Klinik aufgeben.

Das bedeutete nicht, dass sie nie wieder zurückkehren konnte, sondern lediglich, dass sie im Moment ihren Fokus anders ausrichten würde.

Sie sprachen über andere Patienten, die an diesem Tag auf seinem Plan standen. Allmählich legte sich das Unbehagen, und der gewohnte angenehme und kameradschaftliche Umgang miteinander war wiederhergestellt.

Erst nachdem sie das Telefonat beendet hatten und sie sich wieder der Organisation der Freiwilligeneinsätze für den nächsten Monat zuwandte, fiel ihr ein, dass Luke sie wahrscheinlich genau deshalb angerufen hatte. Er hatte wahrscheinlich gewusst, dass ein weiterer Tag des Wartens ihr Unbehagen nur noch verstärkt hätte.

»Auf diesem Weg kann es ziemlich staubig werden«, sagte Madi, als sie auf den Fahrersitz des Geländewagens kletterte, den sie vom Anhänger abgeladen hatte. »Hast du einen Schal oder ein Bandana oder so etwas?«

Ava sah erschrocken aus. »Nein. Meinst du wirklich, wir brauchen das? Ich dachte, es sei ein recht fester befahrbarer Sandweg, zumindest bis wir näher am See sind.«

Sie zuckte mit den Schultern. »Das kann man nicht mit Sicherheit sagen. Staubig wird es trotzdem sein. Ich dachte mir schon, dass du nicht daran denken würdest, so etwas mitzubringen, und weil ich vergessen habe, es zu erwähnen, ist in der Seitentasche noch eines, das du dir nehmen kannst.«

Ava blinzelte, sichtlich überrascht. »Danke schön. Du hast recht. Daran habe ich nicht gedacht.«

»Ich nehme mal an, dass du dich in letzter Zeit nicht besonders oft in den Bergen aufhältst.«

»Das stimmt nicht«, verteidigte sie sich. »Ich begleite Cullen manchmal, wenn er einen möglichen Ausgrabungsort auskundschaften muss. Wir versuchen, Arbeit und Erholung miteinander zu verbinden. Letzten Sommer haben wir Wandertouren in Montana und Utah gemacht. Es war wunderschön.«

Madi fand die Vorstellung seltsam, dass ihre Schwester mit ihrem Mann, einem Paläontologen, in einigen der entlegensten Gegenden der Welt wandern ging. Es war schwer, dieses Bild mit der blassen, ernsten, kontrollierten Frau in Einklang zu bringen, die Ava geworden war.

»Dann nehme ich an, du hast schon mal in so einem Auto gesessen.«

»Nicht oft. Aber ja.«

»Du weißt ja, was empfohlen wird. Arme und Beine immer im Fahrzeug behalten. Wir werden durch dichten Wald fahren.

Du willst schließlich nicht deine Hand an einen Ast verlieren.«

Ava sah besorgt aus. »Möchtest du, dass ich fahre?«

»Du kannst, wenn du willst. Aber ich habe auch kein Problem damit. Ehrlich gesagt, macht es mir sogar richtig Spaß.«

Ava tat einen tiefen Atemzug, kletterte auf den Beifahrersitz des Geländewagens und schnallte sich an.

Sie deutete auf die leeren Hundeboxen, die Madi auf der kleinen Ladefläche des Fahrzeugs festgebunden hatte. »Willst du mir erklären, was es damit auf sich hat? Hast du vor, auf dem Rückweg etwas mitzunehmen?«

»Das hoffe ich«, sagte Madi, während sie das Fahrzeug startete. »Anscheinend gibt es ein paar streunende Hunde, die in den Bergen herumlaufen. Ich möchte vorbereitet sein, falls wir sie sehen.«

»Vorbereitet? Auf was?«, fragte Ava sichtlich beunruhigt.

»Sie nach Möglichkeit einzufangen und ins Tierheim zu bringen. Im Sommer können Hunde hier oben überleben, aber sobald der Herbst kommt, würden sie verhungern.«

»Du willst also irgendwie zwei halbverhungerte, möglicherweise bösartige Bastarde in den Weiten der Berge ausfindig machen, sie davon überzeugen, in die Kisten zu hüpfen, und sie mit uns im Wagen den Berg hinunternehmen?«

Madi konnte sich ein Lachen nicht verkneifen. »Wenn wir Glück haben.«

Die Feuerschneise war hier recht gut in Schuss und breit genug, dass zwei kleine Geländewagen aneinander vorbeifahren konnten. Trotzdem war die Fahrt mit dem Geländewagen nicht gerade sanft, er rumpelte ordentlich über den buckligen und steinigen Weg. Madi blickte zu ihrer Schwester hinüber, die blass aussah. Fühlte sich Ava immer noch krank? Sie hatte keine Ahnung, und ihre Schwester behielt ihre Informationen für sich.

Der Weg führte durch wunderschöne alte Wälder, die dicht mit Douglas-Tannen, Ponderosa-Kiefern, Espen und Fichten bewachsen waren.

Sie atmete tief ein. »Ich liebe den Duft der Berge.«

»Sogar dieser Berge?«, fragte Ava, die Hände fest in ihrem Schoß verschränkt.

Madi sah ihr Gesicht wegen des Bandanas und der Sonnenbrille kaum, aber schon an Avas Körperhaltung konnte Madi erkennen, dass ihre Schwester nervös war.

»Diese Berge sind nur Berge«, antwortete sie und sprach so laut, dass ihre Stimme den brummenden Motor übertönte. »Es ist nur ein Ort. Schön, abgelegen, wild. Was uns passiert ist, hätte auch auf Hawaii, in Kanada oder in der Wüste von Arizona passieren können.«

»Ich nehme an, du hast recht«, sagte Ava.

Sie wurde still, als der Weg holpriger wurde. Madi verlangsamte das Tempo, um den schlimmsten Spurrillen und Steinen auszuweichen. Als das Fahrzeug über einen Schlagloch hüpfte, stießen die Schwestern aneinander.

Als sie es geschafft hatten und der Weg wieder ebener wurde, wandte sich Ava ihr zu. »Glaubst du, du könntest Dad jemals verzeihen, dass er uns in all das hineingezogen hat?«

Diese völlig unvermittelte Frage ihrer Schwester ließ Madi geradeaus starren. Geschockt nahm sie den Fuß vom Gas, der Wagen wurde langsamer und kam dann zum Stehen, während der brummende Motor in ein leises Summen verfiel.

»Ist es das, worum es in deinem Buch geht?«, fragte sie. »Den Versuch, herauszufinden, wie man Dad verzeihen könnte?«

»Nein. Aber ich muss sagen, ich habe viel über ihn gelernt, während ich es geschrieben habe, und seitdem noch mehr.«

»Was zum Beispiel?«, fragte sie, als Ava das nicht weiter ausführte.

»Weißt du noch, dass Dad bei einem Motorradunfall kurz nach deiner Geburt, als ich noch ein Kleinkind war, eine ziemlich schwere Kopfverletzung erlitten hat?«

»Ich war ein Baby. Woher soll ich das wissen?«

»Ich kann mich nicht erinnern, dass Mom und Dad viel darüber gesprochen hätten. Ich hatte es völlig vergessen. Scheinbar war er eine Woche lang im Krankenhaus, und Mom musste sich allein um uns beide kümmern. Grandma kam mit dem Flieger, um ihr zu helfen.«

Auch das hatte Leona Madi gegenüber nicht erwähnt. Sie fragte sich, ob alles, was danach gekommen war, diesen einen Vorfall überschattete.

»Was hat das mit all dem zu tun?«

»Vielleicht nichts«, räumte Ava ein. »Aber ein Jugendfreund von Dad hat mir gleich nach Erscheinen des Buches eine E-Mail geschickt. Er sagte, Dad sei immer der netteste Mensch gewesen, immer hilfsbereit. Offenbar hatte sich nach seiner Verletzung etwas in ihm verändert. Er wurde immer ... Ich weiß nicht, ob *paranoider* der richtige Ausdruck ist. Aber er schien überall Verschwörungen und Zusammenhänge zu sehen. Dieser Larry Hampton sagte, Mom hätte immer mäßigend auf Dad eingewirkt.«

»Weißt du noch, wie er uns immer zu Notfallübungen zwang und uns manchmal mitten in der Nacht geweckt hat, um in den Bunker zu gehen, den er im Keller gebaut hatte?«

Ava nickte. »Darüber gibt es eine Passage im Buch. Ich nehme an, du hast diesen Teil noch nicht gelesen.«

Sie hatte noch *gar keinen* Teil gelesen. Madis Hände klammerten sich ans Lenkrad, sie startete den Geländewagen und fuhr weiter.

»Ich habe Dad und Mom selten streiten hören«, sagte Ava, was gegen das Motorgeräusch jetzt kaum mehr zu hören war, »aber ich erinnere mich, dass sie sich nach einer dieser Notfallübungen um drei Uhr morgens gestritten haben.«

Madi wollte sich nicht erinnern. Sie tat gern so, als wäre vor dem Tod ihrer Mutter alles in ihrer Familie perfekt gewesen und als hätte der Tod ihrer Mutter Clints Abwärtsspirale ausgelöst. Aber Avas Worte schienen den Schlüssel in der Tür ihres Unterbewusstseins herumzudrehen und Erinnerungen hervorzuholen, ob sie es wollte oder nicht.

»Ich hätte sie nicht gehört, nur konnte ich nach der Übung im Gegensatz zu dir nicht wieder einschlafen und musste aufstehen, um aufs Klo zu gehen«, fuhr Ava fort. »Ihre Schlafzimmertür war nur angelehnt. Ich weiß noch, wie Mom ihn anflehte, Hilfe anzunehmen, sonst müsse sie ihn verlassen. Sie drohte, mit uns Mädchen und Grandma Leelee zurück nach Emerald Creek zu gehen.«

»Glaubst du, sie hätte das getan?«

»Das werden wir nie erfahren. Sie kam nur ein paar Monate später ums Leben.«

Der Weg wurde wieder holpriger und steiler, und Madi musste sich auf das Fahren konzentrieren.

Sie dachte nicht gern an ihren Vater. Es tat zu weh. Sie hatte ihn ihre gesamte Kindheit lang vergöttert, ihn als ihren Helden angesehen. Er hatte so hart gearbeitet, um für ihre Familie zu sorgen, hatte Nebenjobs angenommen, um in harten Zeiten die Rechnungen zu bezahlen, wenn sein Mechanikergehalt und das wenige, was sie mit der Farm erwirtschafteten, nicht so weit langten wie nötig.

Sie fuhren schweigend, jede in ihre Gedanken versunken. Mit dem Fahrtwind im Gesicht und dem dröhnenden Motor des Geländewagens war es ohnehin zu schwierig, ein Gespräch aufrechtzuerhalten.

Die Gegend wurde ihr immer vertrauter. Sie erinnerte sich an bestimmte Berge, an den gewundenen Lauf des Flusses, an die Felswand aus Granit, die sich über einen Hang schlängelte.

Sie fuhren weiter bergauf, immer tiefer in das Gebiet der Forstverwaltung hinein, über Serpentinen und durch tiefe Schlaglöcher.

Als sie etwa zwei Meilen vom Ghost Lake entfernt waren, machte Madison an einem Aussichtspunkt Halt, von dem aus sie den Weg, den sie zurückgelegt hatten, sehen konnten und wo sie etwas trinken konnte. Sie stellte den Motor ab, griff nach ihrer Wasserflasche und trank mit großem Durst.

Sie bemerkte, dass Ava unruhig auf dem Sitz hin und her rutschte.

»Für den Fall, dass du mal den Wald benutzen musst, habe ich einen Spaten und umweltfreundliches Camping-Klopapier dabei.«

»Das könnte nützlich sein«, sagte Ava, und ihre Wangen färbten sich rosa.

Madi holte die Sachen aus ihrem Rucksack und reichte sie ihr, woraufhin Ava aus dem Fahrzeug glitt.

»Du fährst nicht ohne mich, oder?«, fragte sie.

Madi konnte nicht sagen, ob es ein Scherz sein sollte oder nicht. »Das hatte ich nicht vor. Aber danke für die Idee. Ich bin sicher, du findest zum Ghost Lake. Er ist nur ein paar Meilen weiter den Weg hinauf.«

Ava stand neben dem Wagen, die Hand immer noch an der Tür und mit besorgter Miene, sodass Madi mit den Augen rollte. »Das würde ich nicht tun. Versprochen.«

Nach einer weiteren Pause entschied ihre Schwester offenbar, dass in diesem speziellen Fall ihr natürliches Bedürfnis größer war als ihre Angst. Sie schnappte sich Spaten und Toilettenpapier und eilte vom Weg in dichtes Unterholz.

Nach kurzer Zeit kehrte sie zurück und reichte Madi die Utensilien zurück, während Madi ihr im Gegenzug ein Fläschchen Handdesinfektionsmittel reichte, das sich unterwegs immer als nützlich erwies.

»Danke«, sagte Ava. Zaghaft kletterte sie wieder in den Geländewagen, und Madi tat es ihr gleich.

Als sie beide saßen, trat sie nicht sofort aufs Gas. Stattdessen stellte sie die Frage, die sie sich selbst oft gestellt hatte.

»Hast *du* Dad verziehen?«, fragte sie.

Ava war still. »Es steht im Buch«, sagte sie schließlich.

»Stimmt. Den Teil habe ich auch noch nicht gelesen«, sagte Madi.

»Du hast nichts davon gelesen, stimmt's?«

»Erzähl mir die Kurzversion.«

»Ich habe alle Ermittlungsberichte und die Prozessabschriften der Angeklagten gelesen. Ich habe einige Dinge herausgefunden, von denen ich nichts gewusst hatte. Dinge, nach denen ich ihn wirklich gerne gefragt hätte, bevor ...«

Ava brauchte den Satz nicht zu beenden. Nämlich bevor ihr Vater, der Mann, den sie beide einst so sehr geliebt, aber dann zu fürchten gelernt hatten, in diesem letzten Feuergefecht von Bundesagenten getötet worden war.

»Was denn?« Madi wollte nicht fragen, aber hatte die Worte nicht zurückhalten können.

»Er wollte uns rausbringen, vor allem in den letzten beiden Wochen vor ... vor meiner Hochzeit. Er schmiedete Pläne, aber die Boyle-Brüder hielten ihn genauso an der kurzen Leine wie uns. Wir sind dann selbst geflohen, bevor er ... bevor er uns helfen konnte.«

Madi starrte hinaus in den Wald, wo die Stämme der Espen miteinander verschwammen. Sie wollte gerne glauben, dass ihr

Vater sie nicht ihrem Schicksal überlassen hatte, gefangen in seinem eigenen verdrehten Dogma. Sie brachte es nicht ganz fertig. Der liebevolle, verspielte Vater, den sie angebetet hatte, hatte sich in jemanden verwandelt, den sie nicht mehr wiedererkannte, nachdem sie es geschafft hatten, sich vom Lager weg in die ungewisse Wildnis hinauszuschleichen.

»Wir sollten uns auf den Weg machen«, sagte sie abrupt. »Sonst schaffen wir es nicht mehr vor Anbruch der Dunkelheit zurück.«

Sie wartete nicht auf Avas Antwort, sondern startete einfach den Geländewagen und fuhr den Weg hinauf, der immer schmaler und holpriger wurde, je weiter sie fuhren.

Fünfzehn Minuten später waren sie auf dem letzten Hügel angekommen und sahen das wunderschöne Wasser des Ghost Lake durch die Kiefern schimmern.

Kaum zu glauben, dass etwas von so unberührter Schönheit einmal die Heimat von so viel Bösem gewesen war.

»So wie Cullen es beschrieben hat, ist seine Ausgrabung nicht direkt am See. Du musst vorher auf einen Seitenweg abbiegen, um dort hinzugelangen.«

»Geht es etwas genauer? Wir haben mehrere Abzweigungen gesehen.«

»Nein. Aber ich würde davon ausgehen, dass es eine Art Markierung gibt.«

Sie runzelte die Stirn. Sie war davon ausgegangen, dass Ava genau wusste, wohin sie fahren sollten, und nicht, dass sie Cullen erst suchen müssten.

Sie fuhr langsamer und hielt Ausschau nach allem, was auf ein Camp hindeuten könnte.

»Da!«, sagte Ava plötzlich.

Madis Blick folgte der Richtung, in die sie zeigte, und sie sah einen Steinhaufen mit einem kleinen rosa Plastik-Stegosaurus darauf.

Offenbar hatten Paläontologen einen Sinn für Humor, dachte sie, als sie einbog auf etwas, das man kaum als Weg bezeichnen konnte. Wer hätte das geahnt?

Der Weg führte sie durch einen dichten Wald, der sich schließlich zu einer Lichtung öffnete, auf der sie zwei Hauszelte und eine Gruppe kleinerer Zelte, einige Campingstühle und ein paar Geländewagen sah.

Zuerst entdeckte Madi keinerlei Lebenszeichen, doch dann trabte ein großer schwarzer Labrador um das eine Zelt herum und kam laut bellend auf sie zu.

Neben ihr versteifte sich Avas Körper, ihre Fingerknöchel schimmerten weiß auf dem Haltegriff vor ihr.

»Ganz ruhig. Er wird uns nicht wehtun«, sagte Madi.

»Woher weißt du das?«

»Weil ich mich mit Hunden auskenne, und dieser hier ist freundlich.«

Sie wandte sich dem Labrador zu, als dieser sich ihrem Fahrzeug näherte. »Hallo«, sagte sie mit ruhiger Stimme. »Wir kommen in guter Absicht.«

Mit hängender Zunge kam der Hund näher. Er war schon fast am Geländewagen, als ein Mann hinter ihm um das Zelt herumkam und abrupt stehen blieb, als hätte ihm jemand mit einem Baumstamm auf den Kopf geschlagen.

»Madi. Ava. Was … was macht ihr denn hier?«

Beim Anblick von Cullen wurde Ava noch blasser und presste ihre Hand auf den Bauch, als würde sie sich gleich in alle Himmelsrichtungen übergeben. Sie öffnete den Mund, aber es kamen keine Worte heraus, und für einen seltsamen Moment verharrten die drei – und der Hund – in einem seltsamen Standbild.

Schließlich hatte Madi das Gefühl, dass sie etwas sagen musste. »Ava muss mit dir reden. Stimmt's?«

Ihre Schwester nickte stumm, die Hand lag immer noch auf ihrem Bauch. Die pure Emotion, die ihr in die Augen geschrieben stand, als sie ihren Mann anblickte, war nahezu schmerzhaft anzusehen – vor allem, weil er eher perplex als glücklich wirkte, seine Frau zu sehen.

»Ja«, sagte Ava schließlich mit flattriger Stimme. Sie öffnete die Tür und stieg aus, um sich neben das Fahrzeug zu stellen. Der Hund wollte sie begrüßen, aber Madi hielt ihn davon ab, indem sie ihre eigene Tür öffnete und eine Hand ausstreckte.

Sie redete sich ein, dass sie Ava nicht beschützen wollte, sondern einfach nur Hunde gernhatte.

»Es tut mir leid, dich zu stören«, fuhr Ava fort. »Ich wäre nicht gekommen, wenn es nicht wichtig wäre.«

Er nickte schließlich und trat näher an sie heran. »Okay.«

Die Kälte in seiner Stimme verursachte bei Madi eine Gänsehaut. In diesem Ton hatte sie ihren liebevollen Schwager noch nie sprechen hören.

Madi wandte sich ihrer Schwester zu, die wie ein Geist aussah – wahrscheinlich hätte sie weniger Fürsorglichkeit empfunden, wenn Cullen sich herzlicher gezeigt hätte.

»Willst du dich setzen? Fühlst du dich wieder krank?«

»Nein.« Ava schien ihre seltsame Starre abzuschütteln. »Es geht mir gut. Könnten wir ...? Könnten wir uns hier irgendwo ungestört unterhalten?«

Cullen schaute unschlüssig, dann nickte er. »Wir können zurück zu den Bäumen gehen, da gibt es eine Bank und ein paar Campingstühle, mit Blick auf den See.«

»Das ist gut.« Ava setzte sich in Bewegung, um ihm zu folgen.

»Ich bleibe einfach hier bei deinem Hund«, sagte Madi. »Wie heißt er denn?«

»Bob. Er gehört einem der Studenten, aber er glaubt, dass jeder Besucher des Camps ihn etwas angeht.«

»Hi, Bob. Ich bin Madison«, sagte sie in einem fröhlichen Tonfall und freute sich, als der Hund näher kam und zaghaft mit dem Schwanz wedelte.

Als Ava und ihr Mann den Weg hinaufgingen, waren Madi und der Hund schon die besten Freunde.

Das hielt sie jedoch nicht davon ab, dem Paar hinterherzuschauen und sich zu fragen, was um alles in der Welt los war.

19

Tage werden zu Nächten, und unsere Kraft wird auf ungeahnte
Weise auf die Probe gestellt. Die Weiten der Berge werden
gleichzeitig zu einem Unterschlupf und zu einem Labyrinth,
zu einem Ort der Zuflucht und zu einer Gefahrenzone. Doch
mit jedem Schritt nähern wir uns der fernen Verheißung der
Zivilisation, lassen das gespenstische Echo der Vereinigung
hinter uns und begeben uns auf den ungewissen Pfad, der uns
in die neu gefundene Freiheit führt.

– *Ghost Lake*, Ava Howell Brooks

Ava

Oh, das war alles andere als leicht. Jetzt, da sie hier war und ihrem
Mann gegenüberstand, hatte sie keine Ahnung, wo sie anfangen sollte.

Es war auch nicht gerade hilfreich, dass er wie ein Fremder aussah, mit mehr Bart als noch vor ein paar Tagen, mit Haaren, die
dringend geschnitten werden mussten, und einem distanzierten
Gesichtsausdruck.

»Was ist denn los? Geht es dir gut?«

In den Jahren des Zusammenseins hatte sie sich immer wieder
gefragt, wie es wohl wäre, gemeinsam mit ihm herauszufinden,
dass sie ein Baby erwarteten. Manchmal hatte sie es sich ausgemalt, meistens dann, wenn Freunde von ihnen damit herausrück-
ten, dass sie ein Kind erwarteten.

Dies hier war ganz und gar nicht so, wie sie es sich vorgestellt hatte. Im Wald ihrer Albträume saß sie einem Mann gegenüber, der sie eindeutig nicht hier haben wollte.

»Ich wollte nicht herkommen«, gab sie zu. »Ich weiß, dass du Freiraum brauchst, und ich versuche, ihn dir zu gewähren, aber … ich glaube, du würdest es wissen wollen. Du wärst noch wütender auf mich, wenn ich dir diese Neuigkeit vorenthalten würde, und ich … Das könnte ich nicht ertragen.«

Er sah plötzlich etwas entnervt aus. »Ich bin nicht böse auf dich, Ava. Ich dachte, das hätte ich dir erklärt. Es ist ein großer Unterschied, ob man wütend ist oder ob man so tief verletzt ist, dass man es bis in die Knochen spürt.«

Sie schloss die Augen und hasste ihre Angst, die sie an diesen Punkt gebracht hatte. Als sie die Augen wieder öffnete, sah sie, dass er sie mit demselben abwesenden Blick ansah.

»Ich … fühle mich schon seit ein paar Wochen nicht besonders. Eigentlich schon seit … bevor das alles passiert ist und du aus Portland abgereist bist.«

Er runzelte die Stirn. »Letzte Woche auf dem Bauernmarkt kamst du mir schon blass vor. Ich dachte, das käme vielleicht davon, dass du zu lange draußen in der Hitze warst.«

»Das könnte auch ein Grund gewesen sein. Es erklärt aber nicht alles. Die Erschöpfung. Die Übelkeit. Die … Unfähigkeit, meine Gefühle zu kontrollieren.«

»Ich habe eher den Eindruck, dass es dir nie schwergefallen ist, deine Gefühle zu kontrollieren. Du bist sehr gut darin, alles, was du sagst oder tust, so auszuwählen, dass es genau das Bild ergibt, das du der Welt von dir vermitteln willst.«

Seine Worte hätten sie vielleicht nicht verletzt, hätte er nicht in diesem leidenschaftslosen, resignierten Ton gesprochen. Aber so war sie am Boden zerstört.

»Madi und ich haben im Lager schnell gelernt, unsere Gefühle zu verbergen«, gab sie mit leiser Stimme zu. »Wenn du den Mund gehalten hast, konnten deine Worte später nicht dazu benutzt werden, dich für irgendeinen Verstoß zu bestrafen, ob er nun beabsichtigt war oder nicht.«

Seine Augen wurden weicher und ließen Mitleid erkennen, bevor er den Blick abwandte.

»Ich weiß nicht, wie ich es dir sagen soll, also ... Ich schätze, ich sage es dir einfach geradeheraus.«

»Was ist denn los?«, fragte er mit misstrauischer Stimme.

Sie stieß einen schweren Seufzer aus. »Ich leide seit etwa drei Wochen unter Übelkeit. Daraufhin meinte jemand, ich könnte vielleicht schwanger sein. Ich habe etwa acht Schwangerschaftstests gemacht, die es alle bestätigten. Ich weiß, es ist der denkbar schlechteste Zeitpunkt. Ich habe es nicht geplant und auch nicht damit gerechnet, aber ... wir bekommen ein Baby.«

Für einen Moment flammte unbändige Freude in seinen Augen auf, so rein und so echt, dass sie sich zu fragen begann, ob zwischen ihnen alles wieder in Ordnung sein würde, ob er sie in seine Arme nehmen und küssen würde und all der Schmerz verschwunden wäre. Aber so schnell, wie es aufgetaucht war, war es auch wieder verschwunden.

»Bist du dir sicher?«

»Ich war noch nicht beim Arzt. Aber ja. Ziemlich sicher. Wie gesagt, acht Schwangerschaftstests. Ich halte es für unwahrscheinlich, dass alle acht falsch positiv sein können.«

Jetzt sah er baff aus, als hätte sie den Campingstuhl unter ihm weggezogen.

»Wie konnte das ...? Wir hatten nicht geplant, jetzt ein Baby zu bekommen. Ich dachte, wir ... *du* hättest Vorkehrungen getroffen.«

Schuldgefühle durchzuckten sie. »Die letzten Monate waren so … intensiv, dass ich nicht jeden Tag so gewissenhaft daran gedacht habe, die Pille zu nehmen, wie ich es hätte tun sollen. Das ist die einzige Erklärung, die mir einfällt. Es tut mir leid.«

Die letzten Worte glitten aus ihr heraus und schwebten wie etwas Hässliches und Lebendiges zwischen ihnen.

»Tut es dir für mich leid oder für dich?« Er schaute sie mit brennender Intensität an. »Willst du … dieses Baby nicht?«

Ich will es so sehr. Aber nicht, wenn du so wütend auf mich bist, dass du mich nicht einmal umarmen kannst, wenn ich es so dringend brauche.

Sie konnte ihn nicht anlügen. »Doch, mehr als alles andere. Ich weiß, der Zeitpunkt ist schlecht, aber … das ist mir egal. Ich liebe sie schon jetzt. Oder ihn. Es spielt keine Rolle. Das Baby ist unseres.«

Er atmete tief aus, und sie konnte sehen, wie sich unzählige Emotionen in seinem Gesicht abspielten. Schock und Freude und Angst, und vielleicht sogar ein Hauch von Verzweiflung.

»Und was passiert jetzt?«

Wir küssen und versöhnen uns und kehren zu der glücklichen Zukunft zurück, die wir geplant hatten, bevor ich alles vermasselt habe?

»Ich weiß es nicht«, sagte sie ehrlich. »Was sollte denn deiner Meinung nach passieren?«

»Ich hatte kaum drei Minuten Zeit, um zu verstehen, dass sich unser Leben für immer verändern wird. Ich bin immer noch dabei, mich zu sortieren.«

»Ich weiß. Mir ging es genauso. Gestern Abend hatte ich schon den Verdacht, aber … die Tests habe ich heute Morgen gemacht. Ich bin hergekommen, so schnell es ging, sobald ich mit Madi hochfahren konnte. Ich wollte, dass du es sofort erfährst. Ich will keine Geheimnisse mehr zwischen uns.«

Sein Mund wurde wieder schmal wie ein Strich, und er sah wieder gequält aus. Er sagte nichts, also fuhr sie fort: »Wir müssen jetzt keine Entscheidungen treffen. Ich bin wahrscheinlich erst in der fünften oder sechsten Woche schwanger. Ich habe nur ein Mal die Regel nicht gehabt.«

»Geht es dir gut?«

Fast glaubte sie, zu sehen, wie sich seine Hand hob, als ob er ihr über die Wange streichen wollte. Sie sehnte sich nach der tröstenden Geste seiner Berührung mit einer Heftigkeit, die so vehement pulsierte wie ihr Herzschlag.

»Nicht wirklich«, antwortete sie. »Mir ist meistens ziemlich übel. Und ich schlafe so viel, dass Grandma bestimmt denkt, ich leide an einer Art Schlafstörung.«

Sein Mund zuckte leicht, als ob er lächeln wollte, aber er rührte sich nicht und schwieg, die Emotion in seinen Augen war das einzige äußere Anzeichen dafür, dass ihre Nachricht etwas in ihm auslöste.

Sie zuckte mit den Schultern. »In ein paar Monaten ist das alles vorbei, dann geht es mir wieder gut.«

»Schön. Brauchst du … irgendetwas?«

Dich. Nur dich.

Sie schüttelte den Kopf. »Nein. Du solltest wissen, dass ich vorhabe, das Baby zu behalten. Wenn du … wenn du mir nicht verzeihen kannst, dass ich Dinge für mich behalten habe, und diese Trennung endgültig sein soll, dann kann ich das Baby auch allein aufziehen. Bitte mach dir darüber keine Sorgen. Ich werde das schon irgendwie hinkriegen.«

Angesichts der sehr realen Möglichkeit, als alleinerziehende Mutter zu enden, wollte sie sich wie ein Fötus zusammenrollen, genau wie das Kind, das in ihr wuchs, besonders weil sie wusste, was für ein wunderbarer Vater Cullen sein würde. Aber es wäre nicht fair, ihm die Elternschaft aufzuzwingen, wenn er sich nicht einmal sicher war, ob ihre Ehe das alles überleben würde.

Er starrte sie plötzlich an, und in seinen Augen flammte Wut auf. »Ava. Glaubst du wirklich, ich würde meine Verantwortung dir gegenüber oder ... unserem Kind gegenüber vernachlässigen?«

Er stolperte über das Wort, als ob es ihm immer noch nicht ganz real vorkam.

»Ich weiß, dass es nicht dein Wunsch war und dass ein Baby nicht gerade das ist, was du im Moment willst. Schon gar nicht jetzt. Ich verstehe das vollkommen. Ich bin diejenige, die Mist gebaut hat und ihre Verhütungsmittel nicht konsequent genommen hat. Ich kann nicht erwarten, dass du für meinen Fehler geradestehst.«

»Wenn ich wirklich kein Kind gewollt hätte, hätte ich meine eigenen Wege wählen können, um einer Schwangerschaft vorzubeugen«, betonte er. »Es war nicht allein deine Verantwortung.«

Sie verschränkte ihre Hände ineinander, die Nägel gruben sich in ihre Handflächen. »Ich weiß, es ist ... ein Schock, zu erfahren, dass wir ein Baby erwarten. Aber ich hoffe, mit der Zeit kannst du dich darüber freuen.«

»Ich bin nicht unglücklich. Ich bin nur überrascht. Ich bin noch dabei, es zu verdauen.«

»Ich verstehe.«

Jetzt, wo sie es ihm erzählt hatte, war sie nicht sicher, was sie als Nächstes sagen oder tun sollte. Es fühlte sich nicht richtig an, diese Bombe einfach fallen zu lassen und dann zu verschwinden wie ein listiger Guerilla-Kämpfer. Aber sie hatte keine Ahnung, wie es weitergehen sollte.

Zu ihrem Erstaunen stand Cullen nach einem Moment angespannten Schweigens unerwartet auf und zog sie in eine fast verzweifelte Umarmung.

Sie war nur eine Sekunde lang wie erstarrt, bevor sie ihre Arme um ihn schlang und die Hoffnung mit hauchdünnen Flügeln durch sie hindurchflatterte.

Dies war ihr Zuhause, und es spielte keine Rolle, dass sie in der Wildnis von Idaho standen. Seine Arme. Seine solide Kraft. Hier hatte sie sich immer geliebt und geborgen und ... sicher gefühlt.

Sie drückte ihre Wange an seine Brust und spürte das Flüstern sanfter Küsse auf ihrem Haar. Ihre starken Gefühle schnürten ihr die Kehle zu. Sie hatte ihn so sehr vermisst.

Sie wünschte sich, dass dieser Augenblick ewig andauern würde, so als ob ihre Umarmung all die Angst, das Misstrauen und den Bruch zwischen ihnen heilen könne.

»Es tut mir leid, dass du krank warst«, murmelte er in ihr Haar.

»Mir geht es gut. Wenigstens weiß ich jetzt, dass es einen triftigen Grund gibt – dass ich nicht einfach nur ... schwach und deprimiert bin.«

Er löste sich von ihr, um sie anzuschauen, und versuchte, in ihrem Gesicht zu lesen. Konnte er die Einsamkeit und Verzweiflung sehen, die an ihr genagt hatten, seit er Portland verlassen hatte?

Sie wusste, dass sich nicht wirklich irgendwas geändert hatte. Er fühlte sich immer noch durch die Geheimnisse, die sie vor ihm gehabt hatte, verraten, und sie wusste nicht, wie sie das Chaos, das sie aus Selbstschutz und Angst angerichtet hatte, wieder in Ordnung bringen sollte. Aber wenigstens hatte er sie nicht völlig von sich gestoßen.

Dann ließ er seine Hände sinken und trat zur Seite. Sie versuchte, nicht zu zittern, als seine Wärme der Kühle der Luft wich.

Er setzte sich wieder, und sie tat es ihm gleich. »Es war nicht nötig, dass du den ganzen Weg hier herauffährst. Ich hatte ohnehin vor, am Samstag bei Leona vorbeizuschauen, wenn wir unten Lebensmittel besorgen. Aber ... danke.«

»Du musstest es erfahren. Seit heute Morgen kann ich an nichts anderes mehr denken. Ich wollte nicht, dass du glaubst, es gäbe noch etwas, was ich dir vorenthalte.«

Er nickte. Sie saßen auf den Campingstühlen mit Blick auf das blaue Wasser des Ghost Lake und sprachen über praktische Dinge. Wann ihr Geburtstermin sein würde. Ob sie jetzt nach Portland zurückkehren oder im Laufe des Sommers einen Gynäkologen in Sun Valley oder Ketchum aufsuchen würde. Ob sie es ihrer Familie schon gesagt hatte.

Sie schüttelte den Kopf. »Ich wollte, dass du es zuerst erfährst. Ich bin sicher, Madi fragt sich, was hier los ist und warum ich sie überhaupt hierhergeschleppt habe.«

»Ich bin froh, dass sie mit dir gekommen ist. Wollt ihr beide zum Essen bleiben? Luis ist dran, das heißt, es gibt wahrscheinlich Quesadillas oder gegrillte Käsesandwiches. Aber sein gegrillter Käse ist wirklich gut.«

Wenn sie diesen vorläufigen Frieden zwischen ihnen aufrechterhalten könnten, wäre sie am liebsten die ganze Nacht geblieben. Aber sie konnte nicht nur an sich selbst denken.

»Besser nicht. Madi sagte, wir sollten versuchen, vor Einbruch der Dunkelheit zurück zu sein.«

»Ist wahrscheinlich klug. Es gibt ein paar ziemlich üble Stellen auf dem Weg.«

Sie nickte. Er stand auf und griff nach ihrer Hand. Sie legte ihre Hand in seine, und er zog sie vom Campingstuhl hoch und zurück in seine Arme.

»Nochmals vielen Dank, dass ihr den Weg hier hoch gemacht habt. Ich weiß, es war sicher nicht leicht für dich.«

»Es war leichter, weil ich wusste, dass ich am Ende des Weges auf dich treffen würde, obwohl ich auch Angst vor deiner Reaktion hatte«, gab sie zu.

»Mir ist immer noch schwindlig«, gab er zu. »Ich denke, ich werde noch einige Zeit brauchen, um es zu begreifen. Aber eins weiß ich: Wenn du dich darüber freust, Ava, tue ich es auch.«

Er berührte mit seinem Mund ihre Stirn, ihre Wange und gab ihr dann einen sanften Kuss auf den Mund. Sie schloss die Augen und betete, dass sie diese dornige Zeit überstehen und das Happy End wiederfinden würden, das ihr so wichtig geworden war wie das Atmen selbst.

20

*In der Stille eines weiteren mondhellen Abends erregt ein Paar
in der Dunkelheit leuchtender Augen unsere Aufmerksamkeit.
Ein Puma pirscht sich an uns heran, eine schlanke Silhouette,
die sich mit tödlicher Anmut bewegt. Furcht ergreift unsere
Herzen, und wir kauern uns zusammen, mit angehaltenem
Atem, während das Raubtier seine potenzielle Beute mustert. Es
umkreist uns, ein stiller Wächter der Berge, und wir bewegen
uns vorsichtig vorwärts, in der Hoffnung, dass es keinen
Gefallen an unseren verletzlichen Gestalten findet.*

– *Ghost Lake*, Ava Howell Brooks

Madison

Als ihre Schwester und Cullen nach etwa zwanzig Minuten den
Weg wieder herunterkamen, sah Madi sofort, dass sich zwischen
ihnen etwas verändert hatte.

Während sie einander beim Weggehen nicht angefasst hatten,
half ihr Schwager Ava nun über einen Felsen auf dem Weg und
berührte sie, um ihr einen Rotschwanzbussard zu zeigen, der
durch die Bäume um das Lager herumsegelte.

Sie atmete lange und erleichtert aus, und bis zu diesem Moment war ihr nicht einmal bewusst gewesen, wie sehr sie sich um
die beiden gesorgt hatte.

»Schön, dich zu sehen, Mad«, sagte Cullen, als sie wieder bei ihr waren. »Tut mir leid, dass ich das vorhin nicht gesagt habe. Ich war echt geschockt, als ihr beide plötzlich hier aufgetaucht seid.«

Cullen umarmte sie liebevoll, und Madi erwiderte die Umarmung. Er roch nach Erde, Kiefer, Salbei und Sonnenschein. Es war ein Duft, der sie daran erinnerte, wie sie früher ihren Vater umarmt hatte, als sie noch als Familie zusammen zelten gingen.

Sie brachte ihr halbes Lächeln zustande. »Gleichfalls, du Dinojäger.«

»Danke, dass du mit meiner Frau hier raufgekommen bist. Ich weiß, es ist nicht gerade dein Lieblingsort.«

»Ihr habt einen süßen Hund und eine schöne Aussicht. Das reicht mir schon. Außerdem weiß ich aus eigener Erfahrung von damals, dass Ava ohne mich hoffnungslos verloren wäre.«

Es war das erste Mal in ihrem Leben, dass sie mit ihrer Schwester über etwas scherzte, das mit dieser Zeit zu tun hatte.

Tatsächlich hatte Ava sie auf Umwegen von den Hunden und den Verfolgern wegführen wollen. Dabei hatten sie beide die Orientierung verloren und waren zwei Tage lang in die falsche Richtung gelaufen, immer tiefer in die Wildnis hinein, ehe sie ihren Fehler bemerkt hatten.

Nach einem kurzen Schreckmoment schnaubte Ava jetzt durch die Nase, was man beinahe als ein Lachen hätte deuten können, dann ging sie zum Geländewagen und kletterte auf den Beifahrersitz.

»Du sagtest, du wolltest vor Einbruch der Dunkelheit losfahren. Dann sollten wir uns wohl aufmachen. Du hast recht. Wir beide haben hier oben zusammen nicht die beste Erfolgsbilanz.«

Madi hätte sich gerne von Cullen durch das Dinosaurier-Camp und vor allem durch die eigentliche Ausgrabungsstätte führen lassen, aber sie wusste, dass sie mindestens eine Stunde brauchen würden, um zum Ausgangspunkt zurückzugelangen.

Nachdem sie Bob ein letztes Mal gestreichelt hatte, kletterte sie hinter das Lenkrad.

Cullen stellte sich neben den Geländewagen an Avas Seite. »Dann bis bald, ihr beiden. Ich werde versuchen, am Wochenende bei Leona vorbeizuschauen.«

In seiner Stimme klang etwas Bedeutungsvolles mit, aber Madi konnte beim besten Willen nicht sagen, was. Cullen beugte sich vor, um seine Frau zu küssen, und was kurz und fast beiläufig begann, verwandelte sich schnell in etwas anderes. Ein Kuss, bei dem sogar Madi spürte, wie die Gefühle in ihm brodelten.

»Mach's gut«, sagte er und sah Ava eindringlich an.

Madis Schwester nickte und musste tief schlucken. In ihren Augen glitzerten Tränen, als Madi den Geländewagen anließ und vom Camp abfuhr.

Während der ersten fünfzehn Minuten ihrer Fahrt musste sie ihre ganze Konzentration aufbringen, um sich den schmalen, zerfurchten Pfad hinunter bis zu der größeren Feuerschneise zu manövrieren, die sich in einem deutlich besseren Zustand befand.

Als sie vielleicht zwei Meilen vom Camp entfernt waren, konnte sie die vielen Fragen, die ihr durch den Kopf wirbelten, nicht mehr aushalten. Sie fuhr von der Schneise auf eine Lichtung, stellte den Motor ab und sah ihre Schwester an.

»Okay. Sag es mir«, befahl sie. »Was ist hier los? Was war so wichtig, dass du den Weg zu einem dermaßen verhassten Ort auf dich genommen hast, um mit Cullen zu reden?«

Ava starrte sie an und schaute dann weg. Die goldene Stunde hatte die Hangseite in ein Meisterwerk aus Farben verwandelt und tauchte die Berge in bernsteinfarbenes Licht. Die schwindende Sonne fiel in gefilterter Form durch die Bäume und versah die Straße und das Unterholz mit Säulen aus Licht. Eine dieser

Säulen beleuchtete ein Kissen aus Akeleien und ließ es in leuchtendem Blau erstrahlen.

Die wohltuenden Aussichten und der Duft der Berge beruhigten Madi irgendwie und ließen sie zur Ruhe kommen. Sie konnte sich des Eindrucks nicht erwehren, dass sie es schon weit gebracht hatte, wenn sie so tief im Hinterland eine Art Frieden finden konnte.

»Müssen wir jetzt hier halten?«, fragte Ava, während sich ihre Finger an einem losen Faden ihrer Jacke zu schaffen machten. »Ich würde lieber erst einmal aus den Bergen herauskommen, damit wir hier nicht im Dunkeln festsitzen.«

Und ihr noch länger die Wahrheit vorenthalten?

»Dieses Ding hier hat Scheinwerfer. Was ist los, Ava? Bist du krank? Ist es Krebs?«

»Wieso fällt dir das denn als Erstes ein?«

Eisige Angst packte sie. Sie wollte ihre Schwester nicht verlieren. Nicht Ava und alle anderen auch nicht. »Bist du krank?«

»Ich habe keinen Krebs.«

»Was dann?«

Ava seufzte und blickte in die Bäume. »Ich bin schwanger.«

Madis Herz schlug schneller, und sie starrte ihre Schwester ungläubig an, unfähig, zu begreifen, wie Ava so beherrscht und cool dasitzen konnte, während sie ihr diese atemberaubenden Neuigkeiten mitteilte.

»Schwanger? Im Ernst?«

Ava nickte. Zuerst konnte Madi nicht erraten, wie ihre Schwester sich dabei fühlte, doch dann glaubte sie, einen Funken Freude in ihren Augen zu erkennen.

»Das ist ja fantastisch. Oh, Ava. Ich werde Tante!« Madi umarmte sie instinktiv und erinnerte sich an all die Male, die sie über die Familien gesprochen hatten, die sie eines Tages vielleicht gründen würden. Sie wusste, dass Ava sich immer Kinder gewünscht hatte, während Madi sich damit zufriedengeben würde, nur Fellbabys zu haben.

Als Madi ihr um den Hals fiel, versteifte sich Ava einen Moment lang, und nur ihre dünnen Knochen waren zu spüren, bevor sie die Umarmung erwiderte.

»Es geht mich ja nichts an, aber … habt ihr es schon lange versucht?«

Ava schüttelte den Kopf und lehnte sich in ihrem Sitz zurück. »Es war eine Überraschung. Eine … eine schöne Überraschung, aber völlig unerwartet. Bis vor einem Monat haben wir noch davon gesprochen, dass es vielleicht in ein oder zwei Jahren so weit sein könnte, sobald wir ein Haus gekauft haben und uns mehr so fühlen, als wären wir angekommen.«

Madi runzelte die Stirn, weil sie die kurze Einschränkung sofort begriff. »Was ist vor einem Monat passiert?«

Ava sagte nichts, das einzige Geräusch war der leichte Wind, der in den Espenblättern neben ihnen raschelte, und das aufgeregte Quieken eines Eichhörnchens, das gegen ihr Eindringen protestierte. »Was vor einem Monat passiert ist?«, antwortete sie schließlich. »*Ghost Lake* wurde veröffentlicht, und Cullen erfuhr, dass er nicht mit der Frau verheiratet war, für die er mich hielt.«

Madi starrte sie an. »Wovon redest du?«

»Er hat das ganze Buch erst gelesen, nachdem es erschienen war. Ich … wollte nicht, dass er es liest.«

»Warum nicht? Er wusste doch, was mit uns im Lager passiert ist und das von Dad, oder? Von dem Missbrauch und den Strafen und der erzwungenen Ehe.«

Ava antwortete nicht, sondern starrte auf die riesigen Berge um sie herum. Madi las die Antwort in ihrem Schweigen.

»Du hast es ihm nie gesagt? Wie ist das überhaupt möglich? Ihr seid seit drei Jahren verheiratet!«

Ob es ihr gefiel oder nicht, diese Geschichte war so sehr ein Teil von ihr, dass Madi sich nicht vorstellen konnte, jemandem das Ganze vorzuenthalten, mit dem sie ihr Leben teilte.

Sie würde es vielleicht nicht an die große Glocke hängen oder ständig darüber reden, oder, Gott bewahre, ein verfluchtes Buch darüber schreiben. Aber sie würde trotzdem wollen, dass der Mann, den sie liebte, diesen Teil von ihr erfuhr.

»Er wusste nur Bruchstücke. Er wusste von unserer Rettung und dass Dad getötet wurde und dass du gleichzeitig verletzt wurdest. Er wusste von Dan Gentry.«

»Okay. Und was hat er *nicht* gewusst?«

»Ich ... habe ihn möglicherweise in dem Glauben gelassen, dass wir nur ein paar Wochen anstelle von Monaten dort waren. Ich wollte nicht, dass er erfährt, wie schlimm es war.«

»Warum nicht? Er ist dein Mann! Er liebt dich.«

»Genau deswegen! Weil ich nicht wollte, dass er mich bemitleidet oder ... dass er sich fragt, ob das, was passiert ist, bei mir für immer Spuren hinterlassen hat. Wir waren so glücklich zusammen, und ich wollte nicht, dass diese Hässlichkeit irgendwelche Schatten über unser Glück wirft.«

»Du hast ihm *nichts* davon erzählt? Wusste er von eurer Hochzeit?«

Avas fest zusammengepresster Mund war Antwort genug. »Nicht, bis er das Buch gelesen hatte«, gab sie zu. »Es war ja keine rechtskräftige Ehe. Ich hielt es nicht für wichtig.«

Nicht wichtig? Avas Hochzeit hatte alles andere erst ins Rollen gebracht.

Damals hatte Ava endlich die bittere Wahrheit akzeptiert, dass niemand nach ihnen suchte, dass ihre Situation unerträglich war und sie dort nicht bleiben konnten.

Darüber hinaus musste sie auch der noch schmerzhafteren Wahrheit in Gesicht sehen, dass ihr Vater nicht zur Vernunft kommen würde und dass sie ihn hier zurücklassen mussten. Er war von der verzerrten Ideologie der Vereinigung und von den Brüdern Boyle so sehr einer Gehirnwäsche unterzogen worden, dass er sogar bereit war, einem von ihnen seine eigene Tochter zu geben, und bereits plante, auch die andere auszuliefern.

Wenn Cullen nichts von der Hochzeit der sechzehnjährigen Ava mit einem dreißig Jahre älteren Mann wusste, einem Mann, den sie fürchtete und hasste wie die Pest, dann konnte er auch von der Hochzeitsnacht nichts wissen. Er konnte nicht wissen, dass Ava irgendwie den Mut gefunden hatte, den Mann, der sie gerade vergewaltigt hatte, mit Kräutern zu betäuben, die sie aus heimlich beschafften Wildblumen hergestellt hatten. Oder dass sie, bereits während sie die getrockneten Pflanzen in seinen Tee mischte, wusste, dass sie ihn entweder betäuben konnten, wie sie hoffte, oder ihn töten würden.

Zu diesem Zeitpunkt war es sowohl ihr als auch Madi egal gewesen, was von beidem.

»Warum?«, fragte Madi mit gepresster Stimme. »Warum hast du es ihm nicht gesagt? Ich dachte, du liebst ihn.«

Tränen schossen in die Augen ihrer Schwester. »Ja, ich liebe ihn. Und ich wollte seine Liebe, nicht sein Mitleid. Ich wollte, dass er mich als starke, fähige Frau sieht, nicht als ... als ein schwaches, verängstigtes Mädchen, das so viel Angst hatte, dass es lieber eine abscheuliche Ehe einging, als zu kämpfen. Ein Mädchen, das von seiner jüngeren Schwester gerettet werden musste!«

Die Tränen, die an ihren Wimpern schimmerten, sammelten sich in ihren Augenwinkeln und liefen ihr dann über die Wangen. Die Gefühle von Groll, Wut und Verrat, die Madi seit Wochen, seit der Veröffentlichung von *Ghost Lake*, in sich trug, verschwanden unter der Tatsache, dass ihre Schwester offensichtlich so sehr litt.

»Wir haben uns gegenseitig gerettet, Ava.«

Ihre Schwester verzog spöttisch das Gesicht. »Nur weil du diejenige warst, die die Kraft hatte, das zu tun, was ich nicht konnte. Während ich unentschlossen war und auf das Unmögliche wartete, bist du losgezogen und hast Baldrianwurzeln und Zierliche Jochlilie gesammelt, wenn du mit den anderen auf Nahrungssuche gehen musstest. Du warst diejenige, die klug genug war, sich daran zu erinnern, was du von Grandma und Mom gelernt hattest, und dann mutig genug, das Gesammelte zu verstecken, zu trocknen und zu Tee zu zermahlen.«

»Ich konnte dich nicht bei diesem bösen Mann lassen. Zum Teil tat ich es für dich und zum Teil, weil ich wusste, dass ich die Nächste sein würde«, gab sie zu.

»Ich weiß. Das war einer der Gründe, warum ich schließlich deinem lächerlichen Plan zugestimmt habe.«

»Mein lächerlicher Plan, der, nur zu deiner Erinnerung, perfekt funktioniert hat. James ist eingeschlafen. Er ist nicht gestorben. Ich wünschte nur, du hättest ihn dazu bewegen können, den Tee zu trinken, bevor er … bevor er …«

»Das wünschte ich auch.«

Madi spürte dieselbe brennende Wut, die sie jedes Mal verspürte, wenn sie an diese dunkle Zeit dachte. Sie wollte niemandem den Tod wünschen, aber sie war froh, dass James verhaftet worden und sechs Monate nach seiner Verurteilung bei einer Gefängnisschlägerei gestorben war.

»Es hat funktioniert. Irgendwie hat es funktioniert. Zum ersten Mal seit unserer Ankunft im Lager warst du nicht in einem Zimmer eingesperrt. Du konntest dich rausschleichen und mich holen.« Sie sah Ava stirnrunzelnd an. »Du hast nichts falsch gemacht. Ich weiß nicht, warum du Cullen nicht alles erzählen konntest.«

»Glaub mir, das habe ich mich auch immer wieder gefragt.«

»Ich verstehe auch beim besten Willen nicht, wie du alles vor deinem Mann geheim halten konntest, dem Mann, den du über alles liebst, und dann jedes einzelne Detail in dieses verdammte Buch geschrieben hast.«

»Es ist halt … kompliziert.«

Ava verfiel in ein Schweigen. Das Eichhörnchen hatte sich davongemacht, und der Berghang warf das Echo von Stille zurück.

Dann glaubte Madi, in der Ferne durch den Wald hindurch etwas zu hören. Ein entkräftetes Weinen, das nicht zu dem üblichen Rufen, Schreien und Geschnatter der Bergbewohner gehörte.

Das Winseln eines Hundes.

»Pssst.« Sie streckte Ava eine Hand entgegen.

»Ich habe nichts gesagt.«

»Sei still«, zischte Madi.

Ava verstummte, ihre Augen wurden groß. »Was ist los?«

Madi spitzte ihre Ohren und hörte es wieder. Ein schwaches, unverkennbares Wimmern.

»Hast du das gehört?«

»Es klingt wie eine Katze oder so. Ist es ein Puma?«

Die Angst in Avas Flüsterstimme, ihre plötzlich geweiteten Augen und die zuckenden Lippen erinnerten sie instinktiv an einen der schrecklichsten Vorfälle während der Tage, die sie bei dem Versuch, sich in Sicherheit zu bringen, in der Wildnis verbracht hatten. Sie waren gerade dabei, einen Hang hinaufzuklettern, als sie bemerkten, dass sie von einem Puma verfolgt wurden.

Sie standen vor der unmöglichen Wahl, sich entweder mucksmäuschenstill zu verhalten, um nicht von ihren Verfolgern entdeckt zu werden, oder so viel Lärm wie möglich zu machen, um das gefährliche Raubtier zu verscheuchen.

Das fürchterliche Grauen in Avas Stimme ließ Madi innehalten, vor allem, als sich ihre Schwester einen Arm über ihren Bauch legte.

Sie berührte die Hand ihrer Schwester und versuchte, sie zu beruhigen. »Ich glaube nicht, dass es ein Puma ist. Es klingt eher wie ein Hund.«

Wieder hörte sie das ferne Jammern und löste ihren Sicherheitsgurt. »Ich muss nachsehen gehen.«

»Du kannst mich doch nicht hier zurücklassen!«

Madi deutete auf die Schlüssel im Zündschloss. »Wenn ich in zehn Minuten nicht zurück bin, kannst du zu Cullens Camp zurückfahren und Hilfe holen. Es geht geradeaus den Weg hinauf, dann an der Gabelung links.«

»Nein! Ich werde dich nicht alleine gehen lassen. Vergiss es!«

Sie überlegte, ob sie sich mit ihrer Schwester streiten sollte, aber das würde nur kostbare Momente des verbleibenden Tageslichts verschwenden. »Gut. Du musst aber mithalten.«

Ava kletterte aus dem Beifahrersitz. »Ich bin vielleicht schwanger, aber ich bin nicht die mit dem schlimmen Bein.«

»Da hast du recht«, gab Madi zu.

Das Unterholz war auf dieser Höhe spärlich, was das Gehen einfacher machte. Sie liefen über Tannennadeln und um kleine, mit Wildblumen bewachsene Flächen herum. Das Bellen und Kläffen setzte sich in unregelmäßigen Abständen fort und wurde lauter, je weiter sie kamen.

»Ist es ein Wolf?«, fragte Ava und warf einen wachsamen Blick durch die Bäume.

»Ich meine, es ist möglich, dass sich ein Wolf aus dem Yellowstone-Ökosystem entfernt hat, aber das glaube ich nicht.

Ich habe noch nie davon gehört, dass hier oben einer gesichtet wurde.«

»Kojoten?«

»Auch das ist möglich. Ich vermute, dass es ein Hund ist. Ich habe dir doch von den gemeldeten Streunern erzählt. Luke hatte sogar vor, heute Abend hochzukommen, um nach ihnen zu suchen.«

Angesichts der Möglichkeit, streunenden Hunde zu begegnen, sah Ava ungefähr genauso beunruhigt aus, als hätte Madi »geifernde Werwölfe« gesagt.

»Was für Hunde?«

»Nach dem, was ich gehört habe, vielleicht ein Border Collie und ein Corgi-Mix, der ein Halsband trägt.«

Ava entspannte sich daraufhin ein wenig. Madi wollte ihr sagen, dass jeder Hund unter den richtigen Umständen zuschnappen konnte. Er brauchte nur hungrig zu sein, Schmerzen zu haben oder verängstigt genug zu sein.

»Wir müssen näher ran«, sagte Ava und richtete ihre Aufmerksamkeit auf das Terrain vor ihnen.

»Da!«, rief Madi aus. Sie deutete auf eine kleine Wiese vor ihnen. Am Rand einer klaffenden Grube hockte ein kleiner, gedrungener Corgi und bellte sie wild an.

Ava erstarrte und sah aus, als wolle sie sich umdrehen und zu ihrem Fahrzeug zurücklaufen. Während sie auf der Stelle wie angewurzelt stehen blieb, näherte Madi sich langsam und bahnte sich einen Weg um Brocken, Äste und Baumstämme, die auf der Wiese verstreut lagen. Sie versuchte, so unaufdringlich wie möglich auszusehen.

»Hallo du. Hi«, flüsterte sie dem Hund zu, der aufgehört hatte, zu bellen, und nun bedrohlich knurrte. »Es ist alles in Ordnung. Ich werde dir nicht wehtun. Sieh mal, was ich habe.«

Sie steckte ihre Hand in die Tasche und war froh, in weiser Voraussicht ein paar Leckerlis mitgenommen zu haben, nur für den Fall. »Schau mal. Das ist eine Rind-Kaustange. Lecker!«

Das Knurren des Hundes hörte sofort auf. Er machte einen Schritt auf sie zu und gleich wieder einen zurück. Der Hund blickte auf die Grube, und Madi hörte es wieder, ein winselndes Jammern, das aus der Tiefe kam.

Das war der andere Hund, wie ihr klar wurde. Möglicherweise war er verletzt und saß definitiv in der Falle. Armes Ding.

Madi hielt dem Corgi ein Stück von der Rind-Kaustange hin und ging einen Schritt näher heran. Sie musste sehen, womit sie es zu tun hatten und wie schwierig es möglicherweise sein würde, den anderen Hund zu retten.

Sie warf dem Hund ein kleines Stück zu, das er in seinem Hunger fast als Ganzes verschlang.

Die Gräser und das Unkraut rund um die Grube waren niedergedrückt, als kauerte der kleine Hund schon eine ganze Weile hier, weil er das andere Tier nicht verlassen wollte. Sein Fell war platt, ähnlich wie die Gräser, und es war übersät mit Kletten und anderem Dreck.

Madi warf ihm ein weiteres Leckerchen zu. Diesmal kam der Hund näher, um es sich zu holen.

»Braves Mädchen. So ist es gut. Ich werde weder dir noch deinem Freund etwas tun. Ihr seid beide so hungrig, stimmt's? Sollen wir sehen, ob wir ihn rausholen können?«

Sie redete weiter Unsinn, mit der gleichen tiefen, beruhigenden Stimme. Den Hunden schien es niemals etwas auszumachen, wenn sie sich mit den Worten verhaspelte, und das war es, was sie so sehr an ihnen liebte.

Schließlich gelang es ihr, nahe genug an den Rand der Grube heranzukommen, um einen Blick hineinwerfen zu können.

Es schien ein alter Bergbauschacht zu sein, etwa vier Meter tief und etwa zwei oder zweieinhalb Meter an der breitesten Stelle. Im schwindenden Tageslicht konnte sie gerade eben einen etwas helleren Fleck erkennen, bis sie ihre Taschenlampe hineinrichtete und in ein verängstigtes Hundegesicht schaute, das zu ihr hochblickte.

»Oh, du armes Ding. Du musst am Verhungern sein. Hier hast du was. Hier ist ein Leckerli.«

Sie warf dem Hund ein großes Stück hinunter und hörte fast zeitgleich, wie seine Lefzen aufeinanderschlugen, als er es verschlang.

»Was ist da?«, rief Ava.

»Es ist der andere Hund. Er steckt in einer Art Grube fest. Es sieht aus, als wäre es vielleicht ein alter Bergschacht. Ich vermute, er hat am Rand herumgeschnüffelt und muss den Halt verloren haben. Oder vielleicht ist die Seite weggerutscht oder so.«

»Oh, das ist so traurig. Was meinst du, wie lange er schon da unten hockt?« Sie ging näher heran, hielt aber immer noch Abstand zu dem anderen Hund.

»Ich schätze, mindestens ein oder zwei Tage. Siehst du, wie das Gras um die Öffnung herum niedergetrampelt ist? Ich glaube, das war sein Freund, der hier aufpasst.«

Avas Gesicht sah plötzlich weicher aus. Madi fragte sich, ob auch sie sich in den gefangenen Hund hineinversetzen konnte, für den es keinen Ausweg zu geben schien.

»Was sollen wir jetzt tun? Vielleicht sollten wir Cullen holen. Er und seine Leute haben vielleicht eine Idee, wie wir ihn befreien können.«

»Es wird stockfinster sein, wenn wir ins Dinosaurierlager und wieder hierher zurückfahren. Ich glaube nicht, dass wir ihn in der Dunkelheit wiederfinden werden.«

»Wir können ihn aber nicht hierlassen.«

»Nein. Das können wir nicht«, sagte Madi und fühlte sich ihrer Schwester so nahe wie schon lange nicht mehr. Jetzt hatten sie ein gemeinsames Ziel. »Ich habe ein Abschleppseil im Auto. Ich kann es an einem Baum befestigen und mich in das Loch abseilen.«

»Nein! Auf keinen Fall! Was ist, wenn du da unten auch stecken bleibst?«

»Dann kannst du zurück zu Cullen fahren, und er kann mich suchen kommen und mir raushelfen.«

Ava sah entsetzt aus bei diesem Gedanken. »Du hast gerade gesagt, dass wir den Hund im Dunkeln nicht finden würden. Wie sollen wir *dich* dann finden?«

»Ich habe eine Pfeife.« Sie zog sie an der Kette um ihren Hals heraus. Sie fuhr nie mehr ohne eine Pfeife ins Hinterland. Sie hatte weitaus genug Zeit damit verschwendet, verloren durch die Wildnis zu irren. Das wollte sie nicht noch einmal durchmachen. Eine Pfeife konnte über größere Entfernungen gehört werden als Schreie, und man konnte auch dann noch pfeifen, wenn die Stimme beim Rufen um Hilfe versagte.

»Du wartest hier. Ich werde zurückgehen und das Abschleppseil holen.«

Avas Augen wurden groß. »Nein! Ich bleibe nicht allein hier. Ich komme mit.«

»Eine von uns muss hierbleiben, sonst finden wir den Weg nicht zurück. Ich kann auch hierbleiben, wenn du lieber zurückgehen möchtest, um das Seil zu holen.«

Ava sah sie an, machte ein paar Schritte zurück, drehte sich um und übergab sich ins Unterholz.

»Geht es dir gut?«

»Prima«, schimpfte Ava. Sie wischte sich mit dem Zipfel ihres Hemdes den Mund ab, spülte mit Wasser aus der mitgebrachten Flasche und spuckte es aus.

»Es geht viel schneller, wenn ich das Abschleppseil hole. Hier, nimm die Pfeife. Du kannst meine Taschenlampe haben. Wenn ich Licht brauche, benutze ich mein Telefon.«

»Du willst, dass ich hierbleibe, mit den ... den Hunden?«

»Der Border Collie sitzt in der Falle und kann dir nicht wehtun. Und der Corgi will seinem Freund helfen. Hier. Du kannst ihm ein paar von diesen Leckerlis geben. Dem anderen Hund kannst du ein paar zuwerfen, aber nicht zu viele. Ich weiß nicht, ob er da unten Wasser hat.«

Nachdem sie ihr die restlichen Leckerlis gegeben hatte, eilte sie den Weg, den sie gekommen waren, in der Hälfte der Zeit zurück, immer im Bewusstsein des schwindenden Sonnenlichts, das lange Schatten durch die Bäume warf.

Sie ging zur Ladefläche des Geländewagens. Nachdem sie die Hundebox herausgenommen hatte, kramte sie im Kofferraum nach dem Abschleppseil und der Stirnlampe, die sie dort aufbewahrte, sowie nach einem zusätzlichen Seil und Lederhandschuhen, als sie eine huschende Bewegung auf dem Weg wahrnahm und gleichzeitig das Dröhnen eines Motors hörte.

Als Frau, die sich gerade allein im Hinterland befand, ohne dass jemand anderes deutlich erkennbar bei ihr war, konnte Madi den instinktiven Adrenalinschub und die Wachsamkeit nicht unterdrücken.

Sie schloss ihre gute Hand um die schwere Seilwinde, für den Fall, dass sie eine Waffe brauchte, die sie jemandem überziehen konnte, der die Situation ausnutzen wollte.

Ihre Angst verflog augenblicklich, als sie den Mann erkannte, der einen moderneren Geländewagen als sie fuhr, und lockerte daraufhin den Griff um die Winde.

»Oh, bin ich froh, dich zu sehen!«, rief sie Luke zu. Sie konnte sich nur schwer beherrschen, nicht zu seinem Fahrzeug zu eilen und ihn zu umarmen.

Mit besorgtem Blick stellte er den Motor ab. »Was ist los? Bist du liegen geblieben? Wo ist Ava? Ist sie bei ihrem Mann im Camp?«

Sie schüttelte den Kopf. »Das ist eine lange Geschichte, aber wir haben die Hunde gefunden, die von allen gesucht werden. Einer von ihnen ist in einer Art Grube gefangen, etwa zweihundert Meter abseits des Weges. Ava ist bei ihnen, und ich bin zurückgegangen, um Hilfsmittel zu holen.«

Er schaute auf die vielen Gegenstände vor ihr. »Hilfsmittel für was? Was genau hast du mit deiner ganzen Ausrüstung hier vor?«

»Ihn da rausholen«, sagte sie schlicht. »Wir können ihn doch nicht dort zurücklassen. Ich dachte, ich seile mich ab, damit Ava die Kiste herunterlässt, ich den Hund hineinlegen kann und ihn dann mit der Winde und dem Flaschenzug herausziehe.«

»Und wie wolltest du wieder hochkommen?«

»Genauso. Mit Seilwinde und Flaschenzug.«

Er seufzte. »Ja, klar. Warum nicht? Was könnte da schiefgehen?«

Sie beschloss, dass sie in diesem Fall nicht alles allein machen konnte. Ihr übliches Unabhängigkeitsbedürfnis erschien ihr sinnlos, wenn ein Tier in Not war.

»Ich könnte wirklich deine Hilfe gebrauchen. Ava fühlt sich ... im Moment nicht so gut.«

Ohne zu zögern, kletterte er aus dem Fahrzeug, holte ein paar Gegenstände aus seinem Fahrzeug, nahm die schwere Winde in die eine und die Kiste in die andere Hand und folgte ihr ohne weitere Fragen in den Wald.

21

Wir kraxeln einen steinigen Geröllhang hinauf, unter unseren Füßen stürzen lose Steinbrocken in die Tiefe. Das schroffe Gelände droht uns im Stich zu lassen, ich spüre, wie mir die Hand meiner Schwester entgleitet, wir stolpern und rutschen den erbarmungslosen Abhang hinab. Zerkratzt und voller blauer Flecken, stehen wir immer wieder auf, mit ungebrochener Entschlossenheit, der Beweis für die ungeheure Kraft, die unser gemeinsamer Leidensweg in uns weckt.

– Ghost Lake, Ava Howell Brooks

Luke

»Wo ist Sierra? Ich dachte, du wolltest sie mitnehmen, damit sie mit dir zusammen nach den Hunden sucht«, fragte Madi, als sie sich auf den Weg zu Ava machten.

»Sie hatte anscheinend ein besseres Angebot. Meine Mutter hat in letzter Minute Karten für ein Konzert in Sun Valley ergattert und sie eingeladen.«

»Das klingt nach Spaß.«

»Ja. Sie hat neuerdings immer irgendwas vor. Ich frage mich, ob ich mir Sorgen machen muss, dass ich jetzt abgeschrieben bin, weil sie anscheinend für alle anderen Zeit hat, nur nicht für mich.«

Sie schenkte ihm ein mitfühlendes Lächeln. ›Daran solltest du dich vielleicht gewöhnen.«

Als er Madi durch den dichten Wald folgte, konnte Luke sehen, dass sie Schmerzen hatte. Sie ging jedes Mal ein bisschen vorsichtiger, wenn ihr schwaches Bein ihr Probleme bereitete, auch wenn sie es nie zugeben würde.

Er wollte ihr sagen, dass sie bei den Fahrzeugen warten solle, aber er wusste, dass man genauso gut dem Gras sagen könnte, es solle nicht wachsen, oder dem Schnee, er solle im Januar nicht fallen.

Würde sie wirklich versuchen, sich in einen Stollen abzuseilen? Ja. Hundertprozentig. Seine Madison war völlig furchtlos.

Nicht *seine,* ermahnte er sich selbst.

»Da sind sie«, sagte sie und deutete durch das Unterholz. Als sie auf eine Lichtung zwischen Douglas-Tannen und Murray-Kiefern gelangten, bot sich ihm ein Anblick, den er sich in hundert Jahren nicht hätte vorstellen können.

Ava Howell Brooks hockte auf einem umgestürzten Baumstamm und sang leise einem verfilzten Corgi mit rosa Halsband etwas vor.

»Sieh mal, wen ich gefunden habe«, rief Madi fröhlich.

Ava schaute auf, und die sichtliche Erleichterung in ihrem blassen Gesicht brachte ihn zum Schmunzeln.

»Luke! Oh, Gott sei Dank. Vielleicht kannst du sie zur Vernunft bringen. Sie kann doch nicht in eine Mine hinabsteigen, um einen Hund zu retten. Das ist lächerlich. Wir müssen uns was anderes einfallen lassen.«

Madi starrte die beiden an, als wollte sie ihm sagen, er möge sich hüten, ihrer Schwester zuzustimmen. Als er den grimmigen Ausdruck in ihrem Gesicht sah, überdachte er sofort seinen ersten Impuls, genau das zu tun.

Sie hasste es, wenn man sie verhätschelte und so behandelte, als sei sie zu nichts von dem fähig, was sie sich vornahm. Er wusste, dass er diesen Fehler auch schon begangen hatte, weil er sie beschützen wollte. Manchmal konnte er nicht anders, als sie wie eine zarte Blume zu behandeln, die beim ersten Windhauch umknicken und abbrechen würde.

»Sie ist zäher, als sie aussieht«, sagte er, zum Teil auch zu sich selbst.

Madi warf ihm einen flüchtigen Blick überraschter Dankbarkeit zu. »Das stimmt«, sagte sie. »Das bin ich.«

»Ich weiß, dass sie zäh ist«, sagte Ava ungeduldig. »Meine Schwester, die Superheldin, die mit einem Satz auf Hochhäuser springt, bla, bla, bla. Aber jetzt, wo du hier bist, muss sie doch nicht mehr da runter, oder? Dann kannst du das a übernehmen.«

Er hätte ihr fast zugestimmt, aber irgendwie spürte er, dass Madi es unbedingt tun wollte, und sei es nur, um sich selbst zu beweisen, dass sie dazu in der Lage war.

»Ich sollte hier oben bleiben, während sie sich abseilt, damit ich sie und den Hund wieder hochziehen kann. Ich bin viel zu schwer, ihr könntet mich gar nicht hochziehen, falls etwas schiefgehen sollte. Es muss eine von euch beiden runter. Wenn du nicht willst, bleibt wohl nur Madi.«

»Was ist mit ihrem Bein? Und ihrer Hand?«

»Die sind beide voll einsatzfähig«, sagte Madi schroff.

Man sah Ava an, dass sie immer noch besorgt um ihre Schwester war. Luke nahm es ihr nicht übel. Er war auch besorgt. Aber er vertraute auch darauf, dass sie wusste, was sie tat. Er erinnerte sich daran, dass sie gelegentlich mit Nicki und den jeweils aktuellen Jungs zur Kletterwand in Sun Valley fuhr.

Er fragte sich, wie um alles in der Welt sie allein, nur mit Avas Hilfe, aus dem Loch hätte klettern wollen, wenn er nicht hier gewesen wäre.

Er befestigte die Winde und den Flaschenzug an einem stabilen Ast über der Öffnung und half ihr dann, das Seil zu einem behelfsmäßigen Geschirr zu knoten, durch ihre Beine hindurch und um ihre Taille herum, wobei er angestrengt versuchte, nicht darauf zu achten, wie weich sie war und wie sie nach Erdbeeren duftete, was ihn betörte.

»Bist du sicher, dass du das willst?«

Sie nickte, und ihr Lächeln zeigte ihm, wie sehr sie ihm vertraute, was ihn beschämte.

»Und ob. Du bist doch hier. Du hältst mir den Rücken frei.«

»Immer«, murmelte er.

Sie blinzelte, als wäre sie sich nicht sicher, ob sie ihn gehört hatte oder nicht, dann ließ sie sich in den Schacht hinab. Er hielt das Seil fest und gab ihr genug Vorlauf, um sich in dem Loch abzuseilen, das er auf etwa vier Meter Tiefe schätzte.

Auf dem ganzen Weg nach unten sprach sie leise mit dem Hund. »Du bist fast draußen. So ist es brav. Fast ist es geschafft.«

Er spürte, wie die Spannung des Seils nachließ, als sie auf festen Grund traf.

»Okay«, rief sie. »Ich bin unten.«

Er und Ava zielten beide mit ihren Taschenlampen in die Grube hinunter. Zusammen mit dem Licht von Madis Stirnlampe konnten sie sehen, wie sie sich dem Hund mit einiger Vorsicht näherte. Das war auch klug. Ein in die Enge getriebener, verletzter Hund konnte durchdrehen, selbst wenn jemand versuchte, ihm zu helfen. Dieser hier war zu erschöpft, um irgendwas anderes zu tun als ein wenig mit dem Schwanz zu wedeln.

»Du hast bestimmt Durst, nicht? Schau mal. Ich habe dir etwas Wasser mitgebracht. Ich habe zwar keine Schüssel, aber ich kann dir helfen.«

Er sah zu, wie sie etwas Wasser in ihre Hand goss. Der Hund leckte es auf, und sie wiederholte den Vorgang noch dreimal.

Sie löste das Seil, durch das sie mit ihnen verbunden war. »Kannst du jetzt die Kiste runterlassen?«, rief sie leise.

Er verankerte die vier Ecken der Kiste an dem freien Seilende und ließ sie dann langsam in die Grube hinunter. Im Schein der Taschenlampe sah er, wie sie den Hund mit ein paar Leckerlis in die Kiste lockte.

»Okay. Es geht ihm gut«, rief sie. »Er scheint sich an der Hinterpfote verletzt zu haben, vielleicht, als er hineingefallen ist, aber das musst du dir genauer ansehen, wenn er oben ist.«

Der Corgi-Mix, der immer noch in Avas Nähe war, bellte freudig, als Luke den Hund mit dem Flaschenzug hochzog.

Sobald die Kiste aus dem Minenschacht heraus und auf festem Boden war, öffnete Luke die Tür, und der Border Collie humpelte aus der Kiste. Der andere Hund stürzte sofort auf ihn zu und wedelte wie wild mit dem Schwanz.

Luke strich ein paarmal mit den Händen über den Hund, der noch verfilzter und mit Kletten übersäter war als der Corgi, wahrscheinlich aufgrund des längeren Fells.

»Wie geht es ihm?«, rief Madi.

»Er wird wieder gesund. Wir bringen ihn in die Klinik, baden ihn und sehen uns sein Bein an. Ich glaube nicht, dass etwas gebrochen ist.«

»Oh, gut.«

»Alles in Ordnung bei dir?«, rief Ava.

»Ja, sobald Luke mich hier rausgeholt hat.«

Er erinnerte sich plötzlich daran, in Avas Buch gelesen zu haben, dass sie in dem einfachen Holzverschlag, in dem sie gehalten wurden, nachts weder Kerzen noch Taschenlampen benutzen durften und dass die überwältigende Dunkelheit sie in Angst und Schrecken versetzte.

Er leinte beide Hunde an. »Halt du sie«, sagte er zu Ava. »Nachdem wir uns die Mühe gemacht haben, sie zu retten, ist das Letzte, was wir jetzt wollen, dass sie wieder ausbüxen.«

Ava sah angesichts der Verantwortung eingeschüchtert aus, aber sie nahm ihm schnell die Leinen ab und folgte dem Beispiel ihrer Schwester, leise mit den Tieren zu sprechen.

Er hakte die Kiste vom Seil ab und ließ es wieder zu Madi hinunter. »Kannst du dir das Seil selbst wieder umbinden?«

»Ja. Das sollte ich hinkriegen.«

Er und Ava richteten beide ihre Taschenlampen in das Loch, und sie warf ihnen einen dankbaren Blick zu. »Das hilft. Danke.«

Schnell band sie sich ihr eigenes Geschirr um. »Ich hab's.«

»Bist du gesichert? Ich will auf keinen Fall, dass du abstürzt.«

Sie zerrte an dem Seil. »Ja. Alles in Ordnung.«

»Okay, ganz ruhig. Ich werde dich da rausholen. Du musst nur von den Seiten wegbleiben.«

»Kein Problem«, rief sie nach oben.

Er benutzte die Winde, um sie mit entsetzlicher Langsamkeit herauszuziehen, und verfluchte sich selbst dafür, dass er ihrer Dickköpfigkeit nachgegeben hatte. Er hätte stattdessen hinuntersteigen sollen, egal, wie entschlossen sie gewesen war, die Rettungsaktion zu managen.

Er war sich nicht sicher, wer von ihnen sich mehr freute, als sie endlich aus dem Loch auftauchte und er sie in Sicherheit ziehen konnte.

»Geschafft. Wieder festen Boden unter den Füßen.«

Die Erleichterung in ihrem Gesicht verriet ihm deutlich, wie schwierig die Rettung für sie gewesen war, trotz ihrer Beteuerungen.

»Du hast es geschafft!«, rief Ava erstaunt aus. »Das war unglaublich!«

Madi errötete in den letzten Strahlen der Sonne. »Danke. Wir sind noch nicht fertig. Wir müssen sie noch zu den Geländewagen bringen und runterfahren.«

Der Border Collie hatte tatsächlich ein verletztes Bein. Er machte ein paar humpelnde Schritte, bevor Luke ihn auf seine Arme nahm. »Ich trage ihn, wenn du die Kiste und den Corgi mitnimmst.«

»Auf dem Namensschild steht, sie heißt Gracie«, bot Ava an. »Leider gibt es keine Telefonnummer oder so.«

»Du bist ein braves, mutiges Mädchen, dass du bei deinem Freund geblieben bist«, sagte Madi zu Gracie.

Der Border Collie trug kein Halsband. Hatte er es bei seinen Abenteuern irgendwo verloren? Oder war er ein ungezogener Streuner, der den anderen Hund überredet hatte, die Sicherheit der vertrauten Umgebung zu verlassen?

Sie hielten lange genug an, um beide Hunde gierig aus einem Bach trinken zu lassen, an dem sie auf dem Rückweg zu den Fahrzeugen vorbeikamen. Als sie die Wagen erreichten, gab Madi den Hunden das Sandwich, das sie eingepackt hatte, und auch Ava überließ ihnen ihres. Die Hunde verschlangen sie so eifrig, dass Luke keinen Zweifel hatte, dass sie kurz vorm Verhungern gewesen sein mussten.

»Um ehrlich zu sein, ich hätte jetzt sowieso nichts essen können«, sagte Ava und verzog das Gesicht.

»Tut mir leid«, sagte Madi und drückte den Arm ihrer Schwester.

Sie schienen eine Art Frieden gefunden zu haben, obwohl Luke sich nicht sicher war, ob es von Dauer sein würde oder ob es sich nur um einen vorübergehenden Waffenstillstand handelte.

Nachdem die Hunde die Sandwiches verschlungen hatten, half er ihnen, es sich in den Kisten bequem zu machen, die er auf der Ladefläche seines Geländewagens befestigt hatte.

»Ist es okay für dich, im Dunkeln zu fahren?«, fragte er, als Madi hinter den Fahrersitz des anderen Fahrzeugs rutschte.

»Bestimmt. Wenn ich vom Weg abkomme, wird Ava sicher laut genug kreischen, um mich wieder auf die Spur zu bringen.«

Ava wirkte nicht sehr belustigt. »Wie wäre es, wenn wir das nicht ausprobieren? Willst du, dass ich fahre?«

»Nein. Ich mache das. Alles, was du tun musst, ist, dich nicht auf mich zu übergeben.«

»Ich kann nichts versprechen«, murmelte Ava.

»Willst du vorausfahren?«, fragte Madi ihn.

»Nein. Ich kann gerne hinter dir bleiben.«

Madi nickte und begann, den Weg hinunterzurollen. Die Nächte hier in den Bergen kühlten sofort ab, sobald die Sonne unterging, und sie wurden schon bald von der tiefen Dunkelheit eingeholt. Als er hinter ihnen herfuhr, wünschte sich Luke, er hätte ihnen die Decke gegeben, die er noch unter dem Sitz aufbewahrte. Er überlegte, ob er sie durch Hupen auf sich aufmerksam machen sollte, um sie ihnen hinüberzureichen, verwarf den Gedanken dann aber wieder. Die Hunde brauchten Futter, Wasser und medizinische Versorgung, und er war sich sicher, dass Ava und Madi so schnell wie möglich diesen Bergen entkommen wollten, besonders jetzt, da es stockfinster war.

Sie brauchten fast doppelt so lange wie tagsüber, um den Parkplatz zu erreichen, da sie langsamer fahren mussten, um Steine und Spurrillen zu umfahren, die in der Dunkelheit schwerer zu erkennen waren.

Schließlich hielt Madi bei ihrem alten Pick-up, und er fuhr zu seinem Wagen mit Anhänger, der neben ihrem stand.

»Ihr zwei steigt ein und macht die Heizung an. Ich lade deinen Flitzer auf.«

»Ava, geh du dich aufwärmen. Ich helfe mit den Hunden«, sagte Madi und reichte ihrer Schwester die Pick-up-Schlüssel.

Während Ava ins Fahrerhaus schlüpfte und den Motor anließ, trugen er und Madi die Kisten auf die Ladefläche seines Pick-ups, die er mit einer Plane abgedeckt hatte.

Er half ihr, ihren Geländewagen auf den Anhänger zu laden und zu verankern.

»Ich kann dir mit deinem helfen«, sagte sie.

»Das schaffe ich schon. Du solltest wohl besser Ava nach Hause bringen. Was hatte sie denn Cullen überhaupt so Wichtiges zu erzählen?«

»Das ist eine lange Geschichte. Aber es ist nicht meine Aufgabe, sie zu erzählen«, sagte Madi. »Willst du die Hunde in die Klinik oder ins Tierheim bringen?«, fragte sie.

»Wahrscheinlich in die Klinik, damit ich sie gründlich untersuchen kann.«

»Ich setze Ava bei meiner Großmutter ab und komme dann dorthin.«

»Klingt gut«, sagte er. Spontan zog er sie in eine Umarmung. »Du bist eine Heldin, Mad. Du hast sie gerettet. Dieser Collie hätte ohne Wasser wahrscheinlich nicht mehr lange durchgehalten, und der Corgi wollte ihn anscheinend auch nicht allein lassen, um sich selbst zu versorgen.«

Sie lehnte ihren Kopf an seine Brust. »Ich bin froh, dass du hier warst«, gab sie zu, und er wusste, wie schwer es ihr fiel. »Ich bin mir ziemlich sicher, dass ich es auch allein mit Avas Hilfe geschafft hätte. Aber ich bin wirklich froh, dass ich es gar nicht erst versuchen musste. Es wäre kein Spaß gewesen, dort unten festzusitzen, während Ava zurückgefahren wäre, um Cullen zu suchen.«

Er drückte sie fester an sich und wünschte sich, sie so küssen zu können, wie er es gerne wollte.

Nach einem Moment wich sie zurück. »Ich muss mich um Ava kümmern. Wir sehen uns in der Klinik.«

Er nickte, kletterte in seinen Pick-up und hängte sich an ihre Rücklichter, um nach Emerald Creek zu gelangen.

22

Während wir unseren Weg in die Freiheit erkämpfen, tragen wir die Erfahrungen in uns, die wir in der Gefangenschaft gemacht haben. Sie sind der Kompass, der uns in eine Zukunft führt, die geformt ist aus freiem Willen, Liebe und dem Wissen unserer unbeirrbaren gegenseitigen Unterstützung.

– *Ghost Lake*, Ava Howell Brooks

Ava

Sie war so müde, dass sie am liebsten ihre Augen zugemacht und ihre Wange gleich hier an den abgenutzten Sitz des alten Pick-ups ihres Großvaters geschmiegt hätte, um eine Woche lang durchzuschlafen.

Selbst als der Wagen über die Waschbrettpiste hüpfte und sie immer wieder gegen die Tür stieß, wollte sie einfach nur schlafen.

War es wirklich erst heute Morgen gewesen, als sie herausgefunden hatte, dass sie mit Gewissheit schwanger war? Es fühlte sich an, als hätte der Tag eine Ewigkeit gedauert.

Jetzt, da sie wusste, dass sie ein Baby erwartete, erschien ihr ihre geistige und körperliche Erschöpfung der letzten Wochen viel verständlicher. Ein Baby in sich wachsen zu haben, war harte Arbeit. Wenigstens litt sie nicht an einer Autoimmunerkrankung wie Chronisches Erschöpfungssyndrom oder Lyme-Borreliose.

Sie dachte wieder daran, wie sie Cullen von ihrer Schwangerschaft erzählt hatte. Dieser kurze, unwillkürliche Moment der Freude. Was auch immer er im Moment für sie empfinden mochte, sie wusste, dass diese instinktive Reaktion echt gewesen war. Er hatte sich wirklich über die Nachricht gefreut, bis ihm einfiel, dass er zwar ein Kind wollte, sich aber nicht so sicher war, ob er gleichzeitig auch Ava wollte.

Wie konnte sie die Dinge nur wieder in Ordnung bringen? Sie hatte nicht die geringste Ahnung. Es war nicht möglich, in die Vergangenheit zurückzukehren und die Geschichte zu verändern. Sie hatte sich entschlossen, ihre Vergangenheit in kleinere Portionen aufzuteilen, abhängig davon, was sie ihm erzählen würde – in mitteilbare und nicht mitteilbare Informationen, wie er es ausdrückte.

Sie konnte ihm nicht verübeln, dass er das Gefühl hatte, er hätte eine Fremde geheiratet, obwohl ihre erste Reaktion, als sie merkte, dass er verärgert war wegen all der Dinge, die sie ihm nicht erzählt hatte, aus Schmerz und Wut bestand.

Er liebte die Frau, die sie jetzt war. Warum war das nicht genug? Warum musste er jedes einzelne Detail aus ihrem Leben kennen?

Als sie jetzt darüber nachdachte, ergab seine Reaktion jedoch mehr Sinn. Wie würde sie sich fühlen, wenn er ihr große Teile seines Lebens vorenthalten hätte, vor allem, wenn diese Details ihn unbestreitbar geprägt hatten?

Sie konnte die Zeit nicht zurückdrehen, um es anders zu machen.

Auch wenn sie gewusst hätte, dass ihre Entscheidung, einzelne Details aus ihrer Zeit am Ghost Lake zu verschweigen, so fürchterliche Konsequenzen für ihre Ehe haben würde, war sie sich immer noch nicht sicher, ob sie überhaupt fähig gewesen wäre, ihm alles zu erzählen.

Sie wusste allerdings, dass sie das Buch für ihren Master-abschluss niemals fertiggestellt und sicherlich niemals ihrer Studienberaterin erlaubt hätte, es zu lesen und anschließend an Kontakte in der Verlagsbranche weiterzuleiten.

Jede Entscheidung hatte Folgen, Auswirkungen, die sich auf andere auswirkten, ob beabsichtigt oder nicht.

Wenn der betrunkene Autofahrer ihre Mutter nicht getötet hätte. Wenn ihr Vater nie auf die Boyle-Brüder gestoßen und in deren verdrehte Ideologie hineingezogen worden wäre. Wenn Clint nur ein Mal daran gedacht hätte, dass man sie sämtlicher Möglichkeiten beraubt hatte, als er sie nach Ghost Lake brachte.

Sie seufzte und versuchte, es sich auf der Bank des alten Pickups bequemer zu machen.

»Wie geht es dir?«, fragte Madi.

»Mir geht's gut.« Es ging ihr tatsächlich gut. Zumindest in diesem Moment war es keine Lüge. Die Übelkeit war verschwunden. Sogar die holprige Straße schien sich nicht auf ihren unzuverlässigen Magen auszuwirken.

»Ich habe Luke gesagt, dass ich dich zuerst bei Leona absetzen werde, bevor ich zu ihm in die Klinik fahre, um ihm bei der Versorgung der Hunde zu helfen.«

»Sei nicht albern. Das liegt überhaupt nicht auf dem Weg. Ich kann von der Klinik aus laufen. Es sind nur ein paar Blocks.«

»Ich weiß, aber du hattest bereits einen langen und stressigen Tag. Ich sehe doch, wie erschöpft du bist.«

»Das ist schon in Ordnung. Ich halte noch eine Weile durch. Ich will nur sichergehen, dass Gracie und ihr Freund für die Nacht versorgt sind.«

Falls Madi über ihre Sorge um die Hunde überrascht war, ließ sie es sich nicht anmerken.

»Luke hat sich zu einem richtig guten Tierarzt gemausert, nicht?«, sagte Ava.

»Zum besten. Er ist ein hervorragender Tierarzt.«

»Und ein guter Mann«, sagte Ava.

»Ja. Das auch.«

Madi richtete ihren Blick auf die Straße, aber Ava glaubte, einen seltsamen Ausdruck im Gesicht ihrer Schwester zu sehen.

Sie runzelte die Stirn. Lief da etwas zwischen Luke Gentry und Madi? Sie wusste, dass Madi mit allen Gentrys eng befreundet war und dass Luke eine Art Mentor für sie gewesen war. Leona hatte ihr erzählt, wie sehr Luke Madi während der Gründung des Tierheims geholfen hatte, und sie hatte auch von den vielen freiwilligen Stunden gehört, die er dort verbrachte, um den Tieren zu helfen.

All das wusste sie. Aber war da noch etwas anderes? Sie hatte gesehen, wie sie sich umarmten, nachdem sie mit dem Aufladen der Fahrzeuge auf die Ladefläche fertig waren. Es sah nach mehr aus als nach einer Umarmung unter Freunden.

Für ihre Schwester war das untypisch. Madi datete normalerweise entsprechend den Jahreszeiten. Da sie in Portland lebte, bekam Ava ihr Dating-Verhalten nicht aus erster Hand mit, aber sie hatte vieles gehört, sowohl von Madi selbst als auch von Leona.

Im Winter verabredete sie sich mit Männern, die zur Ski- oder Schneemobilsaison in der Stadt waren. Im Sommer waren es Wanderführer oder Bootsleute. Soweit Ava wusste, suchte sich Madi zwar immer nette Männer aus, aber keine dieser Beziehungen war besonders ernsthaft oder von Dauer, da die Männer nie lange dablieben.

Sie war sich ziemlich sicher, dass genau das der Sinn der Sache war, zumindest was Madi betraf.

Eine Beziehung mit Luke würde auf einer völlig anderen Ebene stattfinden.

Ihre Leben waren so eng miteinander verflochten.

Wie würde es sich auf all die anderen Menschen – Nicole, Sierra, Tilly – auswirken, wenn Madi und Luke eine Beziehung eingingen? Und was, wenn es zwischen den beiden nicht klappte? Die Befangenheit und das Unbehagen wären unermesslich.

Andererseits konnte Ava nicht leugnen, dass sie ein bezauberndes Paar abgeben würden. Sie dachte daran, wie hingebungsvoll Luke auf Madi aufpasste, an seine behutsame Unterstützung, sein Engagement für das Tierheim. Er war wirklich perfekt für ihre Schwester, wenn Madi das nur erkennen würde.

Was konnte sie tun, um sie ein bisschen anzuschubsen? Sollte sie es überhaupt versuchen, jetzt, wo sie nicht gerade einen optimistischen Blick auf die Beziehungen anderer Menschen hatte – und wenn man bedachte, in welchem Schlamassel ihre eigene Ehe gerade steckte?

»Nochmals vielen Dank für deine Hilfe heute Abend«, sagte Madi, als sie vor der Klinik anhielt. Luke war noch nicht da, weil er hinter ihnen geblieben war. »Eine Rettungsaktion war nicht gerade das geplante Unterhaltungsprogramm für den Abend gewesen, aber ohne dich hätten wir es nicht geschafft.«

»Ich bin froh, dass ich dabei war«, sagte sie.

Es hatte etwas unendlich Befriedigendes, zu wissen, dass sie zwei Hunde gerettet hatten, Tiere, die wahrscheinlich ein trauriges Schicksal erlitten hätten, unter Bedingungen, für die sie nicht gerüstet waren.

Sie kannte dieses Gefühl.

»Ich weiß nicht, ob ich mich in dieses dunkle Loch gewagt hätte, selbst, wenn ich nicht schwanger gewesen wäre«, sagte sie leise zu ihrer Schwester. »Du warst bemerkenswert. Du *bist* bemerkenswert.«

Madi schaute sie fassungslos an. »Alles klar. Bist du sicher, dass du dir nicht unterwegs den Kopf gestoßen hast? Oder vielleicht bist du dehydriert und delirierst?«

Ava runzelte die Stirn. »Keine Gehirnerschütterung, kein Delirium. Ich fühle mich nur … geehrt, deine Schwester zu sein.«

Madi sah verblüfft aus. Bevor sie etwas erwidern konnte, hielt Luke neben ihnen. Madi schien die Ablenkung ebenso gelegen zu kommen wie Ava.

Mit einem letzten verdutzten Blick in ihre Richtung sprang Madi aus dem Wagen und lief hinüber, um gemeinsam mit Luke die Tiere auszuladen.

»Ich kann dir helfen, die Kiste mit dem Border Collie zu tragen.«

»Das ist wahrscheinlich die sicherste Art, ihn zu transportieren. Gute Idee!«, sagte Luke zu Madi.

»Ava, kannst du mit Gracie helfen? Sie scheint dich zu mögen. Sie braucht vermutlich dringend ein Stückchen Gras, nach dem vielen Wasser, das die beiden da oben getrunken haben.«

Bevor Ava richtig realisiert hatte, was geschah, hatte Madi eine Leine an Gracies Halsband befestigt und reichte Ava das andere Ende.

»Hallo, ich bin's wieder«, sagte sie zu dem Hund.

Als Madi und Luke die Kiste in die Klinik trugen, knurrte der Corgi hinter ihnen her.

»Es ist alles in Ordnung. Er geht nicht weg. Ihr könnt zusammenbleiben«, versprach sie.

Als ob sie es verstanden hätte, leckte die Hündin Avas Hand und watschelte dann auf ihren kurzen Beinen auf den Rasen.

Ava fand es sehr rührend, als der Corgi zur Bestätigung an ihre Seite zurückkehrte, bevor er erneut auf die Wiese lief.

Du mochtest keine Hunde, weißt du noch?

Es war schwer, sich das vor Augen zu halten, jetzt, wo sie dieses tapfere, treue kleine Ding vor sich sah, das unter erschütternden Bedingungen nicht von der Seite des Freundes gewichen war.

Ava war ihrer Schwester gegenüber nicht so loyal gewesen. Nachdem sie eine Begabtenförderung für das College in Oregon erhalten hatte, war Ava nur allzu schnell bereit gewesen, Madi bei ihrer Großmutter zurückzulassen.

Madi schien sich in den Lebensrhythmus hier in Emerald Creek auf eine Weise eingelebt zu haben, wie Ava es nie gelungen war. Ava hatte sich gefreut, Emerald Creek und die nahe gelegenen Berge zu verlassen, die so viele schlimme Erinnerungen in sich bargen.

Noch glücklicher war sie, als sie Cullen kennenlernte, während sie gerade ihren Abschluss machte.

Allmählich waren ihre Besuche bei Leona und Madi weniger geworden und pendelten sich auf etwa einen Besuch im Jahr während der Ferien ein.

Sie wusste, dass der Hauptgrund für ihr Fernbleiben die Schuldgefühle waren. Sie fand es schrecklich, dass Madi ihren eigenen Traum, Tierärztin zu werden, nicht hatte verwirklichen können. Wenn sie sah, wie ihre Schwester mit Worten rang oder aufgrund ihrer körperlichen Einschränkungen eine Aufgabe nicht bewältigen konnte, wollte Ava am liebsten losheulen.

Sie war die ältere Schwester, und es war ihre Aufgabe gewesen, auf ihre Schwester aufzupassen. Ava hatte das nie als Last empfunden. Sie hatte Madi von dem Tag an, als ihre Eltern sie aus dem Krankenhaus nach Hause brachten, vergöttert und war immer äußerst dankbar gewesen, sie als Schwester zu haben.

Sie hatte Madi in so vieler Hinsicht enttäuscht. Zu sehen, wie sie sich jetzt abmühte, verstärkte dieses Gefühl nur umso mehr.

Der Hund schien mit seinem Geschäft fertig zu sein. Er saß zu Avas Füßen und blickte erwartungsvoll zu ihr auf. Noch ein Wesen, das etwas von ihr brauchte, von dem Ava nicht wusste, wie sie es geben sollte.

Die Leine in der Hand, ging sie zur Tierklinik hinüber. Drinnen duftete es nach Zitronen, vermischt mit einem anderen unterschwelligen Geruch, den sie nicht identifizieren konnte. Vielleicht waren es die Angsthormone, die von den Geschöpfen abgesondert wurden, die nicht zum Tierarzt wollten, egal, wie nett Luke auch sein mochte.

Wir sind hinten, textete Madi ihr. Du kannst herkommen, wenn Gracie fertig ist.

Sie schob sich durch eine Tür am Empfang und fand sich in einem Flur wieder, von dem mehrere kleine Untersuchungsräume abzweigten.

Gracie, die offenbar ihren Freund witterte, zerrte an der Leine und führte sie zu einer Tür am Ende des Flurs. Es bedurfte keiner großen Detektivarbeit, um herauszufinden, dass sich Madi und Luke dort aufhalten mussten, da dies der einzige Raum in der geschlossenen Tierklinik war, in dem Licht brannte. Sie folgte den watschelnden Schritten des Hundes und stieß die Tür auf, wo sie einen großen, sauberen Untersuchungsraum vorfand.

Madi sah auf, nachdem sie Luke scheinbar assistiert hatte, dem Hund ein paar Spritzen zu geben.

»Danke, dass du dich um sie gekümmert hast.«

»Wo soll ich mit ihr hin?«

»Sie muss gebadet und gebürstet werden, um Kletten, Gestrüpp und Zecken loszuwerden, aber ich fürchte, sie muss warten, während wir uns um ihren Kumpel hier kümmern«, sagte Madi. »Das nennt sich Triage. Der Bedürftigste kommt zuerst an die Reihe. Dort drüben ist eine Kiste, in der sie bleiben kann, bis sie an der Reihe ist.«

Der Hund war so tapfer gewesen und hatte seinen Freund nicht im Stich gelassen, obwohl es schlimm um ihn stand. Ava kratzte sich am Kopf und wurde von Gracie belohnt, indem sie ihr die Hand abschleckte.

Sie bereute diesen Impuls schon in dem Moment, als sie sich zu ihrer Schwester umdrehte. »Ich könnte ihr ein Bad einlassen und sie ausbürsten.«

Madi starrte sie an. »Wirklich?«, sagte sie, und in diesem einen Wort steckte eine ganze Welt voller Zweifel.

Sie zuckte mit den Schultern. »Klar. Warum nicht?«

»Weil du schwang…« Ihre Stimme verstummte, und sie warf Luke einen schuldbewussten Blick zu.

»Ist schon okay«, antwortete sie. »Er weiß es schon. Er hat es schon geahnt, bevor ich es wusste.«

Luke lächelte. »Bis jetzt war ich mir nicht sicher. Herzlichen Glückwunsch!«

»Ich danke dir.«

»Okay. Ob schwanger oder nicht, du bist bisher wunderbar mit ihr umgegangen, aber ich weiß, dass du kein großer Fan von Hunden bist.«

»Ich habe kein Problem mit kleineren Hunden. Nur die großen, geifernden mag ich nicht. Gracie würde mir nicht wehtun. Nicht wahr, mein Schatz?«

Der Corgi wedelte mit dem Schwanz, und Madi sah schockiert aus.

»Wenn du dir sicher bist, wäre das wirklich eine große Hilfe«, sagte Luke.

»Neben der Wanne steht Shampoo, außerdem Handtücher und eine Schere, um die Kletten herauszuschneiden. Mit der Schere ist es wahrscheinlich einfacher und auf Dauer weniger schmerzhaft, als wenn du versuchst, sie einzeln herauszuziehen.«

Sie nickte und fasste die Leine des Hundes fester. Sie hatte keine Ahnung, warum sie ja gesagt hatte, aber jetzt war es zu spät, einen Rückzieher zu machen.

»Komm schon, Gracie. Wir setzen dich in die Wanne, und dann suchen wir dir etwas zu essen.«

Der Hund folgte ihr, offensichtlich vertraute er Ava, dass sie sich um ihn kümmern würde.

Ich kriege das hin, sagte sie zu sich. Wie sollte man ihr zutrauen, dass sie sich um ein Kind kümmern kann, wenn sie es nicht einmal schaffte, einen Hund zu baden?

23

Ich finde Trost in der Tatsache, dass Madi und ich eine neue Sichtweise gefunden haben, eine, die über die Grenzen unserer schmerzhaften Vergangenheit hinausgeht. Die Narben bleiben, aber sie sind zu Ehrenabzeichen der Widerstandsfähigkeit geworden, einem Beweis für die Kraft, die wir in unserem Inneren entdeckt haben, und für das unzerstörbare Band zwischen zwei Schwestern, die der Dunkelheit die Stirn boten.

– *Ghost Lake*, Ava Howell Brooks

Madison

Madi hatte das Gefühl, als wäre sie nach ihrer Rückkehr aus den Bergen irgendwie in eine andere Dimension gestolpert.

Ihre Schwester – die förmliche, beherrschte, elegante Ava – saß in der Ecke des großen Behandlungsraums der Klinik, summte dem zerzausten Corgi leise etwas vor und schäumte ihm zum zweiten Mal das Fell ein.

Das hätte sie nie erwartet. Sie hatte gedacht, Ava würde es nicht abwarten können, sich in dem stillen Haus ihrer Großmutter von ihrem unerwarteten Abenteuer zu erholen. Stattdessen war sie hier und half in einer Notsituation.

Ava war den ganzen Abend über ein Fels in der Brandung gewesen. Schwanger oder nicht, Unwohlsein oder nicht, sie war sofort in dem Moment, als Madi das erste Mal das Bellen hörte, zur Stelle gewesen, um den beiden verirrten Hunden zu helfen.

Wie konnte sie auf Ava noch wütend sein, wo sie sich doch so sehr bemühte, sich nützlich zu machen?

»Sieht so aus, als hätte er ein verstauchtes rechtes Hinterbein«, sagte Luke.

Sie wandte sich wieder dem Border Collie zu, der von dem leichten Schmerzmittel eingeschlafen war, das Luke ihm verabreicht hatte, als er den Hund das erste Mal auf die Arme genommen hatte. »Es ist nicht gebrochen?«

»Das Röntgenbild zeigt keinen Bruch. Da er es möglichst nicht benutzen wollte, tippe ich auf eine Verstauchung.«

»Das ist eine Erleichterung.«

»Er sollte es trotzdem so wenig wie möglich belasten. Außerdem braucht die Schnittwunde an seiner Vorderpfote ein paar Stiche.«

»Er wird also eine Halskrause tragen müssen.«

»Ja. Sieht so aus.«

»Armer Kerl. Das wird ihn nicht glücklich machen.«

»Besser einen peinlichen Trichter tragen, als in einer Grube zu verhungern.«

»Da hast du recht.«

Während er den Verband um die Verstauchung anlegte, zupfte Madi dem Hund den Dreck aus dem Pelz, ähnlich, wie sie es bei Ava mit dem Corgi gerade beobachten konnte.

»Danke, dass du ihm geholfen hast, besonders nachdem du schon einen langen Arbeitstag hinter dir hast.«

»Das Gleiche könnte ich von dir sagen. Immerhin ist das mein Job.«

»Meiner auch, zumindest noch für ein paar Wochen.«

Sein Kiefer verkrampfte sich für einen Moment, so als würde es ihm nicht gefallen, daran erinnert zu werden. Er sagte nichts.

Stattdessen drehte er den Kopf in Richtung Ava, die dem Corgi etwas vorsummte, während sie sein verfilztes Fell ausbürstete.

»Das ist mal eine Überraschung, was?«, murmelte er. »Ich hätte nicht erwartet, dass sie hierbleibt, um zu helfen.«

Sofort hatte sie das Gefühl, ihre Schwester verteidigen zu müssen, obwohl sie von Avas Verhalten genauso überrascht gewesen war. »Ich glaube, sie und der Corgi haben sich angefreundet.«

»Wir sollten ihn baden, bevor ich seine Pfote nähe und einen Verband anlege.«

»Natürlich.«

Mit dem Rhythmus, der sich durch ihre gemeinsame Arbeit über die Jahre eingespielt hatten, schnitten sie die Kletten und das Gezweig aus dem Fell des Hundes und warteten dann, bis sie an der Reihe waren, den Border Collie in die Waschwanne zu heben, nachdem Ava mit Gracie fertig war und sie zum Ausbürsten auf einen anderen Untersuchungstisch gelegt hatte.

Sie liebte es, Luke zu beobachten. Er hatte so eine beruhigende Ausstrahlung mit seinen warmen blauen Augen und seiner tiefen, festen Stimme. Wann immer es in der Klinik oder im Tierheim chaotisch oder angespannt zuging, war er da und beruhigte die gestressten Menschen ebenso leicht wie die Tiere.

In diesem Fall, als sie den Hund badeten, arbeiteten sie Hand in Hand, wobei sich jeder auf einen anderen Teil des Hundes konzentrierte. Unweigerlich kamen sie sich hin und wieder in die Quere, und ihre Hände berührten sich oder ihr Körper streifte seinen.

Vielleicht lag es an dem Kuss, auf jeden Fall war Luke auf der körperlichen Ebene stärker in Madis Bewusstsein gedrungen als je zuvor. Sie konnte sich seiner Wärme, der gezügelte Kraft, die sich unter der Oberfläche verbarg, während er den Hund mit sanfter Fürsorge behandelte, nicht entziehen.

Schließlich hatten sie den Hund gewaschen und seine Wunden versorgt. Als Luke ihn für die Nacht in den sauberen und sterilisierten Hundeauslauf trug, warf Madi einen Blick auf die Uhr im großen Behandlungsraum. Sie erschrak. Sie hatten sich fast eine Stunde lang um den Border Collie gekümmert. Ava hatte den Behandlungsraum mindestens eine halbe Stunde zuvor verlassen.

Ihre Schwester würde jetzt sicher die Wände hochgehen.

Madi eilte hinaus in den Empfangsbereich, wo sie Ava auf dem Ledersessel vorfand, den sie für die Menschen und Tiere angeschafft hatten, die vor ihren Terminen eine Kuschelecke brauchten. Der Corgi lag auf ihrem Schoß und schnarchte leise. Oder vielleicht war das auch Ava. Es war schwer zu sagen, da sie beide fest schliefen.

Der Anblick brachte sie zum Lächeln. Im Schlaf wirkte Ava weniger unnahbar und beherrscht. Jetzt kam sie ihr wieder vor wie die große Schwester, die Madi aus ihrer Kindheit kannte. Ein wenig zerzaust sah sie aus, ihr blondes Haar hing ihr ins Gesicht, und ihr Shirt war vorne etwas feucht, vermutlich durch das Hundebad.

Die Liebe zu ihrer Schwester zog sich in ihrer Brust zusammen, energisch und bittersüß, wie grüne Äpfel, die noch nicht ganz reif waren.

Sie vermisste Ava. Sie sehnte sich nach der Zeit, in der sie über alles reden konnten, in der sie sich aneinander angelehnt hatten, um mit dem Tod ihrer Mutter und dem zunehmend unberechenbaren Verhalten ihres Vaters klarzukommen.

Sie sehnte sich danach, ihre Beziehung in die einfache, schwesterliche Liebe ihrer Kindheit zurückzuverwandeln, aber sie wusste nicht, wie sie diese Nähe jemals wiedererlangen konnten. Es war nicht nur Avas Buch, was sie auseinandergebracht hatte. Die Kluft zwischen ihnen war seit dem Tag ihrer Rettung ständig größer geworden.

»Die beiden sehen so friedlich aus. Vielleicht sollten wir sie schlafen lassen«, flüsterte Luke kaum hörbar, den Kopf so dicht zu ihr geneigt, dass sein Atem ihr ins Haar blies.

Sie unterdrückte ein instinktives Schaudern. Sie musste wirklich damit aufhören, sonst würde es sehr schnell unangenehm werden.

»Ava würde es mir nie verzeihen, wenn ich sie die ganze Nacht in einer Tierklinik mit einem Hund auf dem Schoß schlafen ließe«, flüsterte sie zurück.

»Da hast du wahrscheinlich recht. Schade. Sie sehen wirklich süß zusammen aus.«

Madi stimmte zu. Spontan nahm sie ihr Handy aus der Hosentasche und schoss ein Foto, um es vielleicht Cullen zu schicken. Wahrscheinlich würde ihr Schwager diesen ungewöhnlichen Anblick genauso zu schätzen wissen.

Obwohl Madis Handy stummgeschaltet war, musste Ava gespürt haben, dass sie sie ansahen. Sie öffnete blinzelnd die Augen und starrte die beiden verdutzt an, bis es ihr dämmerte und sie sie erkannte.

»Oh. Ich muss eingeschlafen sein. Tut mir leid.«

»Kein Problem«, sagte Luke. »Eine Kuscheleinheit mit dir war wahrscheinlich genau das, was dieses tapfere Mädchen gebraucht hat.«

Ava blinzelte ein paarmal, bis sie ganz zu sich gekommen war. Sie richtete sich im Fernsehsessel auf und klappte die Fußstütze herunter.

»Was passiert jetzt mit ihnen?«, fragte sie mit besorgtem Blick auf den Corgi.

»Ziel Nummer eins ist, zu versuchen, ihren Besitzer oder ihre Besitzerin zu finden«, sagte Luke. »Wir haben den Border Collie nach einem Chip abgetastet und keinen gefunden. Gracie hat ein Halsband mit ihrem Namen, aber keine Telefonnummer und keine Marken. Vielleicht haben wir noch mehr Glück bei der Suche nach einem Chip.«

Er holte den tragbaren Universal-Chip-Scanner hervor und fuhr damit um den Hals und die Ohren des Hundes und dann sicherheitshalber auch über den ganzen Körper.

»Und? Hat sie einen?«

»Sieht nicht so aus.«

»Also, was jetzt?«, fragte Ava.

»Wir müssen versuchen, ihre Besitzer auf eher althergebrachte Weise ausfindig zu machen«, sagte Madi. »Wir werden eine Anzeige auf den Social-Media-Seiten und in den Kleinanzeigen der Stadt schalten, obwohl ich vermute, dass Touristen die Hunde verloren haben könnten.«

»Oder vielleicht wurden sie ausgesetzt«, sagte Luke mit ernstem Gesicht.

Als hingebungsvolle Tierliebhaberin konnte Madi sich nicht vorstellen, ein Haustier einfach im Hinterland auszusetzen und davon auszugehen, es würde für sich selbst sorgen können. In der Regel hatten Haustiere nicht die Fähigkeiten, um lange zu überleben, und würden wahrscheinlich Beute von Kojoten oder Pumas werden.

»Wir werden sie zunächst zur Beobachtung hier in der Klinik behalten, aber wahrscheinlich nicht mehr als ein oder zwei Tage, und dann werden wir sie ins Tierheim verlegen. Das heißt, falls Madi Platz für sie hat.«

»Ich werde Platz schaffen, egal, wie lange es dauert, bis wir entweder ein neues Zuhause oder eine gemeinsame Pflegefamilie für sie gefunden haben«, versicherte sie ihm. »Ich stecke da jetzt mit drin.«

»Werden sie zusammen hierbleiben können?«, fragte Ava.

»Es tut mir leid«, sagte er mit aufrichtigem Bedauern in der Stimme. »Normalerweise würde ich sagen, dass Gracie ins Tierheim gehen kann, während wir den Collie hierlassen, aber ich weiß, dass sie zusammen sein wollen. Wir müssen sie allerdings ein wenig getrennt voneinander halten, damit Gracie nicht die Wunden ihrer Freundin leckt. Aber wir können sie in benachbarte Ausläufe setzen, sodass sie sich durch den Zaun hindurch beschnuppern können.«

»Das ist immerhin etwas.«

Madi war kurz davor, anzubieten, die beiden im Farmhaus aufzunehmen, aber sie wusste, dass das nicht die beste Lösung war.

Das Tierheim war der ideale Ort für sie. Wenn der Border Collie sich hinreichend erholt haben würde, konnten sich die beiden einen Auslauf teilen, und Madi würde dafür sorgen, dass sie ihre gesamte Spielzeit, die sie draußen hatten, zusammen verbrachten und auch immer zur gleichen Zeit ausgeführt wurden.

»Vielleicht können sie bei Grandma und mir bleiben, solange ich hier bin, nur so lange, bis wir ihre Besitzer gefunden haben«, schlug Ava vor und schien dann von ihrem eigenen Vorschlag genauso überrascht zu sein wie Madi.

»Wirklich? Das würdest du tun?« Beinahe hätte sie ihre Schwester daran erinnert, dass sie keine Hunde mochte, aber das erschien ihr lächerlich, denn sie hatte eine Frau vor sich, die in einen Schlafsessel gekuschelt mit einem Corgi knuddelte.

»Ich müsste erst mit Leona sprechen.«

Madi überlegte. »Ich weiß nicht. Oscar wäre vielleicht nicht begeistert, zwei neue Artgenossen in seinem Revier zu haben, selbst wenn es nur vorübergehend ist. Aber wir können es auf jeden Fall ansprechen.«

»Wir müssen jetzt noch nichts entscheiden«, sagte Luke mit einem müden Lächeln, das Madi bis in die Zehenspitzen nachfühlen konnte, auch wenn Ava es nicht bemerkte. »Es ist sehr nett von dir, dass du das anbietest.«

Nachdem sie sich vergewissert hatten, dass die Hunde für die Nacht versorgt waren, bis einer der Tierarzthelfer gegen vier Uhr morgens nach ihnen sehen würde, gingen sie nach draußen. Es war schon spät, fast zehn. Zu ihrer Überraschung ging Ava in die entgegengesetzte Richtung der beiden Pick-ups auf dem Parkplatz.

»Wo willst du hin?«, rief Madi ihr hinterher und runzelte die Stirn.

Ava drehte sich um. »Ich habe doch gesagt, dass ich von hier aus zurück bis zu Leona laufen kann.«

»Sei nicht albern. Es ist spät, und du bist erschöpft. Ich bringe dich zu Grandmas Haus.«

Ava sah aus, als wollte sie etwas einwenden, zuckte aber schließlich mit den Schultern und ging zur Beifahrertür.

»Wenn das so ist«, sagte sie, »warum nimmst du mich nicht mit zurück zum Tierheim, damit ich mein Auto holen kann? Dann muss ich mir nicht den Kopf zerbrechen, wie ich es morgen abholen soll, und du musst heute Abend keinen Umweg fahren.«

»Ist gut.«

Die Nacht war kühler geworden, und dunkle Wolken zogen am Mond vorbei. Sie schätzte, dass es in einer Stunde regnen würde, und war umso erleichterter, dass sie die Hunde gefunden hatten, bevor die beiden eine weitere nasse und kalte Nacht in den Bergen verbringen mussten.

Luke begleitete sie zum Wagen. Sie war sich nicht sicher, ob sie diese Geste überfürsorglich oder süß finden sollte.

»Danke für deine Hilfe da drinnen«, sagte er, nachdem er als Erster an der Tür gewesen war und sie ihr geöffnet hatte. »Du warst wunderbar, wie immer. Ich werde dich hier wirklich vermissen.«

»Das wird schon«, sagte sie und ignorierte den Schmerz in ihrer

Brust, als sie daran dachte, dass sie ihn nicht mehr ständig um sich haben würde. »Tomas und Carly sind beide großartige Tierarzthelfer, und Marisa wird es auch sein, sobald sie mit ihrer Ausbildung fertig ist.«

»Sie sind alle ausgezeichnet. Aber sie sind nicht du.«

Ein Schauer lief ihr über den Rücken bei seiner tiefen, intensiven Stimme.

»Wir werden uns trotzdem sehen. Du bist ja fast genauso oft im Tierheim wie ich.«

»Das ist leicht übertrieben«, murmelte er, »denn du lebst und atmest das Tierheim, während ich nur vorbeikomme, wenn ich gebraucht werde.«

Sie hatte es geliebt, hier in der Klinik zu arbeiten, dachte Madi, nachdem sie sich verabschiedet hatten und sie vom Parkplatz fuhr. Aber vielleicht würde ihnen beiden angesichts dieser neuen Gefühle, die sie einfach nicht abschütteln konnte, ein wenig Abstand ganz guttun.

»Bist du sicher, dass die Hunde allein zurechtkommen?«, fragte Ava, die ihre Stirn in Sorgenfalten gelegt hatte.

»Absolut. Luke hat ein tolles Kamerasystem, das gleiche, das wir im Tierheim haben. Wir beide werden die Hunde die ganze Nacht lang überwachen. Es wird ihnen gut gehen. Sie sind in Sicherheit, haben es warm, und es gibt Futter und Wasser. Ich bin sicher, dass sie durchschlafen werden, bis der erste Kollege morgen früh eintrifft.«

Ava sah nicht ganz überzeugt aus, aber sie sagte nichts.

»Du kennst dich richtig gut aus, oder?«, fragte sie nach einer Pause.

Madi warf ihr einen Seitenblick durch das Fahrerhaus des alten Pick-ups zu. »Ich glaube schon. Ich liebe diese Arbeit. Ich meine, natürlich gibt es auch traurige Momente. Nicht jede Situation hat ein Happy End. Aber ich könnte mir nicht vorstellen, irgendetwas anderes zu tun.«

»Bereust du manchmal, dass du es nicht bis zum Ende durchgezogen hast und Tierärztin geworden bist?«

Die Anspannung krabbelte über sie hinweg wie ein Dutzend Spinnen. Früher hatten sie und Ava ständig darüber gestritten, und ihre Schwester hatte sie gedrängt, sich für ein Tierarztstudium zu bewerben, anstatt sich mit ihrer Ausbildung zur Tierarzthelferin zu »begnügen«.

Ava verstand nicht, wie schwer die Schule für Madi gewesen war, wie die Wörter manchmal einfach vor ihren Augen verschwammen und ihre Gedanken durcheinandergerieten, wenn sie zu lange am Stück lernte.

Ava, eine geborene Studentin, die alles Akademische liebte, würde wahrscheinlich nie verstehen können, dass jeder einzelne Tag am College für Madi ein einziger Kampf gewesen war.

Dass sie die sehr schwierigen Anforderungen für die Ausbildung zur Tierarzthelferin gemeistert hatte, erfüllte sie immer noch mit großem Stolz, doch sie bezweifelte, dass Ava dieses Gefühl jemals wirklich verstehen würde.

»Nein«, sagte sie mit fester Stimme. »Wenn ich Tierärztin geworden wäre, hätte ich mich mit dem zusätzlichen Druck, eine Praxis zu leiten, herumschlagen müssen. Ich hätte nie die Freiheit gehabt, das Tierheim zu gründen.«

Ihre Stimme war bei den letzten Worten hart geworden. Wie schaffte Ava es nur immer, Madi das Gefühl zu geben, dem Leben nicht gewachsen zu sein?

»Jetzt bist du wieder sauer auf mich. Es tut mir leid, dass ich gefragt habe.«

»Nicht sauer«, korrigierte sie. »Frustriert vielleicht. Ich dachte, wir hätten genau diesen Streit schon vor Jahren beigelegt.«

»Ich habe immer nur das Beste für dich gewollt. Ich hoffe, du weißt das. Ich möchte, dass du alles bekommst, was du dir je erträumt hast.«

»Das Hauptproblem ist, dass wir sehr unterschiedliche Definitionen davon haben, was das ist. Ich bin zufrieden mit meinem Leben. Mehr als zufrieden. Ich habe alles, was ich mir jemals wünschen könnte. Mein Traum, ein tötungsfreies Tierheim zu führen, geht in Erfüllung, und bald werde ich dem meine gesamte Zeit widmen können. Ich bin sehr glücklich.«

Zumindest war ich das, bis du dich entschlossen hast, unsere ganze Lebensgeschichte in die Welt hinauszuposaunen, und jetzt kann keine von uns beiden deinem Buch entkommen.

Ava sah skeptisch aus, und Madi musste sich sehr zusammenreißen, um ihrer Schwester nicht zu raten, sich um ihr eigenes Leben zu kümmern, das vor ihrer Nase auseinanderzubrechen schien.

Zu ihrer Erleichterung ließ Ava das Thema fallen, und sie fuhren schweigend weiter, bis sie nur noch etwa anderthalb Kilometer vom Farmhaus und dem Tierheim entfernt waren.

Sie hätte wissen müssen, dass Ava noch nicht damit fertig war, ihr Unbehagen zu bereiten.

»Luke passt wirklich gut auf dich auf, nicht?«, sagte Ava in die Stille hinein.

Da hätte Madi doch lieber weiter über ihre akademischen Unzulänglichkeiten gesprochen. Luke war kein Thema, das sie in diesem Augenblick mit ihrer Schwester diskutieren wollte. Oder jemals sonst.

Ja, Luke kümmerte sich um sie. Und ja, sie war dankbar für seine Fürsorge. Aber wie sollte sie Ava sagen, dass sie sich wünschte, der Mann würde aufhören, auf sie aufzupassen, damit er sie endlich *sehen* konnte?

»Er beschützt jeden«, antwortete sie und bemühte sich, ihre Stimme ruhig zu halten.

»Aber dich ganz besonders.«

»Das scheint ansteckend zu sein«, sagte Madi trocken.

»Du hast großes Glück, so viele Menschen um dich zu haben, die dich lieben und das Beste für dich wollen«, sagte Ava.

»Ja. Habe ich nicht ein Glück?«, murmelte Madi. Warum ihr das so ein bitteres Gefühl vermittelte, konnte sie auch nicht genau sagen.

24

An dem Tag, an dem ich gezwungen werde, einen Mann zu
heiraten, den ich verachte, bricht der Boden unter unseren
Füßen weg. Verzweiflung wird zu unserer stummen Sprache,
während wir unsere Flucht planen, fest entschlossen, uns aus
den Ketten dieser pervertierten Realität zu befreien.

– *Ghost Lake*, Ava Howell Brooks

Ava

Ava war sich nicht sicher, was sie gesagt hatte, dass ihre Schwester jetzt so finster dreinblickte, aber Madi stellte ihren Pick-up bereits neben ihrem SUV ab, ehe sie die Möglichkeit hatte, nachzufragen.

Da sie und Madi im Laufe des Nachmittags und Abends eine Art zerbrechlichen Frieden geschlossen hatten, wollte sie ihn auch nicht dadurch zerstören, dass sie zu sehr drängte.

Sie hätte gern noch so vieles gesagt, aber sie konnte nicht die richtigen Worte finden und entschied sich für das relativ Unverfängliche. »Nochmals vielen Dank, dass du mich zu Cullens Camp gefahren hast«, sagte sie. »Ich ... Allein hätte ich die Fahrt nicht geschafft.«

Sie hatte Madi nicht nur als Fahrerin, sondern auch als moralische Unterstützung gebraucht. Das war kein kleines Eingeständnis, wahrhaftig nicht.

Ein Teil von Madis Anspannung schien sich zu lösen. »In der ganzen Aufregung, die Hunde zu finden und zu retten, hatte ich fast vergessen, warum wir überhaupt in die Berge gefahren sind.«

Ava hatte es nicht. Sie konnte nicht aufhören, an Cullens verblüffte Reaktion auf ihre Baby-News zu denken.

Wieder betete sie still, dass diese Schwangerschaft alles heilen möge, was zwischen ihr und ihrem Mann zerbrochen war.

Doch im selben Moment, als sie es dachte, ermahnte Ava sich selbst, mit ihrem Optimismus vorsichtig zu sein. Sie hatte Freundinnen, die versucht hatten, eine zerrüttete Beziehung durch eine Schwangerschaft zu retten. Es lief allerdings nie so wie geplant, sondern verkomplizierte die Situation nur noch mehr, indem zwei Menschen für immer aneinander und an ihr Elend gefesselt wurden.

Sie war nicht mit Absicht schwanger geworden. Sie hoffte, dass Cullen das verstanden hatte. In der Zeit, als sie das Baby gezeugt haben mussten, waren sie beide so verliebt wie eh und je gewesen, mit einer vielversprechenden rosigen Zukunft. Vor fünf oder sechs Wochen hatte Ava nicht im Geringsten geahnt, dass das Fundament ihrer Ehe zerfallen könnte wie Kreide, die man im Regen liegen lässt.

»Hast du Grandma von dem Baby erzählt?«, fragte Madi.

»Nein. Cullen musste es als Erster erfahren. Und dann schien es mir nur richtig, es dir als Nächstes zu sagen.«

»Ich vermute, sie wird nicht allzu überrascht sein. Leona ist ziemlich schlau und hat einen sechsten Sinn für solche Dinge.«

Wenn Ava an die sanfte Fürsorge dachte, mit der Leona sie umgab, seit sie in die Stadt zurückgekehrt war, musste sie Madi zustimmen. Vielleicht hatte ihre Großmutter es schon die ganze Zeit geahnt.

»Ich werde es ihr bald sagen. Vielleicht sogar heute Abend, falls sie noch wach sein sollte, wenn ich bei ihr ankomme.«

Ava kletterte in ihr Auto und war plötzlich so erschöpft, wie sie es noch nie zuvor in ihrem Leben gewesen war.

Die Sterne funkelten am Himmel, es war ein riesiges, ehrfurchtgebietendes Schauspiel. Seit sie in der Stadt lebte, hatte sie ganz vergessen, wie viele von ihnen man am Land ohne die ganze Lichtverschmutzung sehen konnte.

»Ich hoffe, dass mit Cullen alles wieder in Ordnung kommt«, sagte Madi. »Er ist ein toller Kerl. Egal, wie wütend er im Moment auf dich ist, ich bin sicher, dass er das Baby auch will.«

Ja. Sie wusste, dass das stimmte. Ob er *sie* aber auch wollte, war eine andere Geschichte. Sie hoffte inständig, dass sie dieses Kind nicht allein großziehen musste.

»Wenn du Gelegenheit hattest, die Hunde durch die Kamera zu sehen, sagst du mir dann Bescheid, wie es ihnen geht? Du kannst mir ruhig eine Nachricht schicken, egal, wie spät es ist. Das möchte ich sogar. Ich werde besser schlafen, wenn ich weiß, dass es ihnen gut geht.«

»Wir können jetzt nachsehen, wenn du willst. Ich habe eine App auf meinem Handy.«

»Würde es dir was ausmachen?«

Als Antwort zückte Madi ihr Handy, tippte ein paarmal auf den Bildschirm und hielt es Ava vor die Nase. Sie sah, dass beide Hunde tief schliefen, nebeneinander zusammengerollt, jeder auf seiner Seite des Drahtzauns, der sie voneinander trennte.

»Ich hoffe wirklich, dass wir ihre Besitzer finden können.«

»Das hoffe ich auch. Morgen fangen wir an, nachzuforschen. Wenn nicht, werden wir ein gutes Zuhause für sie finden.«

Ava könnte sie adoptieren.

Der Impuls, ihrer Schwester das Angebot zu machen, überraschte sie, und sie musste sich beherrschen, um nicht mit den Worten herauszuplatzen.

Das konnte sie nicht. Das war unmöglich. In ihrer Wohnung waren nur kleine Haustiere erlaubt. Außerdem würde sie bald ein Baby bekommen. Sie hatte keine Ahnung, wie sie *das* schaffen sollte. Auf jeden Fall konnte sie es nicht mit zwei Hunden auf einmal aufnehmen.

»Kann ich sie morgen in der Tierklinik besuchen?«

Sie sah, wie Madis Augen vor Überraschung weit wurden. »Ich bin sicher, dass Luke nichts dagegen hätte, aber ich schätze, sie kommen morgen oder übermorgen sowieso hier zu uns ins Tierheim. Du wirst sie auf jeden Fall sehen, wenn du zum Helfen kommst.«

Sie nahm an, dass das wohl reichen musste, obwohl sie nicht sicher war, ob sie so lange warten konnte.

»In Ordnung. Dann wünsche ich dir eine gute Nacht. Nochmals vielen Dank. Ich stehe in deiner Schuld.«

»Ich sorge schon dafür, dass du es mir zurückzahlst, wenn ich dich im Tierheim einsetze. Glaub nicht, dass die Schwangerschaft dich vom Gassigehen befreit.«

»Natürlich nicht.«

Ein paar Stunden zuvor hätte sie es nicht für möglich gehalten, aber jetzt lächelte Ava beinahe, als sie ihren Motor anließ und unter dem weiten, sternenklaren Himmel davonfuhr.

Die nächsten Tage verliefen für Ava in angenehmer Routine. Morgens arbeitete sie mit ihrer Großmutter im Garten, wenn das Vogelgezwitscher die Luft erfüllte und der Tau in schimmernden Tröpfchen an den Blättern schaukelte.

Nachmittags ging sie ins Tierheim, wo Madi sie die Hunde ausführen ließ, wo sie die Hängebauchschweine fütterte oder mit der Eselin Sabra spielte, die verrückt danach war, einen Strandball durch ihr Gehege zu kicken.

Sie musste sich immer noch jeden Morgen übergeben, aber bis zum Mittag war sie wiederhergestellt. Die schlimmste Übelkeit schien vorbei zu sein, als ob ihr Körper ihr mit dem ständigen Unwohlsein etwas hatte sagen wollen.

Die Botschaft war angekommen.

Sie war immer noch sehr oft müde und konnte bei jeder Gelegenheit anfangen, zu weinen. Doch allmählich hatte sie sich an den Gedanken gewöhnt, schwanger zu sein, an das Bewusstsein, dass ein neues Leben in ihr heranwuchs, das aus ihren besten Eigenschaften und denen des Mannes, den sie liebte, entstanden war.

Sie war bei einer Ärztin in Sun Valley gewesen, Dr. Choate, einer warmherzigen älteren Frau, die ihr versichert hatte, dass alles in Ordnung zu sein schien, und die ihr Multivitamine und viel Bewegung und frische Luft verschrieben hatte.

Sie hatte einen Ultraschalltermin in einem Monat angesetzt, wenn sie dann noch in der Stadt sein sollte.

Es könnte zu früh sein, um etwas über das Geschlecht des Babys zu sagen, hatte Denise Choate sie vorgewarnt. Doch Ava war das Geschlecht sowieso egal. Sie war sich nicht einmal sicher, ob sie es vorzeitig wissen wollte. Sie würde das Kind unter allen Umständen lieben.

Während alldem erhielt sie weiterhin regelmäßig E-Mails und Anrufe von Sylvia Wittman. Ihre Literaturagentin sprudelte immer vor aufregenden Neuigkeiten. *Ghost Lake* war in dieser Woche auf der Bestsellerliste einen Platz nach oben gerutscht. Es waren Nebenrechte für drei weitere Übersetzungen verkauft worden. Mehrere der berühmteren Buchclubs zogen das Buch für eine zukünftige monatliche Auswahl in Betracht. Und noch ein paar Filmproduzenten hatten angefragt.

Ava versuchte, eine angemessene Begeisterung heraufzubeschwören, aber es war schwierig, wenn sie sich auf nichts anderes konzentrieren konnte als auf das Leben, das in ihr heranwuchs, und auf die Sorge, was für ein Zuhause sie ihrem Kind bieten konnte.

Jetzt, fast zwei Wochen, nachdem Luke Gentry zum ersten Mal vermutet hatte, dass sie schwanger sein könnte, saß Ava wieder auf dem Emerald-Thumbs-Bauernmarkt und verkaufte für Leona und ihre Freunde Blumen, Gemüse und Backwaren. Diesmal saßen sowohl Gracie als auch Beau zu ihren Füßen.

Beau (den Namen hatte Madi Gracies Border-Collie-Freund gegeben) konnte sich jetzt schon viel besser fortbewegen. Mit zunehmender Gesundheit und Kraft kam auch seine Persönlichkeit immer mehr zum Vorschein. Der Hund war klug und neugierig, lernte schnell und war begierig darauf, neue Tricks vorzuführen. Er liebte es, im Mittelpunkt des Geschehens zu stehen, und war Gracie mit Haut und Haar ergeben.

Als Leona von der Rettung der beiden hörte und von Madis Plan, sie gemeinsam im Tierheim unterzubringen, bestand sie darauf, dass sie und Ava sich um die beiden kümmerten, bis ihre Besitzer beziehungsweise ein neues Zuhause für sie gefunden worden waren.

Ava hatte nichts dagegen. Sie hatte die beiden Hunde liebgewonnen und versuchte, sich gegen den bevorstehenden Kummer zu wappnen, weil es ihr das Herz brechen würde, sie an jemand anderen abgeben zu müssen.

Zu ihrer großen Überraschung schienen die Hunde auch sie zu mögen, besonders Gracie, die es liebte, bei jeder sich bietenden Gelegenheit mit ihr zu kuscheln. Abends, wenn die Schatten lang wurden und die Luft nach Blumen und Sonnenschein duftete, saß Ava in dem wunderschönen Garten ihrer Großmutter auf einer Bank, Gracie döste neben ihr, und Beau schnüffelte an jeder Blume und Gemüsepflanze, als könnten sie ohne ihn nicht wachsen.

Wie sollte sie es übers Herz bringen, sich von ihnen zu verabschieden, wenn die Zeit für sie gekommen war, nach Oregon zurückzukehren? Daran wollte sie gar nicht denken.

Vielleicht sollte Ava hierbleiben und das Baby in diesem kleinen Kokon zur Welt bringen, wo sie sich sicher, warm und beschützt fühlte. Wo sie sich dem Trubel um *Ghost Lake* entziehen konnte, der sie jenseits von Emerald Creek erwartete.

Ganz entkommen konnte sie dem auch hier nicht, das musste sie zugeben. An diesem Tag hatte sie bereits drei Exemplare des Buches signiert, die ihr von Marktbesuchern überreicht worden waren. Jedes Mal zog sich ihr Inneres dabei zusammen, und sie fragte sich, ob sie sich jemals mit dieser öffentlichen Aufmerksamkeit anfreunden würde.

Gracie, die sie offenbar trotz des Hochstapler-Syndroms liebte, stand auf und stupste erwartungsvoll mit ihrer kalten Nase an Avas Bein.

»Was? Du musst mal? Jetzt? Ich bin gerade ziemlich beschäftigt.«

Zwei Kunden unterhielten sich mit ihrer Großmutter darüber, welche Blumensträuße sie kaufen wollten. Leona hörte, wie sie mit dem Hund sprach, und winkte ihr zu.

»Geh ruhig mit den beiden spazieren. Ich bin ja hier. Und ich komme zurecht. Du brauchst die Bewegung, mein Schatz. Du warst schon den ganzen Morgen hier an den Stand gefesselt. Gönn dir auch mal was Nettes, wenn du schon hier draußen bist. Der Stand an der Ecke hat wunderbare Ziegenmilchlotion. Die musst du unbedingt mal testen.«

An ihrem Stand war den ganzen Tag über viel los gewesen. Die Lavendelsäckchen, die sie und Leona in dieser Woche gestopft hatten, waren schon fast komplett ausverkauft, und von den Schnittblumensträußen waren nur noch sechs Stück übrig.

Es war Avas Idee gewesen, ein Schild anzubringen, auf dem erklärt wurde, dass sämtliche Einnahmen aus dem Verkauf dazu beitrugen, Futter für die Tiere des Emerald-Creek-Tierheims bereitzustellen. Sie wollte daran glauben, dass sie sie dadurch schneller unter die Leute brachten.

»Bist du sicher?«

»Absolut. Ich weiß jetzt, wie das Abrechnungsdings auf dem Tablet funktioniert, seit du es mir erklärt hast, also mach dir keine Sorgen. Es wird euch allen guttun.«

Ihre Großmutter war die meiste Zeit ohne sie ausgekommen, als Ava noch in Oregon lebte. Eine Viertelstunde konnte sie ohne Probleme den Verkauf allein bewältigen.

Als sie aufstand, erhoben sich auch die Hunde, als hätten sie das Gespräch mitgehört und wüssten, was gleich passieren würde.

Ava konnte sich ein Lächeln nicht verkneifen, als sie ihnen die Leinen anlegte.

»Wir gehen auf den Hundeplatz. Ruf mich an, wenn du mich brauchst, dann sind wir in fünf Minuten zurück.«

»Ich werde dich nicht brauchen. Geht nur. Amüsiert euch.«

Sie bahnte sich schnell einen Weg durch die Menge, denn sie merkte, dass Gracies Bedürfnis immer dringender wurde. Der Hundeauslauf befand sich am anderen Ende des Stadtparks, und so verließ sie den Bauernmarkt und ging zwischen den Bäumen hindurch am Spielplatz vorbei.

Innerhalb des eingezäunten Geländes jagten sich zwei schwarze Labradore, die aussahen, als hätten sie viel Energie, während die Frau, die sie mitgebracht haben musste, auf einer der Bänke saß und auf ihr Telefon schaute.

Ava ließ Gracie von der Leine, hielt aber Beau zu seiner Sicherheit bei sich. Er konnte immer noch nicht auf seinem Bein laufen und spielen, aber es gefiel ihm, die anderen Hunde zu begrüßen, die stehen blieben, um zu schnüffeln und beschnüffelt zu werden.

Sie rollte gerade Beau innerhalb des Radius seiner kurzen Leine seinen Lieblingsball zu, als eine Stimme sie von der anderen Seite des Zauns ansprach.

»Da bist du ja. Leona hat mir gesagt, wo ich dich finden kann.«

Sie drehte sich schnell um, die Stimme ihres Mannes brachte ihr Herz zum Klopfen.

Sie hatte Cullen in der Woche zuvor ein Mal kurz gesehen, allerdings nicht auf dem Bauernmarkt. Stattdessen hatte er am Sonntag bei Leona Halt gemacht, als er gerade mit einem Doktoranden zum Einkaufen gefahren war, den er im Laden absetzte, während er vorbeischaute, um Hallo zu sagen.

Der Besuch war zu kurz gewesen, um sich wirklich in Ruhe zu unterhalten. Ihre Großmutter hatte ihn zu einem schnellen Mittagsimbiss eingeladen, und er und Leona unterhielten sich die meiste Zeit über die Ausgrabungsstätte.

Als sie ihn jetzt in der späten Morgensonne betrachtete, sah sie, dass sein Bart noch voller geworden war, seit sie ihn das letzte Mal gesehen hatte.

Obwohl er immer noch ordentlich gestutzt war, sah Cullen sexy und verwegen aus. Würde er ihn rasieren, bevor im Herbst die Vorlesungen begannen? Sie hoffte es nicht, obwohl sie annehmen musste, dass viele seiner Studentinnen definitiv Gefallen an dem Bart finden würden.

Beau schlug mit seinen Schwanz auf das Gras, und Cullen beugte sich hinunter, um den Hund zu streicheln. Die beiden hatten sich bei ihrem kurzen Kennenlernen in der Woche zuvor eindeutig angefreundet.

»Hi«, sagte Ava und fühlte sich etwas kurzatmig. »Ich hatte gehofft, dich heute zu sehen, obwohl du ja letzte Woche gesagt hast, du wärst dir nicht sicher, an welchem Tag du zum Einkaufen runterkommen würdest.«

»Ich dachte wirklich, wir hätten genug für den Rest des Monats. Es ist unglaublich, wie viel ein siebenköpfiges Forscherteam essen kann.«

Ihre akademischen Freunde in Portland waren unentwegt hungrig gewesen. Ava hatte es sich zur Aufgabe gemacht, für sie zu kochen, wann immer sie konnte. Sie hatte es geliebt.

»Ist Luis bei dir oder einer der Doktoranden?«

Er schüttelte den Kopf. »Diesmal nicht. Wir sind gerade dabei, in einem ziemlich komplizierten Bereich zu graben, also haben sie alle beschlossen, dazubleiben und mich den Einkauf allein erledigen zu lassen.«

»Es muss ganz schön anstrengend sein, sieben Leute ständig zu verpflegen.«

»Das ist nicht so schlimm. Wir entscheiden gemeinsam, was es in der Woche zu essen gibt, und wechseln uns beim Kochen ab.«

»Du siehst dünn aus«, konnte sie sich nicht verkneifen, zu sagen, obwohl sie wusste, dass sie wie eine nörgelnde Ehefrau klang. »Bist du sicher, dass du genug zu essen bekommst?«

»Mir geht's gut. Es gibt viel Erdnussbutter und Marmelade.« Er betrachtete sie aufmerksam. »Was ist mit dir? Wie fühlst *du* dich?«

»Ich muss mich nicht mehr so oft übergeben. Meistens nur ein Mal morgens, nach dem Aufstehen. Außerdem war ich diese Woche bei einer Ärztin. Sie sagt, dass bisher alles in bester Ordnung zu sein scheint.«

»Gut. Das ist gut.«

»Sie konnte auch den Geburtstermin etwas genauer festlegen. Ich bin ungefähr in der siebten Woche, also ist es etwa Mitte

Januar so weit. Das Baby wird da sein, bevor wir es überhaupt merken.«

Konnten sie bis dahin alles wieder in Ordnung bringen, was zerbrochen war? Sie hoffte es wirklich.

»Kann ich ... dir beim Einkaufen helfen?«

»Hast du nicht bei deiner Großmutter Marktdienst?«

Sie schaute auf ihre Uhr. »Ja. Der Markt geht noch eine Stunde, und dann muss ich ihr helfen, alles abzubauen. Aber danach könnte ich dich begleiten, wenn du so lange warten möchtest.«

Er schien nachzudenken und nickte schließlich. »Ich würde mich sogar darüber freuen. Wie du weißt, ist Einkaufen nicht gerade meine Lieblingsbeschäftigung. Die meiste Zeit jedenfalls.«

Sie lächelte. Einige ihrer schönsten Momente hatten sie beim Einkaufen erlebt. Als sie noch getrennt lebten, hatten sie sich regelmäßig am Samstagmorgen verabredet, um gemeinsam zum Supermarkt zu gehen. Nach der Hochzeit wurden daraus meist Samstagnachmittagsausflüge, da sie am Wochenende gerne faule Vormittage im Bett verbrachten.

Ihre Brust schmerzte, als sie daran dachte, und sie umfasste Beaus Leine noch etwas fester, erfüllt von der heftigen Sehnsucht, dass sie es irgendwie schaffen könnten, sich alles zurückzuholen, was sie einmal gehabt hatten.

»Was ist mit den Hunden?«, fragte er, was sie ruckartig in die Gegenwart zurückholte.

»Was soll mit ihnen sein?«

»Wir können sie nicht mit zum Supermarkt nehmen. Kannst du sie bei Leona lassen?«

»Oh ja. Ihr Hund Oscar ist ein fabelhafter Aufpasser.«

»Genau. Oscar. Unglaublich, dass es ihn noch gibt. Er war schon alt, als wir uns kennengelernt haben.«

»Er hält sich sehr tapfer. Ich bin mir sicher, dass Grandma ein Auge auf sie werfen kann, bis sie hier fertig ist. Wir können sie ja mal fragen, um sicherzugehen.«

Er lächelte sie an. Zaghaft, aber es war definitiv ein Lächeln. Für einen Moment sprudelte ein unwillkürliches Glücksgefühl in ihr auf.

»Während du Leona noch ein wenig hilfst, kaufe ich auf dem Markt ein paar frische Sachen, falls noch nicht alles abgegrast ist.«

Sie zog ein Gesicht. »Auf dem Bauernmarkt fängt tatsächlich der frühe Vogel den Wurm – oder zumindest die besten Lebensmittel. Aber ich bin mir sicher, dass es noch ein paar gute Dinge gibt. Der Trick wird sein, Gracie dazu zu bringen, stillzuhalten, damit ich sie wieder an die Leine legen kann.«

»Gracie. Komm her, Mädchen«, rief er.

Der Corgi watschelte sofort zu ihm herüber, als hätte sie schon ihr ganzes Leben lang seine Befehle befolgt. Er hakte die Leine ein, hielt sie in der einen Hand und streckte die andere aus, um Ava von der Bank zu helfen.

Als er ihre Hand nicht sofort losließ, spürte Ava, wie sich dieses sprudelnde Glücksgefühl in ihrer Brust noch weiter ausbreitete.

Sie gingen zum Stand ihrer Großmutter, wobei jeder von ihnen einen der Hunde an der Leine führte.

Dort angekommen, stellten sie fest, dass einer von Leonas Freunden Avas Platz eingenommen hatte und die Kassen-App auf dem Tablet bediente.

»Wir kommen hier gut zurecht«, versicherte Leona ihnen. »Macht euch keine Sorgen. Verbring eine schöne Zeit mit deinem Mann auf dem Markt.«

Ava wollte dagegen protestieren, sie sei schließlich heute mitgekommen, um ihrer Großmutter zu helfen, aber Leonas unnachgiebiger Ton überzeugte sie, dass es sinnlos war, mit ihr zu streiten.

»Danke, Grandma.« Sie gab ihr einen Kuss auf die faltige Wange. Auch wenn die Trennung von Cullen für Ava unerträglich gewesen war, so hatte sie doch wenigstens wertvolle Zeit mit ihrer Großmutter verbringen können.

Sie wünschte, sie könnte sagen, dass auch die Beziehung zu ihrer Schwester besser geworden war. Nach ihrem Ausflug in die Berge hatte Ava gehofft, dass sie und Madi ihr einst so gutes Verhältnis wiederherstellen könnten. Doch es hatte nicht funktioniert. Ihre Schwester schien entschlossen zu sein, eine feste Absperrung zwischen ihnen aufrechtzuerhalten. Zugegebenermaßen war ihr Zeitplan knapp bemessen. Madi arbeitete immer noch gleichzeitig in der Tierklinik und im Tierheim und schien in beides täglich viele Stunden zu investieren.

»Kann er auch mitkommen?«, fragte Cullen und deutete auf Beau.

»Wir sollen jeden Tag mit ihm spazieren gehen, damit er sein Bein streckt. Nichts allzu Anstrengendes, aber ich würde sagen, ein Spaziergang über den Markt wäre perfekt.«

Schnell füllten sich die Taschen, die er mitgebracht hatte, mit frischen Paprika, Zucchini und Gurken von einem Stand und mit frischen Kartoffeln und Zwiebeln von einem anderen.

Ava fühlte sich wie in alten Zeiten, auch wenn ihre Unterhaltung nicht ganz so mühelos verlief wie sonst.

»Ich hoffe, du hast genug Platz, um all das Zeug zurück ins Camp zu bringen«, sagte sie und deutete auf die wiederverwendbaren Einkaufstaschen, die er trug.

»Das ist immer die größte Herausforderung, aber bis jetzt haben wir es immer irgendwie geschafft.«

»Hängt dir das Essen im Camp schon zum Hals raus?«

»Nicht wirklich. Um ehrlich zu sein, achte ich nicht besonders darauf, was ich esse. Die Arbeit ist viel zu interessant.«

Er tat genau das, wovon er immer geträumt hatte: völlig in die Herausforderungen und Freuden wissenschaftlicher Entdeckungen einzutauchen.

»Ist es schwierig, so viele Wochen am Stück in den Bergen zu sein?«, fragte sie.

»Manchmal«, gab er zu. »Die Nächte können dort oben sehr lang sein. Aber ich habe viele Bücher auf meinem E-Reader, die ich lese, und ich führe mir immer wieder vor Augen, was wir alles erreichen.«

Seit ihrer Heirat mit Cullen hatte sie zwar gelernt, das kurzzeitige Zelten zu genießen, aber länger als drei oder vier Tage in einem Zelt zu verbringen, machte sie nervös und ängstlich, und sie sehnte sich schon bald nach einer heißen Dusche und einem weichen Bett.

Wie hatten sie und Madi es monatelang in den Bergen ausgehalten? Ava hatte es gehasst. Die Fliegen, die kalten Nächte, die mangelnde Privatsphäre und die fehlende sanitäre Grundausstattung.

Allerdings war ihr Mann freiwillig hier. Er war kein verlorenes und verängstigtes Mädchen, von allem fortgerissen, das angenehm und sicher war. Er war in seiner Komfortzone. Er lebte den Traum, den er seit Langem hatte, nämlich, an einem Forschungsprojekt zu arbeiten, das für bedeutende Fortschritte bei der Erforschung der Dinosaurier sorgen könnte, die im Westen gelebt hatten.

Früher hatte sie es geliebt, ihm zuzuhören, wenn er leidenschaftlich und strahlend über seine Arbeit sprach, bis seine Augen funkelten und seine Worte sich überschlugen.

Das fehlte ihr.

Ihr fehlten Hunderte von Dingen, die mit ihm zu tun hatten. Sich in einer kalten, regnerischen Nacht in Portland an ihn zu kuscheln. Sein Lachen, das aus dem Nichts kommen konnte und sie von innen heraus wärmte. Ihre Gespräche und Diskussionen und die Witze, die nur sie beide verstanden.

Und ihr wurde klar, wie sie das hier vermisste: einfach zusammen zu sein. Die alltäglichen, normalen Dinge wie gemeinsames Einkaufen und Abwaschen waren der Kitt, der die Risse einer Ehe auffüllte und die bitterkalten Winde des Lebens draußen ließ.

Wie konnten sie diese Nähe wiedererlangen? War das überhaupt möglich?

Sie musste diesen winzigen Keim der Hoffnung schützen und nähren.

»Ich könnte die Sachen zum Jeep bringen und dich dann am Stand deiner Großmutter wiedertreffen?«

»Okay.«

Er hielt ihr Beaus Leine hin, und Ava nahm sie entgegen, wobei sich ihre Hände berührten. Sie musste einen Schauer unterdrücken, als sie seine Finger spürte, die bei der Ausgrabung Schwielen bekommen hatten und rau geworden waren, und sie musste sich beherrschen, um die Taschen voll Obst und Gemüse nicht auf den Boden zu stoßen und in seine Arme zu sinken.

Ava kehrte zum Stand ihrer Großmutter zurück, die bereits die wenigen verbliebenen Blumensträuße zusammenpackte.

»Ich habe vor ein paar Minuten die letzten beiden Schalen Erdbeeren verkauft. Insgesamt ein ziemlich guter Tag. Ich dachte, ich bringe die restlichen Sträuße zum Betreuten Wohnen. Ich habe dort ein paar Freunde, die einen Farbtupfer zur Aufheiterung gut gebrauchen können.«

Leona machte ständig solche Sachen. Sie versuchte immer, anderen eine Freude zu machen und ihnen den Tag zu verschönern. Das war eines der vielen Dinge, die Ava an ihrer Großmutter bewunderte.

»Es tut mir leid, dass ich so lange weg war.«

»Du warst genau da, wo du sein musstest. Cullen sieht gut aus, nicht wahr?«

Ava schauderte fast schon wieder. Er sah besser als gut aus. Er sah rau und wild und … umwerfend aus.

»Ich habe ihm angeboten, ihm bei den restlichen Einkäufen zu helfen. Würde es dir etwas ausmachen, wenn ich Gracie und Beau bei dir lasse?«

»Ganz und gar nicht. Oscar und ich können heute Nachmittag ein Auge auf sie werfen. Sobald ich hier gepackt habe, gebe ich die Blumen ab und lege anschließend die Füße hoch und gucke eine meiner Masterpiece-Folgen.«

Ihre Großmutter war verrückt nach britischen Krimiserien, und meistens gelang es ihr, Ava zu überreden, sie abends mit ihr zusammen anzuschauen.

»Nimm dir so viel Zeit, wie du brauchst«, fuhr Leona fort. »Es wird dir und Cullen guttun, ein paar Stunden zusammen zu sein.«

Ava wollte mehr als das, besonders jetzt, da das Baby unterwegs war. Sie wollte herausfinden, wie sie das, was sie gehabt hatten, in etwas noch Besseres umwandeln konnten.

»Danke.« Aus einem Impuls heraus reckte sie sich und küsste Leona auf ihre wettergegerbte, runzelige Wange. »Ich liebe dich, Grandma. Ich hoffe, du weißt, wie sehr.«

»Ich liebe dich auch, sehr, sehr, sehr. Und habe ich nicht ein Glück, zwei so wunderbare Enkeltöchter zu haben, die immer noch gerne Zeit mit mir verbringen?«

»Wir sind die Glücklichen«, sagte Ava. Sie meinte es genau so, wie sie es sagte. Was hätten sie und Madi vor fünfzehn Jahren ohne Leona getan, die sie daran erinnert hatte, dass Güte, Licht und Liebe noch existierten?

25

*Die Narben bleiben, aber sie sind zu Ehrenabzeichen
der Widerstandsfähigkeit geworden, einem Beweis für die
Kraft, die wir in unserem Inneren entdeckt haben, und für
das unzerstörbare Band zwischen zwei Schwestern, die der
Dunkelheit die Stirn boten. Unsere Reise geht weiter, nicht
als an unser Trauma gefesselte Überlebende, sondern als
Architekten unseres Schicksals, die die gestohlenen Jahre
zurückfordern und sich eine Zukunft aufbauen, die von den
Schatten befreit ist.*

– *Ghost Lake*, Ava Howell Brooks

Ava

Der Nachmittag, den sie mit Cullen verbrachte, war der schönste, den sie seit Wochen erlebt hatte.

Er schlug vor, zuerst etwas zu essen, bevor sie sich auf den Weg zum Supermarkt machten, da er direkt von dort aus aufbrechen musste, um die frischen Lebensmittel auf dem Rückweg zum Camp so lange wie möglich kühl zu halten.

Obwohl sie nicht besonders hungrig war und hoffte, dass ihre morgendliche Übelkeit nicht zur Unzeit wieder auftauchte, schlug Ava das River's Edge vor, einen neuen Pub am Rande der Stadt, von dem sie die Leute hatte schwärmen hören.

Das Lokal war ziemlich voll, aber ihnen wurde ein Platz auf

dem großen, schattigen Balkon mit Blick auf Emerald Creek und die dahinter liegenden Berge zugewiesen. Während sie auf das Essen warteten, kostete Cullen das preisgekrönte Bier der Brauerei, während sie eine frische Heidelbeerlimonade trank, die zu den besten Getränken gehörte, die sie je probiert hatte.

Irgendwie, ohne dass sie es wirklich darauf anlegten, fielen sie immer wieder in ihre gewohnten lockeren Gespräche zurück und diskutierten über Gott und die Welt, über Bücher, die er nachts in seinem Zelt oder unter dem Sternenhimmel las, bis hin zu den Serien, zu denen Leona Ava überredete, sie mit ihr anzusehen.

Er schien von ihrer ehrenamtlichen Arbeit im Tierheim fasziniert zu sein und wollte alles darüber wissen. Im Gegenzug erzählte er ihr Geschichten von der Ausgrabung, davon, was sie bisher gefunden hatten, und von den starken, manchmal streitlustigen Charakteren, mit denen er dort zusammenarbeitete, was nicht immer einfach war.

Er fragte sie nach ihrem Arzttermin, und obwohl sie nicht direkt über eine gemeinsame Zukunft sprachen, schienen sie sich so gut zu verstehen wie seit Wochen nicht mehr.

Während des Essens bemerkte sie einen Mann, dessen Gesicht so sonnengebräunt war wie das eines Fluss-Guides, der die Angler und Rafter zu den Gewässern der Gegend führte. Es kam ihr vor, als würde er sie anstarren, aber vermutlich irrte sie sich.

Sie stocherte hauptsächlich in ihrem Salat herum, aber Cullen genoss seine Holzofenpizza mit den rauchigen roten Zwiebeln, den Pistazien und dem frisch zubereiteten Pesto wirklich. Gerade schob er sich das letzte Stück in den Mund, als der Fluss-Guide an ihrem Tisch stehen blieb und Ava fragend ansah.

»Es tut mir wirklich leid, Sie zu stören. Ich hoffe, das kommt Ihnen jetzt nicht total seltsam vor, aber sind Sie zufällig Ava Howell Brooks?«

Sie legte ihre Gabel beiseite, und ihr Magen drehte sich plötzlich um, diesmal eher vor Nervosität als vor morgendlicher Übelkeit. Sie sah, dass Cullen den letzten Bissen seiner Pizza hinuntergeschluckt hatte und den Mann misstrauisch und überrascht ansah.

»Ähm. Ja«, antwortete sie schließlich.

»Dachte ich mir. Ich habe Sie von dem Bild auf dem Buchumschlag erkannt. Ich habe Ihre Schwester Anfang des Sommers im Burning Tree kennengelernt. Madison, richtig?«

»Ja, genau.«

»Sie hätten hören sollen, wie ich ihr von *Ghost Lake* vorgeschwärmt habe. Es ist das beste Buch, das ich seit Langem gelesen habe. Ich habe es schon zweimal gelesen.«

Sie blinzelte. »Zweimal? Wirklich?«

»Ja. Ich wollte mir auch noch das Hörbuch über meine Bibliotheks-App besorgen, aber es gibt eine Warteliste von zweiundvierzig Wochen. Haben Sie es selbst eingesprochen?«

Sie erkannte an einem kleinen Muskel seines Kiefers, dass Cullen angespannt war.

»Nein«, sagte sie. »Das habe ich einer Synchronsprecherin überlassen. Sie ist wunderbar.«

»Wie Sie schreiben, berührt mich wirklich.«

Sie wusste nie, was sie sagen sollte, wenn jemand ihre Arbeit lobte. »Danke«, sagte sie schließlich und fühlte sich unbeholfen und verlegen.

»Ich meine, ich kann nicht unbedingt nachempfinden, was Sie und Ihre Schwester durchgemacht haben, die Gefangenschaft und sich durch die Wildnis kämpfen zu müssen, um zu überleben.«

Kein Wunder. Wie viele Menschen könnten das?

»Aber ich bin mit einem Vater aufgewachsen, der zu viel getrunken und Drogen genommen hat. Er hat unsere Mutter und mich und meine Schwester nicht immer wirklich gut behandelt. Er ist abgehauen, als ich dreizehn war.«

»Das tut mir leid.«

»Aber die Art und Weise, wie Sie dennoch versuchen, mit den Entscheidungen, die Ihr Vater getroffen hat, Frieden zu schließen, kann ich sehr gut nachempfinden. Vor Kurzem hat mein Vater versucht, in unser Leben zurückzukehren, um uns zu sagen, wie leid es ihm tut, und dass er sich geändert hat. Während meine Schwester ihn gewähren ließ, habe ich diese Tür geschlossen gehalten und fest verriegelt. Aber Ihr unverhüllter Schmerz über den Verlust Ihres Vaters, trotz allem, was er getan hat, hat mich tief berührt. Sie haben mir eine Menge zum Nachdenken gegeben.«

Sie blickte Cullen an und sah, dass er anscheinend von den Worten des Mannes beeindruckt war.

Sie wusste, dass ihr Mann seinen Vater an Krebs verloren hatte, als er noch sehr jung war. Eine seiner schönsten Kindheitserinnerungen war, wie er mit seinem Vater in den letzten Wochen seines Lebens ein Dinosauriermuseum besuchte.

Er hatte es ihr in lebhaften Details beschrieben. All die schwierigen Momente, die damit begonnen hatten, dass er seinen Vater im Rollstuhl umherschieben musste, da er zu müde zum Gehen geworden war, bis hin zur Hilfe beim Entleeren seines Dauerkatheterbeutels im Urinal, wenn dieser zu voll war. Und die Freude, die sie verspürten, als sie den Paläontologen hinter der Scheibe dabei zusahen, wie sie die Fossilien mit akribischer Sorgfalt reinigten.

Er hatte ihr alles so haarklein erzählt, bis sie beinahe das Gefühl hatte, an diesem Tag selbst dabei gewesen zu sein.

Und im Gegenzug hatte sie alles weggelassen, was sie zu der Frau gemacht hatte, die sie heute war.

»Danke, dass Sie mir das anvertrauen«, sagte sie leise zu dem Fluss-Guide, obwohl diese Worte ebenso dem Mann galten, den sie liebte.

»Wenn es Ihnen nicht allzu viel ausmacht, würden Sie mir dann mein Exemplar von *Ghost Lake* signieren? Ich habe es draußen in meinem Wagen. Ich könnte es schnell holen.«

Sie warf Cullen einen Blick zu und merkte, dass ihn die ganze Unterhaltung unerwartet traf und verwirrte.

Sie wollte nicht, dass irgendetwas diese seltene und kostbare Zeit, die sie mit ihrem Mann hatte, störte oder dass Cullen an die Geheimnisse erinnert wurde, die sie der ganzen Welt, aber nicht ihm erzählt hatte. Dennoch konnte sie die Ehrlichkeit des Fluss-Guides und sein aufrichtiges Lob nicht einfach ignorieren.

»Natürlich. Ich signiere es gerne.«

»Danke. Bin gleich wieder da.«

Nachdem er gegangen war, nahm sie ihr Glas in die Hand und leerte es. Cullen beobachtete sie, in seinen Augen las sie ein Gefühl, das sie nicht zuordnen konnte.

»Passiert dir so was oft?«

»Leute aus der Stadt, die mich kennen, haben mich ab und zu angesprochen und wollten über das Buch reden. Ich habe heute auf dem Bauernmarkt ein paar Bücher signiert. Aber ich hatte nicht die Gelegenheit, mit vielen Lesern zu sprechen, vor allem, weil ich die Lesereise verschoben habe.«

»Apropos. Hast du vor, sie jetzt einzuplanen?«

»Möglicherweise. Ich bin mir nicht sicher, vor allem jetzt, da ich schwanger bin. Wir sind uns noch nicht einig über den richtigen Zeitpunkt.«

Bevor er antworten konnte, kam der Fluss-Guide zurück, ein Exemplar des Buches mit dem markanten Einband in seinen Händen.

»Nochmals vielen Dank dafür«, sagte er und hielt ihr das Buch hin.

»Kein Problem.« Sie schob das unbenutzte Besteck zur Seite, um Platz zum Schreiben zu haben, griff dann in ihre Handtasche und fand den Stift, den sie immer dort aufbewahrte.

»Es tut mir leid. Ich habe Ihren Namen vergessen«, sagte sie, nachdem sie das Buch vorne aufgeschlagen und die Titelseite gefunden hatte.

»Ich bin mir nicht sicher, ob ich ihn schon genannt hatte. Ryan. Ich bin Ryan O'Connor.«

Sie schrieb seinen Namen und einen kurzen Text mit einem ihrer Lieblingszitate auf die Seite, dann unterschrieb sie mit ihrem vollen Namen, so wie er auf dem Titel stand: Ava Howell Brooks.

Er nahm es wieder entgegen, als würde sie ihm ein Kästchen mit kostbaren Juwelen überreichen.

»Ich danke Ihnen. Das bedeutet mir sehr viel.«

»Gern geschehen.«

»Und sagen Sie Ihrer Schwester, dass ich immer noch gern mit ihr ausgehen würde, falls es ihr zeitlich möglich sein sollte, bevor ich Ende August wieder zur Uni zurückmuss. Es hat Spaß gemacht, mit ihr zu tanzen.«

Ava war sich nicht ganz sicher, wie sie darauf reagieren sollte. Ihre Beziehung zu Madi war noch viel zu sensibel, als dass sie es riskieren wollte, sich in das Liebesleben ihrer Schwester einzumischen.

Schließlich nickte sie. »Es war schön, Sie kennenzulernen, Ryan. Viel Glück mit Ihrem Vater, wie auch immer Sie sich entscheiden.«

Er nickte, nahm sein Buch fest in die Hand und ging auf demselben Weg zurück, auf dem er gekommen war.

»Nochmals Entschuldigung für die Unterbrechung.« Sie hasste alles, was diese seltene, schöne Zeit mit ihrem Mann störte.

Cullen schüttelte den Kopf. »Du brauchst dich nicht zu entschuldigen, Ava. Ich wusste ja, dass das Buch ein Bestseller ist, aber es ist etwas anderes, wenn man unmittelbar einen Leser dazu hört, den es tatsächlich berührt hat.«

Zu ihrer Erleichterung schien die Störung ihre gemeinsame Zeit nicht beeinträchtigt zu haben. Sie unterhielten sich genauso locker weiter, während Cullen das Essen bezahlte und sie zu dem größeren Lebensmittelgeschäft in Sun Valley fuhren.

Als sie alle Dinge auf seiner Liste zusammenhatten, spürte sie, wie ihr der lange Tag zu schaffen zu machen. Sie kämpfte gegen die Müdigkeit an, denn sie wollte nicht, dass irgendetwas ihr die kostbare Zeit mit Cullen verdarb.

»Nochmals vielen Dank für deine Hilfe. Du hast mir mindestens eine Stunde Einkauf erspart«, sagte Cullen, als sie die Einkäufe in den Kofferraum seines Jeeps luden. Ein Großteil der Lebensmittel bestand aus Trockenware oder haltbaren Produkten, da sie wusste, dass sie nur ein paar solarbetriebene Kühlboxen im Camp hatten, aber es gab auch ein paar frische Dinge, die sie innerhalb der nächsten Tage aufbrauchen mussten.

»Das habe ich gerne getan. Es ist gut, zu wissen, dass du diese Woche genug zu essen haben wirst.«

»Ich werde schon nicht verhungern. Hast du gesehen, ich habe das XXL-Erdnussbutterglas mitgenommen.«

Sie lächelte, als sie auf den Sitz des Jeeps rutschte. »Dann bist du ja rundum versorgt. Wenn du das gleich zu Anfang gekauft hättest, hättest du dir eine Menge Ärger und Kosten sparen können. Im Ernst, was braucht der Mensch sonst noch außer Erdnussbutter?«

Er lächelte so aufrichtig belustigt, wie sie ihn seit Wochen nicht mehr gesehen hatte. »Wenn ich im Camp nur mit einem riesigen Glas Erdnussbutter für die ganze Mannschaft auftauchen würde, das wir die Woche über essen müssten, gäbe es Massenproteste. Und in ein paar Millionen Jahren würden Wissenschaftler *meine* Knochen ausbuddeln. Das Team würde mich nie wieder zum Einkaufen schicken.«

Er fuhr vom Parkplatz, und mit jedem Kilometer, den sie zurücklegten, spürte Ava die Schwere ihrer bevorstehenden Trennung.

Viel zu bald bog er in Leonas Einfahrt ein und lief dann um den Jeep herum, um sie aussteigen zu lassen.

»Nochmals vielen Dank für deine Hilfe.«

»Es war mir wirklich ein Vergnügen, Cullen. Ich bin so froh, dass ich etwas Zeit mit dir verbringen konnte. Ich habe … Ich habe dich so sehr vermisst.«

»Ich habe dich auch vermisst«, sagte er mit rauer Stimme.

Sie sehnte sich so verzweifelt danach, die Kluft zwischen ihnen zu überbrücken, dass sie beschloss, das Risiko einzugehen: Sie trat auf ihn zu und schlang ihre Arme um seinen Hals. Er erwiderte die Umarmung, legte seine Arme um ihre Taille und sein Kinn auf ihren Kopf.

Sie schloss die Augen, presste ihre Wange gegen sein schlagendes Herz und versuchte, sich den Augenblick in ihr Gedächtnis einzubrennen, damit sie während der langen Tage ohne ihn davon zehren konnte.

Mit einem leisen Seufzer küsste er sie. Sein Geschmack und die Form seiner Lippen waren ihr wunderbar vertraut, wie ein Lieblingsbuch, das sie schon hundertmal gelesen hatte. Sie wollte in seinem Kuss versinken und sich einfach in Luft auflösen.

Viel zu bald beendete er den Kuss. »Es tut mir leid, Ava, aber ich muss gehen. Ich habe noch eine lange Fahrt vor mir, und ich will nicht, dass alles, was wir gerade gekauft haben, verdirbt, bis ich wieder auf dem Berg bin.«

Sie nickte seufzend und trat zurück. Seine Abwesenheit verursachte ihr körperlichen Schmerz.

»Ich verstehe.«

»Pass die Woche über auf dich auf. Übertreib es nicht.«

Sie lachte halbherzig. »Ich wohne bei meiner Großmutter und verbringe meine Tage mit Gartenpflege und ehrenamtlicher Arbeit in einem Tierheim. Das ist nicht gerade echter Stress. Du bist derjenige, der vorsichtig sein sollte. Ich möchte nicht, dass dich da oben die Pumas fressen.«

Er schien ihre Hand nur widerwillig loszulassen. Das musste doch ein gutes Zeichen sein, oder?

»Vielleicht kann ich mich diese Woche einmal wegschleichen und von den Bergen herunterkommen, dann gehen wir zusammen essen oder so.«

»Das wäre schön«, sagte sie leise und wagte noch immer nicht, zu hoffen.

Er küsste sie ein letztes Mal auf die Stirn, dann stieg er in den Jeep. Aber sein Wagen bewegte sich nicht von der Stelle, und ihr wurde klar, dass Cullen erst losfahren würde, wenn er wusste, dass sie sicher drinnen angekommen war, also ging sie auf die Veranda und schloss die Haustür ihrer Großmutter auf.

Als er schließlich rückwärts aus der Einfahrt fuhr, trat sie auf die Veranda zurück und beobachtete, wie er unter der warmen Junisonne davonfuhr.

26

Das Gewicht der Vergangenheit liegt auf uns wie eine
unsichtbare Last, und an der Schwelle zu einem neuen
Leben drohen Erinnerungen an das Lager uns wieder in die
Dunkelheit zu ziehen.

– *Ghost Lake*, Ava Howell Brooks

Madison

Nach einem hektischen letzten Arbeitstag in der Tierklinik holte Madi die restlichen Sachen aus ihrem Spind. Sie ging in den Pausenraum, um sich ein letztes Mal von ihren Kollegen zu verabschieden, und blieb wie angewurzelt stehen.

Der ganze Raum war mit Luftschlangen und Folienballons geschmückt, und auf einem großen Schild mit Hunde- und Katzenpfotenabdrücken stand »Alles Gute, Madison«.

Alle ihre Kollegen strahlten sie mit leuchtenden Augen an, wobei Lukes Lächeln das breiteste von allen war.

Sie stand in der Tür, und Traurigkeit erfüllte sie wie die Luft in den Luftballons.

Sosehr sie sich auch darauf freute, dieses neue Kapitel in ihrem Leben zu beginnen, so sehr liebte sie die Arbeit in der Klinik, und es tat ihr leid, ihre Kollegen zu verlassen.

Sie räusperte sich. »Ich dachte, ich hätte es deutlich genug gesagt, dass ich keinen großen Wirbel will.«

»Fürs Protokoll«, erwiderte Luke und schaute prüfend in die Runde, »ich habe versucht, mich daran zu halten, und wurde eindeutig überstimmt.«

»Du gehörst zum Inventar der Emerald-Creek-Tierklinik.« Lukes teilpensionierter Partner, Ray Gonzalez, ergriff das Wort. Ray hatte mit Lukes Vater zusammengearbeitet und kümmerte sich jetzt hauptsächlich um Rinder und Pferde.

»Ich weiß noch, wie du angefangen hast, das war vor mehr als zehn Jahren«, sagte Ray mit rauer Stimme. »Wie alt warst du da? Sechzehn? Du musstest noch zur Physio- und Ergotherapie und hattest viele gesundheitliche Probleme, aber du kamst trotzdem in die Klinik und hast dich um einen Job beworben, bereit, alles zu tun. Käfige säubern. Verängstigte Tiere trösten. Den Boden im Wartezimmer schrubben. Was auch immer wir brauchten. Du warst immer so eine treue Seele. Wir werden dich vermissen, meine Liebe.«

Er umarmte sie, und Madi spürte, wie Tränen ihr die Kehle zuschnürten. Ray war immer nett zu ihr gewesen, von dem ersten Tag an, als sie nach einem Job gefragt hatte. Er war derjenige gewesen, der sie dazu gedrängt hatte, die Ausbildung zur Tierarzthelferin zu machen, und hatte ihr nach ihrem Abschluss einen Job versprochen.

Die ganzen Jahre über war er, genau wie Luke, sowohl ein Mentor als auch ein Freund gewesen.

»Wir wollten dir zeigen, wie sehr wir dich lieben«, sagte Evelyn Huff, die Büroleiterin, mit einem warmen Lächeln.

»Danke«, sagte Madi. »Und ich liebe euch alle auch. Aber ganz im Ernst. Das wäre wirklich nicht nötig gewesen. Es ist doch keine große Sache. Ich bin ja nicht weit weg.«

»Aber du wirst nicht mehr jeden Tag hier sein«, sagte Luke mürrisch. »Das ist unsere Art, dir zu zeigen, wie sehr wir dich vermissen werden.«

»Danke«, sagte sie. Zu ihrem Entsetzen spürte sie, wie ihr die Tränen kamen, und sie blinzelte sie schnell weg.

Veränderungen waren immer schwer, aber sie waren auch ein unvermeidlicher Teil des Lebens. Sie verließ einen Job und Menschen, die sie liebte, ja. Aber sie steuerte auf etwas Neues zu, auf einen Traum, den sie fast ihr ganzes Leben lang gehegt hatte.

Die nächste Stunde lang unterhielt sie sich mit ihren Kollegen, während sie Kuchen und kleine Croissant-Sandwiches mit Hühnersalat aus der Mountain View Café & Bakery genossen, die gute Freunde von ihr eröffnet hatten.

»Bist du bereit für den nächsten Abschnitt deines Lebens?«, fragte Ray sie leise, als sich die Abschiedsparty langsam dem Ende zuneigte und einige Leute schon nach Hause gingen.

»Ich denke schon«, antwortete sie. »Entweder man ist es oder nicht, stimmt's?«

Sein freundliches Gesicht faltete sich zu einem Lächeln. »Du hast so hart gearbeitet, um es möglich zu machen.«

Daraufhin runzelte sie die Stirn. Sie *hatte* hart gearbeitet, Spenden gesammelt und Förderanträge geschrieben, aber es war wirklich eine Aneinanderreihung zufälliger Ereignisse gewesen, die sie an diesen Punkt gebracht hatte. Erst hatte Eugene Pruitt seine Farm und sein Land der Emerald-Creek-Tierheim-Stiftung vermacht. Dann hatte es die großzügige anonyme Spende gegeben, die den Großteil der laufenden Kosten für die nächsten Jahre decken würde.

Mit beidem hatte sie nur wenig zu tun.

Luke hatte mehr als sie dazu beigetragen, Eugene Pruitt davon zu überzeugen, sein Anwesen der Stiftung zu überlassen, und sie hatte bis heute keine Ahnung, wer hinter der großzügigen Spende stand.

Als nur noch wenige Angestellte im Pausenraum waren, verabschiedete sich Madi ein letztes Mal und nahm die Kiste mit ihren Sachen auf den Arm.

»Lass mich das für dich tragen.«

Oh. Sie hatte gedacht, Luke sei schon gegangen, denn sie hatte ihn nicht mehr gesehen. Er musste in seinem Büro gewesen sein.

Unter anderen Umständen hätte sie ihm vielleicht die übliche Antwort einer unabhängigen Frau gegeben – dass es eine kleine Kiste war und sie durchaus in der Lage sei, sie selbst zu tragen. Aber sie sah keinen Grund, diese schöne Abschiedsparty durch unnötige Kleinlichkeiten zu verderben.

»Danke«, sagte sie.

Gemeinsam gingen sie zum Parkplatz, wo die Sonne in bernstein- und lavendelfarbenen Streifen hinter den Bergen unterging. Dieser prachtvolle Anblick ließ sie innehalten, und sie war wieder einmal dankbar, dass sie an einem so schönen Ort lebte.

»Ich hatte in den letzten Wochen kaum Zeit, mit dir zu reden, weil du so viel zu tun hattest. Wie geht es dir?«

Er hatte sie vor ein paar Wochen geküsst, und es war ein Kuss, der ihr nicht mehr aus dem Kopf ging.

Würde er sich jetzt, da sie offiziell nicht mehr für ihn arbeitete, freier fühlen, sie noch mal zu küssen? Sie war sich nicht sicher, ob sie das wollte oder nicht.

»Es geht mir sehr gut. Im Tierheim ist mehr los als je zuvor. Wir haben vier weitere Freiwillige eingestellt – Ava nicht mitgerechnet, die jeden Tag da war.«

»Wirklich?« Er sah überrascht aus. »Wie läuft es mit ihr?«

»Besser, als ich erwartet hatte«, gab sie zu. »Mit einigen der größeren Hunde kommt sie immer noch nicht gut zurecht, aber sie gibt sich wirklich Mühe. Man könnte sogar meinen, dass sie versucht, etwas wiedergutzumachen.«

»Was denn?«

»Oh, ich weiß es nicht. Vielleicht das Ausposaunen unserer Lebensgeschichte in alle Welt.«

Er seufzte. »Ich dachte, du würdest dich inzwischen mit ihrem Buch etwas wohlerfühlen, besonders, nachdem du gesehen hast, wie sehr es allen zu gefallen scheint.«

»Ich bin nicht mehr ständig wütend darüber, aber ich weiß nicht, wie ich mich jemals völlig damit anfreunden kann, dass meine Schwester ein Enthüllungsbuch geschrieben hat«, gab sie zu. »Die Vergangenheit ist die Vergangenheit. Sie ist vorbei. Wir können sie nicht ändern. Welchen Sinn hat es, darin zu verharren?«

»Wenn ich denken würde, dass Avas Memoiren in irgendeiner Weise ausbeuterisch wären, würde ich dir vielleicht zustimmen. Das sind sie aber nicht. Sie hat es geschafft, eure Geschichte auf schlüssige und faire Weise zu erzählen, voller Mitgefühl und Anstand. Meinst du nicht auch?«

Madi öffnete die hintere Tür ihres Wagens, damit er den Karton hineinschieben konnte. Sie vermied es tunlichst, ihn anzuschauen. »Woher soll ich das wissen?«, antwortete sie.

Er starrte sie an. »Du hast es immer noch nicht gelesen?«

Sie dachte an das Buchexemplar, das Ava ihr geschickt hatte und das in der untersten Schublade ihres Nachttisches lag.

»Ich habe jede Sekunde davon miterlebt«, sagte sie leise. »Warum sollte ich es mir freiwillig antun, dieses Trauma und den Schmerz auf den Seiten von Avas Buch noch einmal zu durchleben?«

»Bist du nicht ein wenig neugierig, was es mit der ganzen Aufregung auf sich hat?«

Was sie ihm nicht erzählte, war, wie oft sie das Buch schon herausgeholt und zu lesen begonnen hatte. Ein paar Seiten hatte sie geschafft und musste es dann mit zitternden Händen wieder schließen, weil sie von den Erinnerungen überrollt wurde.

»Nein«, log sie. »Bin ich nicht.«

»Nun, wenn du es irgendwann mal lesen solltest, wirst du überrascht sein. Es ist nicht so deprimierend und schrecklich, wie du vielleicht denkst. Es ist humorvoll, und es gibt auch viele leichte Momente. Es zeigt vor allem die erstaunliche Widerstandsfähigkeit und Stärke des menschlichen Geistes.«

»Oh, das zeigt es also?«

»Ich glaube nicht, dass die Leute so positiv auf *Ghost Lake* reagieren würden, wenn es nur eine düstere, hoffnungslose Situation beschreiben würde. Es ist die Tatsache, dass ihr beide euch aus dieser Situation herausgekämpft habt, die die Menschen so sehr berührt.«

Sie seufzte. »Können wir über etwas anderes reden?«

»In Ordnung. Wie wäre es, wenn ich dir erzähle, wie sehr das Büro ohne dich nicht mehr dasselbe sein wird? Ich werde dich vermissen.«

Das war die dunkle Wolke, die sie davon abhielt, sich zu hundert Prozent auf den Jobwechsel zu freuen. Er war jahrelang ein Teil ihres täglichen Lebens gewesen, und sie war sich nicht sicher, ob sie sich daran gewöhnen würde, ihn nur noch ein paarmal in der Woche zu sehen.

»Ich ziehe ja nicht nach Island oder so. Wir werden uns immer noch oft sehen.«

»Ich weiß. Aber es wird nicht dasselbe sein.« Er blickte sich um. »Ich werde es vermissen, vor dem Gebäude vorzufahren und dein Auto schon auf dem Parkplatz zu sehen. Irgendwie fühlt sich der Tag immer ein bisschen sonniger an, wenn ich weiß, dass du da drin bist.«

Ihre Blicke trafen sich, und sie schluckte, denn sie war sofort von der Intensität seiner Worte und seines Ausdrucks ergriffen.

Der ein paar Sekunden später in Verdruss umschlug. »Tut mir leid. Ich hätte das wahrscheinlich nicht sagen sollen.«

»Warum nicht?«, fragte sie, wobei ihre Stimme kaum mehr als ein Flüstern war und sie ihren Herzschlag plötzlich laut in ihren Ohren hörte. Die Erinnerung an ihren gemeinsamen Kuss glühte in ihr auf, funkelnd und hell.

Ich arbeite nicht mehr für dich. Es gibt keinen Grund mehr, warum du mich jetzt nicht küssen darfst.

Er machte einen Schritt nach vorne und neigte den Kopf. Ihr Atem stockte, und ihr Puls beschleunigte sich. Sie beugte sich vor, um ihn zu küssen, aber bevor er seine Arme um sie legen konnte, hörten sie beide, wie sich die Personaltür der Tierklinik öffnete.

Sie wich schnell zurück, als Evelyn mit einem Kuchenteller und ein paar Folienballons mit Hundegesichtern darauf in ihr Sichtfeld trat.

»Ich wollte nicht, dass der Kuchen in der Tonne landet, also nehme ich ein paar Stücke mit nach Hause für Jack. Ich hoffe, das ist in Ordnung.«

»Vollkommen in Ordnung«, sagte Luke. »Sind die Luftballons auch für deinen Mann?«

Sie verzog das Gesicht. »Die sind für meinen Enkelsohn. Er liebt Welpen und alles, was glänzt, sie sind das perfekte Geschenk für ihn.«

Sie lud sie in ihr Auto, das sie neben Madis geparkt hatte, machte die Tür zu und sah sie an.

»Kann ich dir morgen bei der Adoptionsaktion helfen?«, fragte Evelyn.

Du kannst die Uhr zurückdrehen und etwa fünfzehn Minuten drinnen ausharren, damit Luke mich noch einmal küssen kann. Kriegst du das hin?

»Ich glaube, wir haben alles im Griff«, sagte sie stattdessen. »Aber danke.«

»Ruf mich an, wenn du deine Meinung änderst. Ich habe morgen nichts vor, außer im Garten zu arbeiten. Und ich freue mich immer über eine Ausrede, es nicht zu tun«, sagte Evelyn.

»Das werde ich«, versprach Madi.

»Ich muss los. Wir müssen heute babysitten, damit unser Sohn und seine Frau einen gemeinsamen Abend verbringen können. Deshalb die Luftballons. Bis später, ihr beiden.«

Nachdem sie in ihr Auto gestiegen und mit einem letzten Winken vom Parkplatz gefahren war, drehte sich Luke wieder zu Madi um. »Ich wusste gar nicht, dass du für morgen eine Adoptionsaktion geplant hast«, sagte er.

»Ja, auf dem Bauernmarkt. Wir haben einen Stand reserviert und hoffen, für all die Kätzchen und Welpen und ein paar der älteren Hunde ein neues Zuhause zu finden.«

»Das wäre großartig. Wahrscheinlich kommen dort an einem Samstag mehr Leute vorbei als irgendwo sonst in der Stadt.«

»Das war Avas Idee«, sagte Madi. »Sie hat Leona jeden Samstag zum Markt begleitet, um Blumen und Gemüse zu verkaufen.«

»Ich weiß«, sagte er. »Ich habe letzte Woche einen Blumenstrauß von ihr gekauft. Meine Mutter hat sich sehr darüber gefreut.«

»Wir dachten, die Leute wollen vielleicht einen neuen Welpen mit nach Hause nehmen, zusammen mit ihren Zucchini.«

»Warum nicht?« Er lächelte.

»Ich bin überrascht, dass Sierra dir nicht erzählt hat, was wir morgen machen. Sie hat sich für ein paar Freiwilligenstunden eingetragen.«

»Sie hat es nicht erwähnt, aber wegen unserer unterschiedlichen Terminkalender habe ich sie in den letzten Wochen auch nicht viel gesehen.«

Madi zuckte zusammen. »Das tut mir leid. Sie ist oft im Tierheim gewesen.«

»Kein Grund, sich zu entschuldigen. Ich bin froh, dass sie etwas gefunden hat, das sie liebt. Es hilft ihr dabei, Zoe nicht so sehr zu vermissen.«

»Wir haben drei oder vier andere Freiwillige in ihrem Alter, mit denen sie anscheinend gerne Zeit verbringt.«

Sie erwähnte nicht, dass Ash Dixon, dessen Eltern einen Bauernstand in der Stadt betrieben, gerade angefangen hatte, als Freiwilliger im Tierheim mitzuarbeiten, und dass sie vermutete, dass Sierra ein Auge auf ihn geworfen hatte.

»Wenn du nichts anderes vorhast, kannst du gerne morgen dazukommen und uns helfen. Die Leute würden wahrscheinlich liebend gern mit einem Tierarzt darüber sprechen, was sie erwartet, wenn sie eines unserer älteren oder bedürftigeren Tiere adoptieren.«

»Du hast zwar keinen Doktortitel vor deinem Namen, aber du weißt genauso viel über Tiermedizin wie ich«, sagte er mit tiefer Stimme. »Aber ich werde mal schauen, ob ich es schaffe. Das könnte meine einzige Chance sein, ein paar Minuten mit meiner Tochter zu verbringen.«

»Klingt gut. Dann sehen wir uns morgen.«

Sie erwähnte nicht, dass sie ihn in der Nacht wahrscheinlich – so wie schon seit Wochen – auch in ihren Träumen sehen würde.

27

Während Madison und ich uns durch das unbekannte Terrain
unseres neuen Lebens bewegen, sind wir entschlossen, die
Geschichte, die uns bisher eingeengt hatte, neu zu schreiben.

– *Ghost Lake*, Ava Howell Brooks

Luke

Luke betrat den Stadtpark und schritt unter einem gemalten
Schild mit der Aufschrift Emerald-Thumbs-Bauernmarkt hindurch.

Von den verschiedenen Imbisswagen an der einen Parkseite
roch es köstlich nach einer Mischung aus frischem Popcorn, Röst-
kaffee und Empanadas.

Er winkte ein paar Bekannten zu, die an einem Crêpe-Stand
Schlange standen, und blieb stehen, um mit einem Nachbarn zu
plaudern, der gerade eine Kiste leuchtend roter Erdbeeren kaufte.

Auch am Stand von Leona Evans blieb er stehen, diesmal, um
mit Simon Walford zu sprechen, der die üppigen und farbenfrohen Pfingstrosen bewunderte.

Luke hatte die starke Vermutung, dass der Mann auch Leona
bewunderte. Er hatte die beiden schon bei einigen lokalen Veran-
staltungen zusammen gesehen, und der sonst so wortkarge Simon
schien in der Nähe von Madis Großmutter geradezu aufzublühen.

»Dr. Gentry. Guten Tag.«

»Hallo, Simon. Hallo, Betsy.«

Er winkte Ava und Leona zu, während er den majestätischen Kopf von Simons Westmoreland Terrier streichelte. »Betsy macht einen guten Eindruck.«

»Das verdankt sie Ihnen«, sagte Simon mit tiefer Stimme. »Sie haben ihr das Leben gerettet. Das werde ich nie vergessen.«

»Ich bin froh, dass wir das Problem finden und beheben konnten.«

Vor einigen Monaten hatte sich Simon panisch an ihn gewandt, weil es Betsy extrem schlecht ging. Luke und Madi, die zu der Zeit seine Assistentin war, hatten ihn in den frühen Morgenstunden in der Klinik empfangen, wo er Betsy umgehend in den OP brachte. Der Hund hatte einen verstopften Verdauungstrakt.

»Ich bin so froh, dass sie so munter aussieht«, sagte er und kratzte dem Hund den Hals.

»Unser Lucas ist ein Wundertäter.« Leona strahlte ihn an. »Sieh nur, wie gut es Beau geht, nachdem er ihn wieder zusammengeflickt hat. Dieser Hund sah so was von mitleiderregend aus, als er aus den Bergen gerettet wurde, das kann ich dir sagen.«

»Jetzt ist er ein schöner Junge.« Mit einem zustimmenden Blick, der vor allem Leona galt, nickte Simon dem Hund zu, der im Schatten des Markttisches lag.

»Immer noch keine Hinweise auf die Besitzer von ihm oder Gracie?«, fragte Luke Leona.

»Keinen einzigen.« Leona schürzte die Lippen, um deutlich zu machen, was sie von jemandem hielt, der sein Tier im gefährlichen Hinterland aussetzte. »Niemand hat im Tierheim oder beim Tierschutzbeauftragten des Bezirks angerufen, um nach ihnen zu suchen, und wir haben von niemandem gehört, der einen Hund verloren hat, auf den eine der beiden Beschreibungen passt.«

»Es ist verdammt noch mal eine Schande«, sagte Simon.

»Das ist es«, stimmte Leona zu. »Sie sind beide unheimlich süße Hunde. Sie sind so pflegeleicht und machen überhaupt keinen Ärger, keiner von beiden.«

»Hast du vor, sie dauerhaft bei dir aufzunehmen?« Luke musste das fragen.

Sie warf einen prüfenden Blick auf Ava, die Gracie, den Corgi, streichelte. »Das müssen wir abwarten. Ich habe unserer Ava gesagt, dass sie ein paar Hunde gebrauchen könnte, wenn sie wieder zu Hause in Oregon ist.«

Madis Schwester hob eine Augenbraue. »Und Ava hat dich daran erinnert, dass sie in einer Zweizimmerwohnung lebt, in der Hunde über zwölf Kilo nicht erlaubt sind. Gracie käme vielleicht noch in Frage, aber Beau auf keinen Fall.«

»Ich denke nicht, dass sie getrennt werden sollten. Was ist Ihre professionelle Meinung, Dr. Gentry?«, fragte Leona ihn.

»Zugegeben, ich glaube nicht, dass es ihnen guttut, wenn sie getrennt werden«, antwortete er ehrlich. »Sie haben offensichtlich eine ziemlich enge Bindung.«

»Nun, meine Madi wird sich schon etwas einfallen lassen. Warst du schon am Adoptionsstand?«

Luke schüttelte den Kopf. »Deshalb bin ich aber hier.«

»Sie steht auf der anderen Seite des Marktes«, erklärte Ava. »Sie sind in der Nähe des Hundeparks, sodass potenzielle Adoptiveltern die Möglichkeit haben, mit den Hunden in einem abgegrenzten Bereich zu spielen.«

»Tolle Idee.«

»Das ist unsere Madi. Sie denkt immer an das, was das Beste für ihre Tiere ist.«

»Ja, das tut sie.«

»Ich wünschte, sie würde sich ab und zu darauf konzentrieren, was für *sie selbst* das Beste ist«, sagte Leona. Zu Lukes Überraschung warf sie ihm einen prüfenden Blick zu, als könnte er mitreden, wenn es darum ging, dass Madi sich besser um sich selbst kümmerte, oder hätte eine brillante Idee, wie sie das erreichen konnte.

»Sollten wir das nicht alle?«, murmelte Ava.

»Da du schon mal auf dem Weg bist, würdest du mir einen Gefallen tun und ihr einen der Bananenmuffins bringen, die ich heute Morgen gebacken habe? Wenn ich nicht ständig aufpasse, vergisst sie manchmal, zu essen. Und nimm auch einen für dich mit.«

»Ich hätte auch nichts gegen einen Muffin«, sagte Simon.

»Für alle anderen kosten sie zwei Dollar pro Stück«, sagte Leona spröde.

Autsch.

Luke musste sich ein Lächeln verkneifen. Hatte Leona eine Ahnung, dass sie den armen Simon an der Angel hatte?

»Die sehen köstlich aus«, sagte Simon unbeeindruckt. »Ich werde sogar ein halbes Dutzend kaufen und sie einfrieren. Seit meine Mary gestorben ist, bekomme ich nicht mehr so oft etwas Selbstgebackenes.«

»Das ist sehr nett von dir«, sagte Leona, jetzt in sanfterem Ton. Sie zog sich einen Plastikhandschuh an und füllte ein halbes Dutzend Muffins in eine umweltfreundliche Pappschachtel, dann schloss sie den Deckel.

»Soll ich sie hier für dich aufbewahren, bis du mit dem Einkaufen fertig bist? Ich kann sie zur Seite stellen.«

»Ausgezeichnete Idee«, sagte Simon, und sein Tonfall wurde heiterer, wahrscheinlich, weil er jetzt eine gute Ausrede hatte, um hierher zurückzukehren und noch mal mit Leona zu plaudern.

Luke betrachtete prüfend die restlichen Muffins. »Welche Sorten gibt es denn?«

»Banane-Nuss und Blaubeere.«

»Ich nehme ein halbes Dutzend von jedem. Und ja, ich weiß, sie kosten zwei Dollar pro Stück.« Er reichte ihr einen Zwanziger und einen Fünfer. »Ich bin sicher, Madi hat viele Freiwillige, die sich über einen köstlichen selbstgebackenen Muffin von der legendären Leona Evans freuen würden.«

Sie strahlte ihn an, während sie fast alle verbliebenen Muffins in zwei weitere Pappschachteln umfüllte.

Mit den Spenden in der Hand winkte er Madis Großmutter und Schwester sowie Simon und Betsy zum Abschied und ging dann durch den überfüllten Park auf das Zelt zu, wo er schon von Weitem ein Baumwollbanner mit der Aufschrift *Emerald-Creek-Tierheim* erblickte, das dort aufgehängt war.

Die beiden Zelte waren nur rund fünfzig Meter voneinander entfernt, aber Luke brauchte eine Ewigkeit, um sich durch die Menschen- und Hundemenge durchzuzwängen, vor allem an denen vorbei, die stehen blieben und mit ihm reden wollten.

Seit er sein Tierarztstudium abgeschlossen hatte und nach Emerald Creek zurückgekehrt war, um dort zu praktizieren, hatte er festgestellt, dass es in dieser Kleinstadt sehr schwierig war, schnell irgendwo hinzukommen, da die Menschen einfach gerne plauderten und vor allem Fragen zu ihren Haustieren stellten. Durch seine Arbeit war er mit den meisten Hunden hier bekannt, und viele von ihnen besuchten offensichtlich gerne zusammen mit ihren Herrchen oder Frauchen den Bauernmarkt.

Er fühlte sich verpflichtet, stehen zu bleiben und jeden Einzelnen zu begrüßen.

Er und seine Geschwister hatten sich immer darüber beschwert, dass ihr Vater so lange brauchte, wenn sie Besorgungen in der Stadt machten, vor allem, weil er ständig stehen blieb, um mit jedem zu reden, den er traf.

Er konnte Dan Gentrys ruhige Worte immer noch hören: *Gute Tierärzte sind ein integraler Bestandteil ihrer Ortschaften. Sie sollten nie zu beschäftigt sein, damit ihnen noch Zeit bleibt, um mit den Menschen über die Sorgen zu sprechen, die sie mit ihren Haustieren haben.*

In den Jahren, seit er nach Emerald Creek zurückgekehrt war, hatte er erkannt, wie recht Dan gehabt hatte, mit allem.

Luke liebte seine Arbeit. Er liebte es, ein integraler Bestandteil des Lebens der Menschen hier in Idaho zu sein.

Ja, es war nicht leicht gewesen, hierherzukommen, und es gab Zeiten während des Studiums, in denen er hatte aufgeben wollen, besonders, als Sierra noch klein und das Leben so chaotisch gewesen war.

Nach dem Tod von Johanna wollte er wieder alles hinwerfen. Wie konnte man von ihm erwarten, dass er sich um ein niesendes Kätzchen kümmerte, wenn seine Tochter gerade ihre Mutter verloren hatte?

Irgendwie hatte er es geschafft, durchzuhalten und sich aufopferungsvoll um andere und ihre geliebten Tiere zu kümmern. Er würde es niemals bereuen.

Als er den Emerald-Creek-Tierheim-Stand erreichte, sah er Madi, wie sie sich mit einer ihm unbekannten Frau unterhielt, während seine Tochter mit zwei Mädchen in ihrem Alter sprach, die jeweils ein schwarzes Kätzchen auf dem Arm hatten, die zu den am schwersten zu vermittelnden Tieren gehörten. Er stand außer Sichtweite und genoss den Anblick von Madi und Sierra, beide ganz in ihrem Element.

»Sie sind so süß«, rief eines der Mädchen aus und schmiegte ihr sommersprossiges Gesicht an das des Kätzchens. »Ich wünschte, meine Mutter wäre nicht allergisch. Ich möchte so gerne eins davon haben!«

»Ich auch«, sagte das andere Mädchen. »Bei mir zu Hause ist niemand allergisch, doch mein Vater sagt, wir dürfen keine weiteren Katzen haben. Wir haben schon drei. Aber die sind nicht annähernd so süß wie dieses Kätzchen. Vielleicht sollte ich es adoptieren und es meinem Vater dann später sagen.«

»Es tut mir leid«, sagte Sierra fest. »Aber da du noch nicht achtzehn bist, müssen deine Eltern der Adoption zustimmen und persönlich unterschreiben, sonst kannst du sie nicht mit nach Hause nehmen.«

Das dunkelhaarige Mädchen seufzte. »So ein Mist. Dann kann ich es wohl nicht adoptieren.«

»Du kannst das Tierheim immer noch besuchen, wann immer du willst, um die Kätzchen auf den Arm zu nehmen und mit ihnen zu spielen. Jeder ist willkommen«, sagte Madi mit warmer Stimme.

»Das ist cool«, rief das sommersprossige Mädchen.

»Vielleicht können wir am Montag hingehen«, sagte ihre Freundin.

»Kein Problem«, antwortete Madi. »Wir haben von neun bis siebzehn Uhr geöffnet. Aber meldet euch zuerst im Büro, wenn ihr kommt.«

Weder Sierra noch Madi bemerkten ihn, als sie den Mädchen die Kätzchen abnahmen und sie in die Käfige zurücksetzten.

Sierra war die Erste, die ihn erspähte. »Hi, Dad«, sagte sie grinsend.

»Hallo, Kleines. Na, wie läuft's denn so bei euch?«

»Bis jetzt gut«, antwortete Madi anstelle von Sierra. »Es waren zwei Familien da, die einen Hund adoptieren wollen, und drei, die eine Katze möchten. Sie haben die Formulare ausgefüllt, und ich habe für diese Woche Hausbesuche angesetzt.«

»Das alles noch vor zehn Uhr?«

Sie grinste mit ihrem halben Lächeln, und Luke musste gegen den überwältigenden Wunsch ankämpfen, sie mitten auf dem Bauernmarkt zu küssen, vor den Augen seiner Tochter und zweier anderer Freiwilliger.

»Es klingt recht vielversprechend. Ich hatte gehofft, dass wir für zehn Tiere ein Zuhause finden, und jetzt haben wir schon die Hälfte geschafft. Vorausgesetzt, Papierkram und Hausbesuche gehen gut über die Bühne.«

»Das ist schön. Als kleine Anerkennung der ganzen harten Arbeit habe ich ein paar Muffins von deiner Großmutter für dich und deine Freiwilligen mitgebracht.«

»Oh, lecker. Ich bin am Verhungern«, rief Madi. Sie schnappte sich einen Bananen-Nuss-Muffin und Sierra auch. Die beiden anderen Helfer nahmen sich jeweils einen Blaubeermuffin und bedankten sich dafür.

»Wie kann ich helfen?«

»Essen ist immer ein Lebensretter«, sagte Madi. »Ansonsten vermutlich einfach, indem du ansprechbar bist, wenn jemand Fragen hat.«

Er unterhielt sich gerade mit Ed Hyer und Ada Duncan, als ihm auffiel, wie sich eine bekannte ältere Frau ihrem Stand mit entschlossener Miene näherte.

Wie er erwartet hatte, kam sie direkt auf ihn zu. »Dr. Gentry. Hallo. Ich dachte, ich hätte Sie vorhin bereits gesehen, aber Sie waren mehrere Stände entfernt. Als ich meine Gurken bezahlt hatte, waren Sie schon weg. Ich fürchte, ich bewege mich in letzter Zeit nicht sehr schnell.«

»Hallo, Mrs. Thompson. Wie geht es Ihnen?«

Miriam Thompson war achtzig Jahre alt und hatte sechs Katzen und zwei miesgelaunte Dackel, die sie in einem Kinderwagen durch die Nachbarschaft schob.

»Mir geht es gut. Aber meine kleine Booboo ist mal wieder etwas neben der Spur.«

Booboo war ihre Dackelhündin, das wusste er. Der Hund schien niemanden zu mögen, egal, wie sehr sich Luke auch bemühte, sich mit ihm anzufreunden. »Was ist los mit ihr?«

»Sie frisst nicht, und neulich hat sie mich ohne Grund einfach so gebissen, genau hier, in meine Hand.«

Sie schob ihm ihren Arm, der mit Altersflecken und blauen Adern übersät war, unter die Nase. Ein Verband bedeckte die Stelle zwischen ihrem Zeigefinger und ihrem Daumen.

»Ach, du meine Güte. Hat es geblutet?«

»Ein bisschen. Aber nicht viel. Aber Sie wissen ja, dass ich diese blutverdünnenden Medikamente nehme, also hat es ewig weitergeblutet. Ich dachte schon, ich bräuchte eine Transfusion, als es endlich aufhörte.«

»Es tut mir leid, dass Sie gebissen wurden und Booboo etwas neben der Spur ist. Warum rufen Sie nicht Montagmorgen an und machen einen Termin? Sagen Sie Evelyn, dass ich einen Platz in meinem Terminkalender finden werde, auch wenn er voll ist.«

»Können Sie nicht vorher schon vorbeikommen und es sich ansehen? Ihr Vater kam immer zu uns, wenn ich ein Problem mit einem meiner Babys hatte.«

Sein Vater hatte in der gleichen Straße wie Miriam gewohnt und kümmerte sich um sie, wie auch um die meisten seiner Nachbarn, die oft einfach nur wollten, dass ihnen jemand Aufmerksamkeit schenkte.

Luke teilte diese bedauerliche Angewohnheit. »Ich habe heute viel zu tun, aber vielleicht könnte ich morgen früh bei Ihnen vorbeikommen. Wäre zehn Uhr in Ordnung?«

»Oh, vorzüglich. Danke, mein Lieber.«

Als sie ihn auf die Wange küsste, duftete sie nach Lavendel und Rosen und erinnerte ihn an seine eigene Großmutter.

Mit einem zufriedenen Lächeln wackelte sie davon.

»Sie haben ein viel zu weiches Herz, Dr. Gentry«, murmelte Madi, nachdem Miriam mit dem Stock in der einen und der Tüte Gurken in der anderen Hand davongezogen war.

Er musste lachen. »Sagt die Frau, die das größte tötungsfreie Tierheim im Umkreis leitet.«

»Sie meinen dasselbe Tierheim, in dem Sie ehrenamtlich und unentgeltlich arbeiten?«

»Ja. Genau das.«

Obwohl es ihm peinlich war, lächelte er. Sie hatte recht. Er war viel zu nachgiebig. Er erhob oft ermäßigte Gebühren für Tierbesitzer mit geringem Einkommen und erließ andere Gebühren komplett. Niemals würde er einem Tier die notwendige Pflege verweigern, nur weil die Besitzer nicht zahlen konnten.

»Wir sind schon ein tolles Paar, was?«, sagte er.

»Allerdings«, murmelte sie mit ihrem halben Lächeln, das in ihm wieder das Verlangen weckte, sie zu küssen.

Er wollte gerade etwas sagen, als sein Blick auf eine gut gekleidete Frau mit perfektem Make-up fiel, die auf hohen Absätzen, die auf einer Parkwiese wirklich fehl am Platze waren, auf sie zustöckelte. Im Schlepptau hatte sie einen bärtigen Mann mit einer großen Videokamera.

Ein Gefühl der Vorahnung rammte ihn in den Bauch, wie Barnabas es tat, wenn er verärgert war.

»Achtung«, sagte er und deutete in Richtung des sich nähernden Paares. »Sieht aus, als bekämen wir gleich ein paar Paparazzi.«

Sie folgte seinem Blick, und er sah, wie sich ihre Augen vor Nervosität weiteten. »Vielleicht sind sie hier, um über unsere Adoptionsaktion zu berichten.«

»Das ist möglich.«

Obwohl er das gerne geglaubt hätte, verriet ihm etwas in den entschlossenen Gesichtszügen der Frau, dass sie nicht auf eine flauschige Reportage über ein paar Hunde und Katzen aus war, die ein neues Zuhause suchten.

Er ging hinaus, um sie abzufangen, aber die Frau hatte es eindeutig auf Madi abgesehen.

»Das ist sie«, hörte er die Frau dem Kameramann zuflüstern. »Das muss sie sein.«

Die Frau drängte sich in den kleinen Raum unter dem Dach. »Hi. Sie sind Madison Howell, nicht wahr?«

Madi starrte sie an, offenbar ratlos, was sie antworten sollte.

Luke schaltete sich schnell ein. »Sind Sie an der Adoptionsaktion des Emerald-Creek-Tierheims interessiert?«, fragte er, obwohl er ziemlich sicher war, dass er die Antwort bereits kannte. »Wir haben ein paar wirklich tolle Hunde und Katzen zu vergeben.«

Die Frau strich ihre dunklen Locken mit einer maniürten Hand zurück, deren Nägel mit blassrosa Spitzen verziert waren. »Nein. Ich bin Ashleigh Beaujolais von Nine News«, sagte sie, als hätte er genau wissen müssen, wer sie war.

Sie wandte sich Madison zu und schenkte ihr ein breites Lächeln mit Zähnen, die in der Sommersonne leuchteten. »Wir arbeiten an einer Story über das Buch Ihrer Schwester, *Ghost Lake*, und untersuchen die Ereignisse, die sich vor fünfzehn Jahren hier in der Nähe zugetragen haben. Wir würden gerne mit Ihnen sprechen. Haben Sie eine Minute Zeit?«

»Nein«, sagte Madi grob.

Die unvermittelte Ablehnung ließ Ashleigh Beaujolais verblüfft aussehen. Ihre üppigen Lippen schürzten sich vor Verwirrung, und sie tauschte einen Blick mit ihrem Kameramann.

»Okay. Wenn es jetzt nicht passt, können wir etwas anderes vereinbaren. Wie wäre es mit heute Nachmittag, wenn Sie hier fertig sind?«

»Nein«, sagte Madi mit fester Stimme. »Ich habe jetzt keine Zeit, und ich werde auch später keine Zeit haben.«

»Sie sind ein sehr wichtiger Teil der Geschichte, Miss Howell. Wir würden gerne Ihre Sichtweise hören. Ich meine, nicht viele Menschen können darüber sprechen, wie es ist, eine Hauptrolle in dem Buch zu spielen, das als das größte Buch des Sommers bezeichnet wurde.«

Madi erhob ihre Stimme nicht, aber ihre Ablehnung war klar und eindeutig. »Ich bin nicht daran interessiert, mit Ihnen zu sprechen, Miss Beaujolais. Weder über das sogenannte Buch des Sommers noch über irgendetwas anderes. Entschuldigen Sie mich.«

Sie wandte sich von der Reporterin ab und beobachtete stattdessen aufmerksam eine Frau und einen kleinen Jungen, die sich die Welpen ansahen, die in einem Gehege auf dem Rasen spielten.

Sie machte sogar ein paar Schritte in diese Richtung, doch die Reporterin blieb ihr auf den Fersen. Ashleigh Beaujolais kam Luke nicht wie eine Frau vor, die beim ersten Anzeichen von Schwierigkeiten aufgeben würde. Leider.

»Wissen Sie, dass es Gerüchte gibt, dass mehrere Prominente *Ghost Lake* als ausgewählte Titel für ihre Buchclubs in Betracht ziehen?«, fuhr sie fort.

Jetzt drehte sich Madi, mit großen Augen, zu ihr um. »Welche Prominenten? Welche Buchclubs?«

»Das darf ich nicht sagen«, sagte Ashleigh mit geheimnistuerischer Stimme. »Aber das würde den Verkaufszahlen Ihrer Schwester sicher nicht schaden, meinen Sie nicht auch? Darüber müssen Sie sich doch freuen.«

Madi biss die Zähne zusammen. »Sie sprechen mit der falschen Person. Reden Sie mit meiner Schwester. Sie arbeitet an einem Stand in der Nähe des Gerichtsgebäudes.«

Ashleigh verzog das Gesicht. »Glauben Sie, wir hätten es dort nicht schon versucht? Sie weigerte sich, mit uns zu sprechen, bevor wir über ihren Verlag keine offizielle Interviewanfrage gestellt haben. Würden Sie uns dabei helfen, den Amtsschimmel zu umgehen?«

Madi runzelte die Stirn. »Was ich gesagt habe, habe ich auch so gemeint. Ich habe keine Zeit für so etwas. Ich bin daran interessiert, geretteten Tieren zu helfen, und nicht, über Ereignisse zu sprechen, die Jahre zurückliegen. Entschuldigen Sie mich. Ich muss noch mehr Wasser holen.«

Sie nahm die zwei Wasserkanister und eilte davon, wobei er sah, dass sie sich anstrengte, nicht zu hinken.

Luke bemerkte, wie die Reporterin genervt ausatmete und ihr hinterherlaufen wollte. Er warf ihr einen steinernen Blick zu und schüttelte den Kopf. Sie öffnete ihren rotgeschminkten Mund, schloss ihn frustriert wieder und ging zu ihrem Kameramann, um sich mit ihm zu beraten.

Nachdem er sich vergewissert hatte, dass die Freiwilligen am Stand alles unter Kontrolle hatten, ging er hinter Madi her, die zu einem Trinkwasserhahn bei den Toiletten verschwunden war.

»Ich habe gesagt, dass ich nicht mit Ihnen reden will«, zischte sie und drehte sich dann ruckartig mit wütendem Gesichtsausdruck herum. Der aufgebrachte Ausdruck verblasste, als sie Luke erspähte.

»Entschuldigung. Ich dachte, du wärst diese Reporterin. Ist sie weg?«

»Noch nicht. Aber ich bin mir ziemlich sicher, dass du ihr klargemacht hast, dass du nicht mit ihr reden willst.«

Sie seufzte, als sie den einen Kanister voll hatte und den anderen unter den Wasserhahn hielt. »Ich hätte gerne mit ihr über das Tierheim gesprochen, darüber, wie wir versuchen, Tieren in Not ein besseres Leben zu ermöglichen. Aber nein. Warum sollte jemand über Tiere reden wollen, die *jetzt* Hilfe brauchen, wenn man sich stattdessen auf etwas konzentrieren kann, das vor Jahren passiert ist? Es ist anscheinend viel interessanter, über zwei Mädchen zu reden, die in der Wildnis gestrandet sind und denen ein Rudel geistesgestörter Prepper auf den Fersen ist.«

Sie stellte den Wasserkanister ab und wischte sich über die Augen. Der Anblick ihrer Frusttränen rührte ihn über alle Maßen.

»Mir gefällt es nicht, dass Ava mich in diese Position gebracht hat. Ich würde lieber vergessen, dass all das je passiert ist, und in meinem Leben vorankommen. Stattdessen bin ich gezwungen, jeden einzelnen Tag daran zu denken. Ich habe das Gefühl, dass es niemals enden wird.«

»Es tut mir leid.«

Sie seufzte. »Was meinst du, welche Prominenten es in ihren Buchclubs vorstellen wollen?«

»Ich weiß nicht, ob es darum geht. Der Punkt ist, dass die Geschichte, an die du nicht denken willst, etwas im öffentlichen Bewusstsein berührt hat. Ich fürchte, du wirst es nicht ewig verhindern können, darüber zu sprechen.«

»Niemand kann mich zwingen, ein Interview zu geben.« Sie musterte ihn. »Was ist mit dir? Du und deine Familie, ihr seid auch Teil dieser Geschichte. Warum klopfen bei dir keine Reporter an die Tür?«

Er beschloss, nicht zu erwähnen, dass er und seine Familie bereits Anfragen von Medienvertretern erhalten und besprochen hatten, wie sie damit umgehen wollten. Wie er schon zu Madi gesagt hatte, wusste er, dass sie irgendwann nicht mehr drum herumkommen würden, mit jemandem zu reden. Das Interesse war im Moment zu groß, und es war besser, die Kontrolle darüber zu haben, wie darüber geschrieben wurde, als andere für einen sprechen zu lassen. Er, seine Geschwister und seine Mutter versuchten, die besten Optionen abzuschätzen.

Er hätte wissen müssen, dass Madi sein Schweigen richtig deuten würde. »Die Reporter *waren* an eurer Tür.«

»Wir haben ein paar Anrufe bekommen. Das ist nicht dasselbe. Wir überlegen, wie am besten mit dem Medieninteresse umzugehen ist.«

»Stört es dich nicht, wenn Fremde wie Ashleigh Beaujolais in deiner Vergangenheit herumwühlen?«

»Unser Anteil an der ganzen Sache war sehr gering.«

»*Gering?*« Ihre Stimme wurde lauter. »Du hast uns das Leben gerettet. Du hast deinen Körper über meinen geworfen, als die Kugeln durch die Luft flogen. Dein Vater hat sein Leben für uns geopfert. Ich würde das nicht *gering* nennen. Ich kann dir und deiner Familie das niemals zurückzahlen. Du hast uns gerettet. Ich will gar nicht daran denken, wo wir heute wären, wenn wir nicht zwischen eure Zelte gestolpert wären.«

Er konnte nicht anders, griff nach ihrer Hand und strich mit dem Daumen über ihre kleinen, gekrümmten Finger.

»Mein Vater hat vielleicht geholfen, dich und Ava aus der furchtbaren Situation zu befreien, in der ihr euch befandet. Aber ihr beide seid dafür verantwortlich, dass ihr überlebt und was ihr erreicht habt.«

Ihr Blick begegnete seinem, die Augen weit und ohne ein Blinzeln.

»Ich glaube, das ist der Hauptgrund, warum die Geschichte die Menschen so aufwühlt. Eure Stärke und Integrität. Andere hätten sich vielleicht in sich zurückgezogen. Wären wütend und verbittert über all das, was sie verloren haben. Stattdessen bist du der großzügigste, liebevollste und freigebigste Mensch, den ich je gekannt habe.«

Ihre Finger bogen sich in seinen, und er umschloss sie und führte ihre Hand zu seinem Mund. »Ich respektiere, dass du nicht in der Vergangenheit leben willst, Madi. Aber ich hoffe, dass du auch anerkennen kannst, wie diese Vergangenheit dich geformt und geprägt hat. Sie hat dir eine Willensstärke verliehen, die der Rest der Welt nur bewundern kann.«

28

Die letzte Seite wird umgeblättert, aber die Geschichte unseres Überlebens ist noch lange nicht zu Ende.

– *Ghost Lake*, Ava Howell Brooks

Madison

Lukes Worte schienen sie zu umarmen, warm und süß und irgendwie ... heilsam.

Sie sah ihn an und war sich ziemlich sicher, dass all die Zärtlichkeit, gegen die sie angekämpft hatte, deutlich lesbar in ihren Augen stand.

Er schaute sie an, beugte sich mit einem Seufzer zu ihr hinunter, als würde er sich dem Schicksal ergeben, und küsste sie.

Oh. Davon hatte sie seit Wochen geträumt, seit dem letzten Kuss, den er ihr gegeben hatte. Es war sogar noch besser, als sie es in Erinnerung hatte. Er schmeckte nach Blaubeeren und Zucker, und sie wollte jeden Zentimeter seines Mundes kosten.

Sie vergaß, wo sie waren. Der überfüllte Park, der geschäftige Markt. Sie vergaß, dass sie beide eigentlich bei der Adoptionsaktion sein sollten.

Alles, was zählte, war, hier und jetzt in seinen Armen zu liegen, war sein Mund, der über ihren glitt und sich mit einer Zärtlichkeit herantastete, die ihr den Atem raubte.

Sie war verliebt in Luke Gentry.

Die Wahrheit traf sie, als hätte jemand die beiden Wasserkanister über ihrem Kopf ausgeschüttet.

Sie liebte ihn. Wahrscheinlich liebte sie ihn seit jenem Nachmittag, an dem er sein Leben für sie riskiert hatte.

Selbst nachdem er eine andere geheiratet, ein Kind bekommen und seine Frau verloren hatte, hatte ein Teil von Madis Herz immer Luke gehört. Was vor Jahren als Freundschaft begonnen hatte – mit einer gesunden Portion Heldenverehrung –, hatte sich im Laufe der Jahre zu etwas anderem gewandelt.

Was sollte sie jetzt tun? Sie hatte keinerlei Erfahrung mit dem Verliebtsein. Alles, woran sie denken konnte, war, sich noch fester an ihn zu drücken und nicht mehr loszulassen.

»Hey, Dad, kannst du mal kommen? Jemand hat eine Frage zu dem Welpen, der auf einem Ohr taub ist. Kannst du mit ihnen reden …?«

Die Stimme versiegte zu schockierter Stille, und Madi riss ihre Lippen von Lukes los, um Sierra anzusehen, die sie mit offenem Mund und großen Augen anstarrte.

Madi wich schnell zurück und stolperte dabei fast über ihr dummes Bein. Er bewegte sich mit ihr, um sie aufzufangen.

»Es ist nicht das, wonach es aussieht«, sagte Madi schnell und bereute die Worte sofort. Es war *genau* das, wonach es aussah. Sie und Luke waren in eine Umarmung versunken gewesen und hatten den Rest der Welt vergessen.

»Was ist es denn dann?« Sierra ließ ihren verwirrten Blick von einem zum anderen wandern.

»Ich … Dein Vater war nur … Die Fernsehreporterin hat mich ziemlich verärgert und …«

»Und du dachtest, du würdest dich irgendwie besser fühlen mit der Reporterin, die mit dir reden will, wenn du meinen Vater küsst?«

Sie fühlte sich tatsächlich besser. Für diesen ganz und gar viel zu kurzen Moment hatte sie Avas Buch, die Reporterin und die Vergangenheit komplett vergessen.

Wie konnte sie sich auf irgendetwas davon konzentrieren, wenn sie gerade erst von der Wahrheit mitten ins Herz getroffen wurde, dass sie in einen ihrer engsten Freunde verliebt war?

»Läuft da etwas zwischen euch beiden?«, wollte Sierra wissen, und in ihrem Gesichtsausdruck zeichnete sich noch mehr ab, etwas, das wie Schmerz aussah. »Seid ihr zwei ... zusammen?«

Oh, das war so kompliziert. Viel zu durcheinander, um es einem dreizehnjährigen Mädchen mitten auf einem überfüllten Bauernmarkt zu erklären.

»Es ist nichts«, sagte Madi schnell. Sie wagte nicht, Luke anzusehen. Was ging nur in ihm vor?

»Ich bin kein Kind. Ich dachte, ausgerechnet *du* würdest mich nie wie eines behandeln, Madi. Ich habe dich vor ein paar Wochen ganz offen gefragt, ob du glaubst, dass mein Vater mit jemandem zusammen ist, und du hast mich angeschaut und mir ins Gesicht gelogen.«

»Ich habe nicht gelogen. Wir sind nicht ... zusammen.«

»Ihr habt euch nur geküsst?«

»Es reicht«, sagte Luke. »Wir können später darüber reden, Sierra. Lasst uns alle erst mal tief durchatmen und zum Adoptionsstand zurückkehren.«

Sie starrte ihren Vater an, drehte sich blitzschnell um und rannte beinahe zurück zum Zelt des Tierheims.

Madi konnte Luke nicht ansehen. Sie wusste, dass ihr Gesichtsausdruck alle ihre Emotionen verraten würde. Sie dachte oft, dass Ava überhaupt kein Pokerface hatte, aber sie hatte den Verdacht, dass ihres kein bisschen besser war. Stattdessen hob sie die Wasserkanister hoch.

Er nahm sie ihr sofort aus den Händen. »Madi. Wir müssen über diese Sache zwischen uns reden.«

Nein. Das mussten sie nicht. Warum konnten sie sich nicht einfach wieder so verhalten, wie es immer zwischen ihnen gewesen war? Einfach und freundlich und warmherzig, ohne diesen chaotischen Sumpf an Gefühlen, der alles zunichtezumachen drohte?

»Das ist nicht der richtige Zeitpunkt.«

Er seufzte. »Ich weiß. Es tut mir leid wegen Sierra. Ich werde mit ihr reden.«

Sie wusste nicht, was sie darauf antworten sollte, also drehte sie sich einfach um und ging weg.

Nachdem sie zum Tierheimzelt zurückgekehrt war, versuchte sie, sich darauf zu konzentrieren, warum sie hier war, nämlich, um diesen Tieren dabei zu helfen, ihr perfektes Zuhause zu finden.

Während sie mit den Leuten sprach – einige hatten ernste Absichten, andere waren nur da, um sich die niedlichen Welpen und Kätzchen anzuschauen –, machte sich leise trommelnd die Wut in ihr bemerkbar, die sich gegen eine einzige Person richtete.

Ava.

Hätte sich ihre Schwester die Mühe gemacht, ihr zu sagen, dass ein Nachrichtenteam in der Stadt war, wäre Madi vielleicht auf den Überfall vorbereitet gewesen.

Sie half einem jungen Paar, das ein Kätzchen adoptieren wollte, bei der Erledigung der notwendigen Papiere und wandte sich dann schließlich an Ed Hyer, als sie nicht mehr in der Lage war, den brodelnden Frust zu unterdrücken.

»Kannst du dich eine Weile um die Dinge hier kümmern?«, fragte sie. »Ich muss mit meiner Schwester reden.«

»Klar. Kein Problem.«

Ohne Luke oder einen der anderen Freiwilligen, die bei der Aktion dabei waren, anzusehen, verließ Madi ihren Stand und ging schnellen Schrittes zu ihrer Großmutter hinüber.

Sie sah Ava, wie sie sich mit zwei ihr unbekannten Frauen unterhielt. Eine von ihnen, so bemerkte Madi durch den Schleier der hochkochenden Wut, hielt ein Exemplar von *Ghost Lake* in der Hand.

Als sie sich näherte, warf Ava ihr einen Blick zu, den sie nicht sofort registrierte. Nach einem kurzen Moment dachte sie, dass es fast wie *Erleichterung* aussah. Das war doch nicht möglich, oder?

Sie kannte ihre Schwester nicht mehr. Nicht wirklich. Wie konnte sie sich anmaßen, zu glauben, sie wüsste, was Ava durch den Kopf ging?

»Wenn du damit fertig bist, deinen Fans Autogramme zu geben«, sagte sie eindringlich, »muss ich mit dir reden.«

»Ich gebe keine Autogramme«, hielt Ava dagegen. »Wir haben nur geplaudert.«

»Wenn du mit dem Plaudern fertig bist, würde ich es zu schätzen wissen, wenn du einen Moment für deine Schwester übrig hättest.«

»Sind Sie Madison?« Die Augen einer der Touristinnen begannen, zu leuchten, und sie hielt ihr Buch so, als ob sie wollte, dass *Madi* es signierte.

Madi merkte gar nicht, dass sie die Frau finster anstarrte, bis Ava einschritt und sie am Arm zog.

»Entschuldigen Sie mich bitte, ja?«, murmelte sie den beiden zu. Sie packte Madi noch fester und zog sie fort, wahrscheinlich gerade noch rechtzeitig, bevor Madi ihre Beherrschung völlig verlieren konnte.

Ava führte sie zu den Stufen des Gerichtsgebäudes. »Okay. Was ist so wichtig?«

»Ich habe nicht gesagt, dass etwas wichtig ist. Ärgerlich, ja. Wichtig, nein. Vor einer halben Stunde wurde ich von einer Reporterin von Nine News überfallen, die wissen wollte, was ich über dein blödes Buch denke.«

Jetzt war es an Ava, wütend zu werden. »Das ist kein blödes Buch«, zischte sie. »Diese Leier von dir kann man langsam wirklich nicht mehr hören. Niemand scheint es so schrecklich zu finden wie du.«

»Du hättest mich vorwarnen können. Warum hast du mir nicht gesagt, dass eine Reporterin in der Stadt ist?«

»Wenn ich gewusst hätte, dass sie in der Stadt ist, hätte ich es getan. Ich wusste es auch nicht, bis sie mich überfallen hat. Ich habe ihr gesagt, dass ich jetzt keine Zeit habe, mit ihr zu reden, und außerdem hätte sie ein Interview bei meinem Presseagenten anfragen müssen.«

»*Deinem Presseagenten*«, spottete Madi. »Tja, leider haben nicht alle von uns so einen tollen Presseagenten, der sich um unsere Interviewanfragen kümmert, oder habe ich etwa einen? Was soll ich denn tun, wenn der nächste Reporter aus dem Nichts auftaucht, während ich gerade mitten in wichtigen Angelegenheiten stecke?«

»Sag ihnen, sie sollen zur Hölle fahren. Du scheinst ja kein Problem damit zu haben, mir das auch immer und immer wieder ausdrücklich zu empfehlen.«

»Und sieh nur, wie gut das bei mir klappt. Du bist immer noch hier.«

Sie sah den Schmerz in den Augen ihrer Schwester aufflackern, blitzschnell, bevor Ava ihn wegblinzelte.

»Wo genau soll ich deiner Meinung nach hin verschwinden?«, fragte sie mit gedämpfter Stimme. »Zurück nach Portland? Das kann ich im Moment nicht tun. Genauer gesagt, ich werde es nicht tun. Ich fürchte, du wirst meine Anwesenheit noch ein paar

Wochen ertragen müssen. Danach werde ich allerdings weg sein. Dann brauchst du dir keine Sorgen mehr darüber zu machen, dass ich in deiner Nähe bin und deine perfekte kleine Stadt ruiniere.«

Wie aus dem Nichts wurde Madi von einer hinterhältigen Welle der Traurigkeit überrollt. Sie wollte nicht, dass ihre Schwester fortging. Wie schräg war das denn?

Sie konnte es Ava nicht sagen. Es würde lächerlich klingen, vor allem, da sie ihre Schwester gerade für etwas angeschrien hatte, das sie überhaupt nicht in der Hand hatte.

»Was soll ich tun, wenn die nächste Reporterin auftaucht?«, fragte sie.

Ava seufzte. »Du unterliegst keiner Verpflichtung, mit jemandem zu reden. Du kannst selbst entscheiden, ob du irgendwelche Interviews geben willst. Ich werde mit meinem Presse-Team sprechen. Sie können auch für dich Interviews arrangieren, wenn du das möchtest.«

»Ich möchte mit niemandem reden. Ich möchte, dass alles wieder so wird, wie es war, bevor das Buch herauskam.«

»Ich fürchte, ich habe meine Zeitmaschine in meiner Wohnung in Portland zurückgelassen.«

»Nur zu. Mach du ruhig Witze. Ich finde das alles nicht besonders lustig.« Madi wusste, dass sie sich wie ein bockiges Kind benahm, ein Verhalten, das sie hasste, aber sie war nicht in der Lage, damit aufzuhören.

»Ich auch nicht«, antwortete Ava leise. »Es tut mir leid, dass sie dich belästigt haben. Ich werde sehen, was ich tun kann, um sie von dir fernzuhalten, aber ich kann nichts versprechen. Es tut mir leid.«

Wenn es ihr wirklich leidtäte, dachte Madi, als sie zurück zum Zelt des Tierheims stakste, hätte Ava das Buch gar nicht erst geschrieben.

29

*Wir waren noch Teenager, als unser Vater uns in die
Vereinigung brachte und uns eine Utopie versprach, die auf
Selbstversorgung und gemeinschaftlichem Leben beruhte. Wir
ahnten nicht, dass sich hinter der idyllischen Vision eine
düstere Realität verbarg. Das Leben innerhalb des Lagers war
ein verdrehter Tanz aus Gehorsam, Isolation und ständiger
Angst vor den charismatischen Anführern, für die die Macht,
die sie innehatten, eine Waffe war.*

– *Ghost Lake*, Ava Howell Brooks

Ava

Als Madi sich umdrehte und wegging, versuchte Ava, durch den
Schmerz in ihrer Brust zu atmen, der von der unüberbrückbaren
Distanz zwischen ihr und ihrer Schwester herrührte.

Alles, was sie tat, wenn es um Madi ging, war falsch. Eine Fehl-
einschätzung nach der anderen, Fehltritt auf Fehltritt.

Sie dachte, sie würden Fortschritte machen, besonders, nachdem Madi ihr geholfen hatte, in die Berge zu gelangen, um mit
Cullen zu sprechen. Eine Zeit lang schien ihre Schwester etwas
aufzutauen. Jedes Mal, wenn Ava das Tierheim besuchte, kam
Madi und sprach mit ihr über das Baby, ihre Großmutter, Gracie
und Beau und all die anderen Tiere im Tierheim, um die sich Ava
inzwischen kümmerte.

Sie hatte gehofft, dass sie ihre Beziehung, die deutliche Risse hatte, langsam wieder in Ordnung bringen würden, Stück für Stück.

Jetzt fühlte es sich an, als wäre aller Fortschritt umsonst gewesen, als hätte sich augenblicklich eine riesige, gezackte Kluft zwischen ihnen aufgetan.

Sie war sich nicht sicher, was schlimmer war: der Schmerz in ihrem Herzen oder der gleichmäßige, dumpfe Schmerz in ihrem Unterleib, der sie seit dem Aufwachen an diesem Morgen plagte.

Sie drückte eine Hand an die Stelle. *Ganz ruhig, Kleines,* murmelte sie in ihrem Kopf, wobei sie wusste, dass es rational betrachtet keinen Sinn machte. Das Baby hatte noch keine Ohren, um echte Worte zu hören, geschweige denn ihre Gedanken zu lesen, um all die unausgesprochenen Gefühle wahrzunehmen.

Ein weiterer Krampf durchfuhr ihren Unterleib, und Ava atmete scharf ein und griff nach ihrer stets präsenten Wasserflasche.

Ihre Großmutter war sofort bei ihr. »Geht es dir gut, meine Liebe?«

»Ich ... Ja.« Der Krampf ließ nach, und sie trank ein paar Schlucke. Höchstwahrscheinlich war sie einfach nur dehydriert. Auf diesen Samstagsmärkten vergaß sie immer, genügend zu trinken.

»Du solltest dich hinsetzen, solange nicht so viel los ist. Ich kann mich um die Kunden kümmern.«

»Es geht mir gut«, beharrte sie.

Ihre Großmutter warf ihr einen strengen Blick zu, der keinen Widerspruch duldete, und Ava ließ sich gehorsam in einen der Campingstühle fallen.

Sie saß still da und hoffte, dass sich ihr Unbehagen legen würde, bis Leona sie zu sich rief, um bei einem Problem mit der Kreditkartenzahlung eines Kunden auszuhelfen.

Der Rest des Marktes verlief ereignislos, ohne dass sie von weiteren Reportern oder wütenden Schwestern belästigt wurde. Leona hatte wieder einmal alle ihre Backwaren verkauft und auch das meiste Gemüse und Obst sowie sämtliche Blumensträuße bis auf zwei.

Sie waren gerade wieder in der Küche ihrer Großmutter und genossen ein Sandwich und eine Limonade, während sich alle drei Hunde auf den Boden fläzten, als Leona ihre Limonade absetzte und Ava einen langen, tiefernsten Blick zuwarf.

»Ich glaube, es ist an der Zeit, dass du Madi die Wahrheit sagst.«

Ava stellte ihre Limonade ab, die am Glas kondensierte. »Welche Wahrheit? Das Baby? Sie weiß alles darüber.«

Madi schien von Avas Schwangerschaft begeistert zu sein. Sie nannte das Baby Squiglet nach der Comicfigur und erzählte überall herum, dass sie die lustige Tante sein wollte, sogar aus der Ferne.

Ihre eigene Beziehung könnte wegen *Ghost Lake* für immer einen Knacks haben, aber Ava hielt an der Hoffnung fest, dass sie ihrem Kind zuliebe wenigstens noch etwas davon retten konnten.

»Ich spreche nicht von dem Baby«, sagte ihre Großmutter mit einer gewissen Ungeduld in der Stimme. »Ich denke, du solltest ihr sagen, dass du die anonyme Spenderin bist, die ihr geholfen hat, das Tierheim zu gründen.«

Der Schock traf sie wie eine Lawine, die den Berg hinunterdonnerte. »Ich bin ... was?«

Leona warf ihr einen ungeduldigen Blick zu. »Entgegen der landläufigen Meinung bin ich nicht dumm. Ich glaube auch nicht an Zufälle.« Sie zuckte mit den Schultern. »Du bekommst *zufällig* einen, wie ich annehme, ziemlich hohen Vorschuss von deinem Verleger für ein Buch, von dem keiner von uns wusste, dass du es überhaupt schreibst, und kurze Zeit später erhält Madi plötzlich eine anonyme Spende an die Emerald-Creek-Tierheim-Stiftung, die groß genug ist, um all ihre Träume wahr werden zu lassen. Ich bin intelligent genug, um zwei und zwei zusammenzuzählen.«

Ava atmete scharf ein und versuchte, die Panik zu unterdrücken, die plötzlich nach Galle schmeckte. »Das ist doch lächerlich.«

»Ist es das?« Leona musterte sie mit Augen, die viel zu viel zu sehen schienen.

»Ja! Ich weiß wirklich nicht, wovon du redest.«

Leona seufzte und griff nach Avas Hand. »Ich spreche von einer Frau, die ihre Schwester liebt, die fünfzehn Jahre lang versucht hat, sich um sie zu kümmern, auch wenn diese Schwester beständig darauf bestand, von niemandem Hilfe anzunehmen. Du solltest es ihr sagen.«

Ava konnte das Zittern ihrer Finger in der Hand ihrer Großmutter spüren. Ihre Gefühle, die die ganze Zeit über immer knapp unterhalb der Oberfläche gebrodelt hatten, quollen jetzt aus ihr heraus.

Sie konnte ihre Großmutter nicht anlügen. Was hätte das für einen Sinn? Leona durchschaute sie doch sowieso immer sofort.

Sie drückte die Hand ihrer Großmutter. »Ich kann es ihr nicht sagen. Und du darfst es auch nicht. Versprich es mir.«

»Warum?«

Sie drückte diese Finger, die mit derselben Anmut sowohl Unkraut rücksichtslos auszupfen als auch Blumen liebevoll arrangieren konnten, noch fester. »Madi glaubt bereits, dass ich sie für inkompetent halte, weil sie ein Schädel-Hirn-Trauma hat. Sie wird wütend sein, wenn sie herausfindet, dass ich ihr Unternehmensengel war. Ich bin mir sicher, dass sie das als weiteren Beweis dafür sieht, dass ich ihr nichts zutraue.«

»Nicht, wenn du erklärst, dass du es aus Liebe getan hast.«

Ava war sich ziemlich sicher, dass nichts, was sie sagte oder tat, ihre Schwester davon überzeugen würde, dass ihre Motive irgendetwas anderes als anmaßend und diktatorisch waren.

»Madis Traum von einem Tierheim ist der Grund, warum du zugestimmt hast, das Buch zu veröffentlichen, nicht wahr?«

Sie überlegte, ob sie es leugnen sollte, wusste aber, dass es keinen Sinn hatte.

»Nicht der einzige Grund. Aber ja. Großenteils. Ich wollte in der Lage sein, ihr zu helfen. Sie ist meine kleine Schwester. Ich liebe sie, und ich will, dass sie glücklich ist.«

»Du solltest es ihr sagen«, sagte Leona erneut. »Sie verdient es, die Wahrheit zu erfahren. Du glaubst vielleicht, du beschützt sie. Aber wen von euch beschützt du wirklich?«

Ava dachte an all das Leid, das sie durch ihre Geheimnisse verursacht hatte. Sie hatte Cullen nicht die Wahrheit darüber gesagt, was ihnen am Ghost Lake widerfahren war. Er war der Mann, den sie mehr als alle anderen in ihrem Leben liebte und dem sie vertraute, und doch hatte sie diesen Teil von sich und ihrer Geschichte für sich behalten. Sie hatte es aus reinem Selbstschutz getan, denn sie hatte befürchtet, dass er sie mit anderen Augen sehen würde, wenn er die Wahrheit wüsste. Er würde sie als versehrt ansehen, für immer gezeichnet von all dem, was ihr widerfahren war.

Genau so, wie sie Madi sah.

Ava wischte sich mit der Hand über das Gesicht, als ihr die Tragweite dieser Erkenntnis bewusst wurde. Seit Madi angeschossen worden war, hatte Ava sie wie ein Opfer behandelt. Als sie den langen Weg der Genesung ihrer Schwester miterlebte, all die Stunden der Physiotherapie und der Beschäftigungstherapie, kam sie zu der Schlussfolgerung, dass Madi jemand war, der um jeden Preis beschützt werden musste.

Natürlich hatte ihre Beziehung in den vergangenen Jahren gelitten. Denn in ihren Augen waren sie nicht gleichwertig. Sie hatte überlebt und weitergemacht, während Madi für immer Narben davontrug.

Sie beide waren Opfer.

Madi mochte äußerliche Narben haben. Die Schiene, die sie am Bein trug, ihre Hand, die nicht so mitmachte, wie sie es sich wünschte.

Avas Narben waren alle innerlich. Sie konnte nicht vertrauen. Sie konnte sich anderen nicht anvertrauen. Sie schützte immer einen Teil von sich, um nie wieder so verletzlich zu sein, wie sie es am Ghost Lake gewesen war.

»Sag es ihr«, sagte Leona jetzt, mit einem entschlossenen Ausdruck in ihrem klugen Gesicht. Ava wusste, dass ihre Großmutter recht hatte, wie immer.

Wenn Ava jemals eine gesunde Beziehung zu ihrer Schwester aufbauen wollte, konnte sie ihr die Wahrheit nicht vorenthalten. Madi musste es wissen, und Ava musste diejenige sein, die es ihr sagte.

»In Ordnung. Ich werde es tun.«

»Gut. Versprich es mir.«

»Muss ich auch den Kleiner-Finger-Schwur schwören?«

»Nein. Ein Versprechen sollte genügen. Ich vertraue dir.«

»Gut. Ich verspreche, dass ich Madi die Wahrheit sagen werde.«

»Heute?«

Sie sah keinen Sinn darin, sich zu streiten. »Ja. Heute.«

»Gut.« Leona lehnte sich auf ihrem Stuhl zurück. »Jetzt, wo das geklärt ist, sag mir, warum Cullen heute nicht auf dem Bauernmarkt war. Ich habe ihn vermisst.«

Das hatte Ava auch. Mit jedem Herzschlag, jedem Atemzug.

Sie seufzte. »Er hat schon Anfang der Woche ein paar Vorräte mitgenommen.«

»Das macht durchaus Sinn. Es war schön, ihn zu sehen, nicht wahr?« Mehr als schön. Es war traumhaft gewesen. Sie war völlig geschockt gewesen, als sie von ihrer Arbeit im Tierheim nach

Hause kam und Cullen aus Leonas Gästebad trat, mit nassem Haar vom Duschen und mit einem Lächeln in seinem schönen Gesicht.

Die Versuchung war groß gewesen, ihm das Handtuch wegzureißen und ihn mit in ihr Zimmer zu zerren. Aber weil ihre Großmutter unten war – und da es immer noch so viele ungelöste Probleme zwischen ihnen gab –, hatte Ava sich zurückgehalten.

Er sagte, er habe einen freien Abend und wolle seine Frau zum Essen einladen, wenn es ihre Zeit erlaube.

Ihre Zeit erlaubte es, an diesem Abend oder an jedem anderen, wann immer er wollte. Die Müdigkeit des Tages war sofort verflogen, als sie ihn sah, sie hatte sich schnell umgezogen, die Hunde und Leona umarmt und verließ mit ihrem Mann Hand in Hand das Haus.

Sie waren zum Abendessen in ein beliebtes Restaurant in Sun Valley gegangen, und sie hatte sich gefragt, ob jeder im Lokal sehen konnte, wie überglücklich sie in der Gesellschaft ihres Mannes war.

Bevor er an diesem Abend weggefahren war, hatten sie hier in dem üppigen, duftenden Garten gesessen, geredet und gelacht, ihre Finger hatten sich berührt, fast so, als wäre zwischen ihnen alles wieder beim Alten.

Das war es aber nicht. Das wusste sie. Sie hatten noch einen langen Weg vor sich, bevor sie alles zurückholen konnten, was sie verloren hatten. Aber wenigstens hatte sie die Hoffnung, dass sie beide auf dem richtigen Weg waren und in dieselbe Richtung gingen.

»Er sagte, er würde versuchen, morgen oder Montag zu kommen.«

»Sollte er morgen kommen, da sind wir wieder zum Abendessen bei Boyd und Tilly eingeladen. Cullen ist ebenfalls herzlich willkommen, wenn er will. Du weißt ja, wie Tilly ist. Je mehr, desto besser. Dann ist sie ganz in ihrem Element.«

»Wir haben überlegt, vielleicht E-Bikes zu mieten und rüber nach Hailey zu fahren und dort ein Picknick zu machen.«

Das Gesicht ihrer Großmutter erhellte sich. »Das wäre auch schön. Aber bist du sicher, dass du Lust auf eine Fahrradtour hast?«

»Mit einem E-Bike? Auf jeden Fall. Der Motor nimmt mir ja die ganze Arbeit ab.«

»Vielleicht sollte ich mir auch so ein Ding besorgen. Was meinst du?«

Ava schlang ihre Arme um ihre Großmutter und küsste sie von oben auf ihr graues Haar. »Ich glaube, du wärst dann noch gefürchteter, als du es jetzt schon bist. Du solltest dir auf jeden Fall ein E-Bike zulegen. Und alle deine Freunde sollten sich auch eins zulegen, dann könnt ihr eine Biker-Gang gründen.«

Leona lachte heftig über diese Vorstellung. Zum Glück war sie so abgelenkt, dass sie das Gespräch über die Spende fürs Tierheim nicht mehr erwähnte.

30

*Zwischen Madison und mir existiert eine unausgesprochene
Übereinkunft, die keiner Worte bedarf, ein Band, das im
Schmelztiegel eines gemeinsamen traumatischen Erlebnisses
geschmiedet wurde. Wir sind Überlebende, zwei Schwestern,
die einander Kraft spendeten, als die Welt außerhalb unserer
Isolation wie eine ferne Fantasie erschien.*

– *Ghost Lake*, Ava Howell Brooks

Madison

»Okay. Was ist los? Das ist die erste Gelegenheit seit Wochen,
miteinander Zeit zu verbringen, und du hast den ganzen Abend
kaum ein Wort gesagt. Wenn ich es nicht besser wüsste, würde
ich denken, ich langweile dich. Du hast mich nicht einmal nach
Austin gefragt.«

Madi sah von der rot-weißen Box mit dem chinesischen Essen
auf, das Nicole nach ihrer Schicht in der Notaufnahme mitgebracht
hatte. »Es tut mir leid.« Sie legte ihre Stäbchen weg, ihr war der
Appetit vergangen. »Du langweilst mich überhaupt nicht. Ich bin
nur … keine gute Gesellschaft. Es war ein wirklich seltsamer Tag.«

»Wieso das denn? Das Letzte, was ich weiß, ist, dass du den
ganzen Tag auf dem Bauernmarkt mit einer Tieradoptionsaktion
beschäftigt sein würdest. Ich kann mir nicht vorstellen, dass das
so ungewöhnlich war. Das hast du schon öfter gemacht.«

»Das war an sich in Ordnung. Sogar sehr gut. Wir haben für alle Welpen und Kätzchen ein Zuhause gefunden und auch für ein paar unserer älteren Tiere.«

»Großartig. Das bedeutet, dass es im Tierheim einmal für fünf Minuten relativ ruhig sein könnte.«

»Vielleicht.«

»Und was hat deinen Tag so seltsam gemacht?«

Sie fühlte sich wie eine schlechte Freundin, bei der sich immer alles nur um sie selbst drehte. »Erzähl mir zuerst von Austin.«

Nicole schnitt eine Grimasse. »Ich habe gestern Abend mit ihm Schluss gemacht. Daher das Bedürfnis nach chinesischem Essen und Frauengesprächen.«

»Was ist passiert? Ich dachte, du magst ihn.«

»Anfangs mochte ich ihn auch, aber er wurde mir zu anhänglich. Er hat schon überlegt, hierherzuziehen und sich einen Job für den Winter zu suchen, seinen Master online zu machen. Er sprach sogar davon, dass wir eine gemeinsame Wohnung kaufen sollten oder so was. Und das nach einem Monat!«

»Oh, wow. Echt schnell.«

»Stimmt. Und er wurde plötzlich superbesitzergreifend. Gestern Abend hat mich ein Tourist aus Virginia zum Tanzen aufgefordert, ein Typ namens Zach, der bei der Küstenwache ist, und man hätte denken können, ich würde mit dem Kerl direkt auf der Tanzfläche rummachen. Nein, danke. Zach ist für eine Woche in der Stadt, also gehen wir am Dienstag zu einem Konzert in Sun Valley. So eine Bluegrass-Band. Ich kenne sie nicht, aber Zach sagt, sie sind gut.«

»Klingt lustig«, sagte sie.

»Er hat vielleicht einen Freund, falls du mitkommen willst. Ich weiß aber auch, dass Ryan immer noch an dir interessiert ist. Ich habe ihn ein paarmal im Burning Tree gesehen, und er hat immer nach dir gefragt.«

Das Dating-Leben ihrer Freundin erschien ihr plötzlich zu anstrengend, von einem neuen Kerl zum nächsten.

Aber wie konnte Madi etwas dagegen sagen, wenn ihr eigenes Liebesleben in den letzten Jahren ganz genauso ausgesehen hatte wie das von Nicki?

Hatte sie sich wirklich jemals ernsthaft für einen dieser Typen interessiert, oder hatte sie nur mit ihrer Freundin mithalten wollen?

Oder hatte sie nur auf den richtigen Moment gewartet, wenn Luke nach Johannas Tod wieder bereit sein würde? Insgeheim hoffend, dass er sich ihr endlich zuwenden würde, sobald er so weit war?

»Erzähl mir von deinem Tag«, sagte Nicki. »Was war auf dem Bauernmarkt los, das dich so aus dem Konzept gebracht hat?«

Ich wurde von einer Reporterin aus dem Hinterhalt überrascht, die mich drängte, über Dinge zu sprechen, die ich lieber vergessen würde. Ich habe deinen Bruder geküsst. Nicht zum ersten Mal. Deine Nichte hat uns erwischt und war nicht glücklich darüber. Ich habe meine Schwester angeschrien. Reicht das?

Sie sagte natürlich nichts von all dem. »Ach, hundert verschiedene Dinge. Nichts Spezielles. Es war einfach nur einer dieser Tage, an denen einem alles doppelt so schwer vorkommt wie sonst.«

»Ich hasse solche Tage. Neulich nachts in der Notaufnahme gab es ein Problem nach dem anderen, und alles, was schiefgehen konnte, ging schief. Echt extrem.«

»Es tut mir leid, dass du terminlich in den letzten Wochen so vollgepackt warst, dass du nicht einmal nach Hause kommen konntest, um mir alles zu erzählen.«

»Mach dir keine Sorgen. Ich führe eine Akte mit den verrücktesten Fällen. Natürlich ohne Namen oder Erkennungsmerkmale.

Ich würde niemals die Privatsphäre meiner Patienten missbrauchen. Aber ich habe mir schon ausgemalt, in einer Winternacht alles auszuplaudern und dich damit völlig aus der Fassung zu bringen.«

Sie lächelte, unsagbar dankbar für Nicole, die ihre beste Freundin war, seit sie vierzehn Jahre alt waren.

»Ich habe sieben Jahre lang als Tierarzthelferin gearbeitet. Meine krassen Geschichten würden deine krassen Geschichten auf jeden Fall übertreffen.«

»Wir sollten einen Wettbewerb veranstalten.«

»Ich kann's kaum erwarten«, sagte sie.

Nicki grinste und legte ihre Stäbchen ab. »Hey, ich weiß, dass wir darüber gesprochen haben, heute Abend auszugehen und irgendwo Live-Musik zu hören. Ich will ehrlich sein, ich bin nicht wirklich in der Stimmung.«

»Ich verstehe schon. Nicht, dass du noch auf Austin triffst.«

»Stimmt. Aber ich habe mir überlegt, wie schön es wäre, einfach zu Hause zu bleiben. Wir könnten unsere Pyjamas anziehen, Popcorn machen und einen guten Film streamen.«

Madi war so erleichtert, dass sie Nicki am liebsten umarmt hätte. Die Idee, sich durch die Barszene zu schlagen, erschien ihr sinnlos und anstrengend, vor allem, da ihr klar war, dass sie null Interesse hatte, mit jemand anderem als Luke zu tanzen.

»Das ist die beste Idee, die ich die ganze Woche über gehört habe«, erklärte sie und machte sich gleich auf den Weg in ihr Schlafzimmer.

Sie war gerade in ein lockeres T-Shirt und ihre Lieblingsschlafanzughose geschlüpft, die rosafarbene mit kleinen schwarzen Hundepfotenabdrücken, als es an der Tür klingelte.

Mo und Mabel fingen an, zu bellen, und beide beeilten sich, ihre Wachposten neben der Tür einzunehmen. Nicki, die die

Reste des chinesischen Essens abgeräumt hatte und noch nicht in ihren Pyjama geschlüpft war, war als Erste an der Tür.

Da sie bereits ihren BH ausgezogen hatte, hatte Madi nicht die Absicht, im Schlafanzug hinauszugehen, bis sie gehört hatte, wie Nicki den Besuch begrüßte.

»Ava. Hi. Das ist aber eine Überraschung. Wir wollten uns gerade einen Film ansehen. Warum bleibst du nicht und setzt dich zu uns?«

Madi zuckte zusammen, und ihre ganze Zuneigung für ihre Freundin war in Windeseile wie weggeblasen.

Warum musste Nicki das sagen? Was, wenn Ava ihre Einladung annahm und beschloss, zu bleiben?

Das Letzte, was Madi am Ende des Tages zur Entspannung brauchte, war, jetzt noch mehr Zeit mit ihrer Schwester verbringen zu müssen.

Um fair zu bleiben, musste Madi zugeben, dass sie natürlich genau wusste, warum Nicole die Einladung ausgesprochen hatte. Seit Madi und ihre Schwester ein paar Wochen zuvor zusammen in die Berge gefahren waren, hatten sie sich gut verstanden, wenn auch nur oberflächlich. Nicki hatte wohl angenommen, dass zwischen ihnen alles in Ordnung war, vor allem, nachdem Ava auch noch angefangen hatte, bei ihr im Tierheim zu arbeiten.

Es war Madis eigene Schuld, dass sie ihrer Freundin nichts von dem Streit erzählt hatte, den sie und ihre Schwester an diesem Tag auf dem Markt hatten.

Sie hielt den Atem an und war zutiefst erleichtert, als sie hörte, wie Ava die Einladung ablehnte.

»Nein. Ich danke dir. Ich muss nur ... Ich muss mit meiner Schwester reden, und dann verschwinde ich wieder, sodass ihr euren Film sehen könnt.«

»Klar. Kein Problem. Komm rein. Kann ich dir etwas zu trinken anbieten?«

Nicki wusste nicht, dass Ava schwanger war, erinnerte sich Madi, denn ihre Schwester hielt es vorerst geheim.

»Ein Glas Eiswasser wäre gut«, sagte Ava, als Madi das Wohnzimmer betrat.

Ava sah aus, als würde sie etwas bedrücken. Madi war sich nicht sicher, woran sie das festmachte. Vielleicht daran, dass sie so blass war oder an der Art, wie sie ihre Hände verschränkte.

»Ich kann dir etwas Wasser holen«, sagte Madi. Sie ging in die Küche und füllte ein Glas mit Eis und Wasser, dann kehrte sie damit ins Wohnzimmer zurück.

»Bitte sehr«, sagte sie und reichte ihr das Glas. Sie hörte die Kühle in ihrer Stimme, die Anspannung.

»Danke«, murmelte Ava. Sie nahm es in die Hand und nippte dankbar daran, als hätte Madi ihr ein Heilelixier gereicht.

»Bitte. Setz dich«, bot Nicki an.

Nach einer Pause hockte sich Ava auf die vordere Kante des weichen Lehnstuhls, den die Hunde sonst am liebsten mochten, weil er ihnen eine gute Aussicht aus dem Fenster bot.

Wie vorauszusehen war, war Mabel mit einem Satz an ihrer Seite und kuschelte sich an sie, und Avas Hand griff automatisch nach unten, um den Hund zu streicheln.

»Ich lasse euch allein«, bot Nicki an.

»Das musst du nicht«, sagte Madi schnell. »Bleib.«

Irgendetwas sagte ihr, dass sowohl sie als auch Ava einen Puffer zwischen sich gerade gut gebrauchen konnten.

Nach einer Pause ließ sich Nicki neben Madi auf das Sofa gleiten.

Ava fuhr mit ihren Fingern durch Mabels Fell, und sie schien ganz zufrieden damit zu sein, den Hund zu streicheln und an ihrem Wasser zu nippen.

Sie hatte aber offensichtlich einen Grund, hier zu sein, und Madi wollte sie schon auffordern, ihr Anliegen vorzubringen, doch dann zwang sie sich, geduldig abzuwarten, bis Ava dazu bereit war.

»Ich weiß nicht, wo ich anfangen soll. Ich … hatte nicht vor, dieses Gespräch zu führen, aber Grandma hat mich überzeugt, dass es das Beste wäre, wenn ich … ganz offen und ehrlich zu dir bin.«

Madi spürte eine seltsame, unerklärliche Vorahnung. »In Bezug auf was?«

Ava sah erbärmlich aus. »In Bezug auf den Grund, warum ich einem Vertrag zur Veröffentlichung von *Ghost Lake* zugestimmt habe. Ich wollte das eigentlich gar nicht so richtig. Ich weiß, du glaubst mir nicht, aber ich hatte ursprünglich nie vorgehabt, die Geschichte zu veröffentlichen. Ich habe sie als Teil meiner … meiner Therapie geschrieben und dann beschlossen, sie zu meiner Masterarbeit zu machen.«

Dieser Teil war ihr nicht bewusst gewesen, und auch nicht, dass Ava das Gefühl gehabt hatte, sie brauche eine Therapie. Madi hatte sich im Rahmen ihrer Reha einer Beratung unterzogen, aber Ava hatte immer darauf bestanden, dass es ihr gut ginge.

»Ich habe sie nie bei einem Verlag eingereicht.«

»Wer dann?«, fragte Nicki und sah sie neugierig an. »Dein Mann?«

Nicki wusste nicht, dass Ava und Cullen auf Abstand waren, denn Madi hinterging ihre Schwester nicht, indem sie so etwas erzählte. Ava schüttelte den Kopf. »Nein. Meine Studienberaterin an der Fakultät hat es über Umwege getan. Ein Freund eines Freundes von ihr ist Lektor in einem New Yorker Verlagshaus. Meine Studienberaterin war von der Geschichte gerührt und schickte sie an den Lektor, dem sie wiederum so gut gefiel, dass er mir einen Vertrag anbot. Das kam wirklich aus heiterem Himmel. Sie ... haben es mir sehr schwer gemacht, das Angebot abzulehnen, aber ich tat es.«

»Du hast abgelehnt?«, fragte Nicki.

Ava nickte. »Ich war noch nicht so weit. Ich hatte das Gefühl, ich könnte das Buch nicht veröffentlichen, ohne vorher mit deiner Mutter und Luke zu sprechen. Oder mit Madi.«

Damals hatte Ava ihr zum ersten Mal erzählt, dass sie ihre Erinnerungen als Masterarbeit geschrieben hatte, erinnerte sich Madi. Sie hatte Madi gefragt, ob es ihr etwas ausmachen würde, wenn sie sie veröffentlichen würde.

Madi war dummerweise davon ausgegangen, dass sie lediglich ein paar Akademikertypen zu Gesicht bekommen würden. Etwa zu der Zeit hatte sie auch erfahren, dass Eugene Pruitt seine Farm der Emerald-Creek-Tierheim-Stiftung überließ, und sie war verzweifelt damit beschäftigt, Zuschüsse zur Deckung der Betriebskosten aufzutreiben.

»Durch ein paar andere Kontakte meiner Studienberaterin kam ich schließlich zu einer Literaturagentin. In kürzester Zeit, innerhalb weniger Wochen, wurde das Buch versteigert. Der ursprüngliche Herausgeber erhielt den Zuschlag. Die Bedingungen waren so gut, dass ich ... dass ich nicht nein sagen konnte.«

»So schwer ist das nicht«, sagte Madi. »Es ist nur eine kleine Silbe.«

Ava seufzte. »Ich gebe zu, es gab ein paar egoistische Gründe, warum ich den Vertrag unterschrieben habe. Cullen und ich hatten darüber gesprochen, eines Tages ein Haus zu kaufen, bevor wir weiter über eine Familie nachdachten. Wir haben dafür gespart, aber er ist Privatdozent für Paläontologie, und ich unterrichte Englisch an einer Mittelschule. Das Leben in Portland ist wirklich teuer, und wir schwimmen nicht gerade in Geld. Der

Vertrag ermöglichte uns eine ordentliche Anzahlung für ein wirklich schönes kleines Häuschen in einer guten Gegend.«

»Kein großes Haus in einer schicken Gegend?«, fragte Madi. »Ich dachte, du hättest gesagt, es wäre ein guter Deal.«

»War es auch.« Ava schürzte die Lippen. »Aber ich habe nur ein Drittel des Vorschusses für eine Anzahlung behalten. Den Rest habe ich ... für einen guten Zweck gespendet.«

Nicki stieß einen Pfiff von ihrem Platz auf dem Sofa aus. »Wow. Das war sehr großzügig von dir.«

Madi starrte ihre Schwester an, und die Worte schwirrten ihr im Kopf herum.

Spende.

Für einen guten Zweck.

Grandma hat mich überredet ... offen und ehrlich.

Sie sah, wie Ava ihre Hände in ihrem Schoß verschränkte, und all die einzelnen Puzzleteile schienen durch den Äther zu schweben und sich zu einem überwältigenden Bild zusammenzufügen.

»Du bist unser U-unternehmens-e-engel.«

Ava starrte sie an, ihr Mund war geöffnet, aber sie machte sich gar nicht erst die Mühe, es zu leugnen.

Das Geschenk war so aufregend und ebenso großzügig wie unerwartet gewesen. Mit der Spende, die ein Anwalt im Auftrag für jemanden überbracht hatte, der anonym bleiben wollte, konnte die Stiftung den Betrieb für mindestens zwei Jahre aufrechterhalten. Mit den anderen Zuschüssen und dem Verkauf eines Teils des Landes, das Eugene Pruitt hinterlassen hatte, konnten sie diese Zeit auf drei Jahre ausdehnen.

Es reichte aus, um ihren Job zu kündigen, das Tierheim mit allen benötigten Räumlichkeiten fertigzustellen und aktiver an die Öffentlichkeit zu gehen.

Und das alles nur wegen Ava.

Sie wusste nicht, was sie denken oder fühlen sollte.

»Warum hast du mir das nicht gesagt?«

»Ich habe anonym gespendet, weil ich anonym bleiben wollte. Ich wollte nicht, dass du es erfährst. Wenn Grandma nicht darauf beharrt hätte, dass es ein Fehler war, es geheim zu halten, bin ich nicht sicher, ob ich es dir überhaupt gesagt hätte. Ich erzähle es dir nur, weil ich Angst habe, dass es unserer Beziehung noch mehr schaden könnte, wenn du es irgendwann selbst herausfindest.«

Madi war sich nicht sicher, ob ihre Beziehung noch stärker zerrüttet sein konnte.

Die Gefühle schienen sie wie Wellen zu überrollen. Sie dachte an ihre bittere Wut auf ihre Schwester seit dem Erscheinen des Buches, an die harschen Worte über Gier und Selbstsucht, die sie Ava entgegengeschleudert hatte. Wie sollte sie jetzt reagieren, da sie wusste, dass Ava letztlich nur zugestimmt hatte, das Buch zu veröffentlichen, damit Madi das Tierheim eröffnen konnte?

Sie hatte sich wie eine bockige Göre benommen, obwohl sie ihrer Schwester hätte dankbar sein sollen, nicht zuletzt angesichts der Größe des Geschenks.

»Du hättest erst mit mir reden sollen«, murmelte sie und wusste nicht, was sie sonst sagen sollte.

»Hättest du das Geld genommen, wenn du gewusst hättest, woher es kommt?«

Darauf hatte sie keine klare Antwort. Madi wollte glauben, dass sie es allein schaffte und das Tierheim schließlich durch Förderungen und Spendenaktionen würde finanzieren können. Aber sie konnte nicht leugnen, dass Avas Großzügigkeit die Eröffnung um mindestens ein Jahr im Zeitplan vorverlegt hatte.

Sie halfen Tieren in Not, was ohne Ava nicht möglich gewesen wäre. Allein an diesem Tag hatten sie für mehr als ein Dutzend Tiere ein neues Zuhause gefunden. Anderen, wie Barnabas und

Sabra, die sonst wahrscheinlich eingeschläfert worden wären, hatten sie ein Zuhause gegeben.

Dank der Spende war sie in der Lage gewesen, den Stall zu bauen, eine Vollzeitassistentin für die Büroarbeit einzustellen und sich selbst ein Gehalt zu zahlen, das es ihr ermöglichte, die Tierklinik zu verlassen.

All das wäre ohne Avas Spende nicht möglich gewesen.

Sie war zutiefst dankbar. Natürlich war sie dankbar. Warum brodelte dann in ihr immer noch ein Teil des Ärgers weiter?

»Wir können nicht wissen, ob ich das Geld von dir genommen hätte oder nicht, stimmt's? Du hast mir keine Wahl gelassen.«

»Es tut mir leid, dass du das so siehst«, sagte Ava in förmlichem Ton. »Ich dachte, es wäre einfacher, wenn ich anonym spenden würde. Ohne irgendwelche Bedingungen.«

»Nichts geschieht ohne Bedingungen.«

Weil sie nun die Wahrheit kannte, fühlte sie sich von der unabdingbaren Verpflichtung erdrückt, dankbar zu sein. Es würde Zeit brauchen, bis sie die enorme Bedeutung des Geschenks ihrer Schwester verarbeitet haben würde.

»Warum hast du das getan?«

»Ich wusste, wie wichtig es dir ist, ein Tierheim zu errichten. Du sprichst schon seit Jahren davon. Du hast sogar schon davon geredet, als wir noch kleine Mädchen waren. Erinnerst du dich?«

Ja. Sie erinnerte sich. In all den dunklen Tagen im Lager hatten sie über ihre Hoffnungen und Träume gesprochen. Diese Träume hatten sie durchhalten lassen. Sie hatte eine Tierärztin werden wollen, die Tiere rettet.

Ava, eine stille Leseratte, hatte Schriftstellerin werden wollen. Sie träumte davon, mit ihren Worten die Welt irgendwie zu verändern.

»Ich wünschte, du hättest es mir gesagt.«

»Ich sage es dir jetzt. Du kannst wütend auf mich sein, nachtragend, was immer du willst, aber es ist passiert. Ich kann es nicht zurücknehmen, und ich würde es auch nicht tun, wenn ich könnte. Ich finde es toll, zu sehen, was du mit dem Tierheim auf die Beine stellst. Du leistest einen Beitrag, damit diese Tiere ein besseres Leben haben. Mom wäre so stolz auf dich gewesen.«

Sie hielt inne und erhob sich, ihr Gesicht blass und ihre Hände etwas zittrig. »*Ich bin* stolz auf dich. Ich liebe dich, Madi. Was auch immer du darüber denkst, was ich getan habe, bitte zweifle nie daran. Ich liebe dich, und ich bin stolz darauf, deine Schwester zu sein.«

Madi rang um eine Antwort, aber ihr fehlten die Worte. Sie fühlte sich einfach nur leer, wie ausgehöhlt von Schock und Scham darüber, dass sie so mit ihrer Schwester umgegangen war, obwohl Ava es nicht verdient hatte.

»Gute Nacht«, sagte Ava leise. Sie schaffte es noch bis zur Tür, als sie plötzlich aufschrie, ihren Bauch umklammerte und zu Boden sank.

31

In diesem Moment wird das Überleben unser einziger Fokus,
ein Urinstinkt, der uns antreibt, trotz aller Widrigkeiten
durchzuhalten.

– *Ghost Lake*, Ava Howell Brooks

Ava

Sie verlor ihr Baby.

Sie brauchte nicht hinzusehen, um zu wissen, dass sie blutete. Sie spürte die Nässe zwischen ihren Beinen und die Krämpfe, die sie durchfuhren.

Den ganzen Tag über hatte sie Schmerzen gehabt, der Rücken tat ihr weh, und die Krämpfe kamen in unregelmäßigen Abständen. Sie hatte sie ignoriert und nicht einmal daran gedacht, dass es sich um erste Anzeichen einer Fehlgeburt handeln könnte.

Nein. Sie kämpfte gegen das Wehklagen an, das in ihr aufstieg. *Nein. Bitte, Gott. Nein.*

»Was ist los?« Nicole Gentry war sofort an ihrer Seite. Die Stimme der Krankenschwester war ruhig, aber besorgt.

Ava konnte nicht antworten. Sie spürte, wie Tränen über ihr Gesicht strömten, während all ihre Hoffnungen und Träume in ihr starben.

Sie musste irgendwie einen Laut zustande gebracht haben,

denn einen Augenblick später war Madi an ihrer Seite und kauerte neben ihr auf dem Boden.

»Was ist los, Ava? Ist es das Baby?«

»Ich ... ich glaube schon.« Das war alles, was sie sagen konnte, während sich Schock, Schmerz und Trauer in ihrer Brust überschlugen.

»Du bist schwanger?« Nicole sah schockiert aus. »Wie weit bist du?«

»Acht ... acht Wochen.«

»Hast du Krämpfe gehabt?«

Sie nickte und presste ihre Hand auf ihren Bauch. »Den ganzen Tag. Ich dachte ... ich dachte, ich hätte vielleicht etwas am Magen.«

Ein weiterer Krampf traf sie hart, so stark, dass sie sich vor Schmerzen schreiend am Boden krümmte.

»Ganz ruhig. Bringen wir dich ins Bad. Madi, kannst du mir helfen?«

Ihre Schwester, die so wütend auf sie gewesen war, wirkte nun schwer getroffen. Sie streckte ihren Arm mit den gekrümmten Fingern aus und half Ava, vom Teppich aufzustehen. Mit Nicole an ihrer Seite schaffte Ava es schließlich, ins Bad zu gelangen.

Sie wollte keine Zuschauer, auch nicht ihre Schwester und eine ihrer engsten Freundinnen. »Ab hier komme ich klar«, sagte sie zu den beiden anderen.

»Bist du sicher?«, Nicole runzelte die Stirn.

Ava nickte. »Ja. Bitte. Ich ... ich sage euch Bescheid, wenn ich euch brauche.«

»Unter dem Waschbecken liegen Binden, falls du etwas brauchst«, sagte Nicole mit sanfter Stimme und drückte ihren Arm.

Madi blieb vor der Tür stehen und verzog den Mund vor Angst und Kummer. Ava konnte im Moment nicht damit umgehen. Sie konnte nicht einmal ihre eigene Trauer ertragen und hatte erst recht keinen Platz für die Trauer eines anderen.

Sie schloss die Badezimmertür und stand eine Weile lang da, atmete durch den körperlichen Schmerz und die tiefe Trauer des Verlustes.

Schließlich schaute sie nach – dickes, klumpiges Blut, das ihre Unterwäsche rostrot färbte, viel heftiger als jede anfängliche Monatsblutung, bestätigte ihre Vermutung.

Sie verlor das Baby.

Bestohlen, zerstört wiegte sie sich vor und zurück, die Arme um den Bauch geschlungen, als könne sie die Schwangerschaft allein kraft ihres Willens festhalten.

Sie schluchzte einmal tief und dann noch einmal.

Sie dachte, der schlimmste Moment ihres Lebens sei gewesen, als sie im Alter von sechzehn Jahren mit einem Mann verheiratet worden war, der älter war als ihr eigener Vater. Als er sie geküsst hatte, schlabbrig und nass, und sie mit seinen fetten, schrecklichen Händen berührt hatte.

Sie hatte sich geirrt. Das hier war so viel schlimmer.

Damals war es innerhalb weniger Augenblicke vorbei gewesen. Sie wusste, dieser Schmerz würde ewig nachhallen.

Sie wusste erst seit ein paar Wochen von dem Baby, aber seine Existenz war ein leuchtendes Licht der Hoffnung in einer kalten, rauen Welt gewesen.

Cullen. Sie musste es Cullen sagen.

Sie schluchzte wieder und vergrub ihr Gesicht in den Händen.

Sie hörte nicht, wie sich die Badezimmertür öffnete, und nahm nur vage aus den Augenwinkeln wahr, wie ihre Schwester eintrat, wie Madi sich auf die kalten Kacheln des Badezimmers kniete und ihre Arme um sie schlang.

Ihre tapfere, erstaunliche Schwester hielt sie und wiegte sie lange, während Ava ihren Kopf an Madis Schulter lehnte und weinte, laute, herzzerreißende Schluchzer, die aus den Tiefen ihrer Seele zu brechen schienen.

Später, als sie sich so gut wie möglich wiederhergestellt hatte und ein frisches, weiches Nachthemd angezogen hatte, das Nicki ihr gab, klammerte sich Ava an den kleinen Trost, den ihre Schwester ihr so großzügig angeboten hatte, und drückte ihn an ihr Herz.

»Du kannst heute Nacht hierbleiben«, sagte Madi, als sie beide aus dem Bad kamen. »Du schläfst in meinem Zimmer. Ich werde Grandma anrufen und ihr sagen, was los ist.«

Sie nickte, sie fühlte sich teilnahmslos und ausgelaugt.

»Ava, es tut mir so leid.«

»Es ist nicht deine Schuld.«

»Ich hätte dich nicht ... anschreien sollen.«

Sie schüttelte energisch den Kopf. »Es ist nicht deine Schuld, Madi. Denk so etwas nicht. Es ... Ich glaube, es hat gestern Abend angefangen.«

Sie presste sich zitternd die Finger auf den Mund, um das Schluchzen zurückzuhalten. »Ich hatte Schmierblutungen, und seitdem tut mir der Rücken weh. Heute hatte ich den ganzen Tag über immer wieder Krämpfe.«

»Ich kenne Patientinnen, die es als die schlimmsten Menstruationskrämpfe ihres Lebens beschrieben haben«, sagte Nicole voller Mitgefühl.

»Ja. Genau so fühlt es sich an.« Ava sah sie an. »Meinst du, ich muss in die Notaufnahme?«

Nicole drückte ihren Arm. »Nur wenn du mehrere Stunden lang stark blutest und es nicht aufhört.«

»Gibt es eine Möglichkeit, Cullen zu erreichen?«, fragte Madi.

Ava schloss die Augen und kämpfte erneut gegen das Schluchzen an, als sie spürte, wie sehr auch ihr Mann über diesen Verlust trauern würde. »Nein. Sie haben ein Satellitentelefon, aber er sagte, es funktioniert nicht mehr und sie müssten sich ein neues besorgen. Er wollte morgen runter in die Stadt kommen. Ich werde … warten und es ihm dann sagen.«

Sie wischte sich mit dem Taschentuch, das Madi ihr gab, über die Augen. Die Freude, die sie beide über die Schwangerschaft empfunden hatten, war das Band gewesen, das sie und Cullen inmitten ihrer schmerzhaften Trennung zusammengehalten hatte. Jetzt, da dieses Band durchtrennt war, wie sollte ihre Ehe da überleben?

Sie wusste nicht, was mehr wehtat: die beißenden Krämpfe in ihrer Gebärmutter oder der schreckliche, angstvolle Schmerz in ihrem Herzen.

32

Ich heiße die Ungewissheit der Zukunft mit offenen Armen
willkommen, denn ich weiß, dass die Macht, unser Schicksal
zu gestalten, in uns selbst liegt.

– *Ghost Lake*, Ava Howell Brooks

Madison

Nachdem sie über eine Stunde lang immer wieder in Tränen ausgebrochen war, fiel Ava auf Madis Bett in einen erschöpften Schlaf, in der Haltung eines Fötus zusammengerollt und die Hände immer noch fest um ihren Bauch geklammert.

Hilflos und voller Trauer beobachtete Madi, wie die letzten Sonnenstrahlen durch die Jalousien in Streifen auf ihre schöne, jetzt vom Kummer gezeichnete Schwester fielen.

Es war so unfassbar ungerecht, dass Ava einen weiteren Verlust erlitt, nach allem, was sie bereits hatte erdulden müssen.

Sie wünschte sich, dass es für Ava nichts gäbe als Freude, Licht und Liebe.

Mit dem natürlichen Instinkt, den Hunde zu haben scheinen und der sie unweigerlich dazu bringt, Trost zu spenden, wenn er gebraucht wird, rollte sich Mabel in die Kuhle von Avas Rücken und schenkte ihr Wärme und Trost.

Als die ältere Schnauzer-Mischlingsdame auf das Bett gesprungen war, während Ava weinte, hatte Madi sie wegziehen, sie aus dem Zimmer bringen und die Tür schließen wollen, um sie von Ava fernzuhalten.

Ava, ihre Schwester, die sich vor Hunden fürchtete, weil sie damals am Ghost Lake bitterböse angegriffen worden war, schüttelte den Kopf und streckte dem Hund die Hand entgegen.

»Lass sie hier«, hatte sie gekrächzt.

Jetzt schlief Mabel dicht an Ava gekuschelt.

Zufrieden, dass der Hund auf ihre Schwester aufpasste, machte Madi sich auf den Weg ins Wohnzimmer, wo sie Nicki vorfand, die ausgerechnet in *Ghost Lake* las.

Anstelle der hilflosen Wut, die sie normalerweise überkam, wenn sie jemanden beim Lesen des Buches entdeckte, spürte Madi nur noch einen kleinen spitzen Stich der Verärgerung.

Nicki legte das Buch beiseite und machte auf dem Sofa Platz, damit Madi sich neben sie setzen konnte.

»Wie geht es ihr?«, fragte sie.

»Sie schläft«, antwortete Madi. »Endlich. Armes Ding.«

»Fehlgeburten können so hart sein. Sie wird viel Liebe und Unterstützung brauchen. Ein Kind zu verlieren, ist in jedem Stadium hart. Es bricht mir jedes Mal das Herz, wenn eine Frau damit in die Notaufnahme kommt.«

»Ich habe das Gefühl, ich sollte irgendetwas anderes tun, um ihr zu helfen.«

»Es gibt nicht viel, was du tun kannst, außer, ihr zu zeigen, dass sie geliebt wird. Außerdem muss man ihr klarmachen, dass eine Fehlgeburt kein Versagen ihrerseits ist. Es gab wahrscheinlich nichts, was sie hätte tun können. Schätzungsweise fünfzehn bis zwanzig Prozent der Schwangerschaften enden mit einer Fehlgeburt, meistens weil der Fötus eine Chromosomen-Anomalie hat, die ein Überleben unwahrscheinlich macht.«

Madi stieß einen kurzen kehligen Laut aus, und Nicole nahm

ihre Hand und drückte ihre Finger. »Ich weiß. Statistiken spielen keine Rolle, wenn eine Frau plötzlich zu dieser Gruppe gehört. Das Einzige, was für Ava zählt, ist, dass sie niemals das Kind in den Armen halten wird, das sie schon angefangen hatte, zu lieben.«

»Ich muss meine Grandma anrufen. Sie muss wenigstens wissen, dass Ava heute Nacht hierbleibt, damit sie sich keine Sorgen macht.«

Obwohl sie befürchtete, den ganzen Anruf über zu weinen, schaffte sie es irgendwie, Leona, den ersten Namen unter ihren Favoriten, herauszusuchen und den Anrufbutton zu drücken. Ihre Großmutter nahm beim zweiten Klingeln ab.

Madi atmete tief durch und überbrachte die Nachricht so ruhig, wie sie nur konnte.

Sie hörte ein leises, seufzendes Schluchzen, bevor ihre Großmutter verstummte. »Ich würde ja anbieten, sie abzuholen«, sagte Leona schließlich, »aber ich glaube, sie ist bei dir besser aufgehoben. Sie braucht dich.«

»Sie braucht ihren Mann«, konterte Madi.

»Ja. Aber da er im Moment in den Bergen ist, bist du das Nächstbeste. Grüß sie von mir, und sag ihr, dass es mir sehr leidtut.«

Nachdem sie aufgelegt hatte, starrte Madi einige Augenblicke auf ihr Telefon und stand dann auf.

»Ich muss zum Ghost Lake fahren, damit ich es Cullen sagen kann. Er muss es wissen. Er muss hier bei seiner Frau sein. Er würde nicht wollen, dass sie das alleine durchmacht.«

Nicki starrte sie an. »Ist das dein Ernst? Es ist dunkel. Du kannst da nicht alleine hochfahren!«

»Ich habe den Geländewagen. Er hat Scheinwerfer. Ich kann es in ein paar Stunden hin und zurück schaffen. Er sollte hier sein, wenn sie aufwacht.«

»Das kannst du nicht, Madi. Das ist gefährlich.«

Sie hatte es wirklich satt, dass Leute ihr sagten, was sie zu tun und zu lassen hatte. »Ich schaffe das schon. Bis auf die letzten Kilometer ist es eine gut befahrbare Feuerschneise.«

»Das kannst du nicht allein. Ich begleite dich.«

Madi schüttelte den Kopf. »Ich will nicht, dass Ava alleine aufwacht. Das ist das Letzte, was sie braucht.«

»Dann bleibst du hier, und ich fahre hoch zum Ghost Lake.«

»Du warst noch nie im Dinosaurier-Camp. Du weißt gar nicht, wo du hinmusst.«

»Auch ich kann Karten lesen. Sag mir einfach den Weg.«

Madi schüttelte den Kopf. »Ich sollte es ihm selbst sagen. Er ist mein Schwager. Solche Nachrichten kommen besser von der Familie als von jemandem, den er kaum kennt, ganz gleich, wie wundervoll du bist.«

Während Madi sich auf den Weg zur Tür machte, überlegte sie in Windeseile, was sie mitnehmen musste.

»Dann nimm Luke mit«, sagte ihre Freundin schnell. »Er kennt den Weg und kann seinen eigenen Geländewagen fahren. Er ist neuer und schneller als deiner.«

Nicki griff nach ihrem Handy und fing an, ihm zu texten, bevor Madi einen Weg finden konnte, sie davon abzuhalten.

Sie versuchte es trotzdem. »Das ist nicht nötig. Schreib ihm nicht. Wirklich nicht. Ich schaffe das.«

Kaum waren die Worte aus ihrem Mund gekommen, klingelte ihr Telefon. Sie schaute auf die Nummer des Anrufers und war irgendwie gar nicht überrascht, dass es Luke war.

»Was hast du ihm gesagt?«, wollte sie von Nicki wissen.

Ihre Freundin zuckte mit den Schultern. »Ich habe ihm ein SOS geschickt und gesagt, dass du Hilfe brauchst.«

Oh. Wie sollte sie einem Mann widerstehen, der sofort reagierte, wenn er dachte, dass er gebraucht werden könnte?

Wärme machte sich in ihrem Inneren breit, als sie den Anruf entgegennahm.

»Was ist los?«, fragte Luke in dringlichem und besorgtem Ton. »Ist was mit einem der Tiere?«

»Hi. Nein. Es tut mir leid. Nic hat etwas voreilig die Kavallerie gerufen. Es ist keins der Tiere. Es ist Ava.«

Sie war sich nicht sicher, was sie ihm sagen sollte, denn es war Avas Schmerz und Verlust, den nur die hören sollten, von denen sie wollte, dass sie es wissen. Luke würde das Vertrauen nicht missbrauchen, das wusste sie, und sie musste ihm etwas sagen, um zu erklären, warum sie seine Hilfe brauchte. Denn sie *brauchte* seine Hilfe, das gab sie zu. Ihn in der Nähe zu haben, machte die Aussicht, im Dunkeln zum Ghost Lake zu fahren, viel weniger einschüchternd.

»Ava hatte eine Fehlgeburt.«

»Oh nein.«

Bei dem aufrichtigen Kummer in seiner Stimme brannten erneut Tränen hinter ihren Augenlidern.

»Ja. Scheiße, verdammt. Im Moment haben wir keine Möglichkeit, Cullen zu erreichen. Ava will damit warten, es ihm zu sagen, bis er morgen oder Montag aus den Bergen in die Stadt kommt, aber ich habe das Gefühl, er muss es jetzt wissen. Er sollte hier sein und ihr helfen, das durchzustehen. Ich möchte zu seinem Camp fahren, es ihm sagen und ihn herbringen, aber Nicki will nicht, dass ich alleine fahre.«

»Ich bin in zehn Minuten da.«

Das sagte er, ohne zu zögern, und legte auf, bevor sie überhaupt antworten konnte.

So was sollte jede Frau haben, dachte sie. Einen Mann, der alles stehen und liegen lässt, um da zu sein, wenn sie ihn brauchte.

»Kommt er?«, fragte Nicki, als Madi das Telefon wieder in die Tasche ihrer Jeans schob.

»Er ist auf dem Weg.«

»Oh, gut.«

Während sie warme Kleidung, eine Decke, eine Wasserflasche und eine Stirnlampe zusammensuchte, dachte Madi an Luke und daran, was für ein guter Mann er war.

Natürlich liebte sie ihn. Sie hatte nie wirklich eine Wahl gehabt.

Vor fünfzehn Jahren hatte er sein eigenes Leben riskiert, um ihres zu retten. Seitdem war er eine stetige Quelle der Unterstützung und Ermutigung gewesen. Selbst als er während des Studiums fort gewesen war, verheiratet und Vater eines Kindes, hatte Luke ihr an wichtigen Tagen wie ihrem Geburtstag oder dem Jahrestag ihrer Rettung immer eine Karte geschickt oder angerufen, um sich zu melden und sich zu vergewissern, dass es ihr gut ging.

Ihr ganzes Erwachsenenleben lang hatte sie jeden anderen Mann mit ihm verglichen, wurde ihr jetzt klar. All die flüchtigen Lieben im Sommer und im Winter. Kein Wunder, dass sie sich nur oberflächlich verabreden wollte und ihr Herz nie weiter geöffnet hatte.

Ein Teil ihres Herzens hatte schon immer Luke gehört.

Bevor er kam, ging sie zurück in ihr Schlafzimmer, um nach Ava zu sehen. Mabel schaute durch das gedämpfte Licht auf, wedelte mit dem Schwanz und kuschelte sich dann wieder an Avas Rücken. Ihre Schwester schlief, die Augen waren geschlossen, aber die Tränen rannen immer noch langsam über ihre Wangen, als ob sie selbst im Schlaf dem Schmerz des Verlustes nicht entkommen konnte.

Oh, Ava.

Madi vergewisserte sich, dass die Decke fest um ihre Schwester gewickelt war, dann zog sie sich in den Flur zurück, als sie hörte, wie Nic die Haustür öffnete. Als sie das Wohnzimmer betrat, kam Luke sofort durch den Raum gelaufen und zog sie in seine Arme.

Er war warm und stark und wunderbar. Sie schloss die Augen, lehnte sich an ihn und fühlte sich zum ersten Mal an diesem Abend geborgen.

»Es tut mir so leid, Madi. Die arme Ava. Wie geht es ihr?«

»Sie schläft erst mal. Ich hoffe, das tut sie, bis wir zurückkommen.«

»Wenn du bereit bist, loszufahren, folge ich dir.«

»Ich bin bereit.« Sie deutete auf ihren Reiserucksack, den er aufnahm, sich über die Schulter warf und zur Tür ging.

»Danke, Nic«, sagte sie und umarmte ihre Freundin.

»Ich passe auf Ava auf. Mach dir keine Sorgen. Ich bin für sie da.«

Sie nickte und eilte hinaus in die fahlblaue Dämmerung, wo Lukes Auto und Anhänger in der Kreisauffahrt warteten. Er half ihr auf den Beifahrersitz, stieg ein und fuhr los.

»Ist es leichtsinnig, um diese Nachtzeit in die Berge zu fahren?«, fragte sie.

»Es wird schon gehen. Der Geländewagen hat Scheinwerfer.«

Sie war plötzlich unendlich froh, dass seine Schwester Luke angeschrieben hatte. Die Fahrt hätte sich ohne ihn nahezu unmöglich angefühlt.

»Was hast du zu Sierra gesagt?«

»Nicht viel«, gab er zu. »Ich bin davon ausgegangen, dass Ava ihre Privatsphäre geschützt wissen will, also habe ich nur gesagt, dass es hier im Heim einen Notfall gibt. Keine Details.«

»Ich danke dir. Ich bin sicher, Ava weiß das zu schätzen. Hast du Sierra zum Haus deiner Mutter gebracht?«

»Nein. Das hatte ich vor, aber sie hat mich daran erinnert, dass sie schon dreizehn ist, und darauf bestanden, dass sie allein bleiben kann. Das Sicherheitssystem im Haus ist in Alarmbereitschaft, und sie hat zwei große Hunde, die sie beschützen. Außerdem hat sie ihr Handy mit der Nummer von Mom und Nicki.«

Sierra kam Madi immer noch wie ein kleines Mädchen vor, aber sie musste sich ins Gedächtnis rufen, dass sie jetzt ein Teenager war, nur ein Jahr jünger, als Madi gewesen war, als sie und Ava durch die Dunkelheit in die Wildnis geflohen waren.

Sie wollte ihn fragen, ob Sierra immer noch darüber verärgert war, was vorhin passiert war, über den Kuss, der ihr vorkam, als sei er vor hundert Jahren passiert, aber sie verkniff sich die Frage. Es schien ihr nicht richtig, an diesen Kuss überhaupt nur zu denken, nachdem ihre Schwester gerade einen unerträglichen Verlust erlitten hatte.

Sie blickte hinaus auf die vorbeiziehenden Bäume und die schwarzen Berge, die in der Ferne emporragten, als ein paar Regentropfen gegen das Fenster klatschten.

»Oh nein«, rief sie aus.

»Mit ein bisschen Glück wird es nicht lange dauern.«

»Selbst kurzer Regen macht den Weg schlammig und schlechter befahrbar.«

Er warf ihr einen schnellen Blick zu, bevor er seine Aufmerksamkeit wieder auf die Straße richtete. »Willst du umkehren?«

Sie überlegte kurz, dann schüttelte sie den Kopf. »Cullen muss von dem Baby erfahren. Ava sollte ihren Mann bei sich haben. Was ist da schon ein bisschen Schlamm?«

Seine Mundwinkel hoben sich zu einem Lächeln an. »Stimmt. Was ist da schon ein bisschen Schlamm?«

Er streckte eine Hand aus und legte seine kräftigen Finger um ihre kleineren, gekrümmten. So fuhren sie durch die Nacht, während die Scheinwerfer scheibchenweise in die Dunkelheit vordrangen und die Scheibenwischer den Regen zur Seite schlugen.

33

Tage werden zu Nächten, und unsere Kraft wird auf ungeahnte Weise auf die Probe gestellt.

– *Ghost Lake*, **Ava Howell Brooks**

Luke

Das Vertrauen, das Madison Howell in ihn setzte, war ebenso bemerkenswert, wie es ihn beschämte.

Luke fuhr auf die Sawtooths zu, und mit jedem Kilometer, den sie zurücklegten, wurde ihm ihre Hand, die sich in seiner krümmte, immer bewusster. Er konnte der überwältigenden Wahrheit nicht länger aus dem Weg gehen.

Zum zweiten Mal in seinem Leben war er verliebt, und diese Tatsache jagte ihm riesige Angst ein.

Er hatte Johanna geliebt und vier lange Jahre darum getrauert, sie verloren zu haben. Er hatte sich geschworen, sich nie wieder der Möglichkeit eines solchen Verlustes und Schmerzes auszusetzen.

Aber als seine Schwester ihm die Nachricht geschickt hatte, in der sie lediglich erwähnte, dass Madi seine Hilfe brauchte, hatte er – da war er sich ziemlich sicher – eine ganze Minute lang den Atem angehalten, während er darauf wartete, dass sie seinen Anruf entgegennahm.

In diesem Moment akzeptierte er die Wahrheit, die schon seit

Monaten am Rand seines Unterbewusstseins hockte und ihn anstieß, damit er aufwachte und hinsah.

Diese Sache zwischen ihnen war keine vorübergehende Anziehung, die gerade irgendwie ungelegen kam.

Er war in Madison Rae Howell verliebt.

Als die Wahrheit in ihn einsickerte wie der Regen draußen in den Boden, wusste er, dass er schon lange in sie verliebt gewesen war, es aber nicht hatte wahrhaben wollen.

Vielleicht war er bisher noch nicht bereit gewesen, sich einzugestehen, dass die Zuneigung und Freundschaft, die er seit jenem Tag vor fünfzehn Sommern für sie empfand, sich allmählich zu etwas anderem entwickelt hatte. Etwas, das *mehr* war.

Madi war stark und mutig und erstaunlich. Sie war die Einzige, die das anscheinend nicht an sich selbst bemerkte.

Er drückte jetzt ihre Finger, und sie schenkte ihm ein kleines, verunsichertes Lächeln.

Was empfand sie für ihn? Er war sich nicht ganz sicher. Sie küsste ihn mit einer Zärtlichkeit und Leidenschaft, die ihm den Atem raubte. Doch ihr Muster bestand darin, alle paar Monate einen anderen Typen zu treffen. Vielleicht war er auch gerade nur die Liebelei dieses Sommers für sie.

Nein. Er war sich plötzlich sicher, dass diese Sache zwischen ihnen größer war als das.

Er wollte ihr sagen, wie wichtig sie für ihn geworden war, aber er wusste, dass dies nicht der richtige Zeitpunkt war. Im Moment musste sie mit ihrer Aufmerksamkeit bei ihrer Schwester und Avas herzzerreißendem Verlust bleiben.

Trotzdem ließ er ihre Hand nicht los und war dankbar, dass sie in seiner Berührung Trost und Unterstützung zu finden schien.

»Ich muss dir etwas sagen«, begann sie mit leiser Stimme. »Ich habe heute Abend ei-einige überraschende Dinge herausgefunden.«

»Ach?«

Sie nickte. »Ava ist der Unternehmensengel des Tierheims.«

»Das habe ich mir schon gedacht.«

Zu seinem Bedauern zog sie ihre Hand weg, und er spürte, wie sie ihren Blick tief in ihn bohrte, als er in die unbefestigte Schneise einbog, die schließlich zum Dinosaurier-Camp führen würde.

»Warum hast du mir das nicht gesagt?«, fragte sie in einem vorwurfsvollen Ton.

Er seufzte. »Ich sagte doch, ich hatte einen Verdacht. Ich wusste es aber nicht mit Sicherheit. Ich dachte mir, wenn sie dahintersteckt, hat sie ihre Gründe, anonym zu spenden. Die musste ich respektieren.«

»Ich wünschte, du hättest etwas gesagt. Hätte ich es wenigstens für möglich gehalten, hätte ich mich ihr gegenüber vielleicht nicht wie ein Vollidiot verhalten.«

»Was hätte ich denn sagen sollen? Ich wusste ja nichts Genaues. Ich konnte auch ganz falschliegen.«

Sie seufzte und wurde durchgeschüttelt, als der Wagen über eine Spurrille auf dem Weg ruckelte. »Sie sagte, sie habe dem Verlagsvertrag am Ende vor allem wegen des Tierheims zugestimmt, weil sie mit der Summe, die man ihr angeboten hatte, dazu beitragen konnte, dass es Wirklichkeit wurde.«

»Wow. Das ist großartig.«

Sie nickte. »Sie hat dem Vertrag aber auch zugestimmt, damit sie und Cullen genug Geld für eine Anzahlung auf ein Haus haben würden, um eine Familie zu gründen. Arme Ava.«

Ihre Stimme brach bei dem Namen ihrer Schwester, und Luke griff wieder nach ihrer Hand.

Sie schniefte. »Ich hasse mich, wenn ich daran denke, wie schrecklich ich diesen Sommer zu ihr war. All meine abfälligen Bemerkungen über das Buch. Ich habe ihr vorgeworfen, in meine

Privatsphäre eingedrungen zu sein. Ich habe ihr gesagt, dass sie mein Leben ruiniert hat. Wahrscheinlich *wollte* sie das Buch überhaupt nicht veröffentlichen. Sie hat es hauptsächlich für mich getan, damit ich das nötige Startkapital habe.«

»Sie liebt dich. Ihr beide seid unzertrennlich miteinander verbunden, allein dadurch, dass ihr all das gemeinsam überlebt habt.«

Sie wischte sich mit dem Ärmel ihres Kapuzenpullis über die Augen. »Ich behaupte seit einer Ewigkeit, dass ich die Vergangenheit vergessen und mich auf mein jetziges Leben konzentrieren will und auf das, was noch vor mir liegt. Aber es ist immer da.«

»Lies Avas Buch, Madi. Ich glaube, du wirst es ergreifend finden. Vielleicht macht es sogar etwas mit dir.«

Er war sich nicht sicher, ob sie ihm glaubte, aber diesmal schien sie seinen Rat zumindest in Erwägung zu ziehen, während sie sonst immer nur mit den Augen gerollt hatte.

Sie konnten nicht den ganzen Weg mit seinem Pick-up fahren, denn in vielen Teilen war der Weg zu schmal für mehr als ein kleines Geländefahrzeug. Er fuhr so weit wie möglich, bis es nicht mehr weiterging und er den Pick-up auf einer kleinen Lichtung parkte.

Der Regen war nicht besonders stark, aber beständig, und ein kalter Wind kroch unter seinen Regenmantel. Ihm gefiel der Gedanke nicht, dass Madi in dieser Kälte unterwegs sein würde. Er deutete zurück zum Pick-up. »Warum bleibst du nicht hier im Wagen und wartest, wo es trocken und warm ist? Auf dem Geländewagen frierst du nur. Den Rest des Weges kann ich alleine fahren.«

Madi schüttelte den Kopf. »Nein. Ich habe das Gefühl, er muss es von mir erfahren. Ich bin seine Schwägerin. Das habe ich schon zu Nicki gesagt.«

Er seufzte, weil sie so stur war. »Du kannst immer noch diejenige sein, die ihm die traurige Nachricht überbringt. Ich werde nichts verraten. Ich werde ihm sagen, dass es einen Notfall mit Ava gibt, und du wirst ihm hier im Wagen erklären, was los ist.«

Sie griff nach seiner Hand, ihre Zähne klapperten bereits. »Ich bin dir sehr dankbar, dass du dich um meine Sicherheit und mein Wohlergehen sorgst, Luke. Glaub mir, das bin ich wirklich. Aber ich muss das tun.«

Er seufzte, denn er hatte nichts anderes erwartet. »Gut. Dann sollten wir uns beeilen.«

Sie kletterte auf den Beifahrersitz des Geländewagens, hatte einen Mantel und einen Regenmantel an und legte sich eine Decke über die Beine.

Sein Geländewagen besaß ein Dach und eine Frontscheibe, die den schlimmsten Schlamm und Regen daran hinderten, in das Auto einzudringen und sie zu durchnässen. Allerdings hatte er keine Seitenfenster, und der feuchte Wind wehte immer noch herein, als sie weiter ins Hinterland vordrangen.

Es kostete ihn seine ganze Konzentration, auf dem schmalen, glitschigen Weg zu fahren. Er fuhr langsam, etwa halb so schnell, wie er es gerne getan hätte, und seine Scheinwerfer leuchteten nur etwa sechs Meter vor ihnen in die Dunkelheit, die tiefschwarz war wie Tinte.

Wenigstens hatte er eine Heizung, die er für Madi voll aufdrehte.

Schließlich erreichten sie den schwierigsten Teil des Weges, den steilen Anstieg zum Dinosaurier-Camp. Der Motor heulte, die Reifen spuckten Schlamm und Schotter, und dann sah er die Lichter und die Hauszelte von Cullens Camp.

Ein Hund kam bedrohlich bellend auf sie zu, gefolgt von einem Mann mit einer Laterne.

»Was zum Teufel machen Sie hier bei diesem Wetter?«, brüllte er. »Dies ist ein privates Forschungscamp. Sie könnten wegen unbefugten Betretens verhaftet werden!«

In diesem Moment kam er näher, und Luke erkannte den Mann als Madis Schwager. Im selben Moment sah der Mann, dass es Madi war.

»Madi? Was ist los? Was ist passiert? Ist etwas mit Ava?«

Madi sah etwas gequält aus, während sie versuchte, die Tür des Geländewagens zu öffnen. Mit einem Schluchzen eilte sie auf ihn zu und schlang ihre Arme um ihren Schwager.

»Ja. Es geht um Ava. Sie braucht dich, Cullen. Sie verliert das Baby. Es tut mir so, so leid.«

Cullen ließ sich gegen das Fahrzeug sinken, kümmerte sich nicht um Dreck und Schlamm und sah im Licht seiner Laterne plötzlich erschüttert aus. »Was? Wann?«

»Gerade. Heute. Gestern hatte sie erste Krämpfe, glaube ich, aber heute Abend hat es sie richtig erwischt, und sie hat auch angefangen, zu bluten. Meine Mitbewohnerin, Nicki, ist Krankenschwester in der Notaufnahme, und sie hat es bestätigt. Aber ich glaube, Ava wusste es schon. Sie ist so traurig, Cullen.«

Luke hatte sich nicht mehr so hilflos gefühlt, seit Johanna zum ersten Mal mit COVID ins Krankenhaus eingeliefert worden war und er am Ende nicht einmal mehr hatte bei ihr sein dürfen.

»Wir können dich zu ihr bringen«, sagte er mit leiser Stimme. »Madi meinte, es wäre dir wichtig, dass du es so schnell wie möglich erfährst.«

»Geht es … Geht es ihr gut?« Seine Stimme klang rau, dünn.

Madi schüttelte den Kopf. »Nicht wirklich. Sie ist am Boden zerstört. Sie hat das Baby jetzt schon so sehr geliebt.«

Cullen stieß einen Atemzug aus, der sich wie ein Schluchzen anhörte. »Oh Mann. Arme Ava. Meine arme Ava. Gib mir zehn

Minuten, um ein paar Sachen zu holen und meinen Kollegen zu sagen, was los ist.«

»Natürlich«, sagte Luke. »Wir warten hier. Tu, was du tun musst.«

Cullen nickte und streckte blind einen Arm nach dem Hund aus, der sofort kam und die Hand des Mannes mit seinem Kopf anstupste, als wollte er, dass er sich beeilte.

34

*Jeder Atemzug ist ein Kampf, jedes Einatmen ist mit dem
modrigen Geruch von Angst und Ungewissheit vermischt. Die
Stille wird nur vom fernen Heulen des Windes durchbrochen,
eine geisterhafte Erinnerung an die weite Wildnis, die diese
versteckte Enklave des Wahnsinns umgibt.*

– *Ghost Lake*, Ava Howell Brooks

Madison

Sie fuhren den Berg hinunter, größtenteils schweigend, außer gelegentlichen Kommentaren über den glitschigen Weg.

Madi hatte sich auf den Rücksitz des Geländewagens gezwängt,
während Cullen mit Luke vorne saß. Immer, wenn der Mond
aus den Wolken schaute, konnte sie sein Gesicht im Profil be-
trachten. Es sah aus wie aus Stein gemeißelt, so unwirtlich wie
die Gipfel um sie herum, aber hin und wieder erkannte sie die
völlige Verzweiflung in seinen Augen, und ihr Herz brach aufs
Neue.

Endlich, nach einer gefühlten Ewigkeit, erreichten sie den Pick-
up. Luke startete den Wagen für sie, und Madi ließ sich wieder
auf den Rücksitz seines Viertürers fallen, während die Männer
den Geländewagen auf den Anhänger luden. Die Luft im Inneren
des Pick-ups war wärmer, aber deshalb nicht weniger emotional
aufgeladen.

Als sie nach drei endlosen Stunden das Farmhaus wieder erreichten, öffnete sie die Haustür. Nicki musste schon zu Bett gegangen sein, denn das Wohnzimmer war dunkel.

»Ava ist in meinem Schlafzimmer«, sagte sie zu Cullen und deutete auf die Tür.

Er stand vor dem Zimmer, die Hand auf dem Griff, dann schien er die Schultern nach hinten zu ziehen, bevor er die Tür öffnete und hineinschlüpfte.

Luke war bis zum Haus mitgegangen, weil er es vermutlich nicht für richtig erachtete, sie einfach abzusetzen und weiterzufahren.

Jetzt wartete er auf der Veranda und streichelte Mo, der hinausgelaufen war, als Madi die Tür aufgeschlossen hatte.

Sie ging zurück nach draußen in die stille Nacht. Nach dem Regen roch die Luft frisch und angenehm.

Er richtete sich auf, als sie nach draußen kam.

»Ich danke dir für alles. Ich hätte es wahrscheinlich auch allein bis zum Camp geschafft, aber ich bin so froh, dass ich es nicht musste.«

Sie dachte nicht darüber nach, ob es klug war, sie folgte nur ihrem Impuls, ging auf ihn zu und schlang ihre Arme um seine Taille.

Er atmete aus, als hätte er genau darauf gewartet, und zog sie an sich. Sie standen lange Zeit so da, während die Grillen zirpten und eine Eule unweit irgendwo in den Bäumen heulte.

Ihr Herz schien überzulaufen vor Liebe zu diesem Mann, der bereit gewesen war, alles stehen und liegen zu lassen und zu ihr zu kommen, als sie Hilfe brauchte.

Als er seinen Kopf senkte und sie küsste, schien es das einzig Richtige zu sein. Der Kuss war langsam und sanft, weniger leidenschaftlich nach dem schwierigen Abend, eher zärtlich.

Seine sanften Berührungen rüttelten an ihren Gefühlen.

Sie liebte ihn. Es schien absurd, dass sie das nicht schon vor langer Zeit gemerkt hatte. Die Worte wollten aus ihr heraussprudeln, doch sie hielt sie zurück, aus Angst, alles zu verderben.

Er machte als Erster einen Schritt zurück, und ein Schaudern durchlief sie beim Verlust seiner Wärme, obwohl der Abend jetzt, da der Regen aufgehört hatte, nicht besonders kalt war.

»Du musst dich etwas ausruhen.«

»Ich weiß nicht, ob ich schlafen kann«, gab sie zu. »Meine Gedanken rasen mit hundertachtzig Kilometern pro Stunde.«

Er lächelte. »Ich kenne ein gutes Buch, das du lesen könntest.«

Sie konnte ein raues Lachen nicht unterdrücken. »Das reicht. Bist du Avas Pressesprecher, oder was?«

»Nein. Ich glaube nicht, dass sie mich braucht, um ihr Buch zu verkaufen. Es scheint von ganz alleine gut zu laufen. Es ist wirklich ein wunderschönes Buch. Es könnte dir einen anderen Blick auf Ava geben. Und vielleicht auch auf dich selbst.«

»Ich werde darüber nachdenken«, sagte sie, was sie als großes Zugeständnis empfand. »Du gehst jetzt besser nach Hause zu Sierra.«

»Du hast recht.« Er küsste sie noch einmal auf die Stirn. »Ich melde mich morgen bei dir. Gute Nacht.«

»Gute Nacht, Luke. Und nochmals danke.«

Er küsste sie noch ein allerletztes Mal, mit derselben sehnsüchtigen Zärtlichkeit, dann drehte er sich um und eilte die Treppe hinunter.

Nach einem kurzen Moment ging Madi ins Haus, Mo folgte ihr dicht auf den Fersen. Mabel war nirgends zu sehen, und sie nahm an, dass sie entweder bei Nicki war oder Ava immer noch tröstete.

Zum ersten Mal kam Madi der Gedanke, dass sie nicht in ihrem eigenen Bett schlafen konnte, da Ava und Cullen sich dort befanden. In der Waschküche fand sie einen sauberen Schlafanzug, den sie anzog, nachdem sie den Schlamm und den Schmutz von der Fahrt schnell abgeduscht hatte, und ging dann zu ihrem winzigen Gästezimmer.

Auf dem Weg dorthin erspähte sie Nickis Ausgabe von *Ghost Lake* auf dem Beistelltisch im Wohnzimmer. Impulsiv ergriff sie es und trug es zu dem schmalen Bett im Gästezimmer. Sie würde ein Weilchen lesen, beschloss sie, denn etwas anderes würde sie wahrscheinlich nicht mehr schaffen, bevor sie einschlief.

Stunden später, kurz vor Sonnenaufgang, klappte sie das Buch, geistig und körperlich erschöpft, zu.

Tränen liefen ihr über die Wangen, weil ihre brillante, schöne und mutige Schwester es irgendwie geschafft hatte, all die Angst und das Trauma in eine Geschichte zu packen, die weit davon entfernt war, ausbeuterisch oder traurig zu sein, sondern Humor, Mitgefühl und Hoffnung ausstrahlte.

35

Während wir an der Schwelle zu einem Neuanfang stehen,
bewahren die Berge hinter uns das Echo unseres Kampfes,
und der Horizont vor uns verheißt ein Leben, das von den
dunklen Kapiteln unserer Vergangenheit befreit ist.

– *Ghost Lake*, **Ava Howell Brooks**

Ava

Sie träumte, dass sie sich wieder in den Bergen verlaufen hatte –
kalt, nass, hungrig, verängstigt. Sie versteckten sich vor jedem,
den sie sahen, weil sie nicht wussten, wem sie trauen konnten, ja,
ob sie überhaupt irgendjemandem trauen konnten.

Es war ein Traum, den sie viel zu oft hatte, wenn sie erneut die
drückende Angst durchlebte, für ihre jüngere Schwester verantwortlich zu sein. Die Chancen, dass sie beide überlebten, waren
bestenfalls gering. Ava hasste diese Unsicherheit, und sie wollte
unbedingt, dass zumindest Madi es sicher zu ihrer Großmutter
schaffen würde, egal, was sie dafür tun musste.

Dieses Mal war es irgendwie anders. Madi war nicht da. Stattdessen trug Ava ein kleines Bündel in ihren Armen.

Ihr Baby. Sie musste ihr Baby vor der Kälte schützen, vor dem
rauschenden Wasser, vor den Pumas und den Hunden und den
grausamen, skrupellosen Männern mit den Gewehren.

Sie durfte nicht zulassen, dass ihrem Baby etwas zustieß. Sie stolperte, fiel hin, stand wieder auf, rannte durch Disteln, Busch-eichen und Wüstensalbei, die sich in ihrer Kleidung verfingen und ihre Haut zerkratzten.

Und dann fiel sie wieder, die Arme drehten sich spiralförmig vom Rande einer Klippe, sie fiel, das Bündel, das sie gehalten hatte, flog empor, sie konnte es nicht mehr erreichen.

Sie schrie auf, und von dem Geräusch wachte sie auf. Einen Moment lang lag sie in einem Bett, das sich ungewohnt anfühlte, und ihr Herz klopfte wie wild. Ihr Gesicht war tränenüberströmt, und als sie allmählich wieder zu Bewusstsein kam, traf die Erinnerung sie mit voller Wucht.

Es war nicht alles nur ein Traum gewesen. Sie hatte das Baby verloren. Sie schluchzte auf, und im Nebel ihres Halbschlafs glaubte sie, Arme um sich zu spüren.

»Ruhig, mein Schatz. Ganz ruhig. Ich bin bei dir.«

Und irgendwie war ihr Mann bei ihr, hielt sie fest und beruhigte sie.

Sie wusste, dass das unmöglich war. Cullen war in den Bergen. Aber in ihren Träumen roch der Mann neben ihr im Bett genau wie Cullen, und die Arme, die sie umschlungen, fühlten sich an wie seine.

Bei Cullen war sie in Sicherheit. Egal, was passierte, er würde die Dunkelheit fernhalten. Das tat er immer.

Sie schloss die Augen und sank tief in seine Umarmung, bis der Schlaf sie wieder einholte.

Als sie Stunden später erwachte, lag Ava im Bett ihrer Schwester und beobachtete, wie das blasse Morgenlicht durch die Jalousien fiel. Der schwere Schmerz in ihrer Brust erinnerte sie mit aller Deutlichkeit an die harte, unausweichliche Wahrheit.

Ihr Baby war fort.

Ihre Augen fühlten sich verklebt und wund an, als hätte sie die ganze Nacht geweint. Sie wollte nicht aufstehen. Sie wollte hierbleiben, sich die Decke über den Kopf ziehen und so tun, als sei nichts von all dem passiert.

Würde Cullen heute vom Berg herunterkommen? Sie wollte es ihm nicht sagen, wollte nicht die Worte aussprechen, die das helle Licht auslöschen würden, das die letzten Male, als er in die Stadt zurückkehrte, um Zeit mit ihr zu verbringen, und sie über das Baby sprachen, sein Gesicht erstrahlen ließ.

Sie schloss die Augen erneut. Erst jetzt, als sie wieder ganz bei Bewusstsein war, bemerkte sie, dass sie nicht allein im Bett lag. Sie wusste, dass Madis kleiner Schnauzermischling sich an sie gekuschelt hatte, bevor sie eingeschlafen war, aber diese Gegenwart fühlte sich viel größer an.

Sie verspürte einen Hauch von Angst, ehe der vertraute, geliebte Geruch von Seife mit Sandelholz, schwarzem Pfeffer und Leder zu ihr durchdrang.

Sie schlug die Augen auf, wandte den Blick zur Seite und fand dort ihren Mann. Er lag neben ihr, seine Arme hielten sie umschlungen und seine Augen waren geöffnet.

»Ava. Meine geliebte Ava«, murmelte er mit heiserer Stimme. »Es tut mir so leid.«

»Du bist ... du bist hier. Wieso bist du hier?« Sie konnte die Puzzleteile in ihrem Kopf nicht zusammensetzen und fragte sich, ob sie immer noch träumte. Wie sonst ließe es sich erklären, dass ihr Mann neben ihr im Bett lag, bärtig zwar und sonnenverwittert von den langen Stunden, die er bei der Ausgrabung verbrachte, aber so vertraut.

»Madi und dein Freund Luke Gentry sind mitten in der Nacht in einem Regensturm raufgefahren, um mich zu holen.«

»Oh.« Der Ausruf entschlüpfte ihr gleichzeitig mit einem Seufzer, und dann wandte sie sich ihm ganz zu. Cullen zog sie näher zu sich heran, und sie drückte ihr Gesicht in seine Halsbeuge.

Cullen war ihr sicherer Ort. Seit dem Tag, an dem sie sich kennengelernt hatten, hatte sie in seinen Armen Kraft, Trost und Frieden gefunden. Er liebte sie. Warum hatte sie jemals geglaubt, dass seine Liebe nicht stark genug sein könnte, um zu bestehen, wenn er wirklich alles über sie wusste?

»Es tut mir so leid wegen des Babys. Geht es dir gut?«

Sie schüttelte den Kopf, unfähig, ihm in die Augen zu schauen. »Es tut weh«, gab sie flüsternd zu. »Ich weiß nicht, ob ich es ertragen kann.«

Das meinte sie nicht körperlich. Irgendwann in der Nacht hatten die Krämpfe aufgehört. Jetzt fühlte sie sich innerlich einfach nur ... leer.

»Ich wünschte, ich könnte diesen Schmerz für dich erdulden.«

Sie wusste nicht, wie sie ihm sagen sollte, dass seine bloße Anwesenheit ihn schon leichter machte und dazu beitrug, dass sie sich nicht so allein fühlte.

Sie durfte das nicht verlieren. Sie beide. Sie brauchte ihn so sehr. Ja, es war beängstigend, sich ihm gegenüber so völlig verletzlich zu geben und ihm die ganze Wahrheit zu sagen. Doch die Vorstellung, auch nur eine einzige weitere Nacht ohne ihn verbringen zu müssen, war noch viel, viel schlimmer.

»Es tut mir alles so leid«, sagte sie leise. »So leid. Es tut mir leid wegen unseres Babys. Es tut mir leid, dass ich dir die ganze Zeit über so viel verheimlicht habe. Es tut mir leid, dass ich nicht stark genug war, dir zu sagen, dass ich meiner Angst die Macht über meine Entscheidungen überlassen hatte.«

»Oh, Ava. Es ging nie darum, dass du nicht stark genug warst. Ich habe mich gefragt, was ich getan oder gesagt habe, um dir das Gefühl zu geben, du könntest mir nicht die Wahrheit über all das, was du durchgemacht hast, anvertrauen.«

Sie hatte ihn verletzt. Das war der Kern von allem; der Grund, warum er Abstand zwischen sie bringen musste. Es schmerzte ihn, als er erfuhr, dass es Teile von ihr gab, von denen sie ihn nie hatte wissen lassen.

»Es tut mir leid«, murmelte sie erneut.

»Nicht doch.« Er drückte ihr einen sanften Kuss auf die Stirn, legte seine Arme um sie. »Ich liebe dich, Ava. Egal, was passiert. Ich kann es nicht ertragen, ohne dich zu sein. Diese Wochen waren die Hölle. Können wir nicht einfach von hier aus weitermachen?«

Sie hörte auf seinen Herzschlag, der stark und beruhigend war. »Ja. Oh bitte, Cullen. Ich liebe dich.«

Er drückte ihren Kopf an seine Schulter, und so blieben sie lange Zeit liegen.

Während der Verlust immer noch schmerzte und wahrscheinlich immer schmerzen würde, nahm Ava in den äußersten Winkeln ihres Unterbewusstseins einen winzigen Funken Hoffnung wahr, wie einen seltenen und kostbaren blauen Berghüttensänger, der über eine Alpenwiese hinwegfliegt.

36

*Von der Last der Vergangenheit befreit, blicken wir erleichtert
in die Zukunft und sind bereit, die unendlichen Möglichkeiten
zu ergreifen, die auf zwei Schwestern warten, die sich weigerten,
sich von den Ketten, die sie einst fesselten, bestimmen zu lassen.*

– *Ghost Lake*, Ava Howell Brooks

Madison

Als sie erwachte, schien die Sonne durch die Spitzengardinen des
Gästezimmers. Mo, der neben ihr auf dem Boden geschlafen hatte,
stand jetzt neben dem Bett im Gästezimmer, stupste ihre Hand
an und drängte sie, aufzuwachen, damit sie ihn nach draußen in
den Garten lassen konnte.

Madi war so müde, dass sie am liebsten den ganzen Tag hier
liegen geblieben wäre, aber sie wusste, dass das nicht möglich war.
Sie hatte so viel im Tierheim zu tun, und ihre eigenen Hunde
brauchten auch ihre Fürsorge.

Im Haus war es still. Nicki war zur Arbeit gegangen, wie sie an
der leeren Kaffeetasse in der Spüle sah.

Sie ließ Mo nach draußen und überlegte gerade, wie sie sich in
ihr Schlafzimmer schleichen konnte, um Mabel zu holen, als die
Tür aufging und Ava hinter dem kleineren Hund herauskam.

Sie sahen sich schweigend an, dann trottete Mabel zu Madi, die
ihre Hand noch immer an der Gartentür hatte.

Sie öffnete sie, und Mabel flitzte hinaus, um ihren Kumpel Mo zu finden.

»Hi«, sagte Madi und schwieg dann, weil sie nicht wusste, was sie sonst sagen sollte.

»Hi.«

Ava rang sich ein Lächeln ab, was Madi erneut das Herz brach. Sie erinnerte sich an die schönen Worte, die ihre Schwester geschrieben hatte, und vor allem daran, wie Ava *sie* beschrieben hatte.

Nicht als schwach und versehrt. Oder jemanden, der beschützt werden musste.

Sondern als eine Kriegerin, die Ava Kraft gegeben hatte, als sie sie brauchte.

»Cullen sagt, du bist im strömenden Regen zum Ghost Lake gefahren, um ihn dort abzuholen. Ich danke dir. Mir war nicht klar, wie sehr ich ihn hier brauchte, bis ich aufgewacht bin und ihn bei mir hatte.«

»Ich bin froh, dass es geholfen hat. Ich wusste nicht, was ich sonst tun sollte.«

»Weißt du noch, was Mom immer gesagt hat? Wenn du nicht weißt, was du tun sollst, tu einfach das Nächstrichtige.«

Madi fühlte einen plötzlichen Schmerz über den Verlust ihrer klugen Mutter, die sie immer alle zusammengehalten hatte.

»Cullen hierherzubringen«, fuhr Ava fort, »das war das Nächstrichtige. Er war genau das, was ich brauchte, damit wir ... damit wir gemeinsam anfangen können, der Trauer Raum zu geben.«

Madi ging zu ihrer Schwester und umarmte sie, wobei sie dachte, Ava würde sich in ihren Armen zerbrechlich anfühlen. Doch so war es nicht. Sie war leidenschaftlich und stark und erstaunlich.

»Wo ist er? Er ist doch nicht zurückgefahren, oder?«

»Nein. Er steht gerade unter der Dusche. Er wird mich in meinem Auto zu Grandmas Haus fahren, und wir werden dort für ein paar Tage bleiben. Wenn es mir etwas besser geht, nachdem ich hier beim Arzt war, dachte ich, dass ich mit ihm für ein paar Wochen ins Dinosaurier-Camp fahren könnte.«

Sie starrte ihn an. »Zum Ghost Lake? Wirklich?«

Ava zuckte mit den Schultern. »Es ist doch nur ein Ort, oder? Jemand, den ich sehr liebe, hat das mal gesagt. Einst sind dort schreckliche Dinge passiert. Trotzdem ist es immer noch ein schöner Ort. Ich habe beschlossen, dass ich ein paar glückliche Erinnerungen brauche, um die dunklen zu ersetzen.«

»Ich habe heute Nacht das Buch gelesen.« Sie hatte nicht vorgehabt, mit den Worten so herauszuplatzen, aber jetzt hingen sie in der Luft.

Ava starrte sie an. »Du ... Wann?«

»Nachdem Luke uns hierher zurückgebracht hat. Ich konnte nicht schlafen. Mein Kopf raste noch wie verrückt von allem, was passiert ist, also habe ich mir Nickis Buch geschnappt. Und dann konnte ich nicht mehr aufhören, zu lesen.«

Ava sah plötzlich nervös aus. Sie schluckte und blickte auf ihre Hände hinunter.

Madi berührte ihren Arm. »Es ist ein wunderschönes Buch, Ava. Alle haben recht. Du hast eine packende, fesselnde Geschichte über die schrecklichen Dinge geschrieben, die uns widerfahren sind. Eigentlich hätte es furchtbar sein müssen, das alles noch einmal zu erleben, aber ... das war es nicht. Ich habe ein Dutzend Mal gelacht. Und mehr als ein paarmal geweint. Ich bin so stolz auf dich, Ava.«

Ihre Schwester schaute sie an, völlig verblüfft über das unerwartete Lob, und Madi fühlte sich wieder schuldig, weil sie den ganzen Sommer über so rumgejammert und schlecht über das Buch ihrer Schwester gesprochen hatte.

»Danke, dass du es geschrieben hast – und nicht nur, weil das Emerald-Creek-Tierheim der größte Nutznießer war. Es ist eine

Geschichte, die erzählt werden musste. Und sie musste von dir erzählt werden.«

Ava blickte sie einen langen Moment an, dann schniefte sie und lachte gleichzeitig. »Ich dachte, ich hätte keine Tränen mehr übrig.«

»Wenn du wirklich mal ordentlich weinen willst, hab ich da ein tolles Buch, das du unbedingt lesen solltest«, sagte Madi.

Ava schenkte ihr ein schwaches Lächeln und legte ihren Kopf an Madis Schulter, bis die Hunde an der Tür kläfften, um zum Frühstück hereingelassen zu werden.

Madi wusste, dass ihre Beziehung nicht von heute auf morgen wieder in Ordnung käme, aber sie fühlte sich trotzdem, als wäre eine gewaltige Last von ihrem Herzen genommen worden.

Sie hatte ihre Schwester zurück. Gemeinsam hatten die beiden Dinge durchgestanden, an denen andere zerbrochen wären. Trotz alledem waren sie stärker als je zuvor daraus hervorgegangen.

Ava hatte einen schrecklichen Verlust erlitten, aber Madi wusste, dass sie ihn überwinden würde. Sie hatte Cullen, Leona und Madi, die ihr dabei halfen.

Nachdem Ava und Cullen gegangen waren, wäre Madi am liebsten wieder in das Bett im Gästezimmer des ruhigen Hauses geklettert, mit Mo und Mabel an sich gekuschelt, und hätte den Rest des Tages geschlafen.

Leider brauchten die Tiere des Tierheims Pflege, trotz ihrer kurzsichtigen Entscheidung, die ganze Nacht durchzulesen. Sie konnte sich nicht einfach freinehmen, nur weil ihr danach war.

Sie duschte und zog ihre übliche Arbeitskleidung an, Jeans und ein T-Shirt mit dem Tierheim-Logo darauf, legte ihre Beinschiene an, schlüpfte dann in ihre Stiefel und machte sich auf den Weg zur Scheune. Während andere Freiwillige für die Fütterung der Tiere eingeteilt waren, nahm Madi sich vor, heute ein paar Ställe auszumisten. Nicht gerade die angenehmste Tätigkeit, aber wenigstens würde die Bewegung sie wach halten.

Vielleicht.

Sie öffnete die Tür zum Büro und begrüßte zwei der neueren Freiwilligen, Jennifer Quinn und Olivia Morales.

»Wie läuft's heute?«

»Bis jetzt ist alles ruhig. Alle scheinen ziemlich zufrieden zu sein.«

»Das ist gut. Hatten die Hunde schon ihren Auslauf?«

»Noch nicht. Die ersten beiden werden gleich rausgehen.«

Sie hätte nichts gegen einen guten Spaziergang. Sie beschloss, sich ein paar der Hunde zu schnappen und mit ihnen eine Runde zu drehen, zusammen mit dem Freiwilligen, der an diesem Tag damit an der Reihe war.

Sie wollte gerade in den Hundebereich gehen, als sich die Tür öffnete und Rocky, ihr sibirischer Husky, und sein Australian-Shepherd-Kumpel Zeus herausstürmten ... direkt gefolgt von Sierra Gentry, die ihre Leinen hielt.

Madi zuckte zusammen, ihr Gesicht lief augenblicklich heiß an. Alles, woran sie denken konnte, war die Peinlichkeit ihrer letzten Begegnung, als Sierra sie auf dem Bauernmarkt in Lukes Armen erwischt hatte.

»Oh. Hi. Ich wusste gar nicht, dass du heute auf dem Freiwilligenplan stehst.«

Sierra zuckte mit den Schultern und schien sich auf etwas anderes zu konzentrieren als auf Madi.

»Stehe ich auch nicht. Ich hatte heute Morgen nichts zu tun und habe mich selbst bemitleidet, weil Mariko und Yuki in den Familienurlaub nach Colorado gefahren sind. Ich dachte mir, ich komme her und helfe ein wenig. Mit den Hunden spazieren zu gehen, ist immer eine gute Möglichkeit, den Kopf klar zu kriegen.«

»Wohl wahr. Komisch, ich wollte gerade dasselbe tun.«

»Wir könnten auf dich warten, und du kannst dir ein paar der Hunde schnappen und mit uns kommen, wenn du willst.« Das Angebot kam zögerlich.

Madi spürte, dass ihr dieser Vorschlag nicht leichtgefallen war, und stimmte sofort zu. »Klar«, sagte sie. »Gib mir ein paar Minuten.«

Sie entschied sich für Lulu, einen Boxermischling, und Rosie, eine Bulldogge. Beide waren gut erzogen und freuten sich darüber, mit den anderen Hunden zusammen zu sein.

Schon bald machten sie und Sierra sich auf den Weg, um das Gebäude herum, zu dem Wanderweg, der über die zwanzig Hektar Farmland führte, und sie bewegten sich langsam, damit die Hunde sich gegenseitig beschnuppern und jeden Grasbüschel inspizieren konnten.

Madi wusste, dass es ebenso wichtig war, die Sinne der Hunde auf einem Spaziergang anzuregen, wie, sie in Bewegung zu bringen.

»Ich bin heute auch hergekommen, weil ich gehofft hatte, mit dir sprechen zu können«, sagte Sierra.

»Ach?«

Das Mädchen seufzte. »Es tut mir leid, dass ich gestern so blöd gewesen bin. Es ist nur … An manchen Tagen vermisse ich meine Mutter wirklich sehr, weißt du? Es ist seltsam, daran zu denken, dass mein Vater jemand anderen als sie küsst. Und besonders seltsam war es, ihn *dich* küssen zu sehen.«

Madi war auf dieses Gespräch eigentlich nicht erpicht, sie fühlte sich nach ihrer schlaflosen Nacht viel zu kaputt und zu müde.

»Warum das?«, brachte sie hervor.

»Weil du unsere Madi bist. Die beste Freundin von Tante Nicki. Du warst immer, ich weiß nicht, so etwas wie eine zweite Tante für mich. Ich habe mir dich und meinen Vater einfach nie zusammen vorgestellt.«

Madi griff nach den Leinen der Hunde. »Wir sind nicht zusammen«, sagte sie schnell.

Sierra schaute sie an und rollte gleichzeitig mit den Augen. »Ach bitte. Ich habe euch gestern gesehen. Zwischen euch hat die Chemie mehr gestimmt als zwischen Elizabeth und Mr. Darcy in dieser *Stolz-&-Vorurteil*-Serie, die wir zusammen gesehen haben. Du magst ihn, nicht wahr?«

»Colin Firth? Ja. Sehr sogar. Wie kann man den nicht mögen?«

Sierra verzog das Gesicht. »Nicht Mr. Darcy. Sondern meinen Vater. Du magst meinen Dad.«

Mögen war so ein hohles Wort. Ihre Gefühle gingen viel tiefer als das. Sie liebte ihn von ganzem Herzen, aus hundert verschiedenen Gründen.

»Ja. Das tue ich. Dein Vater ist ein ziemlich wunderbarer Typ.« Sie beschloss, seiner Tochter gegenüber ehrlich zu sein. »Das heißt aber noch nicht, dass wir zusammen sind. Wir haben … uns ein- oder zweimal geküsst. Aber das ist alles.«

Madi blieb in der Nähe der Ziegenweide stehen. »Wirklich? Denn gestern Abend hat er mir gesagt, ich müsse mich daran gewöhnen, euch beide küssen zu sehen, weil er vorhat, das noch viel öfter zu tun.«

Jetzt blieb auch Madi mitten auf dem Weg stehen, ihr Gesicht glühte plötzlich. »Hat er das?«

»Sierra.«

Als sie die tadelnde Stimme hörte, drehte sich Madi um und entdeckte Luke, der mit seiner Tierarzttasche in der Hand hinter ihnen stand, offensichtlich auf dem Hin- oder Rückweg von der Behandlung eines der Tiere.

Warum hatten Sierra oder die anderen Helfer nicht erwähnt, dass Luke hier war? Wahrscheinlich hatte er nach Barney und seiner Verletzung geschaut.

Sie hätte seinen Wagen bemerken müssen, als sie vorbeilief, aber sie war wohl noch ganz benommen, als sie vom Farmhaus zur Scheune des Tierheims ging, einerseits abgelenkt von der Sorge um ihre Schwester und andererseits immer noch damit beschäftigt, richtig aufzuwachen.

Jetzt war er da, sah großartig und umwerfend aus und … ziemlich beschämt.

»Was?«, fragte Sierra. »Das hast du doch gesagt, oder?«

Er atmete aus und sah Madi nicht an. »Okay, ja. Aber weißt du auch, was ich noch gesagt habe? Ich habe hinzugefügt, dass meine Absicht, sie zu küssen, davon abhängen würde, ob Madi das auch will.«

Seine Tochter machte sich dieses Mal nicht einmal die Mühe, mit den Augen zu rollen, obwohl ihr Gesichtsausdruck dasselbe aussagte. »Schon wieder. Ich habe euch beide gestern gesehen, erinnerst du dich? Glaub mir, sie wollte, dass du sie küsst.«

Madi riskierte einen Blick auf Luke, dessen Gesicht immer noch verdächtig rosa aussah. Sie konnte es nachempfinden, denn ihres fühlte sich jetzt glühendheiß an.

»Wie auch immer«, fuhr Sierra vergnügt fort, »der Punkt ist, es tut mir leid, dass ich mich gestern wie ein kleines Mädchen benommen habe. Es wird nicht wieder vorkommen, das verspreche ich. Ich war einfach nur schockiert. Ich habe Dad heute Morgen gesagt, dass ich letzte Nacht viel darüber nachgedacht habe, während er weg war, und für mich beschlossen habe, wenn er schon jemanden küsst, dann solltest du es sein. Ihr passt einfach perfekt zueinander. Alle meine Freundinnen haben mir zugestimmt, als ich es ihnen erzählt habe.«

»Ähm. Okay.« Madi wusste nicht, was sie sonst sagen sollte, und war ziemlich entsetzt darüber, dass sie und Luke das Gesprächsthema von Sierras Freundinnen waren.

Sierra grinste sie beide schelmisch an. »Wie wäre es, wenn ich die Hunde in den Auslauf bringe, anstatt spazieren zu gehen?«

Ohne eine Antwort abzuwarten, nahm sie Madi die beiden Leinen aus der Hand und ging zurück in die andere Richtung, zu dem eingezäunten Bereich, in dem die Hunde spielen und rennen konnten.

Lukes dreizehnjährige Tochter hatte es geschafft, die Situation so zu manövrieren, dass sie allein sein konnten. Madi hatte das Gefühl, dass das kein Zufall gewesen war.

Er fuhr sich mit der Hand durch die Haare, die sich dadurch auf so hinreißende Weise aufstellten, dass es Madi in den Fingern kitzelte, sie wieder zu glätten.

»Das tut mir leid«, murmelte er. »Sie ist dreizehn. Offenbar ist sie in einer Lebensphase, in der sie denkt, dass alles immer so ablaufen muss wie in einer Szene aus einem Liebesroman.«

»Ich bin mir nicht sicher, ob das Alter etwas damit zu tun hat. Ich bin neunundzwanzig. Ich neige dazu, ihr zuzustimmen.«

Er lächelte. Nachdem er sich vergewissert hatte, dass die Ziegen ihr einziges Publikum waren, ging er auf sie zu und ergriff ihre Hände.

»Alles, was ich gestern zu Sierra gesagt habe, habe ich ernst gemeint. Ich würde dich gerne noch viel öfter küssen. Und auch andere Dinge tun.«

Sie war sich plötzlich ihrer verkrümmten Hand, der Schiene an ihrem Bein und des Mundes, der nie ganz gerade war, äußerst bewusst.

»Du weißt, dass ich nicht ... perfekt bin.«

Er drückte ihre Hände fest in seinen. »Das denkst du vielleicht. Ich jedenfalls nicht. Für mich bist du *absolut* perfekt. Du bist mutig, klug, witzig.«

Er hielt inne, sein Blick blieb an ihrem haften. »Und außerdem bist du die Frau, die ich liebe.«

Sie starrte ihn an, als diese Worte sich um sie beide zu schlingen schienen und sie in einem köstlichen Knäuel miteinander verwickelten.

»Du brauchst nicht so schockiert zu gucken. So überraschend kann es für dich doch nicht sein, oder?«

»Doch. Doch. Das kann es.«

Ihre Worte fühlten sich plötzlich so glitschig an wie Forellen in einem Bach, die im Sonnenlicht silbern aufblitzten, bevor sie wieder verschwanden. Sie konnte nicht eine einzige von ihnen festhalten.

Sein zärtliches Lächeln wärmte sie, heilte Stellen in ihrem Inneren, von denen sie nicht gewusst hatte, dass sie noch immer vernarbt gewesen waren.

»Ich liebe dich, Madi Howell. Ich weiß nicht, wie oder wann das passiert ist. Nur, dass es sich perfekt anfühlt, dich zu lieben.«

Er drückte seinen Mund mit sehnsüchtiger Sanftheit gegen ihren, und sie schlang ihre Arme um seinen Hals und wünschte sich, nirgendwo anders auf der Welt zu sein als hier, umgeben von den Tieren, die sie liebte, und in den Armen des Mannes, auf den sie gewartet hatte, seit sie vierzehn Jahre alt war.

»Sag mir, dass Sierra recht hatte. Dass du gestern wolltest, dass ich dich küsse. Dass du willst, dass ich dich heute küsse.«

»H-heute und mor-morgen und nächste Woche und nächsten Monat. Und jeden einzelnen Tag danach.«

Für immer.

Er lächelte auf ihrem Mund. »Von mir aus.«

Er hatte die Worte gesagt, und sie hatte das Gefühl, sie erwidern zu müssen, nicht aus einem Pflichtgefühl heraus, sondern weil sie es wollte.

»Ich liebe dich auch, Luke. Ich liebe dich schon seit langer Zeit. Vielleicht seit dem Tag, an dem du mir auf dem Berg das Leben gerettet hast. Es ist mir nur diesen Sommer erst klar geworden.«

Was würde sein Vater davon halten, dass sie zusammen waren, fragte sie sich, als Luke sie erneut küsste. Irgendetwas sagte ihr, dass Dan Gentry sich sehr für sie beide freuen würde, dass sie nach all dem Schmerz, dem Verlust und der Traurigkeit endlich zueinandergefunden hatten.

Der Gedanke an Verlust rief ihr wieder Ava in Erinnerung, und sie fühlte sich einen Moment lang schuldig für die Freude, die sie mit der heilenden, lebensspendenden Kraft einer Bergquelle durchsprudelte.

Wie konnte sie in diesem Moment so glücklich sein, in dem sie doch eigentlich tieftraurig über den Verlust ihrer Schwester sein sollte?

Das war sie auch. Sie dachte an Ava.

Gleichzeitig war ihr seit jenem Sommer vor fünfzehn Jahren klar, dass das Leben ein wirres, chaotisches, schönes Durcheinander aus Gutem und Schlechtem, Traurigkeit und Licht war.

Wenn diese Momente reiner Freude auftauchten, wussten diejenigen, die sich durch die Dunkelheit gekämpft hatten, sie nur umso mehr als das Geschenk zu schätzen, die sie waren.

Luke küsste sie, sein Mund lag warm und zärtlich auf ihrem. Madi lehnte sich bei ihm an, ihr Herz schien überzulaufen. Eine der Ziegen blökte, Sabra brüllte zurück, und in der Ferne bellten ein paar Hunde.

Madi gab sich seinem Kuss hin und war unsagbar dankbar für ihr chaotisches, herrliches Leben und die seltene und kostbare Freude, die sie auf wundersame Weise gefunden hatte, nachdem sie den Sturm überstanden hatte.

Epilog

Madison

An einem schönen Augustnachmittag, sechzehn Jahre nach dem Sommer, der ihr Leben verändert hatte, heiratete Madi ihren besten Freund in der kleinen Steinkapelle in Emerald Creek.

Der Bräutigam weinte. Ebenso die Mutter des Bräutigams, seine Tochter, seine Schwester und die Großmutter der Braut.

Oh, und auch die Trauzeugin – die Schwester der Braut – sowie die sechs Wochen alte Nichte der Braut, Avas neugeborenes kleines Mädchen ... bis ihr Vater sie schließlich hinaustragen musste.

Madi weinte nicht. Sie war zu sehr von der glühenden Freude erfüllt, die sie zu durchdringen schien, als sie dem erstaunlichsten Mann, den sie je getroffen hatte, ihr Jawort gab.

Später, beim Empfang im üppigen Garten ihrer Großmutter, saß sie auf einer Bank und hielt Avas kleine Tochter, Sophia Beth Brooks, auf dem Arm.

»Ich will nicht, dass sie dich in diesem wunderschönen Kleid bespuckt«, machte Ava sich Sorgen.

»Das ist mir egal«, versicherte Madi ihrer Schwester und drückte das kostbare Wunder noch enger an ihre Brust. »Es ist doch nur ein Kleid. Außerdem glaube ich, dass es sowieso schon mit Hundehaaren übersät ist, von den Fotos, die wir vorhin mit Sierra und den ganzen Fellbabys gemacht haben.«

Ihre vierzehnjährige Stieftochter, die mit liebevoller Begeisterung jedes Detail der Hochzeitsfeier mit geplant und sich persönlich dafür verantwortlich gefühlt hatte, hatte darauf bestanden, dass sie ein gemeinsames Foto mit ihnen dreien sowie all ihren Hunden (Madis zwei und die beiden, die Luke und Sierra mit in die Ehe brachten) machen sollten.

»Die gehören doch jetzt alle zu unserer Patchwork-Familie, oder?«, hatte Sierra mit einem Grinsen gesagt. »Es wird auf jeden Fall ein bezauberndes Bild, denn die Tiere haben dich und Dad zusammengebracht, und ihr liebt sie beide. Wir werden es auf jeden Fall in den sozialen Netzwerken der Tierklinik und des Tierheims posten, aber ich denke auch, dass wir einen Abzug einrahmen und über den Kaminsims im neuen Haus hängen sollten.«

Weil er einen echten Neuanfang wollte, hatte Luke das Haus, das er mit Johanna gekauft hatte, veräußert und gemeinsam mit Madi ein Grundstück neben dem Tierheim erworben. Sie bauten ihr eigenes Haus, ein wunderschönes Holzhaus mit Fenstern, die den Blick auf die Berge und ein Stück Land freigaben, das sie für die Erweiterung des Tierheims nutzen konnten.

»Ich brauche nicht zu fragen, ob du glücklich bist«, sagte Ava jetzt. »Du leuchtest regelrecht, Madi. Ich habe noch nie eine strahlendere Braut gesehen.«

»Ich wusste nicht, dass ich jemals so glücklich sein könnte. Warum hat mir das niemand gesagt?«

Ava lächelte, und Madi entging der Blick nicht, den sie über die Menge gleiten ließ, um zielsicher ihren eigenen Mann zu finden. »Ob du es glaubst oder nicht, mit der richtigen Person an deiner Seite wird es immer noch besser.«

Madi griff nach der Hand ihrer Schwester, gerührt von ihrem Glück. Ava hatte diese Freude – und noch viel mehr – wirklich verdient.

Mehr als ein Jahr nach der Veröffentlichung tauchte *Ghost Lake* immer noch auf den Bestsellerlisten auf, inzwischen im Taschenbuchformat. Sie konnte sich vorstellen, dass der Film, der im folgenden Sommer in die Kinos kam, ihrer Schwester nur noch mehr Umsatz bescheren würde.

Ava hatte es langsam geschafft, ihren unerwarteten Erfolg anzunehmen. Sie kündigte ihren Job als Lehrerin am Ende des Schuljahres, kurz bevor Sophia zur Welt kam. Zu Madis Freude war ihre Schwester mit ihrem Mann und dem Baby vorübergehend nach Emerald Creek gezogen, da er im Sommer wieder auf der Dinosaurierausgrabung arbeitete. Madi wusste, dass Ava neben der Versorgung ihres Babys und ihrer beiden geretteten Hunde Beau und Gracie ein weiteres Buch schrieb.

Sie wollte noch nicht viel darüber verraten, nur, dass es dieses Mal eine fiktive Geschichte war und Spannung, Gefahr und natürlich eine gesunde Portion Romantik enthalten würde.

Da kam Luke, auf der Suche nach seiner frisch angetrauten Frau.

»Da bist du ja. Ich hätte wissen müssen, dass du das Baby im Arm hältst.«

»Entweder das, oder sie spielt irgendwo mit einem Hund«, sagte Ava lächelnd. »Komm, gib sie mir mal zurück. Ihr zwei solltet tanzen gehen. Es macht keinen Sinn, die Rusty Spurs zu buchen, damit sie auf eurer Hochzeit spielen, wenn ihr es nicht genießt. Du kannst deine Nichte jederzeit halten. Wie oft hat man die Gelegenheit, auf seiner Hochzeit mit seinem frischgebackenen Ehemann zu tanzen?«

»Guter Einwand.«

Nachdem sie dem Baby, das nach Unschuld und Träumen, warmer Milch und leise vorgesungenen Schlafliedern roch, einen Kuss auf die Stirn gegeben hatte, übergab Madi die Kleine wieder an Ava.

Luke zog sie liebevoll hoch und direkt in seine Arme, wo er sie mit dieser umwerfenden Zärtlichkeit küsste, die ihr immer noch den Atem raubte.

Während er sie unter dem Gelächter der Gäste und der lebhaften Musik der Band auf die Tanzfläche führte, genoss Madi diese magische Sommernacht; genoss es, umgeben zu sein von all denen, die sie beide liebten, in diesem Garten, der von Lichterketten und kleinen Laternen in den Bäumen erleuchtet wurde.

Als sie in die Augen ihres Mannes blickte, wusste Madi, dass ihre Geschichte weit über diesen Tanz unter den Sternen hinaus andauern würde.